三國演義 (7)

초판 1쇄 발행 ▪ 2014년 11월 26일
초판 2쇄 발행 ▪ 2016년 8월 16일

저   자 ▪ 나관중 원저, 모종강 평론 개정
역   자 ▪ 박기봉
펴낸곳 ▪ 비봉출판사
주   소 ▪ 서울 금천구 가산디지털2로 98. 2동 808호(롯데IT캐슬)
전   화 ▪ (02)2082-7444
팩   스 ▪ (02)2082-7449
E-mail ▪ bbongbooks@hanmail.net
등록번호 ▪ 2007-43 (1980년 5월 23일)
ISBN ▪ 978-89-376-0415-7 04820
        978-89-376-0408-9 04820 (전12권)

값 13,500원

모종강본 원문대역

長星隕五丈原 / 장성운오장원

三國演義

(7)

나관중 원저
모종강 평론·개정
박기봉 역주

비봉출판사

차 례

三國演義

▌제 7 권 ▌ 長星隕五丈原 장성운오장원

제 91 회 공명, 노수에 제사지낸 후 회군하고 / 중원을 치려고 〈출사표〉를 올리다 ▪ 9

제 92 회 조자룡, 다섯 장수를 힘껏 베어죽이고 / 제갈량, 세 개 성을 지모를 써서 빼앗다 ▪ 35

제 93 회 강유, 공명에게 항복하고 / 공명, 왕랑을 꾸짖어서 죽이다 ▪ 57

제 94 회 제갈량, 눈을 이용하여 강병羌兵 깨뜨리고 / 사마의, 기일 정해 놓고 맹달을
          죽이다 ▪ 82

제 95 회 마속, 간하는 말 듣지 않아 가정을 잃고 / 공명, 거문고를 타서 중달을 물리치다 ▪ 107

제 96 회 공명, 눈물을 흘리며 마속을 참하고 / 주방, 머리카락 잘라서 조휴를 속이다 ▪ 135

제 97 회 공명, 위魏를 치려고 다시 표문 올리고 / 강유, 조진曹眞을 깨뜨리려 거짓 항서
          바치다 ▪ 157

제 98 회 왕쌍, 한군을 추격하다 죽고 / 공명, 진창을 습격하여 이기다 ▪ 183

제 99 회 제갈량, 위병을 크게 깨뜨리고 / 사마의, 서촉을 침범하다 ▪ 207

제 100 회 촉군, 영채를 습격하여 조진을 깨뜨리고 공명, 진법으로 다투어 중달을
          욕보이다 ▪ 233

제 101 회 공명, 농상隴上으로 나가서 귀신으로 분장하고 / 장합, 검각劍閣으로 달려가서
          계략에 걸려들다 ▪ 257

제 102 회 사마의, 북원의 위교渭橋를 점거하고 / 제갈량, 목우木牛와 유마流馬를 만들다 ▪ 283

제 103 회 사마의, 상방곡上方谷에서 죽을 뻔하고 / 제갈량, 오장원五丈原에서 별에 목숨을
          빌다 ▪ 311

제 104 회 제갈공명, 큰 별 떨어져 하늘로 돌아가고 / 사마의, 나무인형 보고 간담이
          떨어지다 ▪ 339

제 105 회 무후, 미리 금낭계를 남겨주고 / 위주, 동인銅人과 승로반을 떼어 옮기다 ▪ 360

제갈량의 북벌도

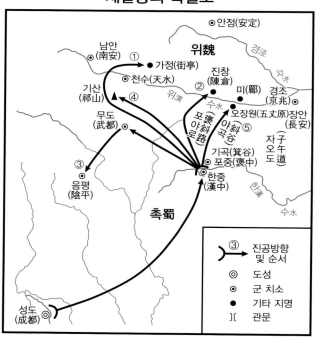

제91회

공명, 노수에 제사지낸 후 회군하고
중원을 치려고 〈출사표〉를 올리다

〖 1 〗 한편 공명이 귀국하려고 군사를 돌리자 맹획은 대소大小 동주洞 主와 추장들, 그리고 여러 부락 사람들을 거느리고 나와서 빙 둘러서서 절을 하며 배웅했다. 선두부대가 노수에 당도한 때는 9월로 가을이었 는데, (*남정을 위해 노수를 건너간 것은 5월이다.) 홀연 시커먼 먹구름이 천지를 뒤덮고 광풍이 일어나 군사들은 강을 건널 수가 없어서 돌아가 공명에게 보고했다. 공명은 곧바로 맹획에게 날씨가 왜 이러한지 물어 보았다.

맹획曰: "이 물에는 원래 창신猖神이 있어서 해코지를 하므로, 이곳 을 왕래하는 사람들은 반드시 제를 지내야 합니다."(*창신猖神이란 곧 만족 귀신(蠻鬼)이다.)

공명曰: "무엇으로 제를 지내는가?"

맹획曰: "옛날에는 나라 안에서 창신이 재앙을 일으키면 사람의 머리 49개와 함께 검은 소와 흰 양을 잡아서 제를 지냈는데, 그러면 자연히 바람이 멎고 물결이 잠잠해졌으며, 겸하여 해마다 풍년이 들었습니다."(*만약 마흔아홉 귀신들이 또 재앙을 일으키면 그때에는 어떻게 해야 하나?)

공명曰: "내 이번에 남만을 평정하는 일은 이미 끝났는데, 어떻게 단 한 사람이라도 함부로 죽일 수 있겠느냐?"

그리고는 직접 노수 기슭가로 가서 살펴보니, 과연 음산한 바람이 크게 일어나고 파도가 거세서 군사들이 모두 놀랐다. 공명은 매우 의아해서 그 고장 사람(土人)을 찾아서 물어보았다.

그가 아뢰었다: "승상께서 이곳을 지나가신 후로는 밤마다 강가에서 귀신들이 울부짖는 소리가 들려옵니다. 황혼 무렵부터 날이 밝아올 때까지 곡성哭聲이 끊어지지 않고, 음산한 안개 속에는 무수한 귀신들이 있는데 그것들이 해코지를 하므로 감히 건너가는 사람이 없었습니다."

공명曰: "이는 나의 죄다. 전에 마대가 촉의 병사 1천여 명을 이끌고 왔었는데 그들 모두가 물에서 죽었고, (*제88회에 나오는 일이다.) 게다가 우리가 남방 사람들을 죽여서는 모두 이 물에다 버렸다. 광혼狂魂과 원귀怨鬼들이 그 원한을 풀 수 없어서 이러는 것이다. (*날씨가 음산할 때 왕왕 귀신들이 우는 소리를 들을 수 있는데, 이로써 이화李華가 〈조고전장문弔古戰場文〉이란 글에서 얘기한 것이 허황한 얘기가 아님을 믿을 수 있다.) 내 오늘 밤에 직접 가서 제를 지낼 것이다."

토인曰: "반드시 예전부터 내려오는 전례에 따라 사람 49명을 죽여 그 머리를 올려놓고 제를 지낸다면 원귀怨鬼들은 저절로 흩어질 것입니다."(*이렇게 하는 것은 귀신으로써 귀신에게 제를 지내는 것이 된다.)

공명曰: "본래 다른 사람에 의해 죽게 되면 원귀가 되는 것인데, 어찌 생사람을 또 죽일 수 있단 말이냐? (*만약 귀신을 위해 사람을 죽인다면 그 사람이 또 귀신이 될 것인데, 이렇게 되면 귀신과 귀신이 서로 원망하는 일이 그치지 않을 것이다.) 내게 달리 생각이 있다."

공명은 군중軍中의 취사병을 불러서 소와 말을 잡아, 밀가루를 반죽하여 작은 덩어리로 만들어 그것을 사람의 머리 모양으로 빚도록 하되, 그 속에는 소와 양 등의 고기를 넣어서 사람 머리를 대신하도록 하고 그것을 "만두饅頭"라고 불렀다.

〖 2 〗 그날 밤 노수 강기슭 위에 향과 탁자를 갖다 놓고 그 위에 제물을 차려놓고, 49개의 등잔불을 밝히고, 깃발을 높이 들어 혼魂을 부르고, 만두 등의 제물들을 땅에다 펼쳐놓았다.

삼경(三更: 밤 11시~새벽 1시) 무렵 공명은 머리에는 금관金冠을 쓰고 몸에는 학창鶴氅을 입고 친히 제사상 앞에 서고 동궐董厥로 하여금 제문을 읽도록 했다. 그 제문에서 이르기를:

대한大漢 건흥建興 3년 9월 1일 가을에 무향후武鄕侯·영익주목領益州牧·승상 제갈량은 삼가 제물을 차려놓고, 나라 일(戰爭)로 죽은 촉의 장교들과 남인 망자亡者들의 영혼에 이를 바치노라.

우리 대한 황제께서는, 그 위엄은 춘추시대의 오패(五覇)보다 뛰어나시고 명철하시기는 하夏·상商·주周를 창건하신 삼왕(三王: 우왕禹王·탕왕湯王·문왕文王)을 계승하셨느니라. 그런데 지난 번 먼 지방(遠方) 사람들이 우리 지경을 침범해 오고 오랑캐들이 군사를 일으켜서, 악독한 군사들을 풀어놓아 요망한 짓들을 하도록 하고, 잔인한 짓들을 마음대로 하면서 난리를 피웠느니라.

이에 나는 왕명王命을 받들고 그들의 죄를 묻기 위해 용맹한 군사들을 크게 일으켜 멀리 떨어진 오랑캐 땅으로 들어가서 개미떼 같은 무리들을 모조리 없애버리려 하였느니라.

용맹한 군사들이 구름처럼 모여들자 미친 도적들은 얼음 녹듯이 스러졌고, 파죽지세破竹之勢로 쳐들어오는 소리를 듣고는 곧바로 달아나는 원숭이들처럼 도망치고 말았느니라.

그러나 우리 사졸士卒들은 전부 구주九州의 호걸들이었고, 관리와 장교들은 다 사해四海의 영웅들이었도다. 무예를 익혀서 싸우고, 밝은 도리로 임금을 섬기고, 여러 차례 내려지는 간곡한 명령을 같이 행하지 않는 자가 없었고, 적장敵將을 일곱 번 사로잡는 계책을 함께 펼쳤으며, 지성껏 나라를 받들고 임금에게 충성하려는 뜻을 일제히 굳게 다졌느니라.

〖 3 〗 그대들이 우연히 싸움의 기회를 놓치고 그 때문에 적들의 간사한 계책에 떨어지거나, 혹은 날아오는 화살에 맞아 넋이 황천에서 떠돌거나, 혹은 도검刀劍에 목숨을 잃어 그 혼백이 영원한 어둠 속으로 돌아갈 줄을 어찌 생각이나 하였으랴! 그대들은 살아서는 용맹했고 죽어서는 이름을 남겼도다.

이제 우리는 승리의 개가를 부르며 돌아가서 장차 종묘에서 포로들을 바치고 승전 의식을 거행하려고 한다.

그대들에게 아직도 영령英靈이 있거든 나의 기도를 반드시 듣기 바란다: 우리의 정기旌旗를 따라서, 우리 군사들의 대오를 좇아서, 같이 고국故國으로 돌아가서 각자의 고향을 찾아가 혈육血肉들이 차려주는 제사를 받아먹고, 가족들이 차려주는 제사를 받아먹기 바란다. 타향을 떠도는 귀신이 되거나 공연히 이역異域의 넋이 되지 말기 바란다.

내 반드시 천자께 아뢰어 그대들 각자의 집집마다 모두 나라의 은혜를 입도록 할 것이며, 해마다 옷과 양식을 내려주고 달마다 녹미祿米를 내려줌으로써 그대들의 충성에 보답하고 그대들의 마음을 위로할 것이다.

그리고 이 고장의 토신土神과 남방의 죽은 귀신들은, 의거할 곳도 멀지 않으니, 언제나 제사를 받아먹도록 할 것이다. 살아있는 자들은 이미 천자의 위엄을 경외하게 되었고, 죽은 자들 역시 왕화王化를 입게 될 것이다. 그러니 생각을 편안히 가지고 큰 소리로 울부짖지 말지어다.

우선 나의 진심을 표하여 경건한 마음으로 제사를 올리니, 아, 애달프구나(嗚呼哀哉)! 삼가 이 제사를 받아먹기 바라노라(伏惟尙饗)!

〖 4 〗 제문을 다 읽고 나자 공명은 목 놓아 통곡을 했는데, 너무도 애절하고 비통하게 우니 군사들도 다 감동해서 눈물을 흘리지 않는 자가 없었다. 맹획 등의 무리들도 모두 소리 내어 울었다. 그때 문득 보니 슬픔과 원망이 서린 듯한 구름과 안개 속에서 은은하게 수천 명의 귀신들이 모두 바람을 따라 사방으로 흩어지는 것이었다. (*아마 지금의 중들은 이처럼 음식을 차려놓고 기도를 하더라도 이러한 효험이 나타나지 않을 것이다.) 이에 공명은 좌우에 명하여 제물들을 전부 노수에 내던지도록 했다.

다음날, 공명이 대군을 이끌고 모두 노수 남쪽 기슭에 이르러 보니 구름은 걷혔고 안개는 흩어졌으며 바람은 멈췄고 물결은 잔잔했다. 촉병들은 안심하고 전부 노수를 건넜다. 그야말로 "채찍으로 쳐서 쇠등자(金鐙) 울리고, 사람들은 개가凱歌 부르며 돌아온다(鞭鼓金鐙響, 人唱凱歌還)"는 격이었다.

행군하여 영창(永昌: 운남성 보산현保山縣)에 이르러 공명은 왕항王伉과 여개呂凱에게 그곳에 남아서 네 군郡을 지키도록 했다. 그리고 맹획에게는 무리들을 거느리고 따로 돌아가라고 하면서 정사를 부지런히 챙기고, 아래 사람들을 잘 다스리고, 백성들을 잘 위무하고, 농사일에 힘쓰라고 당부했다. 맹획은 울면서 하직인사를 하고 떠나갔다. (*만인蠻人에게도 원래는 양심이 있다. 만약 양심이 없는 사람이라면 비록 열 번 사로잡았다가 열 번 풀어주어도 역시 복종하지 않는다.) 공명은 직접 대군을 이끌고 성도로 돌아갔다.

후주는 천자의 수레인 난가(鑾駕)를 타고 공명을 영접하러 성 밖 30리까지 나가 수레에서 내려 길가에 서서 그를 기다렸다. (*헌제獻帝가 조조를 영접한 것과 비슷하다. 그러나 군주의 마음이 한쪽은 진심, 한쪽은 거짓으로 이미 다르듯이, 신하의 마음 역시 충성과 간사함으로 서로 달랐다.)

공명은 황망히 수레에서 내려 길에 엎드려 아뢰었다: "신이 남방을 속히 평정하지 못하여 주상께 근심을 끼쳐드렸사온데, 이는 신의 죄입니다."

후주는 공명을 붙들어 일으켜 세워서 수레를 나란히 하여 궁으로 돌아가 태평연회太平宴會를 열고 전군에 큰 상을 내렸다.

이로부터 먼 나라에서 공물貢物을 바치고 사신을 보내오는 곳이 2백여 곳이나 되었다. (*복종해 온 것은 남만인들뿐만이 아니었다.)

공명은 후주에게 상주하여 비준批准을 받아 이번 전쟁에서 죽은 자들의 집들을 일일이 넉넉히 도와주도록 했다. 사람들은 모두 진심으로 좋아했다. 이로써 조정과 민간이 다 태평해졌다. (*이상에서는 촉한蜀漢 한 쪽만 다루었으나 이하에서는 다시 위국魏國 한 쪽만 다룬다.)

〖 5 〗 한편 위주魏主 조비가 제위에 오른 지 7년째 되는 해는 곧 촉한의 건흥建興 4년(서기 226년)에 해당한다. 조비가 먼저 부인으로 맞아들인 견씨甄氏는 원래 원소의 둘째 아들 원희袁熙의 아내로, 전에 업성鄴城을 깨뜨릴 때 얻은 여자이다. (*제33회에 나왔던 일이다.)

그녀는 후에 아들 하나를 낳았는데 이름은 예叡, 자를 원중元仲이라고 했다. 그는 어릴 적부터 총명하여 조비의 사랑을 매우 많이 받았다. 후에 조비는 또 안평군安平郡 광종현廣宗縣 사람 곽영郭永의 딸을 맞아들여 귀비貴妃로 삼았는데, 그녀는 대단한 미모였다.

그녀의 아비는 일찍이 말했다: "내 딸은 여인들 가운데 왕(女中之王)이다."

그래서 그녀를 "여왕女王"이라고 불렀다. (*벌써부터 황후의 자리를 빼앗으려는 뜻이 있었다.)

조비가 그녀를 맞아들여 귀비로 삼은 후부터 견 부인이 조비의 총애를 잃자 곽 귀비는 황후가 되려는 음모를 꾸미고자 했다. 그리하여 조비의 총애를 받고 있는 신하 장도張韜와 상의했다.

그때 조비는 병을 앓고 있었다. 장도가 거짓말로 아뢰기를, 견 부인의 궁중을 팠더니 오동나무를 깎아 만든 인형이 나왔는데, 그 위에는 천자天子의 생년월일과 태어난 시각이 적혀 있었는바, 이는 방자(魘鎭(염진): 짚이나 나무로 미워하는 사람의 인형을 만들어 그것을 바늘로 찌르면 그에 해당하는 부위에 병이 생겨 죽게 된다는 미신행위)를 행한 것이 분명하다고 말했다. 조비는 크게 화를 내며 마침내 견 부인에게 사약死藥을 내리고 곽 귀비를 황후로 세웠다.

그러나 곽 귀비는 아이를 낳지 못했기 때문에 (*이런 사람은 자연히 후사가 끊어진다.) 조예曹叡를 양자로 삼아 자기 아들로 만들었다. 조비는 그를 매우 사랑하기는 했으나 후사로 세우지는 않았다.

조예의 나이 15살이 되었을 때, 그는 무예를 익혀서 활도 잘 쏘고 말도 잘 탔다. 그해 2월 봄에 조비는 조예를 데리고 사냥을 나갔다. 산속을 가고 있을 때 모자母子 사슴 두 마리가 뛰어나왔다. 조비가 화살 하나로 어미 사슴을 쏘아 쓰러뜨리고 돌아보니 새끼 사슴은 조예의 말 앞에서 달려가고 있었다.

조비가 큰 소리로 외쳤다: "애야, 너는 왜 쏘지 않느냐?"

조예가 말 위에서 울먹이며 대답했다: "폐하께서 이미 그 어미를 죽이셨는데, 어찌 차마 또 그 새끼를 죽일 수 있습니까?"(*조조는 사슴을 쏘면서 군신의 예를 잃었으나, 조예는 사슴을 쏘지 않음으로써 모자지정母子之情을 촉발시켰다. 전후가 서로 대비된다.)

조비는 그 말을 듣고 활을 땅에 던지며 말했다: "내 아들은 참으로 어질고 덕이 있는 군주가 되겠구나!"

이리하여 마침내 조예를 평원왕平原王으로 봉했다.

〖 6 〗 5월 여름, 조비가 감기가 걸렸는데 약을 써도 낫지 않았다. 이에 그는 중군中軍대장군 조진曹眞·진군鎭軍대장군 진군陳群·무군撫軍대장군 사마의司馬懿 세 사람을 침궁寢宮으로 불러왔다. 조비는 조예를 오라고 부른 다음 그를 가리키며 조진 등에게 말했다: "지금 짐의 병이 이미 너무 깊어서 다시 살 수가 없소. 이 아이는 나이가 어리니 경卿 등 세 사람은 그를 잘 보좌하여 짐의 마음을 저버리지 말도록 하오."

세 사람이 모두 아뢰었다: "폐하께서는 어찌 그런 말씀을 하시나이까? 신 등은 힘을 다해 폐하를 천추만세까지 섬기고자 하옵니다."

조비曰: "금년에 허창許昌의 성문이 까닭 없이 저절로 무너졌는데, 이는 상서롭지 못한 징조이오. 짐은 그래서 반드시 죽을 줄 스스로 알고 있소."(*허창의 재이災異가 조비의 입을 통해 보충 설명되고 있다.)

한창 말하고 있을 때 내시가, 정동征東대장군 조휴曹休가 문후인사 드리려 입궐했다고 아뢰었다. (*세 사람은 불러서 왔고, 한 사람은 스스로 왔다.)

조비는 그를 들어오게 한 후 말했다: "경들은 모두 국가의 기둥과 주춧돌(柱石)에 해당하는 신하들이오. 만약 마음을 하나로 하여 짐의 아들을 보좌해 준다면 짐은 죽더라도 안심하고 눈을 감을 것이오!"

말을 마치자 조비는 눈물을 떨어뜨리고 세상을 떠났다. 이때 그의 나이 마흔 살, 천자의 자리에 7년간 있었다.

이에 조진·진군·사마의와 조휴 등은 죽음을 애도하는 한편, 조예를 대위大魏 황제로 옹립했다. 조예는 부친 조비의 시호를 문황제文皇帝로, (*그의 시호를 '文'으로 정한 것은 나라의 체통을 이어받아서 그것을 지켰다는 뜻이다. 따라서 처음 한漢의 기업을 빼앗은 것은 조조임을 단적으로 말한 것이다.) 모친 견씨의 시호를 문소황후文昭皇后로 했다.

그리고 종요鍾繇를 태부太傅로 봉하고, 조진을 대장군으로, 조휴를 대사마로, 화흠을 태위로, 왕랑王朗을 사도로, 진군陳群을 사공, 사마의를 표기대장군驃騎大將軍으로 봉했다. 그 밖의 문무 관료들에게도 각각 작위와 칭호를 내리고 천하에 대사령大赦令을 내렸다.

이때 옹주雍州와 양주凉州를 지키는 사람이 없었는데, 사마의가 표문을 올려 자신이 서량西凉 등지를 지키고 싶다고 청했으므로, (*사마의의 뜻은 서쪽에 있었는데, 그가 두려워한 것은 촉이었다.) 조예는 그의 청을 받아들여 마침내 사마의를 옹주와 양주 등지의 병마제독兵馬提督으로 봉했다. 사마의는 칙명(詔命)을 받고 떠나갔다.

〖 7 〗 일찌감치 첩자가 이 소식을 서천에 급보했다.

공명이 크게 놀라며 말했다: "조비는 이미 죽었고 어린 아들 조예가 즉위했다니 다른 자들은 모두 염려할 거리도 못 되지만 사마의는 지모와 방략方略이 깊은 자이다. 그가 지금 옹주와 양주의 군사들을 총독하게 되었다는데, 만일 그가 군사들을 다 훈련시키고 나면 틀림없이 우리 촉한에게는 큰 우환이 될 것이다. 차라리 먼저 군사를 일으켜서 그를 치는 것이 나을 것이다."(*사마의는 공명을 걱정했지만, 공명 역시 사마의를 걱정했다.)

참군參軍 마속이 말했다: "지금 승상께서는 남방을 평정하시고 막 돌아오셨고 군사들도 지쳐 있습니다. 우선은 쉬도록 하면서 위로하고 돌봐주셔야 마땅한데 어찌 다시 원정을 하려 하십니까? 제게 사마의가 조예의 손에 죽도록 할 계책이 하나 있사온데, 승상의 의견은 어떠하실지 모르겠습니다."

공명이 어떤 계책인지 물었다.

마속曰: "사마의가 비록 위魏의 대신이기는 하지만 조예는 평소 그를 의심하고 미워해 왔습니다. 은밀히 사람들을 낙양과 업군鄴郡 등지로 보내서 사마의가 모반을 꾸미고 있다는 유언비어를 퍼뜨리도록 하시고, 또 사마의가 천하에 고하는 방문榜文을 만들어 널리 각처에 붙임으로써 조예로 하여금 그를 의심하도록 만든다면, 조예는 틀림없이 사마의를 죽이고 말 것입니다."(*이는 일시적인 반간계反間計였는데, 그러나 누가 알았으랴, 후에 가서 과연 사마씨가 황위를 찬탈하게 될 줄을.)

공명은 그 말을 좇아서 즉시 사람들을 보내어 이 계책을 은밀히 실행하도록 했다.

〖 8 〗 한편 업성鄴城 성문 위에 어느 날 갑자기 포고문布告文 한 장이 나붙었다. 성문을 지키는 자가 그것을 떼어다가 조예에게 바쳤다.

조예가 그것을 읽어보니, 그 내용은 이러했다:

"옹주와 양주 등지의 군사 업무를 총독하는 표기대장군 사마의는 삼가 신의信義로써 천하에 포고하노라:

전에 태조무황제(太祖武皇帝: 조조)께서 처음 나라를 세우시면서 본래는 진사왕陳思王 자건(子建: 조식)을 사직의 주인으로 세우고자 하셨으나, 불행히도 간사한 무리들이 온갖 참소를 다하는 바람에 오랜 세월을 잠룡潛龍으로 지내시게 되었다. 황손皇孫 조예는 평소 아무런 덕행德行도 베푼 게 없으면서 함부로 지존至尊의 자리에 올라 있으니, 이는 태조의 남기신 뜻을 저버린 것이다.

이제 나는 하늘의 뜻에 응하고 백성들의 뜻에 따라서 날짜를 정해 군사를 일으켜서 만백성들이 바라는 바를 이뤄주고자 한다. 고시告示가 이르는 날 각자 새 임금에게 귀순토록 하라. 만약 귀순하지 않는 자가 있으면 구족九族을 멸할 것이다! 이에 먼저 알리노니, 다들 알고 있기 바란다."

〖 9 〗 조예는 다 읽어보고 나서 대경실색하여 급히 여러 신하들에게 물었다.

태위 화흠華歆이 아뢰었다: "사마의가 표문을 올려 옹주와 양주를 지키겠다고 청한 것은 바로 이를 위해서였습니다. 전에 태조 무황제(武皇帝: 조조)께서 신에게: '사마의는 눈매가 날카로운데다(鷹視) 성격이 흉포하고 탐심이 많으므로(狼顧: 이리는 자주 머리를 180도 뒤로 돌려 돌아보는데, 이렇게 하는 사람은 성격이 흉포하고 탐심이 많다고 한다), 그에게 병권을 주어서는 안 된다. 오래 되면 반드시 나라에 큰 화가 될 것이다'라고 말씀하신 적이 있습니다. (*조조의 말이 여기에서 보충 설명되고 있다.) 지금 모반하려는 뜻이 이미 싹텄으니 속히 베어 죽이셔야 하옵니다."

왕랑이 아뢰었다: "사마의는 군사 책략(韜略)에 아주 밝고 군사문제를 다루는 데 통달해 있는데다 평소 큰 뜻을 품고 있으므로, 만약 빨리 제거하지 않는다면 후에 가서 반드시 나라에 화가 될 것입니다."

조예는 이에 칙지勅旨를 내려서 군사를 일으켜 친정親征을 하려고 했다.

그때 갑자기 반열로부터 대장군 조진이 뛰쳐나오며 아뢰었다: "안 됩니다. 문황제(文皇帝: 조비)께서는 신들 몇 사람에게 어리신 주상을 부탁하셨는데, 그것은 사마중달司馬仲達에게 다른 뜻이 없음을 아셨기 때문입니다. 이번 일은 아직 그 진위眞僞 여부도 알지 못하는데, 갑자기 군사를 일으켜 친다면, 이는 그를 몰아붙여서 반란을 일으키도록 강요하는 것과 같사옵니다. 어쩌면 촉이나 동오의 첩자들이 반간계反間計를 써서 우리 주상과 신하들로 하여금 자중지란自中之亂을 일으키도록 한 후 그 빈틈을 타고 저들이 쳐들어오려는 것인지도 알 수 없습니다. 폐하께서는 이를 깊이 살피셔야 하옵니다."(*조진에게도 약간의 식견은 있다.)

조예曰: "만약 사마의가 정말로 모반을 하려 한다면 어쩌지요?"

조진曰: "만약 폐하께서 의심스러우시다면, 한 고조께서 한신韓信이 모반을 일으키려 한다는 소문을 듣고 그 진위를 알아보기 위해 운몽雲夢으로 놀러가는 체하고 그를 영접 나오도록 한 후 그를 붙잡았던 계책을 본받아, 폐하의 어가御駕를 안읍(安邑: 산서성 하현夏縣 서북)으로 행차하신다면, 사마의는 틀림없이 영접하러 나올 것입니다. 그때 그의 동정을 잘 살펴보아 모반의 뜻이 확실하다면 바로 수레 앞에서 그를 사로잡으시면 됩니다."(*이때에는 중달도 위험했다.)

조예는 그 계책을 좇아 곧바로 조진에게 자신이 없는 동안 낙양에 남아서 국사를 감독하도록 하고는 친히 어림군 10만 명을 거느리고 곧장 안읍으로 갔다.

〖 10 〗 사마의는 천자가 찾아오는 까닭도 모르면서 천자에게 자신의 위엄을 보여주려고 군사들을 정돈하여 갑사(甲士) 수만 명을 거느리고 어가를 맞이하러 갔다. (*중달은 비록 영리한 사람이었지만 이때는 도리어 계략에 걸려들고 말았다.)

근신이 아뢰었다: "사마의가 과연 군사 십여만 명을 거느리고 항거하러 오는 것을 보면 실제로 모반하려는 마음이 있사옵니다."

조예는 황급히 조휴로 하여금 먼저 군사를 거느리고 나가 그를 맞이하도록 했다. 사마의는 군사들이 오는 것을 보고 천자의 어가가 친히 오는 것으로 생각하고 길에 엎드려 맞이했다.

조휴가 나가서 말했다: "중달은 선제로부터 어리신 천자를 잘 보필하라는 무거운 부탁을 받았으면서 어떻게 배반할 수 있소?"(*전혀 뜻밖의 질문이다.)

사마의는 대경실색하여 온몸에 땀을 흘리며 그런 말을 하는 까닭을 물었다. 조휴가 앞서 있었던 일들을 자세히 말해 주었다.

사마의曰: "이는 동오와 촉의 첩자들이 반간계를 쓴 것이오. 우리 군주와 신하들이 서로 해치도록 한 다음, 저들이 우리의 빈틈을 타서 습격해 오려는 것이오. 내 직접 천자를 뵙고 해명해 드리겠소!"(*결국 중달은 총명하고 영리했다.)

그리고는 급히 군사를 뒤로 물려놓고 조예가 타고 있는 어가 앞으로 가서 땅에 엎드려 눈물을 흘리며 아뢰었다: "신은 선제께로부터 어리신 폐하를 잘 보필하라는 무거운 부탁(托孤之重)을 받았사온데 어찌 감히 다른 마음을 품겠나이까? 틀림없이 이는 동오와 촉의 간사한 계책이옵니다. 신은 한 여단(一旅: 약 2천 명)의 군사들을 데리고 가서 먼저 촉을 깨뜨리고 다음에 동오를 쳐서 선제와 폐하께 보답하고 신의 진심을 밝히도록 해주시기를 청하옵니다."

조예가 여전히 의심스럽기도 하고 염려도 되어 결단을 못 내리고 있을 때 화흠이 아뢰었다: "그에게 병권을 맡겨서는 안 됩니다. 즉시 파직시켜 향리로 돌아가도록 해야 하옵니다."(*유명한 인사의 식견 역시 매우 평범하다.)

조예는 그 말을 좇아서 사마의의 관직을 삭탈해서 고향으로 돌아가도록 하고, (*말 세 마리가 같은 구유에서 여물을 먹는 모습은 아직 보이지 않는데 먼저 말 한 마리가 구유를 떠나는 모습을 보게 된다. (제78회에 나오는 조조의 꿈 이야기 참조.─역자).) 조휴曹休로 하여금 옹주와 양주의 군사들을 총지휘하도록 했다. 조예는 어가를 몰아 낙양으로 돌아왔다.

〖 11 〗 한편 첩자가 이 일을 탐지하여 서천에 보고했다. 공명은 그

보고를 듣고 크게 기뻐하며 말했다: "내 위魏를 치려고 한 지 오래 되었다. 그러나 사마의가 옹주와 양주의 군사들을 총지휘하고 있어서 어찌하지 못했다. 그런데 이제 저들이 우리 계책에 걸려들어 그의 벼슬을 떨어뜨렸으니, 내 이제 무슨 근심이 있겠는가!"

다음날, 후주가 이른 아침에 조회를 열어 대부분의 관료들을 다 모았다. 공명이 반열에서 나가 〈출사표出師表〉 한 장을 올렸다. 그 출사표에서 말하기를:

"신 량亮은 아뢰나이다:

선제께서는 창업을 하셨으나 나라의 기틀을 아직 반도 세우지 못하시고 중도에 승하昇遐하셨나이다. 지금 천하는 셋으로 나뉘어 있고 익주(益州: 촉蜀)는 피폐해 있는바, 이는 참으로 나라가 존망存亡의 갈림길에 처해 있는 위급한 때이옵니다.

그러나 조정에서는 폐하를 모시고 호위하는 신하들이 태만하지 않고, 밖에서는 충성스런 인사들이 목숨을 아끼지 않고 있는바, 이는 대개 선제로부터 받았던 특별한 대우를 생각하고 폐하께 그것을 갚으려고 하기 때문입니다.

폐하께서는 진심으로 귀를 여시어 여러 사람들의 의견을 널리 들으시고, 선제께서 끼치신 덕을 빛내시고, 지사志士들의 사기를 진작시켜 주셔야 하옵니다. 함부로 폐하 자신을 비하卑下하고 대의大義에 어긋난 사례를 인용하시면서, 충성으로 간하는 언로言路를 막아서는 아니 되옵니다. (*무턱대고 자신을 낮추는 것은 젊은이들의 큰 병통이고, 대의에 어긋난 예를 인용하는 것도 젊은이들의 큰 병통이다.)

궁중과 정부는 일심동체이오니(*후주가 궁중 사람들과 친밀하게 지낼까봐 걱정하고 있는데, 이미 황호黃皓를 총애하는 등의 일들을 예견하고 있다.) 상벌賞罰과 포폄褒貶이 궁중과 정부의 인사人事에서 서로 일치하지 않아서는 안 되옵니다. 만약 간사한 짓을 하고 법을 범한 자와 충성스럽고 선한 자가 있으면 마땅히 담당 부서에 맡겨서 그 형벌과 포상을 의논하도록 함으로써 폐하의 공명정대하신 다스림을 밝히셔야지, 사사로운 정情에 치우쳐서 궁중과 정부에 대하여 서로 다른 법을 적용해서는 아니 되옵니다. (*궁중 사람들과 친하게 지내고 정부(府中) 사람들과는 소원하게 되는 것, 출사표를 올린 것은 전부 이런 일 때문임을 알 수 있다.)

〖 12 〗 시중侍中·시랑侍郎 곽유지郭攸之, 비의費禕, 동윤董允 등은 모두 충량신실忠良信實하며 그 뜻과 생각하는 바가 충성순정忠誠純正하기 때문에 선제께서 가려 뽑으시어 폐하께 물려주신 사람들입니다. (*선제를 끌어와서 이들에게 무게를 더해주고 있다. 구구절절이 선제의 이름을 빠뜨리지 않는다.) 신의 생각에는, 궁중의 일은 크고 작은 모든 일들을 이들에게 물어보신 후 시행하신다면 틀림없이 부족한 점과 결점을 메울 수 있게 되어 널리 유익한 바가 있을 것이옵니다.

장군 상총向寵은 성품이 맑고 행위가 공정하며(性行淑均) 군사軍事에 매우 밝은데, 선제께서는 전에 그를 시험 삼아 써보시고는 그를 '유능하다(能)'고 칭찬하시고 (*선제를 인용해서 그에게 무게를 더해주고 있다.) 여러 사람들의 의논에 따라 그를 천거하여 근위군을 통솔하는 중부독中部督으로 삼으셨사옵니다. 신의 생각에는, 군영 안의 일은 크고 작은 모든 일을 이 사람에게 물어보신다면 군대는 서로 협조하고 단결하여 뛰어난 자와 열등한 자들 모두가 제자리를 얻게 될 것이옵니다.

어진 신하(賢臣)를 가까이 하고 소인을 멀리한 것, 이것이 전한前漢이 흥하고 번성하게 된 이유였으며, 소인을 가까이하고 어진 신하를 멀리한 것, 이것이 후한後漢이 기울어져 무너진 까닭이옵니다. 선제께서 생존해 계실 때 신과 더불어 이 일을 이야기할 때마다 매번 환제桓帝와 영제靈帝에 대해 탄식하시고 통한痛恨하지 않으신 적이 없었나이다. (*밝고 밝은 귀감龜鑑의 말로, 선제를 인용하여 강조하고 있다. 슬프구나, 환제와 영제가 십상시十常侍들을 총애한 일이여! 이는 후주가 황호黃皓를 총애한 것과 같다.)

시중侍中 · 상서尙書, (*진진陳震을 말함.) 장사長史 · 참군參軍, (*장완蔣琬을 말함.) 이들은 모두 지조가 곧고 죽음을 무릅쓰고 절개를 지킬 (貞亮死節) 신하들이오니 폐하께서는 그들을 가까이 하시고 그들을 신임하시기 바라옵니다. 그리하신다면 한漢 황실이 융성해질 날은 손꼽아 기다릴 수 있을 정도로 멀지않을 것이옵니다. (*이 두 신하는 공명이 등용한 사람들이다. 출사出師 후에 황제가 그들을 쓰지 않을지도 몰라서 따로 부탁한 것이다.)

〖 13 〗 신은 본래 일반 백성으로 남양에서 스스로 밭을 갈면서 난세亂世에서 그럭저럭 목숨이나 부지하려고 하였지, 제 이름이 제후諸侯들에게 알려져서 등용되기를 바라지는 않았사옵니다. 그런데 선제께서는 신을 미천하고 비루하다(卑鄙) 여기지 않으시고 외람되게도 스스로 몸을 낮추시어 신이 사는 초가집(草廬)으로 세 번이나 찾아오셔서 신에게 당시 세상일을 하문下問하셨사옵니다. 이에 감격한 신은 마침내 선제께 이 한 몸 다 바치기로 약속하였나이다. 후에 형세가 뒤집혀지고 싸움에서 패했을 때 임무를 맡아 위태로운 가운데 명을 받들어 왔사온데, 그 뒤로 어느덧 21년이 되었나이다.

선제께서는 신이 조심하고 신중함을 아시고 승하하시기 전에 신에게 큰일을 맡기셨나이다. 신은 고명顧命을 받은 이래 밤낮으로 근심하면서 혹시 부탁하신 바를 다해내지 못하여 선제의 밝으심을 손상시키게 될까봐 두려워하였나이다. 그래서 5월에는 노수瀘水를 건너 불모의 땅 깊숙이 들어갔던 것이옵니다.

이제 남방南方은 이미 평정되었고 군사들과 병장기들도 이미 충분히 마련되었으므로 마땅히 전군을 거느리고 북으로 가서 중원을 평정해야 하나이다.

바라는 것은, 신의 작은 재주와 미력微力을 다 바쳐 간악하고 음흉한 무리들을 없애서 한漢 황실을 다시 일으켜 세우고 옛 도읍 낙양洛陽으로 돌아가는 것이옵니다. 이는 신이 선제께 보답하고 폐하께 충성하기 위해 마땅히 해야 할 직분職分이옵니다.

무릇 나라 안 모든 일들의 손익損益을 잘 헤아려서 폐하께 충언忠言을 올리는 것은 곧 곽유지郭攸之, 비의費褘, 동윤董允의 소임이옵니다. (*이는 왕사王師로서 세 사람을 보증 추천하는 것이 아니라, 자신은 이미 현직을 그만두고 군사를 거느리고 떠나가므로 그들로 하여금 자신의 임무를 대신하도록 하려는 것이다.)

부디 폐하께서는 신에게 역적을 쳐서 한 황실을 부흥시키는 임무를 맡겨주시되, 이 일을 해내지 못하거든 신의 죄를 다스리시어 선제의 영전에 고하소서.

만약 다시 한 황실을 일으키는 데 유익한 방도를 진언進言 드리지 못하거든 곽유지·비의·동윤 등의 허물을 책망하시어 그들의 태만함을 드러내소서. (*자신의 출사出師를 말하면서 반드시 세 신하들을 연대하여 천자를 보좌하도록 한 것은 그가 우려하는 것이 외부의 도적에 있는 것이 아니라 내부의 독충(蠱)들에 있음을 나타내는 것이다.)

폐하 역시 스스로 궁리하시고(自謀), 좋은 도리를 물으시고(諮諏善道), 바른 말을 살펴 받아들이시고(察納雅言), 선제께서 남기신 유명(遺詔)을 따르도록 하시옵소서. (*후주가 자기 말을 받아들이도록 하기 위해 반드시 선제를 인용하여 강조하고 있다.)

신은 폐하의 은혜를 받고 너무나 감격하였나이다!

이제 멀리 떠나면서 표문을 올리려 하니 눈물이 앞을 가려 무슨 말씀을 드려야 할지 모르겠나이다."(*위魏를 칠 걱정에 눈물을 흘리는 것이 아니라 후주後主 걱정에 눈물을 흘린 것이다.)

〖 14 〗 후주는 출사표를 읽어보고 나서 말했다: "상부相父께서는 남정南征을 하시느라 먼 길에 올라 갖은 고생을 다 하신 후 이제야 겨우 도성으로 돌아오셨습니다. 아직은 앉는 자리조차 몸에 익숙하지 않아 불편하실 텐데 이제 또 북쪽을 치러 가시겠다니, 혹시 몸과 마음을 너무 혹사시키는 것은 아닌지 두렵습니다."

공명曰: "신은 선제로부터 어리신 폐하를 잘 보필하라는 무거운 부탁을 받은 후로 밤낮으로 한시도 태만한 적이 없었나이다. 이제 남방이 평정되어 나라 안의 일로 근심할 일은 없어졌사오니, (*전에 남정南征을 한 것은 바로 이를 위해서였다.) 이때를 이용하여 도적을 쳐서 중원을 회복하지 않고 다시 어느 때를 기다리겠나이까?"

이때 갑자기 반열로부터 태사太史 초주譙周가 나와서 아뢰었다: "신이 밤에 천문을 살펴보았더니, 북방에는 왕성한 기운이 한창 대단하여 별들이 두 배나 밝게 반짝였습니다. 아직 북방을 도모圖謀해서는 안 됩니다."

그리고는 공명을 돌아보고 말했다: "승상께서는 천문에 매우 밝으시면서 어찌하여 천문을 무시하고 억지로 하려 하십니까?"

공명曰: "천도天道란 변하고 일정하지 않은(變易不常) 것인데 어찌 그것에 얽매일 수 있단 말이오? 나는 지금 당분간 군사들을 한중漢中에 주둔시켜 놓고 저들의 동정을 살펴본 후에 나아갈 것이오."

초주가 극력 간했으나 듣지 않았다.

이리하여 공명은 곽유지·동윤·비의 등을 남겨두어 시중으로서 궁중의 일들을 총괄하도록 하고; (*출사표에 있는 그대로다.) 또 상총向寵을 남겨두어 대장으로서 어림군御林軍을 총독하도록 하고; (*출사표에 있는 그대로다.) 진진陳震을 시중으로 삼고, 장완蔣琬을 참군參軍으로 삼고, (*이는 출사표에서 언급하지 않은 것이다.) 장예張裔를 장사長史로 삼아서 셋이서 승상부丞相府의 일을 관장하도록 했다. 그리고 두경杜瓊을 간의대부諫議大夫로, 두미杜微와 양홍楊洪을 상서尚書로, 맹광孟光과 내민來敏을 좨주祭酒로, 윤묵尹默과 이선李譔을 박사博士로, 극정郤正과 비시費詩를 비서秘書로 삼고, 초주를 태사로 삼아서 내외 문무관료 1백여 명과 같이 나라 안의 일들을 다스리도록 했다. (*이는 출사표에서 언급하지 않은 것이다.)

〖 15 〗 공명은 출정을 명하는 후주의 칙명을 받고 승상부로 돌아와서 여러 장수들을 불러놓고 명을 내렸다:

전독부前督部 —— 진북장군鎭北將軍·영 승상사마領丞相司馬·양주자사凉州刺史·도정후都亭侯 위연魏延; 전군도독前軍都督 —— 영 부풍태수領扶風太守 장익張翼; 아문장牙門將 —— 비장군裨將軍 왕평王平; 후군영병사後軍領兵使 —— 안한장군安漢將軍·영 건녕태수領建寧太守 이회李恢; 부장副將 —— 정원장군定遠將軍·영 한중태수領漢中太守 여의呂義; 겸 관운량 좌군영병사兼管運粮 左軍領兵使 —— 평북장군平北將軍·진창후陳倉侯 마대馬岱; 부장副將 —— 비위장군飛衛將軍 요화廖化; 우군영병사右軍領兵使 —— 분위장군奮威將軍·박양정후博陽亭侯 마충馬忠, 무융장군撫戎將軍·관내후關內侯 장억張嶷; 행중군사行中軍師 —— 거기대장군車騎大將軍·도향후都鄕侯 유염劉琰; 중감군中監軍 —— 양무장군揚武將軍 등지鄧芝; 중참군中參軍 —— 안원장군安遠將軍 마속馬謖; 전장군前將軍 —— 도정후都亭侯 원침袁綝; 좌장군左將軍 —— 고양후高陽侯 오의吳懿; 우장군右將軍 —— 현도후玄都侯 고상高翔; 후장군後將軍 —— 안락후安樂侯 오반吳班; 영장사領長

史 ─ 수군장군綏軍將軍 양의楊儀; 전장군前將軍 ─ 정남장군征南將軍 유파劉巴; 전호군前護軍 ─ 편장군偏將軍·한성정후漢城亭侯 허윤許允; 좌호군左護軍 ─ 독신중랑장篤信中郞將 정함丁咸; 우호군右護軍 ─ 편장군偏將軍 유민劉敏; 후호군後護軍 ─ 전군중랑장典軍中郞將 궁옹宮雝; 행참군行參軍 ─ 소무중랑장昭武中郞將 호제胡濟; 행참군行參軍 ─ 간의장군諫議將軍 염안閻晏; 행참군行參軍 ─ 편장군偏將軍 찬습爨習; 행참군行參軍 ─ 비장군裨將軍 두의杜義, 무략중랑장武略中郞將 두기杜祺, 수군도위綏軍都尉 성발盛勃; 종사從事 ─ 무략중랑장武略中郞將 번기樊岐; 전군서기典軍書記 ─ 번건樊建; 승상영사丞相令史 ─ 동궐董厥; 장전좌호위사帳前左護衛使 ─ 용양장군龍驤將軍 관흥關興; 우호위사右護衛使 ─ 호익장군虎翼將軍 장포張苞.

이상 전체 관원들은 모두 평북대도독平北大都督·승상丞相·무향후武鄕侯·영 익주목領益州牧·지내외사知內外事 제갈량諸葛亮을 따르도록 했다. 전군의 배치가 완료되자 또 이엄李嚴 등에게 격문을 띄워 서천의 입구 (川口)를 굳게 지켜 동오를 막도록 했다. (*극도로 주밀周密하다.) 출병할 날을 건흥 5년(서기 227년) 봄 3월 병인일丙寅日로 정하여 위魏를 치러 가기로 했다.

〖 16 〗 그때 갑자기 막사 안에 있던 한 노장老將이 언성을 높여 말했다: "내 비록 나이는 많으나 아직도 염파(廉頗: 전국시대 조趙 나라의 명장)의 용기와 마원馬援 장군의 기백이 있습니다. 이들 두 옛사람은 늙어서 쓸 수 없다는 말을 듣지 않았는데, 어찌하여 나는 쓰지 않으려 하십니까?"

모두들 보니 바로 조운이었다.

공명이 말했다: "내가 남방을 평정하고 돌아온 이후 마맹기(馬孟起: 마초)가 병으로 돌아가서, (*마초馬超의 죽음을 공명의 입을 통해 말하고 있

다. 생필법省筆法이다.) 마치 내 한 팔이 부러진 것처럼 여기고 몹시 애석해 하고 있소. 지금 장군의 연세가 이미 많은데 만약 조금이라도 잘못되는 일이 있게 되면 일세—世를 떨친 영웅의 명성(英名)에 흠이 가고 촉병들의 사기도 떨어지게 될 거요."(*또 격장법激將法을 쓰고 있다.)

조운이 언성을 높여 말했다: "내가 선주를 따라다닌 이래 싸움에 임하여 물러선 일이 없었고, 적을 만나면 앞장서서 싸웠소이다. 대장부가 싸움터에서 죽을 수 있다면 행운인데, 내가 무엇을 원망하겠소? 부디 선두부대의 선봉을 시켜주시오."

공명은 재삼 극력 말렸다.

조운曰: "만약 나를 선봉으로 삼아주지 않는다면 계단 아래에 머리를 부딪쳐 죽어버리겠소!"

공명曰: "장군께서 기왕에 선봉이 되겠다고 하시니, 한 사람을 구해서 같이 가야만 하오."

말이 끝나기도 전에 한 사람이 그 말에 응하여 말했다: "제가 비록 재주는 없으나 노장군을 도와 먼저 일군을 거느리고 나가 적을 깨뜨리고자 합니다."

공명이 보니 등지鄧芝였다. (*전에 손권에게 사자로 갔을 때 펄펄 끓는 기름 가마를 보고도 겁을 내지 않았던 사람이다.) 공명은 크게 기뻐하면서 즉시 정예병 5천 명과 부장副將 10명을 뽑아서 조운과 등지를 따라가도록 했다.

공명이 군사를 이끌고 출발하자, 후주는 백관들을 이끌고 북문 밖 10리까지 나가서 전송했다. 공명은 후주에게 작별인사를 하고, 깃발들로 들판을 뒤덮고, 과극戈戟으로 숲을 이루어, 군사들을 거느리고 한중漢中을 향해 서서히 출발했다.

〖 17 〗 한편 변경의 관원이 이 일을 탐지하여 낙양에 보고했다. 이날

조예曹叡가 조회朝會를 열고 있었는데, 근신이 아뢰었다: "변경의 관원이 보고하기를, 제갈량이 30여 만 명이나 되는 대군을 거느리고 와서 한중에 주둔하고 있다고 하옵니다. (*공명의 군사 수가 조예 근신의 입으로 보충 설명되고 있다.) 조운과 등지를 선두부대의 선봉으로 삼고 군사를 이끌고 우리 지경으로 들어왔다고 합니다."

조예가 크게 놀라서 여러 신하들에게 물었다: "누가 대장이 되어 촉병을 물리칠 수 있겠는가?"

갑자기 한 사람이 그 소리에 응하여 나서며 말했다: "신의 아비가 한중에서 돌아가셨으나, 이가 갈리도록 사무치는 한(切齒之恨)을 아직도 갚지 못했사옵니다. (*제71회의 일.) 지금 촉병이 우리 지경을 침범하였으니 신이 휘하의 맹장들을 이끌고, 거기다가 폐하의 관서關西의 군사들까지 빌려서, 촉을 깨뜨리러 가고자 합니다. 그리하여 위로는 나라를 위해 충성을 다하고 아래로는 아비의 원수를 갚겠나이다. 그렇게만 한다면 신은 만 번 죽어도 원한이 없사옵니다."

모두들 보니 곧 하후연夏侯淵의 아들 하후무夏侯楙였다.

하후무는 자字를 자휴子休라고 하는데, 그는 성질이 매우 급하고 또 몹시 인색했다. 그는 어릴 때 하후돈夏侯惇의 양자가 되었다. 후에 하후연이 황충黃忠에게 죽자 조조가 그를 불쌍히 여겨 자기 딸 청하공주淸河公主를 하후무에게 시집보내서 그를 부마(駙馬: 왕의 사위. 공주의 남편)로 삼았다. (*조조의 본래 성은 하후씨夏侯氏다. 그런데 자기 딸을 하후무에게 시집보낸 것은 곧 동성同姓 간에 혼인을 시킨 것으로, 이는 조상들을 심히 모독한 짓이다.) 이 때문에 조정에서는 그를 몹시 공경했다. 그는 비록 병권兵權을 잡고 있었으나 여태 싸움터에 나가본 적이 없었는데, 이때 출정出征하겠다고 자청하여 나온 것이다.

조예는 즉시 그를 대도독으로 삼아 관서 여러 방면의 군사들을 그에게 소속시켜 앞으로 나아가 적을 막도록 했다.

사도司徒 왕랑王朗이 간했다: "안 됩니다. 하후 부마는 지금까지 싸움터에 나가본 적도 없는데 지금 그에게 이런 대임을 맡기는 것은 합당한 처사가 아니옵니다. 더구나 제갈량은 지모가 풍부하고 도략韜略에 깊이 통달한 자이므로 적을 가벼이 보아서는 안 됩니다."

하후무가 그를 꾸짖었다: "사도는 제갈량과 손잡고 안에서 호응하려는 게 아니오? 나는 어렸을 때부터 부친께 도략을 배워 병법에 깊이 통했는데, 당신은 어찌하여 나이 어리다고 나를 업신여기는 것이오? 내가 만약 제갈량을 산 채로 사로잡지 못한다면 맹세코 다시 돌아와 천자를 뵙지 않을 것이오!"(*그 뜻이 크고 큰소리를 잘 치는 사람은 언제나 쓸모가 없다.)

왕랑 등은 다들 감히 더 이상 말을 할 수가 없었다.

하후무는 위주魏主에게 하직인사를 한 다음, 밤낮 없이 장안으로 달려가서 관서 여러 방면의 군사 20여만 명을 데리고 공명을 대적하러 갔다. 이야말로:

전군 지휘할 대장 임명하면서 　　　　　　欲秉白旄麾將士
　도리어 어린애에게 병권을 잡게 하네. 　　却敎黃吻掌兵權
승부가 어찌될지 모르겠거든 다음 회를 읽어보기 바란다.

제 91 회 모종강 서시평序始評

(1). 무력은 가벼이 사용해서는 안 되지만 부득이 사용해야 할 경우도 있는데, 그것은 역적을 쳐야 하는 대의大義가 절실하기 때문이다. 그런데 위魏를 치는 것은 역적을 치는 것이지만, 남만南蠻을 평정한 것 역시 역적을 친 것이었는가? 그리고 위魏의 군사를 치는 것이 반드시 남만을 평정한 다음이어야 했던 이유는 무엇인가?

그 역시 조조가 여포를 멸하지 않고서는 감히 원소를 도모할 수 없었던 것과 같고, 원소를 멸하지 않고서는 감히 강남을 엿볼 수 없었던 것과 같다. 그리고 위魏가 남만의 군사를 빌려서 촉을 공격했으므로, 무후가 남만을 평정한 것은 곧 위魏를 친 것이라고 말해도 좋다.

남만을 평정한 것이 곧 위魏를 친 것이라고 한다면, 무후가 처음 위를 친 것은 곧 위를 두 번째 친 것이라고 말할 수 있다.

(2). 무후가 북벌을 하면서 남쪽을 뒤돌아보아야 할 걱정거리가 없어진 것이 무후로서는 기쁜 일이었다. 무후가 밖을 치면서 끝내 안을 뒤돌아 보아야 할 걱정거리가 없어지지 않은 것은 무후로서는 두려운 일이었다. 왜 그러한가?

남방을 평정한 이후에는 걱정거리가 남만 사람들에게 있지 않고 바로 후주에게 있었던 것이다. 시험 삼아 〈출사표〉 한 편을 자세히 읽어보면, "표문을 쓰려니 눈물이 앞을 가린다(臨表涕泣)"라고 말했는데, 위魏를 치려면 위를 치면 될 뿐 눈물을 흘릴 필요가 어디 있는가? 그것은 바로 당시의 나라 일을 생각해 보면 실로 위급존망危急存亡의 갈림길에 있을 때인데, 그런데도 당시의 후주는 바야흐로 취생몽사醉生夢死하고 있었기 때문이다.

그 아비만큼 그 자식을 잘 아는 사람은 없다. 선주가 "보필해도 안 될 것 같으면(不可輔)"이라고 한 말에서 이미 그 징험徵驗이 드러나고 있었다. 그 임금만큼 신하를 잘 아는 자는 없다. 선주는 이미 "(보필해도 안 될 것 같으면) 직접 나라를 취하라(自取之)"라고 유언을 했다. 그러나 그렇다고 해서 어찌 감히 공명 자신이 정말로 제위에 곧바로 오를 수 있겠는가? 이리하여 친히 많은 군사들을 이끌고 북벌北伐하러 나가지 않을 수가 도저히 없었던 것이다.

후주의 마음은 이미 외부 사물(物)에 끌리고 무디어져 있었는데, 그렇다고 조금도 관대하게 대할 수 없었기 때문에 절절하게 가르쳐서 이끌어주고 신신 당부하기를 한 번은 엄한 부친처럼, 한 번은 자애로운 조모처럼 했던 것이다.

대개 이날의 이 표문에서 선생께서 눈물이 앞을 가린다고 말한 것은 본래 후주를 몹시 비난한 말이고, 한의 역적 위魏와 양립할 수 없음 때문만은 아니었던 것이다. 오늘날 사람들이 이 〈출사표〉는 다만 토적討賊의 대의를 밝힌 것인 줄로만 알고, 그가 후주를 속으로 생각하는 충성심에 대해 모른다면, 그가 어찌 무후를 아는 자라고 할 수 있겠는가?

(3). 무후의 〈출사표出師表〉 한 편은 참으로 전문前文과 후문後文의 복필伏筆이자 응문應文이다. 그리고 마속馬謖의 반간계反間計 역시 전문과 후문의 복필이자 응문이다. 어째서 그러한가?

조조는 조식曹植을 후계자로 세우려 하면서 가후賈詡에게 물어보았는데, 그 시기는 처음으로 위왕魏王을 자칭하던 때였다. "콩을 볶으면서 콩깍지를 태운다(煮豆燃豆)"란 시는 조비曹丕가 처음으로 황제의 자리에 올랐을 때 지은 시이다. 조조가 자다가 꾸었던 "말 세 마리가 한 구유에서 먹고 있는(三馬同槽)" 꿈은 한 번은 마등馬騰이 죽기 전에 꿨고, 한 번은 죽으려고 할 때 꿨다. 그리고 마속의 반간계는 조식이 마땅히 황제의 자리에 올랐어야 한다고 말하고 있는데, 이는 전문의 내용이 여기에서 드러난 것이다. (*이를 〈응應〉이라고 한다.) 사마씨가 반란을 일으키려 한다고 말한 것은 후문의 내용이 또 여기에 숨어 엎드려 있는 것이다. (*이를 〈복伏〉이라고 한다.)

이뿐만이 아니다. 천상天象을 말하기 좋아하는 사람으로는 초주

譙周만한 사람이 없다. 그는 전문에서는 천문을 말하면서 유장劉璋에게 항복을 권했는데, 후문에서는 또 천문을 말하면서 후주 유선劉禪에게 항복을 권한다. 그리고 본회에서 공명에게 간하는 말 역시 바로 전문의 내용과 후문의 내용이 서로 연접하는 것이다.

(＊복필伏筆과 응필應筆: 문학작품에서 장차 뒷부분에서 나오게 되는 내용을 앞에서 먼저 제시하거나 암시하는 것을 〈복필伏筆〉이라 하고, 앞에서 미리 제시하거나 암시한 것이 뒤에 가서 실제로 출현하는 것을 〈응필應筆〉 또는 〈응문應文〉이라고 한다.─역자)

三國演義

제92회

조자룡, 다섯 장수를 힘껏 베어죽이고
제갈량, 세 개 성을 지모를 써서 빼앗다

〖 1 〗 한편 공명은 군사를 거느리고 나아가 면양(沔陽: 섬서성을 흐르는 한수漢水 지류의 북쪽)에 이르러 마초의 무덤을 지나가게 되자 그의 사촌 아우 마대馬岱로 하여금 상복을 입도록 하고 자기가 친히 제사祭祀를 지내주었다. 제사를 마치고 영채로 돌아와서 진군할 일을 상의했다.

그때 갑자기 정탐병이 보고했다: "위주魏主 조예가 부마 하후무夏侯楙를 파견하여 관중關中 여러 방면의 군사들을 데리고 우리를 막으려고 오고 있습니다."

위연이 막사에 들어와서 계책을 말했다: "하후무는 부귀한 집안에서 호사를 누리며 귀하게 자란 자(膏粱子弟)이기 때문에 나약할 뿐만 아니라 지모도 없습니다. (*위연의 지모는 사마의는 속여 넘길 수 없어도 하후무는 너끈히 속여 넘길 수 있다.)

제92회 조자룡, 다섯 장수를 힘껏 베어죽이고 ■ 35

제게 정예병 5천 명만 주시면 포중(褒中: 섬서성 한중시 서북의 포성褒城)
으로 나가서 진령(秦嶺: 섬서성 경내에 있다. 주봉은 태백산太白山으로 관중과
한중 사이에 솟아 있는 높이 3767미터의 산)의 동편을 따라 가다가 자오곡(子
午谷: 섬서성 장안현 남진령南秦嶺 산중에 있는 계곡. 장안에서 한중 분지로 통하는
길)에 이르러서 그곳에서 북쪽으로 간다면, 열흘도 안 걸려서 장안에
당도할 수 있습니다. 하후무는 제가 갑자기 쳐들어왔다는 말을 들으면
틀림없이 성을 버리고 장안성의 북서쪽 문인 횡문橫門 안쪽에 있는 양
곡창고(邸閣) 쪽으로 달아날 것입니다.

바로 그때 저는 동쪽에서 쳐들어가고 승상께서는 대군을 몰아 진령
서쪽의 야곡(斜谷: 섬서성 미현眉縣 서쪽에 있는, 사천四川과 섬서陜西 간의 교통
의 요충지)으로 진군해 가시는 것입니다. 이렇게 진군해 간다면 함양(咸
陽: 진대秦代의 도성. 섬서성 서안西安 북쪽) 서쪽 지방은 일거에 평정할 수
있습니다."(*이 역시 옛날 한신韓信이 몰래 진창陳倉으로 건너갈 때 썼던 계
책인데, 공명이 이 계책을 쓰지 않은 것이 애석하다.)

공명은 웃으면서 말했다: "이는 매우 안전한 계책(萬全之計)이 못 된
다. 장군은 중원에는 유능한 인물이 없다고 얕보는 것 같은데, 만약
누군가가 건의하여 산골짜기 속에서 군사들이 길을 끊고 쳐들어온다
면 우리 군사 5천 명만 해를 입을 뿐 아니라 또한 우리 군사들 전체의
사기가 크게 떨어지게 된다. 그 계책은 결코 쓸 수 없다!"(*무후는 조심
만 할 뿐 대담하게 나아가지 않았다.)

위연이 또 말했다: "승상의 군사들이 대로를 따라 나아간다면 저들
은 틀림없이 관중의 군사들을 총동원하여 도중에서 맞이할 것입니다.
그리하여 오랜 시일 서로 대치하고 있게 된다면 어느 세월에 중원을
얻을 수 있겠습니까?"

공명曰: "나는 농우(隴右: 감숙성 농저隴坻 서쪽에서 신강新疆 적화迪化 동
쪽까지)에서부터 평탄한 대로를 따라 병법에 맞게 진군할 것인데, 어찌

이기지 못할까봐 염려한단 말인가!"(*출병의 명분이 바르므로 진군하는 길 역시 바른 길을 취하겠다는 뜻이다.)

그러면서 끝내 위연이 건의한 계책을 채택하지 않았다. 위연은 불만에 가득차서 앙앙불락怏怏不樂 했다. 공명은 사람을 조운에게 보내서 진군하도록 했다.

〖 2 〗 한편 하후무는 장안에서 여러 방면의 군사들을 불러 모았다. 그때 서량西凉의 대장 한덕韓德이 서강西羌의 여러 지방에서 불러 모은 8만 명의 군사들을 이끌고 하후무를 보러 왔는데, 그는 초승달 모양의 큰 도끼(開山大斧)를 잘 썼으며, 1만 명의 사내들이 덤벼들어도 당해 내지 못할 정도로 용맹(萬夫不當之勇)했다

하후무는 그에게 큰 상을 내리고 곧바로 선봉으로 삼아서 싸우러 내보냈다. 한덕에게는 아들 넷이 있었는데, 맏아들은 한영韓瑛, 둘째는 한요韓瑤, 셋째는 한경韓瓊, 막내는 한기韓琪였다. 그들은 모두 무예에 정통했고 활쏘기와 말 타기 실력이 남들보다 뛰어났다. 한덕은 네 아들과 서강 병사 8만 명을 데리고 봉명산(鳳鳴山: 삼국시대에는 이런 산 이름이 없었다.)으로 가는 길을 취해 나아가다가 마침 촉병들과 마주쳤다. 양편 군사들이 서로 마주보고 진을 친 후 한덕이 말을 타고 나가자 네 아들들도 양쪽에서 열을 지어 나갔다.

한덕이 언성을 높여 꾸짖었다: "나라를 배반한 역적 놈들이 어찌 감히 우리 경계를 침범해 온단 말이냐?"

조운이 크게 화를 내며 창을 꼬나들고 말을 달려 나가 혼자서 한덕에게 싸움을 걸었다. 맏아들 한영이 말을 달려 나와 조운을 맞이했다. 3합도 못 싸우고 그는 조운의 창에 찔려 말 아래로 떨어져 죽었다. (*자룡은 늙지 않았다.) 둘째 아들 한요가 이를 보고 칼을 휘두르며 말을 달려 싸우러 나왔다. 조운은 옛날의 범 같은 위엄을 보이며 힘을 떨쳐

그를 맞아 싸웠다. 한요가 당해 내지 못하자, (*자룡은 정말로 늙지 않았다.) 셋째 아들 한경이 급히 방천극을 꼬나들고 말을 달려 나와서 협공했다. 그러나 조운은 전혀 겁을 내지 않고 창법槍法도 흐트러지지 않았다. (*자룡은 늙지 않았다.) 넷째 아들 한기가 자기 두 형들이 조운과 싸워 이기지 못하는 것을 보고는 그도 일월도日月刀 두 자루를 휘두르며 말을 달려 나와서 셋이서 조운을 에워쌌다. 조운은 가운데서 홀로 세 장수를 상대로 싸웠다. 잠시 후 한기가 창에 찔려 말에서 떨어지자 한덕의 진중에서 편장偏將들이 급히 달려 나와 그를 구해 돌아갔다.

조운은 창을 끌면서 곧바로 달아났다. 그러자 한경이 방천극을 말안장에 걸어놓고 급히 활과 화살을 잡아 연달아 화살 석 대를 쏘았는데 조운은 그것들을 전부 창으로 쳐서 땅에 떨어뜨렸다. 한경은 크게 화가 나서 다시 방천극을 손에 들고 말을 달려 조운을 쫓아갔으나, 도리어 조운이 쏜 화살에 얼굴 정면을 맞고 말에서 떨어져 죽었다. (*화살 세 개를 받았으므로 그 답례로 한 개를 보내준 것인데, 그것을 감당해내지 못한 것이다.)

〖 3 〗 한요가 말을 달려가서 보도寶刀를 들고 곧바로 조운을 베려고 했다. 조운이 창을 땅에 내던지고 잽싸게 보도를 피하면서 한요를 산채로 사로잡아 진으로 돌아왔다. 조운이 다시 말을 달려 땅에 내던졌던 창을 집어 들고 적진으로 쳐들어갔다.

한덕은 네 아들이 모두 조운의 손에 당하는 것을 보고 그만 간담이 다 떨어져서 먼저 진중으로 달아났다. 서량의 군사들은 평소부터 조운의 이름을 들어서 알고 있었는데, 지금 그 영용함이 예전과 같은 것을 보았으니 누가 감히 싸우려 하겠는가? 조운의 말이 이르는 곳마다 한덕의 군사들은 줄줄이 뒤로 물러났다.

조운은 필마단창匹馬單槍으로 왔다 갔다 하면서 부딪쳐 싸우기를 마

치 무인지경無人之境에 들어가 있는 듯했다. 후세 사람이 그를 칭찬하여 지은 시가 있으니:

옛날의 상산 조자룡 그 이름 생생한데　　　　憶昔常山趙子龍
나이 일흔이 넘었으면서 기이한 공 세우네.　年登七十建奇功
혼자서 네 장수 베고 적진 속을 좌충우돌하니　獨誅四將來衝陣
당양에서 주인 구하던 영웅 모습 그대로이네.　猶似當陽救主雄

등지는 조운이 크게 이긴 것을 보고 촉병을 거느리고 몰아쳐 갔다. 서량의 군사들은 크게 패하여 달아났다. 한덕은 하마터면 조운에게 사로잡힐 뻔하자 갑옷을 벗어버리고 걸어서 도망쳤다. 조운은 등지와 함께 군사를 거두어 영채로 돌아왔다.

등지가 승전을 축하했다: "장군의 연세 이미 일흔이신데 영용英勇하시기가 옛날과 똑같습니다. 오늘 싸움에서 네 장수를 힘껏 참斬하셨는데, 이런 일은 세상에 드뭅니다!"

조운曰: "승상은 내가 늙었다고 생각하고 쓰려 하지 않기에 내 일부러 잠시 내 힘을 과시했던 것이다!"

그리고는 곧바로 사람을 시켜서 사로잡은 한요를 공명에게 압송해 가서 승전소식을 보고하도록 했다.

〖 4 〗 한편 한덕은 패군을 이끌고 돌아가서 하후무를 보고 울면서 이 일을 아뢰었다. (*하나는 그 아비를 잃었고, 하나는 그 자식을 잃었으니, 이는 바로 근심이 있는 사람이 근심이 있는 사람에게 하소연한 것이다.)

하후무는 직접 군사를 거느리고 조운과 싸우러 갔다. 하후무가 군사들을 이끌고 왔다는 소식을 정탐병이 촉군의 영채에 보고했다. 조운은 말에 올라 창을 잡고 1천여 명의 군사들을 이끌고 봉명산 앞으로 가서 진을 벌였다.

이날 하후무는 머리에 황금 투구를 쓰고 백마를 타고 손에는 큰 칼을 들고 문기 아래에 서서, 조운이 손에 창을 꼬나들고 말을 달려서 왔다 갔다 하는 것을 보고는 자신이 직접 싸우러 나가려고 했다.

한덕曰: "내 아들 넷을 죽인 원수를 어찌 갚지 않을 수 있습니까?" 그리고는 초승달 모양의 큰 도끼를 휘두르며 말을 달려가서 곧장 조운에게 덤벼들었다. 조운은 화가 나서 창을 꼬나들고 그를 맞이해 싸웠다. 미처 3합도 못 싸웠을 때 창을 번쩍 들어 한덕을 찔러 죽여 말 아래로 떨어뜨렸다. 조운은 급히 말머리를 돌려 곧바로 하후무에게 달려들었다. 하후무는 황망히 자기 진영으로 도망쳐 들어갔다. 등지가 곧바로 군사를 몰아 쳐들어갔다. 위병은 또 한 바탕 싸움에서 지고 나자 10여리 뒤로 물러가 영채를 세웠다.

하후무는 그날 밤 여러 장수들과 상의했다: "내가 조운의 이름은 들은 지 오래 되었으나 그의 얼굴은 본 적이 없다. 오늘 보니 나이는 많아도 영웅의 모습은 여전하여 비로소 옛날 당양當陽 장판파長坂坡에서 있었던 일을 사실로 믿게 되었다. (*또 제41회 중의 일을 꺼낸다.) 그는 아무도 대적할 수 없을 것 같은데, 이를 어찌하면 좋겠는가?"

참군參軍 정무程武는 정욱程昱의 아들인데, 그가 건의했다: "제 생각에는, 조운은 용맹하기는 하나 지모가 없으므로 근심할 필요 없습니다. 내일 도독께서 다시 군사들을 이끌고 나가시되, 먼저 두 부대의 군사들을 좌우에 매복시켜 놓으십시오. 도독께서는 싸우시다가 먼저 물러나면서 조운을 복병이 있는 곳까지 유인해 오십시오. 그런 다음 도독께서는 산으로 올라가셔서 사방의 군사들을 지휘하여 그를 겹겹이 포위한다면 사로잡을 수 있습니다."(*이 계략 역시 평범한 것인데, 조운이 지나치게 용맹해서 계략에 걸려들게 된다.)

하후무는 그의 말을 좇아서 곧바로 동희董禧를 보내면서 군사 3만 명을 이끌고 가서 왼편에 매복해 있도록 하고, 설칙薛則에게도 군사 3

만 명을 이끌고 가서 오른편에 매복해 있도록 했다. 두 사람은 가서 매복해 있었다.

〖 5 〗 다음날, 하후무는 다시 꽹과리와 북, 깃발 등을 정돈해 가지고 군사들을 거느리고 나아갔다. 조운과 등지가 맞이하러 나갔다. 등지가 말 위에서 조운에게 말했다: "어젯밤에 위魏의 군사들이 대패해서 달아났는데 오늘 다시 온 걸 보니 틀림없이 속임수가 있을 것입니다. 노장군께서는 이에 대비하십시오."(*등지는 매우 꼼꼼한 사람으로, 공명이 조심하는 것과 비슷하다.)

자룡曰: "저까짓 젖비린내 나는 어린애들 쯤이야 어찌 말할 거리가 있는가! 내 오늘은 꼭 사로잡고 말 테다!"

그는 곧바로 말을 달려 나갔다.

위魏의 장수 반수潘遂가 맞이해 싸우러 나왔으나 3합도 못 싸워 말머리를 돌려 곧바로 달아났다. 조운이 그 뒤를 쫓아가는데, 위의 진중에서 장수 여덟 명이 일제히 맞이하러 나와서는 하후무를 먼저 달아나게 한 다음, 여덟 장수들도 잇달아 달아났다. 조운이 기세를 타고 추격해 갔다. 등지도 군사들을 이끌고 계속 나아갔다.

조운이 적진 깊숙이 들어갔을 때 사면에서 함성이 크게 울렸다. 등지는 급히 군사를 거두어 돌아가려고 물러났다. 그때 왼편에서는 동희董禧가, 오른편에서는 설칙薛則이 군사들을 이끌고 쳐들어왔다. 등지는 군사 수가 적어서 포위를 뚫고나갈 수가 없었다. 조운은 포위망 속에 갇혀 좌충우돌했으나 위병들의 포위망은 갈수록 두꺼워졌다.

이때 조운의 수하에는 군사들이 1천여 명밖에 남아있지 않았는데, 그들을 이끌고 산비탈 아래로 쳐들어가 보니 하후무가 산 위에서 전군을 지휘하고 있었다. 조운이 동쪽으로 가면 그는 동쪽을 가리켰고, 서쪽으로 가면 그는 서쪽을 가리켰다. 그래서 조운은 포위망을 뚫고 나

갈 수가 없었다. ── 이에 그는 군사들을 이끌고 산 위로 올라가려고
했으나 산중턱에서 굵은 통나무들과 포석들이 굴러 내려와서 산 위로
올라갈 수가 없었다. (*황충黃忠이 효정猇亭에서 싸울 때와 흡사하다.)

　조운은 진시(辰時: 오전 7시~9시)부터 유시(酉時: 오후 5시~7시)까지 줄곧
싸웠으나 포위망을 뚫고 달아나지 못하자 어쩔 수 없이 말에서 내려
잠시 쉬면서 일단 달이 뜨기를 기다렸다가 다시 싸우기로 했다. 갑옷
을 벗고 앉자마자 달이 막 떠올랐는데, 그때 갑자기 사방에서 화광이
충천沖天하며 북소리가 크게 진동하더니 돌과 화살이 비 오듯 하면서
위병들이 쳐들어왔다. 그들은 모두 큰 소리로 외쳤다: "조운은 빨리
항복하시오!"

　조운은 급히 말에 올라 적을 맞아 싸웠다. 그러나 사방에서 군사들
이 점점 더 육박해 들어왔고, 사방팔방에서 쇠뇌와 화살들을 매우 급
하게 마구 쏘아대서 군사들은 다들 앞으로 나아갈 수가 없었다.

　조운은 하늘을 우러러보며 탄식했다: "내가 늙었음을 스스로 인정
하지 않다가 이곳에서 죽게 되는구나!"

　〖 6 〗그때 갑자기 동북 모퉁이 쪽에서 함성이 크게 일어나면서 위병
들이 어수선하게 마구 도망갔는데, 한 떼의 군사들이 쳐들어왔다. 앞
선 대장은 손에 장팔점강모丈八點鋼矛를 들었고, 그가 탄 말의 목에는
사람 머리 하나가 매달려 있었다. 조운이 보니 바로 장포張苞였다.

　장포는 조운을 보고 말했다: "승상께선 혹시 노장군께 실수가 있을
까봐 염려하시어 특별히 저에게 군사 5천 명을 이끌고 가서 지원하도
록 하셨습니다. 오다가 노장군께서 포위되어 계시다는 말을 듣고 겹겹
의 포위망을 뚫고 쳐들어오는데, 마침 위의 장수 설칙薛則이 길을 막기
에 제가 그자를 죽여 버렸습니다."(*설칙을 죽인 일을 장포의 입으로 말함
으로써 전혀 서술敍述의 수고를 하지 않고 있다.)

조운이 크게 기뻐하며 즉시 장포와 함께 서북 모퉁이 쪽으로 쳐나가면서 보니 위병들은 창을 내버리고 도망치고 있었다. 그때 또 한 떼의 군사들이 밖으로부터 고함을 지르면서 쳐들어왔는데, 앞장선 대장은 한 손에는 청룡언월도靑龍偃月刀를 들고 또 한 손에는 사람의 머리를 들고 있었다. 조운이 보니 곧 관흥關興이었다.

관흥曰: "승상의 명을 받들어 혹시 노장군께 실수가 있을까봐 염려되어 일부러 군사 5천 명을 이끌고 지원하러 왔습니다. 방금 싸울 때 위장魏將 동희董禧를 만나 한 칼에 베어 죽였는데, 그놈의 머리가 여기 있습니다. 승상께서는 뒤이어 곧 당도하실 것입니다."

조운曰: "두 장군은 이미 기이한 공을 세웠는데, 오늘 이참에 아예 하후무를 사로잡아 대사를 결정해 버리는 게 어떻겠는가?"

장포는 그 말을 듣고 곧바로 군사를 이끌고 떠나갔다.

관흥曰: "저도 공을 세우러 가겠습니다."

그 역시 곧바로 군사를 이끌고 떠나갔다.

조운은 좌우를 돌아보며 말했다: "저 두 사람은 바로 내 조카뻘인데도 오히려 앞 다투어 공을 세우려 하는구나! 나는 국가의 상장군上將軍이자 조정의 오래된 신하인데도 도리어 이 아이들보다 못하단 말인가? 내 마땅히 늙은 목숨을 버려서라도 선제의 은혜에 보답을 해야겠다!"(*하루 종일 싸우고 나서도 여전히 이와 같으니, 자룡은 역시 늙지 않았다.)

이리하여 군사들을 이끌고 하후무를 잡으러 갔다.

이날 밤 세 방면의 군사들이 협공하여 위군을 한바탕 크게 깨뜨렸다. 등지도 군사를 이끌고 가서 지원했는데, 죽은 위병들의 시신이 들판을 뒤덮었고 피가 흘러 강을 이루었다.

〖 7 〗 하후무는 지모가 없는 자인데다 나이까지 어리고 또 싸워본

적도 없어서 군사들이 큰 혼란에 빠진 것을 보고는 곧바로 휘하의 날랜 장수 1백여 명을 이끌고 남안군(南安郡: 감숙성 농서현隴西縣 동남의 원도源道)을 향해 달아났다. (*조조의 사위. 참으로 못났다.) 모든 군사들은 저희 주장主將이 없어진 것을 보고 모조리 도망쳐버렸다.

관흥과 장포 두 장수는 하후무가 남안군을 향해 달아났다는 소리를 듣고 밤새도록 쫓아갔다. 하후무는 달아나 성 안으로 들어가서는 성문을 굳게 걸어 잠그도록 하고 군사들을 내몰아 방어하도록 했다. 관흥과 장포는 뒤쫓아 가서 성을 포위했는데, 조운도 뒤이어 당도해서 삼면에서 공격했다. 조금 있다가 등지 역시 군사들을 이끌고 당도했다. 10일 간이나 계속 포위하고 있었으나 성을 함락시키지 못했다. 그때 갑자기 보고해 오기를, 승상께서 후군은 면양에다 남겨두고 좌군은 양평陽平에, 우군은 석성(石城: 옛 석루石壘 이름. 지금의 섬서성 성고현城固縣 서쪽)에 주둔시켜 놓은 다음 자신이 직접 중군을 이끌고 왔다고 했다. 조운·등지·관흥·장포 등은 모두 가서 공명에게 인사를 하고, 연일 성을 공격했으나 함락시키지 못했다고 말했다.

공명은 곧바로 작은 수레에 올라 직접 성 가로 가서 주위를 한 번 빙 둘러보고는 영채로 돌아와서 막사로 들어가 앉았다. 여러 장수들은 명령을 들으러 빙 둘러 서있었다. (*여기까지 읽으면 이미 남안을 취할 계책이 있는 것 같다. 그러면서 아래와 같은 글이 나올 줄은 짐작하지 못한다.)

공명曰: "이 군郡은 해자가 깊고 성이 높아서 공격하기가 쉽지 않다. 내가 바로 하려던 일은 이 성을 공격하는 게 아니다. 자네들이 만약 오래도록 이 성만 공격하고 있다가 혹시 위병들이 길을 나누어 나와서 한중을 취하게 되는 날에는 우리 군대는 위험에 빠질 것이다." (*여기까지 읽으면 남안을 취하려는 뜻이 없는 것 같다. 더욱이 다음과 같은 글이 있을 줄은 예상하지 못한다.)

등지曰: "하후무는 위魏의 부마駙馬이므로 이 사람만 사로잡는다면 장수 1백 명을 죽이는 것보다 낫습니다. 지금 그가 이곳에 포위되어 있는데 어찌 그를 버려두고 떠나갈 수 있습니까?"(*등지는 남안군을 중시하는 게 아니라 하후무를 중시하고 있다.)

공명曰: "내게 따로 계책이 있다. ── 이곳은 서쪽으로는 천수군(天水郡: 감숙성 천수시)에 이어져 있고, 북쪽으로 가면 안정군(安定郡: 감숙성 진원현鎭原縣 남쪽의 임경臨涇, 천수시 경내)이 나온다. 두 곳 태수가 누구인지 모르겠구나."(*공명은 남안군에 대해 계책을 쓰는 게 아니라 천수군과 안정군에 대해 계책을 쓰려고 한다. 참으로 기묘하다.)

정탐병이 대답했다: "천수태수는 마준馬遵이고, 안정태수는 최량崔諒입니다."

공명은 크게 기뻐하면서 이에 위연을 불러 여차여차하게 하라고 계책을 주었다. 또 관흥과 장포를 불러서 여차여차하게 하라고 계책을 주었다. 그리고 또 심복 군사 두 명을 불러서 계책을 주면서 여차여차하게 하라고 지시했다. (*묘한 것은, 여기서는 분명하게 설명하지 않고 있다는 점이다.) 각 장수들이 명을 받고 군사들을 이끌고 떠나갔다.

그렇게 한 다음 공명은 남안성 밖에 있으면서 군사들에게 불을 피울 나무들을 날라 와서 성 아래에 쌓고 성을 불살라 버릴 것이라고 말하도록 했다. 위병들은 이 소문을 듣고도 모두 큰 소리로 웃기만 할 뿐 겁을 내지 않았다.

〖 8 〗 한편 안정태수 최량은 성 안에서, 촉병이 남안성을 포위하고 하후무를 그 속에 가둬놓았다는 말을 듣고 몹시 당황하고 두려워서 즉시 전부 4천 명의 군사들을 점고하여 성을 지키고 있도록 조처했다.

그때 갑자기 한 사람이 정남쪽으로부터 와서 전해 드릴 군사기밀이 있다고 말했다. (*비로소 심복군사를 이렇게 쓰려고 한 것임을 알게 된다.)

최량이 그를 불러들여서 묻자 그가 대답했다: "저는 하후무夏侯楙

도독 휘하의 심복 장수 배서裵緖입니다. 지금 도독의 명을 받들어 특별히 천수·안정 두 군에 구원을 청하러 왔습니다. 남안성은 현재 매우 위급한 처지에 있어서 매일 성 위에서 불을 피워 신호를 보내 두 군의 구원병이 오기만을 기다리고 있는데, 전혀 오는 기미가 보이지 않았습니다. 그래서 다시 이 사람을 보내시면서 겹겹의 포위망을 뚫고 이곳으로 가서 위급함을 고하도록 하셨습니다. 밤을 새워서라도 군사를 일으켜 바깥에서 호응해 주십시오. 도독께서 두 군의 군사들이 당도하는 것을 보시게 되면 곧바로 성문을 열고 맞이하실 것입니다."(*이는 공명이 일러준 말이다. 이때 이르러 비로소 명백해진다.)

최량曰: "도독의 문서가 있소?"

배서는 품속 깊숙이 지니고 있던 문서를 꺼냈는데 이미 땀으로 푹 젖어 있었다: 그는 최량에게 한 번 대충 보여주고는 (*가짜 문서를 두 번 보게 할 수는 없다.) 급히 수하에게 타는 말을 바꾸도록 하여 곧바로 성을 나가 천수로 떠나갔다. (*일부러 바쁜 체하여 속아 넘기는 모습이 매우 생생하다.)

이틀이 안 돼서 통신병이 와서 말하기를, 천수태수는 이미 군사를 일으켜서 남안을 구원하러 떠났다고 말하면서, 안정에서도 어서 빨리 지원하러 가라고 했다. (*이 또한 심복군사로서 그 쓰는 방법이 같다.)

최량이 관청의 여러 관원들과 상의했다.

많은 관원들이 말했다: "만약 구하러 가지 않았다가 남안이 함락되어 하후 부마를 잃게 되는 날에는 그 모든 죄가 우리 두 군에 돌아올 것이므로 구원하러 가는 수밖에 없습니다."

최량은 즉시 군사를 점고하여 성을 떠나가면서 문관들만 남겨두어 성을 지키도록 했다. (*이것이 성을 빼앗긴 이유이다.) 최량이 군사들을 데리고 남안 대로를 향해 출발했는데, 멀리 화광이 충천하는 것을 보고 군사들을 재촉하여 밤을 새워가며 앞으로 나아갔다. 남안까지 가려면 아직도 50여 리나 남았는데 갑자기 앞뒤에서 함성이 크게 울리더니 정탐병이 보고했다: "앞에서는 관흥의 군사들이 길을 막고 있고, 뒤에서는 장포의 군사들이 쳐들어오고 있습니다."(*앞에서 관흥과 장포에게 분부했던 말이 여기에서 비로소 드러난다.)

안정의 군사들은 이 소리를 듣자 사방으로 흩어져 도망쳤다.

최량은 크게 놀라서 곧 수하 1백여 명을 거느리고 작은 길로 접어들어 죽기 살기로 싸워 간신히 빠져나와 안정으로 돌아갔다. 막 해자 가에 이르렀을 때 성 위에서 화살들을 마구 쏘아댔다.

촉장 위연이 성 위에서 큰 소리로 외쳤다: "내 이미 성을 취했다! 왜 빨리 항복하지 않느냐?"(*앞에서 위연에게 분부했던 계책이 여기에서 비로소 드러난다.)

이 어찌된 일인고 하니, 위연은 군사들을 안정의 군사로 분장시켜 심야에 감쪽같이 속여 성문을 열도록 하여 촉병들이 전부 성 안으로 들어가서 안정군을 수중에 넣었던 것이다. (*관흥과 장포가 길을 끊은 일은 실사實寫 수법을 쓰고, 위연이 성을 취한 일은 허사虛寫 수법을 썼는바, 서로 다른 두 가지 필법이다.)

〖 9 〗 최량은 황급히 천수군으로 찾아갔다. 그러나 얼마 못 갔을 때 전면에 한 떼의 군사들이 늘어서 있고, 큰 깃발 아래에 한 사람이 윤건綸巾을 쓰고, 우선羽扇을 들고, 학창鶴氅을 입고 수레 위에 단정히 앉아 있었다. 최량이 보니 바로 공명이어서 급히 말머리를 돌려 달아났다.

관흥과 장포의 군사들이 추격해 와서 큰 소리로 외쳤다: "빨리 항복하라!"

최량은 사면으로 전부 촉병들만 있는 것을 보고 어쩔 수 없이 곧바로 항복을 하고 같이 본채로 돌아왔다. 공명은 그를 큰 손님으로 대우해 주었다.

공명曰: "남안태수는 그대와 교분이 두터운가?"

최량曰: "그 사람은 양부楊阜의 친족 동생인 양릉楊陵으로, 저와는 바로 이웃 군郡이기 때문에 교분이 매우 두텁습니다."

공명曰: "이제 그대를 성 안으로 들여보내 양릉을 설득하여 하후무를 사로잡도록 하려고 하는데, 그리 해 주겠는가?"

최량曰: "승상께서 만약 저를 보내시겠다면, 잠시 군사들을 뒤로 물려서 제가 성에 들어가 설득할 수 있도록 해주십시오."

공명은 그의 말을 좇아서 즉시 사면의 군사들에게 각각 뒤로 20리 물러나라고 지시했다. (*최량은 승낙하는 체했고, 공명 역시 그를 믿어주는 체했다. 거짓으로 거짓을 대하는데(以假對假), 그 교묘한 쓰임새는 따로 있다.)

최량은 혼자 말을 몰아 성 가로 가서 큰 소리로 외쳐 성문을 열도록 하여 부중府中으로 들어가 양릉과 인사를 나눈 후 이번 일을 자세히 이야기했다.

양릉이 말했다: "우리가 위주魏主의 큰 은혜를 받았는데 어찌 차마 그를 배반한단 말인가? 저들의 계책을 우리가 거꾸로 이용하면 될 것이오."(*양릉은 적의 계책을 역이용하려고 했는데(將計就計), 공명 역시 적의 계책을 역이용하려고 하는 줄 누가 알았겠나.)

마침내 최량을 데리고 하후무한테 가서 자세히 사정을 설명해 주었다.

하후무曰: "어떤 계책을 써야겠소?"

양릉曰: "제가 성문을 열어준다는 핑계로 촉의 군사들을 속여서 성 안으로 들어오게 한 다음, 성 안에서 죽여 버리면 됩니다."

최량은 계책대로 하기로 하고 성을 나가서 공명을 보고 말했다: "양릉이 성문을 열어 대군이 성내로 들어가도록 하여 하후무를 사로잡자고 합니다. 양릉이 본래는 자기가 직접 잡으려고 했으나 수하에 용사가 많지 않아서 감히 가벼이 움직일 수 없다고 했습니다."(*이 말이 곧 거짓임을 곧바로 알게 된다.)

공명曰: "이 일은 아주 쉽소. 지금 그대에게는 항복해온 군사 1백여 명이 있으니 그 속에 촉의 장수를 안정의 군사로 꾸며서 숨겨놓고 성 안으로 같이 데리고 들어가서 (*이것은 참말이다.) 먼저 하후무의 부중府 中에다 매복시켜 놓은 다음 몰래 양릉과 약속하여 한밤중까지 기다렸 다가 성문을 열어 안팎이 서로 호응하도록 합시다."

최량은 속으로 생각했다: '만약 촉의 장수를 데려가지 않겠다고 하 면 공명이 의심을 할 것이다. 일단 데리고 들어가서 안에서 먼저 베어 죽인 다음 불을 들어 신호를 보내 공명을 안으로 들어오도록 속여서 죽이면 될 것이다.'

이렇게 생각하고는 그리 하자고 응낙했다.

공명이 부탁했다: "내가 신임하는 장수 관흥과 장포를 먼저 그대를 따라 가도록 보내겠으니,(*이것은 참말이다.) 구원병이 왔다고 핑계를 대고 성 안으로 들어가서 하후무의 마음을 안심시켜 놓으시오. 신호 불이 오르면 내가 직접 성 안으로 들어가서 그를 사로잡을 것이오." (*이는 거짓말이다.)

〖 10 〗 황혼 때였다. 관흥과 장포는 공명한테서 비밀계책을 받고 갑 옷에 투구를 쓰고 말에 올랐다. 각기 무기를 잡고 안정의 군사들 속에 섞여서 최량을 따라 남안 성 아래로 갔다.

양릉이 성 위에서 현공판(懸空板: 공중에 매달아 놓은 판자)의 난간(護心 欄)에 몸을 기대고 물었다: "어디 군사들인가?"

최량曰: "안정에서 구원병이 도착하였소."

최량은 먼저 성 위로 신호 화살 하나를 쏘아 보냈는데, 화살에 붙들 어 맨 밀서密書에는 이렇게 쓰여 있었다: "지금 제갈량이 두 장수를 먼 저 보내서 성 안에 매복시켜 놓고 안팎으로 서로 호응하도록 하려 하는데 자칫 우리의 계책이 새어 나갈까봐 두려우니 놀라서 함부로 움직여서는 안 되오. 부중府中에 들어갈 때까지 기다렸다가 도모하도록 하시오."(*최량은 극히 영리했지만 그러나 이미 공명이 그것을 다 계산에 넣고 있을 줄은 몰랐다.)

양릉이 밀서를 하후무에게 보이고 전후 사정을 자세히 이야기했다.

하후무曰: "기왕에 제갈량이 우리 계책에 걸려들었으니 도부수 1백여 명을 부중에 매복시켜 놓도록 하라. 두 장수가 최 태수를 따라 부중에 당도하여 말에서 내리거든 문을 닫아놓고 베어버리도록 하라. 그런 다음 성 위에서 신호 불을 올려 제갈량이 속아서 성 안으로 들어오면 복병들이 일제히 뛰쳐나가 제갈량을 사로잡으면 될 것이다."

준비를 다 해놓고 양릉은 성 위로 돌아가서 말했다: "안정의 군사라고 하니 성 안으로 들여보내라."

관흥은 최량을 따라 앞에서 들어가고, 장포는 뒤에서 들어갔다. 양릉이 성 위에서 내려와 성문 가에서 맞이했다. 그때 관흥이 손을 들어 칼을 내리쳐 양릉을 베어 말 아래로 떨어뜨렸다. (*여기서 비로소 출발하기에 앞서 받았던 밀계가 무엇이었는지 알게 된다. 그러나 실행 장소는 부중이 아니라 성문 가에서였고, 그 시각은 한밤중이 아니라 황혼 때였던 것이다.)

최량은 깜짝 놀라서 황급히 말머리를 돌려 조교吊橋 가로 달아났으나 장포가 큰 소리로 호통을 쳤다: "역적은 달아나지 말라! 너희들의 간교한 계책으로 어떻게 우리 승상을 속여 넘길 수 있단 말이냐!"

그리고는 손으로 창을 들어 최량을 찔러 말 아래로 떨어뜨렸다. (*여기까지 읽고서야 비로소 공명의 장계취계(將計就計)가 참으로 교묘한 줄 알 수 있다.) 관흥이 일찌감치 성 위로 올라가서 신호 불을 올리자 사면에서 촉병들이 일제히 쏟아져 들어갔다.

하후무는 미처 손쓸 새가 없어서 남문을 열고 수하 무리들과 힘을 합쳐 밖으로 뛰쳐나왔다. 그때 한 떼의 군사들이 앞을 가로막았는데,

그 우두머리 대장은 바로 왕평王平이었다. 둘이 어울려 싸우기를 단 한 합에 왕평은 하후무를 말 위에서 사로잡고, 나머지 무리들은 모두 죽여 버렸다.

공명은 남안 성에 들어가서 군사들과 백성들을 불러서 안심시키고 추호도 그들을 침범하는 일이 없었다. 모든 장수들이 각기 자신의 공적을 보고했다. 공명은 하후무를 수레 안에 가두어 두었다.

〖 11 〗 등지鄧芝가 물었다: "승상께서는 어떻게 최량의 말이 거짓말인 줄 아셨습니까?"(*독자들도 이때쯤에는 급히 그 까닭을 물어보고 싶을 것이다.)

공명曰: "나는 벌써 이 사람에게는 항복할 마음이 없음을 알았기 때문에 일부러 성 안으로 들여보냈다. 그는 틀림없이 모든 사정을 하후무에게 알려주고 우리의 계책을 역이용하려고 할 것으로 생각했다. 나는 그가 온 정황을 보고 그것이 거짓임을 충분히 알 수 있었기 때문에 다시 두 장수로 하여금 같이 가도록 해서 그를 안심시켰던 것이다.

이 사람이 만약 진심으로 항복해 왔다면 위험하니 가지 말라고 틀림없이 말렸을 텐데, 그가 흔쾌히 같이 간 것은 나의 의심을 살까봐 두려웠기 때문이다. 그는 속으로 생각하기를, 두 장수가 같이 가면 속여서 성 안으로 들어간 후 죽이더라도 늦지 않을 것이고, 또 우리 군사들도 성 안에 두 장수가 있음을 믿고 마음 놓고 들어갈 것이라고 생각했던 것이다. (*상대의 간과 폐부까지 다 들여다본다.)

나는 이미 두 장수에게 몰래 분부하여 그를 성문 아래에서 죽여 버리도록 했다. 그리고 성 안에는 틀림없이 준비가 안 되어 있을 것이므로 우리 군사들로 하여금 곧바로 뒤따라 들어가도록 했던 것이다. 이것이 소위 '그 뜻하지 않는 바(때, 장소 등)를 친다(出其不意)'는 것이다."

모든 장수들은 탄복했다.

공명이 말했다: "최량을 속일 수 있었던 것은 나의 심복을 가짜 위장魏將 배서裴緖가 되도록 했기 때문이다. (*가짜 배서 역시 여기에서 설명되고 있다.) 나는 또 천수군 태수도 가서 속이도록 했는데, 지금까지 오지 않고 있으니 어찌된 영문인지 모르겠다. (*천수군 태수를 속인 일도 여기서 보충 설명하고 있다.) 이제부터 승리한 기세를 타고 두 성을 취하도록 하자."

이에 오의吳懿에게는 남아서 남안군을 지키도록 하고, 유염劉琰은 안정군安定郡으로 보내서 대신 지키도록 하고 그곳에 있는 위연의 군사들은 천수군을 치러 가도록 했다.

〖 12 〗 한편 천수군 태수 마준馬遵은 하후무가 남안성 안에 포위되어 있다는 소식을 듣고 문무 관원들을 모아놓고 상의했다.

공조功曹 양서梁緖 · 주부主簿 윤상尹賞 · 주기主記 양건梁虔 등이 말했다: "하후 부마는 금지옥엽金枝玉葉의 귀하신 몸인데 혹시 무슨 사고라도 생기게 되면 우리 모두 가만히 앉아서 보고만 있었다는 죄를 면하기 어려울 것입니다. 태수께서는 어찌하여 휘하 군사들을 전부 일으켜 그를 구원하러 가지 않으십니까?"(*이 계책대로 해준다면, 공명은 속일 필요도 없어진다.)

마준이 한창 의심하며 망설이고 있는데, 갑자기 보고해 오기를, 하후 부마께서 심복 장수 배서裴緖를 보내왔다고 했다.

배서가 부중으로 들어와서 공문을 꺼내 마준에게 주며 말했다: "도독께서는 안정군과 천수군 두 군의 군사들이 밤을 새워서라도 와서 구원해 주기를 바라고 계십니다."

말을 마치자 총총히 떠나가 버렸다.

다음날 또 통신병이 와서 말했다: "안정군의 군사들은 이미 먼저 떠나갔는데, 태수께서도 화급히 오시어 함께 모이자고 하셨습니다."

마준이 한창 군사를 일으키려고 하는데, 갑자기 한 사람이 밖으로부터 들어와서 말했다: "태수께서는 제갈량의 계략에 걸려들었습니다."

모두들 보니 바로 천수군 기현冀縣 사람으로, 성은 강姜, 이름은 유維, 자를 백약伯約이라고 하는 사람이었다. 그의 부친의 이름은 경冏으로, 예전에 천수군의 공조功曹를 지낸 적이 있는데 강인羌人들이 난을 일으키는 바람에 싸우다가 죽었다.

강유는 어릴 때부터 수많은 책들을 널리 읽고 병법과 무예에도 통하지 않은 것이 없었으며, 모친을 지극한 효성으로 받들었기 때문에 같은 군郡의 많은 사람들은 그를 존경했다. 후에 중랑장中郞將이 되어 본군本郡의 군사 일(軍事)에 참여해 오고 있었다. (*강유의 생애를 상세히 설명한 것은 바로 위魏를 토벌하는 뒷부분 문장의 각주脚注가 되기 때문이다.)

이날 강유는 마준에게 말했다: "근자에 듣기로, 제갈량은 하후무를 쳐서 깨뜨리고 남안성 안에 가둬놓고 있는데 물 한 방울 샐 틈이 없다고 했습니다. 그런데 어떻게 그 겹겹이 쳐진 포위망을 뚫고 나온 사람이 있을 수 있습니까? 그리고 또 배서라는 자는 이름도 없는 하급 장수(無名下將)여서인지 몰라도 여태 그 얼굴조차 본 적이 없습니다. (*안정을 속인 가짜 배서는 공명의 입으로 설명되고, 천수를 속이려는 가짜 배서는 강유의 입으로 폭로되고 있다.) 뿐만 아니라 안정에서 온 통신병은 공문도 없었습니다.

이로써 살펴본다면, 이 사람은 촉의 장수가 위魏의 장수를 사칭한 것으로, 태수를 속여서 성을 나가도록 한 다음 근처에 몰래 매복시켜놓은 군사들로 하여금 성 안에 방비가 없는 틈을 타서 천수를 취하도록 하려는 것이 틀림없습니다." (*공명은 하후무는 속여 넘겼으나 강유는 속여 넘기지 못한다.)

마준은 크게 깨닫고 말했다: "백약이 말해 주지 않았더라면 자칫 간사한 계략에 빠질 뻔했다."

강유가 웃으며 말했다: "태수께서는 마음 푹 놓으십시오. 제게 계책이 하나 있는데 제갈량을 사로잡아 남안의 위급함을 풀 수 있습니다." 이야말로:

계책을 쓰다보면 또 강적 만나게 되고　　　運籌又遇强中手
지혜를 다투다 보면 뜻밖의 사람 만나게 되지.　鬪智還逢意外人

그 계책이란 어떠한 것인지 모르겠거든 다음 회를 읽어보기 바란다.

제 92 회 모종강 서평

(1). 본 회 첫머리에서 조운의 전공戰功을 묘사한 것은 조운이 뜻을 이루었기 때문이다. 조운이 뜻을 이루었다는 것은 무슨 말인가?

나는 말한다: 선주가 처음에 제위帝位에 오를 때 조운은 곧바로 위魏를 치자고 권했다. 선주가 동오를 치면서 조운을 후원부대로 삼았던 것은 그의 뜻이 동오를 치는 데 있지 않았기 때문이다. 그러나 공명이 위를 치면서는 조운을 선봉으로 삼았는데, 그의 본래 뜻이 위를 치는 데 있음을 알았기 때문이다.

영웅으로서 복수의 뜻을 가진 자는 자신의 나이 들어감을 안타까워하며 또한 원수의 나이 들어감도 안타까워한다. 조비가 죽기 전에 위魏를 칠 수 없었기에 이미 조비에 대해 안타까워했는데, 다시 조운이 죽기 전에 위魏를 칠 수 없다면 조운에 대해 안타까운 일이 아닐 수 있겠는가? 그러므로 조운의 복수는 감히 나이 들었다고 자신의 몸을 아낄 수 없었던 것이니, 이것이 바로 조운이 늙었어도 더욱 분발하지 않을 수 없었던 까닭이다.

(2). 위연魏延이 자오곡子午谷을 통해 위魏를 공격하자는 계책은 훌륭하지 않은 게 아니었으나, 공명은 그것이 속임수 계책(詭計)이라고 생각하여 채용하지 않았는데, 그 까닭은 대개 하늘의 뜻은 돌릴 수 없다는 것을 알고 요행수를 바라고 하늘의 뜻과 싸우고 싶지는 않았기 때문이다.

하늘의 뜻은 돌릴 수 없다는 것을 알고도 요행수를 바라고 하늘의 뜻과 싸운다면, 싸워서 반드시 이긴다는 보장도 없을 뿐만 아니라, 또한 싸워서 이기지 못한다면 천하 후세 사람들로부터 요행수를 바라다가 실패했다는 비난을 받을 것이다.

끝내 하늘의 뜻을 돌릴 수 없더라도, 오직 전전긍긍하면서 지극히 조심스런 마음을 가지고 만전지책萬全之策으로 나아가야만 사람이 하는 일에 유감이 없을 수 있다.

(3). 공명은 맹획을 사로잡기 전에 먼저 세 개 군郡을 취했고, 기산祁山으로 나가기 전에 또한 먼저 세 개 군郡을 취했는데, 이것은 양자가 같은 점이다. 그러나 앞의 세 개 군을 취하기는 모두 쉬웠으나 뒤의 세 개 군을 취할 때는, 두 개 군은 쉬웠지만 하나는 어려웠다.

전번에는 고정高定이 진짜로 항복해 왔으나 공명이 그것을 가짜 항복이라고 의심하는 체한 것이 교묘했고, 이번에는 최량崔諒이 거짓으로 항복해 왔으나 그것을 진짜 항복이라고 믿는 체한 것이 교묘하다.

전에는 고정과 옹개雍闓가 서로 불목했으나 그들이 이쪽의 계략에 걸려들도록 한 것이 교묘했고, 이번에는 최량과 양릉楊陵이 같이 공모했음에도 또 공명이 즉시 저들의 계책을 쓴 것이 교묘하다.

그리하여 독자들로 하여금 앞의 글을 읽고서도 그 뒤의 글을 예측할 수 없도록 하고, 뒤의 글을 읽어봐야만 비로소 그 앞의 글을 이해할 수 있도록 한다. 사건의 교묘한 전개와 문장의 환상적인 묘사는 고금에 다시없을 정도로 절묘하다.

(4). 촉에 강유姜維가 있음은 무후를 뒤이어 위魏를 치는 일을 끝내려는 것이 아닌가? 여섯 번 기산으로 나간(六出祁山) 후에 비로소 중원을 아홉 번 치는 일이(九伐中原) 있었다. 그러나 첫 번째 기산으로 나가기 전에 이미 아홉 번 중원을 칠 사람을 숨겨두고 있었다. 장차 그를 숨겨놓으려고(正伏) 먼저 그를 반대쪽에 숨겨놓고(反伏) 있었다.

그를 숨겨놓으려는 것(正伏)은 곧 촉의 강유를 말하고, 반대쪽에 숨겨놓았다는 것(反伏)은 곧 위魏의 강유를 말한다. 그러나 금번 회에 나오는 것은 반대쪽에 숨겨놓은 자의 이야기이다. 천지 고금의 자연스런 글을 읽어보면 글을 쓰는 자가 문장을 어떻게 짜야 하는지 그 방법을 터득할 수 있다.

제93회

강유, 공명에게 항복하고
공명, 왕랑을 꾸짖어서 죽이다

〖 1 〗 한편 강유는 마준馬遵에게 계책을 올려 말했다: "제갈량은 틀림없이 우리 군郡 뒤쪽에다 군사를 매복시켜 놓고 우리 군사를 속여서 성에서 나가도록 한 다음, 그 빈틈을 타서 우리를 습격할 것입니다. 제게 정예병 3천 명을 주시면 주요 길목에다 매복시켜 놓겠으니 태수께서는 뒤이어 출병하여 성을 나가시되 멀리 가시지는 마시고 다만 30리쯤 갔다가 곧바로 되돌아오십시오. 불길이 일어나는 것을 신호로 앞뒤로 협공한다면 대승을 거둘 수 있습니다. 만약 제갈량이 직접 온다면 반드시 제가 사로잡을 것입니다."(*전 회에서 공명은 계책을 쓸 때 설명을 나중에 했는데, 여기에서 강유는 계책을 쓸 때 설명을 먼저 한다.)

마준은 그 계책을 쓰기로 하고 강유에게 정예병을 주어 떠나보냈다. 그런 후에 자기는 양건梁虔과 같이 군사를 이끌고 성을 나가 기다리기로 하고, 양서梁緖와 윤상尹賞만 남겨두어 성을 지키도록 했다.

원래 공명은 조운을 보내면서 그에게 일군을 이끌고 가서 산속에 매복해 있으면서 천수의 군사들이 성을 떠날 때를 기다렸다가 그 빈틈을 타서 습격하도록 했다.

이날 첩자가 돌아와서 조운에게, 천수태수 마준이 군사를 일으켜 성을 나갔는데, 문관들만 남겨두어 성을 지키게 했다고 보고했다.

조운은 크게 기뻐하면서 또 사람을 시켜서 장익張翼과 고상高翔에게도 이 소식을 알려주고, 중요한 길목(要路)에서 마준의 길을 차단하여 공격하도록 지시했다. 이 두 곳의 군사들 역시 공명이 미리 매복시켜 놓은 군사들이었다. (*전 회에서의 일을 여기서 보충 설명하고 있다.)

〖 2 〗한편 조운이 군사 5천 명을 이끌고 곧장 천수군 성 아래로 가서 큰소리로 외쳤다: "나는 상산常山 사람 조자룡이다. 너희는 계략에 걸려들었으니, 그런 줄 알고 빨리 성을 바쳐서 도륙屠戮 당하는 것을 면하도록 하라!"

성 위에서 양서가 큰 소리로 웃으며 말했다: "네가 도리어 우리 강백약(姜伯約: 강유)의 계략에 걸려들었는데, 아직도 모르겠느냐?"(*전에는 공명의 장계취계將計就計였고, 이것은 강유의 장계취계이다. 이는 '인사(禮)를 받았으면 반드시 답례를 해야 한다(禮無不答)'는 격이다.)

조운이 막 성을 공격하려고 할 때 갑자기 함성이 크게 울리면서 사면에서 화광이 충천했다.

앞장 선 소년장군 하나가 창을 꼬나들고 말을 달려오며 말했다: "너는 천수天水 사람 강백약을 본 적 있느냐?"(*자룡의 눈으로 강유를 묘사하고 있다. 그의 말 역시 자부심이 몹시 강하다.)

조운은 창을 꼬나들고 곧바로 강유에게 달려들었다. 몇 합 싸우고 나자 강유의 기력이 처음보다 갑절이나 왕성해졌다.

조운은 크게 놀라서 속으로 생각했다: '이런 곳에 이런 인물이 있을 줄 누가 생각이나 했겠는가!' (*또 자룡의 입으로 강유를 묘사하고 있다.)

한창 싸우고 있을 때 두 방면에서 군사들이 협공해 왔는데 마준과 양건이 군사들을 이끌고 되돌아온 것이었다. 조운은 협공을 받아 선두와 후미부대 군사들을 동시에 돌볼 수가 없어서 길을 열어 패병을 이끌고 달아났는데, 강유가 뒤쫓아 왔다. 그런데 다행히도 장익과 고상의 군사들이 치고 나와 조운을 맞이해서 돌아갔다. (*자룡은 비록 패했지만 이 일로 공명의 신묘한 계책 사용을 볼 수 있게 된다.)

조운은 돌아가서 공명을 보고 적의 계책에 걸려들었던 일을 말했다. 공명이 놀라서 물었다: "그가 어떤 사람이기에 나의 신묘한 계책을 알아냈단 말인가?"

남안 사람 하나가 아뢰었다: "그 사람은 성은 강姜, 이름은 유維이고, 자字를 백약伯約이라고 하는 천수군 기현冀縣 사람입니다. 그는 지극한 효성으로 모친을 모시고, 문무를 겸전兼全하고, 지모와 용맹을 겸비하고 있는, 참으로 이 시대의 영걸입니다."

조운 또한 강유의 창 쓰는 법이 다른 사람들과는 크게 다르다고 칭찬했다.

공명曰: "나는 지금 천수를 취하려고 하는데, 이런 사람이 있을 줄은 생각도 못했다."

그리고는 곧바로 대군을 일으켜 앞으로 나아갔다.

〖 3 〗 한편 강유는 돌아와서 마준을 보고 말했다: "조운이 패해서 돌아갔으니 틀림없이 공명이 직접 올 것입니다. 그는 우리 군사들이 반드시 성 안에 있을 것으로 생각할 것입니다. 이제 휘하의 군사들을 네 갈래로 나누어, 저는 일군一軍을 이끌고 성 동편에 매복하고 있다가 적의 군사가 당도하면 길을 끊겠습니다. 태수께서는 양건·윤상과 같

이 각기 일군씩 이끌고 성 밖에 매복해 계십시오. 그리고 양서梁緖는 백성들을 거느리고 성 위에서 수비하도록 하십시오."

마준은 강유의 건의대로 군사들을 나누어 배치를 마쳤다.

한편 공명은 강유 때문에 신경이 쓰여 자신이 직접 선두부대가 되어 천수군을 향해 나아갔다. 머잖아 성 옆에 도달할 때쯤 공명은 명을 내렸다: "무릇 성을 공격할 때는 처음 당도한 바로 그날 전군을 격려해서 북 치고 고함을 지르면서 곧장 성 위로 올라가야지, 만약 날짜를 오래 끌게 되면 사기가 다 떨어져서 급히 성을 깨뜨리기 어렵다."

이리하여 대군이 곧장 성 아래에 당도했으나 성 위에 기치들이 가지런히 정돈되어 있는 것을 보고는 감히 가벼이 공격하지 못하고 한밤이 되기를 기다렸다. 그때 갑자기 사방에서 화광이 충천하고 고함 소리가 땅을 흔들면서 군사들이 몰려 왔는데 어디서 오는 군사들인지 알 수 없었다. 그때 성 위에서도 북 치고 고함을 질러 그들과 호응했다. 촉병들은 어지러이 도망쳤고, 공명도 급히 말에 올랐다. 관흥과 장포 두 장수가 공명을 보호하여 겹겹의 포위망을 뚫고 나갔다. 가다가 고개를 돌려서 바라보니 정동正東 쪽에 군사들이 있었는데, 그 일대에 불빛이 비쳐서 그 형세가 마치 긴 뱀(長蛇)처럼 보였다.

공명이 관흥에게 알아보도록 했더니, 그가 돌아와서 보고했다: "저것은 강유의 군사들입니다."

공명은 그 말을 듣고 탄식하여 말했다: "싸움에서 중요한 것은 병사들의 숫자 많음에 있지 않고 지휘자가 그것을 얼마나 잘 배치해 쓰느냐에 달려 있다(兵不在多, 在人之調遣耳). 이 사람은 진정한 대장의 재목이구나!"

공명은 군사를 거두어서 영채로 돌아와서 한참 동안 생각한 끝에 안정安定 사람을 불러서 물었다: "강유의 모친은 현재 어디에 살고 있느냐?"(*강유가 모친을 지성껏 섬긴다는 말에서 착상한 것이다.)

그가 대답했다: "강유의 모친은 지금 기현冀縣에 살고 있습니다."

공명은 위연을 불러서 분부했다: "장군은 일군을 이끌고 허장성세虛張聲勢를 하면서 짐짓 기현을 칠 듯한 형세를 취하도록 하시오. 만약 강유가 도착하거든 성 안으로 들어가도록 내버려 둬야 하오."

그리고 또 물었다: "이 지방에서 중요한 곳이 어디냐?"

안정 사람이 말했다: "천수군의 재물과 양곡은 전부 상규(上邽: 감숙성 천수현天水縣)에 있습니다. 만약 상규만 깨뜨리고 나면 양곡을 얻을 길은 저절로 끊어지고 맙니다."

공명은 크게 기뻐하며 조운에게 일군을 이끌고 가서 상규를 치도록 했다. (*천수를 취하려 하면서 천수에 대해 계책을 쓰지 않고 다른 곳에 대하여 계책을 쓰고 있는 게 묘하다.)

공명은 성에서 30리 떨어진 곳에다 영채를 세웠다. 일찌감치 어떤 사람이 이 소식을 천수군에 알리면서, 촉병들은 세 방면으로 나뉘어 일군은 이 천수군郡을 지키고, 일군은 상규上邽를 취하러 가고, 또 일군은 기성冀城을 취하러 간다고 했다.

강유는 이 말을 듣고 마준에게 사정했다: "제 모친께서는 현재 기성에 계시는데, 혹시 모친께 무슨 잘못이라도 생길까봐 두렵습니다. 제게 군사 한 부대를 빌려주시면 가서 성도 구하고 겸하여 노모도 보호해 드리고 싶습니다."(*이 계책 역시 서서徐庶가 말했듯이 "마음(方寸)이 혼란해졌기" 때문에 나온 것이다.)

마준은 그의 건의를 받아들여 곧바로 강유로 하여금 군사 3천 명을 이끌고 가서 기성을 보전하도록 하고, 양건으로 하여금 군사 3천 명을 이끌고 가서 상규를 보전하도록 했다.

〖 4 〗 한편 강유가 군사들을 이끌고 기성에 도착해 보니 전면에 한 떼의 군사들이 늘어서 있는데, 그 우두머리 촉의 장수는 바로 위연魏延

이었다. 두 장수가 어우러져 여러 합 싸우다가 위연이 짐짓 패하여 달아났다. 강유는 그를 쫓아가지 않고 성 안으로 들어가서 성문을 닫아걸고 군사들에게 지키도록 한 다음 노모를 찾아뵙고 전혀 나가 싸우려고 하지 않았다. 조운 역시 양건梁虔이 상규성 안으로 들어가도록 내버려 두었다. (*강유에 대해서는 상세하게, 양건에 대해서는 간략하게 서술하고 있는데, 이는 사람에게 경중輕重이 있으므로 서술함에 있어서도 상략詳略이 있는 것이다.)

공명은 이에 사람을 남안군으로 보내서 하후무를 막사로 데려오도록 했다.

공명曰: "너는 죽는 게 무섭냐?"

하후무는 황망히 땅에 엎드려 절을 하면서 제발 목숨만 살려달라고 빌었다. (*조조의 사위가 이처럼 추태를 부리고 있다.)

공명曰: "천수 사람 강유가 지금 기성冀城을 지키고 있으면서 인편으로 편지를 보내왔는데, 거기에서 말하기를; '부마의 목숨만 살려주신다면 제가 항복하겠습니다.' 라고 하였다. (*또 전번에 고정高定을 속였던 방법을 쓰고 있다.) 내 이제 네 목숨을 살려준다면, 너는 강유에게 투항하라고 권하겠느냐?"

하후무曰: "진심으로 투항하라고 권하겠습니다."

공명은 이에 그에게 의복과 안장말을 준 다음 아무도 따라가지 못하게 하고 혼자 떠나가도록 풀어주었다. (*또 전번에 최량崔諒을 풀어주었던 방법을 쓰고 있다.)

하후무는 촉병의 영채를 빠져나오게 되자 길을 찾아 달아나려고 했으나 길을 알 수 없으니 어찌하랴. 한창 가고 있을 때 황급히 달아나고 있는 여러 사람들과 만났다.

하후무가 그들에게 물어보자, 그들이 대답했다: "우리는 기현冀縣의 백성들인데, 지금 강유가 성을 바치며 제갈량에게 항복해 갔습니다.

축의 장수 위연은 불을 지르면서 재물을 노략질하고 있습니다. 그래서 우리는 집을 버리고 달아나서 상규로 가려고 합니다."(*이는 공명의 계략이다. 묘한 것은 명백하게 설명하지 않고 독자들로 하여금 스스로 알아보도록 하고 있다는 것이다.)

하후무가 또 물었다: "지금 천수성은 누가 지키고 있느냐?"

그 고장 사람이 말했다: "천수성 안에는 마馬 태수가 있습니다."

하후무는 그 말을 듣고 말을 달려 천수성을 향해 갔다. 길에서 또 어린 자식들을 데리고 멀리서 오고 있는 백성들을 만났는데, 그들이 하는 말도 다 똑같았다.

〖 5 〗 하후무가 천수성 아래에 이르러 문을 열라고 소리치자 성 위에 있던 사람이 하후무임을 알아보고 황망히 성문을 열고 맞이해 들였다. 마준이 놀라서 절을 하고 어찌된 일인지 물어보았다. 하후무는 강유의 일을 자세히 이야기하고 또 백성들이 한 말도 다 이야기했다.

마준이 탄식하며 말했다: "강유가 거꾸로 축에 투항해 갈 줄은 생각조차 못했습니다."(*공명은 하후무 한 사람만 속였는데, 하후무의 입을 빌려 마준까지 속이게 되었으니, 하나를 속인 것이 곧 둘을 속인 것이 되었다.)

양서曰: "강유의 뜻은 도독의 목숨을 구해 드리기 위해 그런 말로 거짓 항복한 것입니다."

하후무曰: "지금 강유는 이미 항복했는데 어찌 거짓 항복한 것이라고 하느냐?"

한창 주저하고 있을 때 시간은 이미 초경(初更: 저녁 7시~9시)이 되었고, 축병들은 또 와서 성을 공격했다. 불빛 속에 강유가 보였는데, 그는 성 아래에서 창을 꼬나들고 말을 세우고 큰 소리로 외쳤다: "하후 도독께서는 대답을 해주시오!"(*독자는 책을 덮고 그가 진짜 강유인지 가짜 강유인지 한번 맞춰 보라.)

하후무가 마준 등과 같이 성 위로 올라가서 보니 강유는 한껏 무위를 뽐내며 기고만장하여 큰 소리로 외치는 것이었다: "나는 도독을 위해 항복을 했는데, 도독께선 어찌하여 앞서 한 말씀을 저버리시오?"

하후무曰: "너는 위魏의 은혜를 입었으면서 어찌 촉에 항복한단 말이냐? 그리고 앞서 내가 무슨 말을 했다는 것이냐?"

강유가 대답했다: "당신이 편지를 보내서 나에게 촉에 항복하라고 해놓고선 어찌 그런 말씀을 하시오? 당신이 빠져나오려고 나를 함정에 빠트린 것이군요! (*분명히 정면에서 거짓말을 하고 있는 것이지만, 도리어 하후무로 하여금 이 말을 듣고 공명이 하후무의 서신을 가짜로 써서 강유를 속인 것으로 의심하도록 한다.) 나는 지금 촉에 항복해서 상장군上將軍까지 제수 받았는데 어찌 다시 위魏로 되돌아간단 말이오?"

말을 마치자 강유는 군사를 휘몰아 성을 공격하다가 날이 밝을 무렵에야 비로소 물러갔다. (*만약 날이 밝을 때까지 기다린다면 그가 가짜 강유임이 곧바로 들통날 것이다.)

이 어찌된 일인고 하니, 이날 밤 강유로 분장한 것은 공명의 계교로, 부하 졸병 가운데 용모와 체구가 비슷한 자를 골라 강유로 가장시켜 성을 공격하도록 했던 것이다. 그런데 어두운 밤의 불빛 속이어서 그 진위를 분간할 수 없었던 것이다. (*이곳에서 비로소 설명된다.)

〖 6 〗 그리고 나서 공명은 군사를 이끌고 기성冀城을 치러 갔다. 기성 안에는 군량이 적어서 군사들에게 먹을 것을 넉넉히 공급해 주지 못하고 있었다.

강유가 성 위에서 바라보니 촉병들이 큰 수레와 작은 수레로 군량과 마초를 운반하여 위연의 영채 안으로 들여가고 있었다. 강유는 군사 3천 명을 이끌고 성을 나가서 곧장 군량을 겁탈하러 갔다. 촉병들은 군량 실은 수레들을 전부 내버리고 길을 찾아 달아났다. (*사로잡았던 부마를 포기하면서 그를 속이고, 수많은 수레의 양식까지 버려가면서 그를 속이려고 한 것으로, 이로써 강유의 몸값이 얼마나 비쌌는지 알 수 있다.)

강유가 군량을 실은 수레들을 빼앗아 가지고 성 안으로 들어가려고 할 때 갑자기 한 떼의 군사들이 앞길을 가로막았는데, 그 우두머리 촉장은 장익張翼이었다. 두 장수가 어울려 싸웠는데, 몇 합 싸우지 않았을 때 왕평이 또 일군을 이끌고 와서 양쪽에서 협공했다.

강유는 힘이 다 떨어져서 당해 내지 못하고 길을 뚫고 성으로 돌아갔다. 그런데 돌아와 보니 성 위에는 이미 촉병의 깃발들이 꽂혀 있었다. 이는 강유가 성을 비운 사이에 위연이 성을 습격했기 때문이다. (*이번에는 도리어 강유가 계략에 빠졌다.)

강유가 싸우며 길을 뚫어 천수성을 향해 달아날 때에는 수하에 아직도 10여 기가 있었지만, 또 중도에 장포張苞를 만나 한바탕 싸우는 바람에 강유 혼자서 필마단창匹馬單槍으로 천수성 아래에 당도했다. 그가 문을 열라고 소리치자, 성 위의 군사들은 그것이 강유임을 알아보고 급히 마준에게 보고했다.

마준日: "이는 강유가 나를 속여 성문을 열게 하려는 수작이다."

그리고는 성 위의 군사들에게 마구 화살을 쏘아대도록 했다. (*마준이 전에는 가짜 강유를 진짜 강유로 인식하더니, 이번에는 진짜 강유를 가짜 강유로 인식하고 있다. 공명에게 속아서 머리가 뒤죽박죽 혼란스러워졌다.) 강유가 고개를 돌려보니 촉병들이 가까이 와 있었으므로, 그는 곧바로 나는 듯이 말을 달려 상규성上邽城으로 갔다.

성 위에 있던 양건이 그를 보자 큰 소리로 꾸짖었다: "나라를 배반한 역적 놈이 어찌 감히 나를 속여서 성을 빼앗으러 온단 말이냐! 나는 이미 네놈이 촉에 항복한 사실을 알고 있다!"

그리고는 성 아래로 화살을 마구 쏘아대도록 했다. 강유는 변명도 할 수 없어서 하늘을 우러러 크게 탄식을 했는데, 두 눈에서는 눈물이 흘러 내렸다. 그는 말머리를 돌려 장안長安을 향해 달아났다.

〖 7 〗 몇 마장(里) 못 갔을 때 앞에 큰 나무들이 무성하게 우거진 숲이 있었는데, 그때 갑자기 함성이 일어나면서 수천 명의 군사들이 몰려나왔다. 그 우두머리 촉장蜀將은 관흥이었다. 그들은 길을 가로막고 섰다. 강유는 사람도 말도 다 지칠 대로 지쳐 있어서 대적할 수가 없어 말머리를 돌려 달려나려고 했다.

그때 갑자기 작은 수레 한 대가 산언덕을 돌아 나왔다. 그 위에 탄 사람은 머리에는 윤건綸巾을 쓰고, 몸에는 학창鶴氅을 입고, 손에는 우선羽扇을 들고 있었는데, 바로 공명이었다.

공명은 강유를 부르며 말했다: "백약伯約은 어찌 이때까지 여전히 항복하지 않고 있는가?"

강유는 한참 깊이 생각해 보았으나 앞에는 공명이 있고 뒤에는 관흥이 있는데다 또 갈 길도 없으니 말에서 내려 항복하는 수밖에 없었다. (*이 한 사람의 항복이 뒤에 가서 수많은 이야기를 만들어낸다.)

공명은 황급히 수레에서 내려 그를 맞이하면서 강유의 손을 잡고 말했다: "나는 초려草廬를 나온 이후 두루 어질고 유능한 사람을 구하여 내가 평생 동안 배운 바를 전수해 주려고 하였다. 그러나 그럴 만한 인물을 얻을 수 없는 것이 한이었다. 내 이제 백약伯約을 만났으니 내 소원을 풀게 되었다."(*한 번 보자마자 이처럼 깊이 있는 대화를 나누는 것, 이것이 바로 영웅을 거두어들이는 방법이다.)

강유는 크게 기뻐하면서 사례의 절을 올렸다.

〖 8 〗 공명은 곧 강유와 함께 영채로 돌아가서 막사 안에 들어가서 천수天水와 상규上邽를 취할 계책을 상의했다.

강유가 말했다: "천수성 안의 윤상尹賞과 양서梁緖는 저와 교분이 매

우 두텁습니다. 밀서 두 통을 써서 성 안으로 쏘아 보내 자중지란自中之亂이 일어나도록 한다면 성을 얻을 수 있을 것입니다."

공명은 그 제안을 따랐다. 강유는 밀서 두 통을 써서 화살에 매달고 말을 달려서 곧바로 성 아래로 가서 성 안으로 쏘아 보냈다. 하급 장교가 그것을 주워서 마준에게 갖다 바쳤다. 마준은 그것을 보고 크게 의심이 들어 하후무와 상의했다: "양서와 윤상이 강유와 손을 잡고 안에서 호응하려고 하니, 도독께서는 빨리 결단하셔야 합니다."

하후무曰: "두 놈을 죽여 버리도록 하시오."

윤상이 이 소식을 듣고서는 양서에게 말했다: "차라리 성을 바치고 촉에 항복하여 발탁되어 쓰이기를 도모하는 것이 나을 것이오."(*이 또한 강유의 계산 속에 들어 있었다.)

이날 밤 하후무는 여러 차례 사람을 시켜서 양서와 윤상 두 사람에게 할 얘기가 있으니 오도록 청했다. 두 사람은 사태가 위급해졌다고 생각하고 갑옷을 입고 투구를 쓰고 말에 올라 각기 무기를 들고 휘하 군사들을 이끌고 가서 성문을 크게 열어 촉병들을 들어오도록 했다. 하후무와 마준은 놀라고 당황해서 수백 명을 이끌고 서문으로 나가서 성을 버리고 강성(羌城: 강인羌人들이 모여 사는 지방. 청해성 동부 일대)으로 찾아갔다.

양서와 윤상은 공명을 영접하여 성 안으로 들어갔다. 백성들을 안심시키고 나서 공명은 양서와 윤상에게 상규上邽를 취할 계책을 물었다.

양서曰: "이 성은 바로 제 친동생 양건梁虔이 지키고 있으니, 제가 가서 항복하도록 권하겠습니다."

공명은 크게 기뻐했다.

양서는 그날로 상규로 가서 양건을 불러 성을 나와 공명에게 항복하도록 했다.

공명은 그들에게 상을 후하게 내려 위로한 다음 곧바로 양서는 천수태수로, 윤상은 기성冀城의 성령城令으로, 양건은 상규의 성령城令으로 삼았다. 공명은 군사들을 나누어 배치한 다음, 군사들을 정돈하여 출병했다.

여러 장수들이 물었다: "승상께서는 어찌하여 하후무를 잡으러 가지 않으십니까?"

공명曰: "내가 하후무를 놓아준 것은 오리(鴨) 한 마리를 놓아준 것과 같다. 지금 백약을 얻었으니, 이는 봉鳳 한 마리를 얻은 것이다!"
(*봉추鳳雛가 죽은 후 또 한 마리의 봉鳳을 얻었다.)

공명이 세 성을 얻은 후로 그 위세와 명성을 크게 떨쳐 원근遠近의 주州와 군郡들에서는 소문만 듣고도 항복해 왔다. 공명은 군사들을 정돈하여 한중漢中의 군사들을 전부 데리고 기산(祁山: 감숙성 예현 동쪽)으로 나아가서,(*이것이 기산으로 나간 첫 번째(一出祁山)이다.) 군사들을 위수渭水 서편에 주둔시켰다. 첩자가 이 소식을 낙양에 보고했다.

〖 9 〗 때는 위주魏主 조예 태화太和 원년(元年: 서기 227년)이었다.

조예가 대전大殿에 나와 조회를 받고 있을 때 근신이 아뢰었다: "하후 부마는 이미 세 군郡을 잃고 강인羌人들이 사는 곳으로 도망가 버렸다고 합니다. 지금 촉병은 이미 기산에 당도했고, 선두부대는 위수 서편에 이르렀다고 합니다. 부디 빨리 군사를 보내시어 적을 깨뜨리시옵소서."

조예가 크게 놀라서 여러 신하들에게 물었다: "누가 짐을 위해 촉병을 물리치겠는가?"

사도 왕랑王朗이 반열 중에서 나와 아뢰었다: "신이 살펴본 바에 의하면, 선제(先帝: 조비)께서는 매번 싸움이 있을 때마다 대장군 조진曹眞을 쓰셨는데, 그는 싸우러 갈 때마다 반드시 이겼나이다. 지금 폐하께서는 어찌하여 그를 대도독으로 삼아 촉병을 물리치지 않으시옵니까?"(*조진 역시 하후무보다 별로 나을 게 없다.)

조예는 그의 건의를 받아들여 조진을 불러들여 말했다: "선제께서는 경에게 어린 짐을 잘 보필하라고 부탁하셨소. 지금 촉병들이 중원으로 쳐들어오고 있는데, 경은 어찌 차마 가만히 앉아서 보고만 있소?"

조진이 아뢰었다: "신은 재주도 없고 지모도 얕아서 그런 중임은 맡을 수 없나이다."

왕랑曰: "장군은 나라의 안위와 존망을 한 몸에 맡은 대신(社稷之臣)이시니 한사코 사양만 해서는 안 되오. 이 늙은 신하도 비록 노둔駑鈍하지만 장군을 따라 가고자 하오."(*이 늙은이는 죽을 때가 된 것이다.)

조진은 또 아뢰었다: "신은 나라의 큰 은혜를 받았사온데 어찌 감히 사양할 수 있겠나이까? 다만 부장副將으로 삼을 사람 하나를 얻고자 합니다."

조예曰: "경이 직접 천거하시오."

조진은 이에 태원(太原: 산서성 태원시) 양곡陽曲 사람으로 성은 곽郭, 이름은 회淮, 자를 백제伯濟라고 하는 사람을 천거했는데, 그의 현재 관작은 사정후射亭侯로 옹주자사雍州刺史를 겸하고 있었다.

조예는 그의 건의대로 곧바로 조진을 대도독으로 임명하여 절월節鉞을 내려주고, 곽회를 부도독으로, 왕랑을 군사軍師로 삼았다. —— 이때 왕랑의 나이는 이미 76세였다. (*늙어서도 죽지 않는 것, 이를 도적이라고 한다.) —— 그리고 동경(東京: 낙양)과 서경(西京: 장안)의 군사 20만 명을 뽑아서 조진에게 주었다. 조진은 친족 동생인 조준曹遵을 선봉으로 삼고, 또 탕구장군蕩寇將軍 주찬朱贊을 부선봉으로 삼아 그해 11월에 출병했다. 위주 조예는 친히 서문 밖까지 나가서 그를 배웅해준 다음에야 돌아왔다.

〖 10 〗 조진은 대군을 거느리고 장안에 도착하여 위하渭河 서쪽으로 건너가서 영채를 세웠다. 조진은 왕랑과 곽회와 함께 촉병을 물리칠 계책을 상의했다.

왕랑이 말했다: "내일 대오를 엄정嚴整히 하고 깃발들을 크게 벌여 세우도록 하시오. 이 늙은이가 직접 나가 한 바탕 얘기를 해서 꼭 제갈량으로 하여금 두 손을 마주잡고 항복하도록 하고, 촉병들로 하여금 싸우지 않고 스스로 물러나도록 하겠소."(*치매 걸린 노인이 정말로 꿈을 꾸고 있다. 가소롭다.)

조진은 크게 기뻐했다.

이날 밤에 명령을 내리기를, 내일 사경(四更: 새벽 1시~3시)에 밥을 지어 먹고, 날이 밝으면 반드시 대오를 가지런히 하되 군사들은 위의威儀를 갖추고 깃발과 북과 나팔들을 각기 차례대로 정렬하도록 했다. 그리고 즉시 사람을 시켜서 적진에 선전포고서(戰書)를 먼저 보내놓도록 했다.

다음날, 양군은 기산 앞에서 서로 마주보고 진을 펼쳤다. 촉의 군사들이 보니 위병魏兵들은 몹시 웅장하여 하후무와는 완전히 딴판이었다.

전군이 북을 치고 나팔을 불고 나자 사도 왕랑이 말을 타고 나왔는데, 왼편에는 도독 조진이, 오른편에는 부도독 곽회가 따라 나왔다. 그 두 사람이 선봉이 되어 전투대형의 양익兩翼을 통제했다. 정탐꾼이 말을 타고 전투대형 앞으로 나가서 큰 소리로 말했다: "그쪽 진영의 주장主將은 나와서 대답하시오!"

바로 그때 촉진의 문기門旗가 양쪽으로 벌려지더니 그 사이에서 관흥과 장포가 좌우로 나뉘어 나와서 양편에서 말을 세웠다. 그 다음에 또 날래고 용맹한 장수들이 나오더니 한 대隊 한 대隊씩 나뉘어 열을 지어 서더니 문기의 그림자 아래 한가운데로 사륜거四輪車 한 대가 나왔는데, 그 안에는 공명이 머리에는 윤건綸巾을 쓰고, 손에는 우선羽扇을 들고, 흰 옷에 검은 띠를 두르고 단정히 앉아서 표연飄然히 나오는 것이 보였다.

〖 11 〗 공명이 수레 위에서 눈을 들어 보니 위의 진영 앞에는 대장기와 수레에 세우는 일산(傘蓋)이 세 개가 있고, 깃발 위에는 이름이 크게 씌어 있었는데, 한가운데 흰 수염의 늙은이가 바로 군사軍師 사도司徒 왕랑王朗이었다.

공명은 속으로 생각했다: '왕랑은 반드시 한바탕 연설(辯舌)을 할 것이니, 상황에 따라 대처해야겠다.'

그리고는 진영 밖으로 수레를 밀도록 하고 하급 호위장교(護軍小校)로 하여금 말을 전하도록 했다: "한漢 승상께서 사도와 얘기를 하시겠답니다."(* '漢' 이란 단 한 글자로도 왕랑을 압도할 수 있다.)

왕랑이 말을 달려 나왔다. 공명은 수레 위에서 두 손을 마주잡고 인사를 했고, 왕랑은 말 위에서 몸을 굽혀 답례를 했다.

왕랑이 말했다: "공의 존함을 들은 지 오래 됐는데 지금 다행히 뵙게 되었소. 공은 이미 천명天命을 알고 현재 천하가 당면한 문제, 즉 시무時務도 알고 있으면서 어찌 명분名分도 없는 군대를 일으키는 것이오?"

공명曰: "나는 역적을 치라는 천자의 조서를 받들고 있는데 어찌 명분이 없다고 말하시오?"(*후주의 칙서를 받들고 있을 뿐만 아니라 바로 선주先主의 유조遺詔를 받들고 있고, 또 선주의 유조를 받들고 있을 뿐만 아니라 바로 의대조衣帶詔, 즉 한漢 천자 헌제獻帝의 칙서까지 받들고 있다.)

왕랑曰: "하늘이 부여한 운수(天數)는 변하기도 하고, (*입을 열자마자 '하늘(天)'을 들고 나와 공명을 압도하려고 한다.) 제왕의 자리와 통치권력, 즉 신기神器는 교체되면서 유덕한 사람에게 돌아가는 것이 자연의 이치요.

옛날 환제와 영제 이래 황건적들이 맨 처음 난을 일으키자 천하는 서로 세력을 다투었소. (*제1회의 일.) 그 후 초평(初平: 190~193년), 건안(建安: 196~220년) 시대에 이르러서는 동탁이 모반을 일으켰고, (*제9회 이전의 일.) 그 뒤를 이어 이각李傕과 곽사郭汜가 포악무도한 짓을 계속했으며, (*제13회 이전의 일.) 원술은 수춘壽春에서 참람하게도 스스로 천자를 칭했고, (*제17회의 일.) 원소는 업鄴 땅에서 스스로 영웅을 칭했으며, (*제31회 이전의 일.) 유표는 형주를 점거했고, (*제39회 이전의 일.) 여포는 서군徐郡을 범처럼 삼켰었소. (*제19회 이전의 일.)

도적들이 각지에서 벌떼처럼 일어나고, 간웅들은 사나운 매처럼 용맹을 자랑하자 사직은 누란의 위기에 처했고(累卵之危), 백성들은 거꾸로 매달려 있는 것처럼 위급했었소(倒懸之急). (*수많은 영웅들에 대해서는 단 네 마디 말로 매듭짓는다.)

우리 태조 무황제(武皇帝: 조조)께서 천하를 깨끗이 청소하시고 천하를 돗자리 말듯이 전부 거둬들이시자 만백성들의 마음이 그분께로 기울어지고 사방의 모든 나라들이 그의 덕을 우러러보게 되었소. 이는 권세로써 취한 것이 아니라 실은 천명天命이 돌아왔기 때문이오. (*제78회 이전의 일. '하늘(天)'을 말하면서 조조를 높이고 있다.)

세조世祖 문제(文帝: 조비)께서는 문文과 무武가 모두 신성하시어 제위帝位를 이어받아 하늘의 뜻에 응하고 민의에 순종하셔서 요堯 임금이 순舜 임금께 제위를 선양하신 것을 본받아 나라 한가운데 계시면서 만방萬邦을 다스리시게 되었으니 이 어찌 하늘의 마음과 사람의 뜻이 아니겠소? (*제91회 이전의 일. '하늘(天)'을 말하고 또 거기다가 '사람(人)'을 덧붙여서 조비曹丕를 높이고 있다.)

지금 공은 큰 재주를 지니고 넓은 도량을 품어 스스로를 관중管仲과 악의樂毅에 견주고자 하면서,(*먼저 공명을 한 번 띄워주고.) 어찌하여 굳이 천리天理를 거역하고 인정人情을 어기면서 일을 하려고 하시오? (*그리고는 또 공명을 한 번 억눌러 놓으려 한다. 그러나 천수天數를 거스른다고 말할 수는 있어도 천리天理를 거역한다고 말할 수는 없다.)

공이 어찌 옛 사람이 '하늘의 뜻을 따르는 자는 흥하고, 하늘의 뜻을 거역하는 자는 망한다(順天者昌, 逆天者亡)'(〈맹자·이루상〉)고 한 말을 들어보지 못하였겠소. (*끝까지 '天'자를 강조할 수밖에 없다.)

지금 우리 대위大魏는 무장한 군사 1백만 명에 뛰어난 장수들만 해도 1천 명이나 되오. 썩은 풀 속에서 사는 반딧불이 따위가 어떻게 하늘 한가운데 높이 떠 있는 밝은 달에 미치겠소(量腐草之螢光, 怎及天心之皓月)?

공이 만약 창을 거꾸로 잡고 갑옷을 벗어버리고 예를 갖추어 항복해 온다면 봉후封侯의 자리는 보장해 줄 것이오. 그리하면 나라는 태평하고 백성들은 즐겁게 지낼 수 있게 될 것이니, 이 어찌 아름다운 일이 아니겠소!"

〚 12 〛 공명은 수레 위에서 큰 소리로 웃으며 말했다: "나는 공이 한조漢朝의 원로대신이니 틀림없이 고명高明한 말을 할 것으로 생각했지, 어찌 이처럼 비루한 말을 할 것이라 기대했겠는가!

내 한 마디 말할 테니 모든 군사들은 조용히 들으라:

옛날 환제와 영제 시절에 한 황실의 대통이 쇠미衰微해지자 환관 무리들이 화禍를 빚어 나라는 어지러워지고 해마다 흉년이 들었으며 사방이 소란했다. 황건의 난이 있은 후로 동탁과 이각, 곽사 등이 잇달아 일어나서 황제를 이리저리 옮겨가며 겁박했고, 백성들에게는 잔인하고 흉포하게 굴었다. (*지난 시절의 난을 대략 서술하면서 번잡하지 않게 개괄한다.)

그리하여 조정의 높은 자리에서는 썩은 나무(朽木)들이 벼슬을 했고,

낮은 자리에서는 금수禽獸들이 나라의 녹祿을 먹었으며, 흉악한 심보에 개 같은 행실(狼心狗行)의 무리들이 잇달아 권력을 장악했고, 비굴한 얼굴로 아첨이나 일삼는 무리들이 계속해서 정사를 담당하였다. 그리하여 사직을 폐허로 만들었고 창생을 도탄에 빠뜨렸느니라. (*한의 신하들을 전부 욕하는 것이지만 속으로는 왕랑을 겨냥한 말이다.)

나는 예전의 네 소행所行을 알고 있다. 너는 대대로 동해東海 가에 살면서 처음에 효렴孝廉으로 천거되어 벼슬길에 들어섰으니 마땅히 군왕을 보좌하여 나라를 바로잡고 한 황실을 편안케 하고 유씨劉氏를 흥왕하게 하는 것이 네 도리이거늘, 어찌하여 반대로 역적을 도와서 같이 황제의 자리를 빼앗을 꾀를 낸단 말이냐! 네 죄악이 중하고 중하여 하늘과 땅이 너를 용납하지 못하고 천하의 사람들이 모두 네 살을 씹어 먹으려 하고 있느니라! (*비로소 그를 지명하여 꾸짖고 있다.)

지금은 다행히도 하늘의 뜻이 한조漢朝를 절멸絕滅시키려 하지 않으시어 (*이는 천리天理로써 왕랑의 천수天數 얘기를 깨뜨리고 있다.) 소열황제 (昭烈皇帝: 유비)께서 서천西川에서 대통大統을 이으셨으며, 나는 지금 사군(嗣君: 후주 유선)의 칙명을 받들어 역적을 치려고 군사를 일으켰느니라. (*스스로 군사를 내어 위魏를 치려는 뜻을 설명하면서, 천자의 조서를 받들어 역적을 치려는 것일 뿐만 아니라 또한 하늘을 받들어 역적을 치려는 것임을 말하고 있다.)

너는 기왕에 아첨이나 하는 신하이니 몸을 숨기고 목을 움츠려 구차하게 옷과 밥이나 얻을 궁리를 할 것이지 어찌 감히 대오 앞에 나와서 망령되이 천수天數를 들먹인단 말이냐?

너 머리카락 하얀 필부야! 수염이 희끗희끗한 늙은 역적놈아! 너는 오늘 당장 구천(九泉: 황천) 아래로 돌아가게 될 텐데, 무슨 면목으로 스물네 분의 황제(二十四帝: 한 고조부터 헌제獻帝까지 422년 간의 24대 황제들)들을 뵙겠느냐! 늙은 역적은 빨리 물러가라! 그리고 반역의 신하들과 내가 승부를 가르도록 하라!"

왕랑은 다 듣고 나자 화가 가슴에 꽉 차올라서 크게 악! 소리를 지르면서 말 아래로 떨어져 머리가 땅에 부딪쳐 죽고 말았다. 후세 사람이 공명을 칭찬해서 지은 시가 있으니:

군사 이끌고 서진西秦으로 나가서　　　　　　　　　兵馬出西秦

영특한 재주로 만인萬人을 대적했네.　　　　　　　　雄才敵萬人

세 치 혀 가볍게 놀려　　　　　　　　　　　　　　輕搖三寸舌

늙은 간신을 꾸짖어 죽였도다.　　　　　　　　　　罵死老奸臣

〖 13 〗 공명이 우선羽扇으로 조진을 가리키며 말했다: "내 자네는 핍박하지 않을 테니, 자네는 군사들을 정돈해서 내일 다시 싸우도록 하세."

공명은 말을 마치자 수레를 돌렸다. 이리하여 양편 군사들은 모두 물러갔다.

조진은 왕랑의 시신을 나무 관속에 넣어서 장안으로 돌려보냈다. (*군사軍師 하나는 일찌감치 끝장나버렸다.)

부도독 곽회郭淮가 말했다: "제갈량은 우리가 군중에서 상喪을 치를 것으로 생각하고 오늘 밤 틀림없이 영채를 습격하러 올 것입니다. 우리는 군사들을 네 부대로 나누어, 두 부대의 군사들은 산속 작은 길로 가서 그들이 습격하러 오는 틈을 타서 그들의 영채를 습격하고, 두 부대의 군사들은 우리 본채 밖에다 매복시켜 놓았다가 적이 오면 좌우에서 치도록 합시다."(*적이 영채를 습격하러 오면 반대로 우리는 적의 영채를 습격하러 간다는 계산 역시 교묘하다.)

조진이 크게 기뻐하면서 말했다: "그 계책은 내 맘에 꼭 드는군!"

그리고는 곧 명을 전하여 조준曹遵과 주찬朱贊 두 선봉을 불러와서 분부했다: "자네들 둘은 각자 1만 명의 군사들을 이끌고 지름길로 해서 기산祁山 뒤로 나가되, 촉병이 우리 영채를 향해 오는 것이 보이거든 군사들을 이끌고 가서 촉의 영채를 습격하도록 하고; 만약 촉병들의 움직임이 보이지 않거든 곧바로 군사들을 거두어 돌아오고 가벼이 나아가지 말도록 하라."(*저쪽에서 습격하러 오지 않으면 우리 역시 습격하러 가지 않겠다는 것은 역시 신중한 계책이다.)

두 사람은 계책을 받고 군사를 이끌고 갔다.

조진이 곽회에게 말했다: "영채 안은 땔나무들만 쌓아놓고 비워놓은 채 다만 몇 사람만 남겨두어 만약 촉병이 오거든 불을 질러 신호를 하도록 하고, 우리 두 사람은 각자 한 부대의 군사들을 이끌고 나가서 영채 밖에 매복해 있도록 하세."

여러 장수들은 모두 좌우로 나뉘어 각자 준비하러 떠나갔다.

〖 14 〗 한편 공명은 막사로 돌아오자 먼저 조운과 위연을 불러서 명을 내렸다.

공명이 말했다: "두 사람은 각자 휘하 군사들을 이끌고 가서 위군의 영채를 습격하시오."

위연이 건의했다: "조진은 병법에 아주 밝으므로 틀림없이 우리가 자기들이 상을 치르는 틈을 타서 영채를 습격하러 갈 것으로 예상할 것입니다. 그들이 어찌 아무 방비도 하지 않겠소이까?"

공명이 웃으면서 말했다: "나는 바로 조진이 우리가 자기들 영채를 습격하려고 한다는 것을 알도록 하려고 하오. 그러면 그는 틀림없이 기산 뒤편에다 군사를 매복시켜 놓고 우리 군사들이 지나가기를 기다렸다가 우리 영채를 습격하러 올 것이오.

그래서 나는 당신들 두 사람에게 군사들을 이끌고 앞으로 가서 산기슭 뒷길을 지나 멀찌감치 영채를 세워놓으라고 하는 것이오. 위병들이 우리 영채를 습격하러 오더라도 내버려두시오.

그러다가 본채에서 신호의 불길이 일어나는 것을 보거든 군사들을 두 방면으로 나누되, 문장(文長: 위연)은 산 어귀를 가로막고, 자룡은 군사들을 이끌고 급히 돌아오도록 하시오.

오는 길에 틀림없이 위병과 맞닥뜨릴 테지만 그대로 달아나도록 내버려두었다가 장군이 기세를 타고 공격해 간다면 그들은 틀림없이 저희들끼리 서로 치고 받고 죽일 것이오. 그렇게 되면 우리는 완승을 거둘 수 있소."(*묘한 것은, 원래는 두 사람으로 하여금 영채를 습격하도록 하려는 것이 아니라 단지 그들로 하여금 영채를 습격하러 오는 적들만 죽이도록 한 것이다.)

두 장수는 계책을 받고 군사들을 이끌고 떠나갔다.

공명은 또 관흥과 장포를 불러서 분부했다: "너희 둘은 각자 일군一軍을 이끌고 기산의 중요한 길목에 매복해 있다가 위병들을 지나가도록 한 다음, 위병들이 온 길로 해서 위병의 영채로 쳐들어가도록 하라."(*이들 둘에게는 도리어 적의 영채를 습격하도록 한다.)

두 사람은 계책을 받고 군사들을 이끌고 떠나갔다. 그리고는 또 마대·왕평·장익·장억 네 장수들에게 영채 밖에 매복해 있다가 사면으로 적을 맞아 치도록 했다.

그리고 나서 공명은 영채와 울타리를 가짜로 세우고 그 안에다 불을 피울 땔나무들을 쌓아두어 신호의 불을 피울 준비를 해놓았다. 그리고 공명 자신은 여러 장수들을 이끌고 영채 뒤로 물러가서 동정을 살펴보기로 했다. (*이미 그들이 습격하러 오는 것을 방비해 놓고 나서 또 그들을 속여서 습격하러 오도록 하려고 한다. 지극히 신묘한 계책이다.)

〖 15 〗 한편 위군의 선봉 조준과 주찬은 황혼녘에 영채를 떠나서 천천히 앞으로 나아갔다. 이경(二更: 밤 9시~11시) 무렵 멀리 바라보이는 산 앞에서 희미하게 군사들의 움직임이 있었다.

조준은 속으로 생각했다: '곽 부도독의 예상이 참으로 귀신같구나!' (*아직 칭찬하기에는 이르다.)

그리고는 군사들을 재촉해서 급히 나아갔다. 촉병의 영채에 이르렀을 때는 삼경三更이 거의 다 되어가고 있었다.

조준이 먼저 영채로 쳐들어갔으나 영채는 텅 비어 있고 한 사람도 없었다. 그는 계략에 걸려든 줄 알고 급히 군사를 철수하여 돌아가려고 했다. 바로 그때 영채 안에서 불길이 솟았다. 그때 주찬朱贊의 군사들이 당도하여 자기들끼리 치고받고 하느라 군사들은 일대 혼란에 빠졌다.

조준과 주찬이 서로 어우러져 싸우다가 비로소 자기들끼리 싸우고 있음을 알게 되었다. (*이는 위魏로써 위魏를 치는 것이니, 참으로 절묘하다.) 그래서 급히 싸우기를 멈추고 군사들을 하나로 합쳤는데, 바로 그때 갑자기 사방에서 함성이 크게 울리면서 왕평·마대·장억·장익이 쳐들어왔다. 조준과 주찬 두 사람은 심복 군사 1백여 명을 이끌고 큰길을 향해 달아났다.

그때 갑자기 북소리, 나팔 소리가 일제히 울리며 한 떼의 군사들이 앞길을 가로막았는데, 그 우두머리 장수는 바로 상산 조자룡이었다.

조자룡이 큰 소리로 외쳤다: "역적의 장수는 어디로 가고 있느냐? 속히 죽음을 받아라!"

조준과 주찬은 길을 뚫어 달아났다. 그때 또 갑자기 함성이 일어나면서 위연이 또 한 떼의 군사들을 이끌고 쳐들어왔다. 조준과 주찬은 크게 패하고 길을 뚫어 본채로 돌아갔다.

본채를 지키고 있던 군사들은 촉병들이 영채를 습격하러 온 줄로만 생각하고 황급히 불을 질러 신호를 보냈다. 그러자 왼편에서는 조진이 쳐들어오고 오른편에서는 곽회가 쳐들어와서 자기들끼리 싸웠다. (*이 또한 위魏로써 위魏를 치는 것이니, 참으로 절묘하다.)

그때 배후에서 세 방면의 촉병들이 쳐들어왔는데, 가운데는 위연이, 왼편은 관흥이, 오른편은 장포가 쳐들어와서 한바탕 크게 싸웠다. 위 병들은 패해서 10여 리나 달아났는데, 위의 장수들 가운데 죽은 자들이 극히 많았다. 공명은 완벽하게 대승을 거두고 나서야 비로소 군사를 거두었다.

조진과 곽회는 패한 군사들을 수습해 가지고 영채로 돌아와서 상의했다: "지금 위병魏兵의 형세는 고립되어 있는데 촉병의 세력은 강대하다. 앞으로 어떤 계책을 써서 저들을 물리친단 말인가?"

곽회曰: "이기고 지는 것은 전쟁에서 흔히 있는 일이니(勝負乃兵家之常事) 걱정할 필요 없습니다. 제게 촉병들로 하여금 머리와 꼬리를 서로 돌볼 수 없도록 할 계책이 하나 있는데, 그렇게 하면 적들은 반드시 스스로 달아날 것입니다." 이야말로:

가련하다 위魏의 장수, 일 뜻대로 안 되자　　　可憐魏將難成事
서방으로 가서 구원병 얻으려 하네.　　　　　欲向西方索救兵

그 계책이란 것이 어떤 것인지 모르겠거든 다음 회를 읽어보기 바란다.

(1). 강유에게 모친이 있었으므로 공명은 강유의 모친을 이용하여 강유를 견제했는데, 이는 역시 서서徐庶에게 모친이 있었으므로 조조가 서서의 모친을 이용하여 서서를 견제했던 것과 같다. 그러나 조조는 서서 모친의 글을 가짜로 써서 그 아들을 항복시켰지만 (*제36회), 공명은 그 모친의 글을 가짜로 써서 그 아들을 항복시킬 필요가 없었다. 그 이유는, 그 사람으로 하여금 순리를 등지고 역리로 돌아오게 하려면(背順歸逆) 부득이 그 모자간의 정을 이용하

여 그의 군신 간의 의리를 빼앗아 버리지 않으면 안 된다. 그러나 만약 그 사람으로 하여금 역리를 등지고 순리를 돕게 하면(背逆助順) 스스로 군신간의 의리를 갖게 되므로 단지 그 모자간의 정에만 의지하지 않아도 되기 때문이다.

그리고 조조의 재주로는 서서를 굴복시킬 수 없었지만 공명의 재주는 사실 강유를 복종시키기에 충분했던 것이다. 서서는 조조 때문에 굴복한 것이 아니라 단지 그 모친 때문에 굴복했던 것이지만, 강유는 자기 모친 때문에 굴복했을 뿐만 아니라 바로 공명 때문에 굴복했던 것이다.

(2). 사람들은 단지 역적을 치려는 자는 마땅히 그 우두머리를 죽여야 한다는 것만 알고 적을 치려는 자는 마땅히 그 추종자를 죽여야 한다는 것은 모르고 있다. 이 무슨 말인가? 가충賈忠과 성제成濟가 없었다면 사마씨司馬氏 부자는 그 흉악한 짓을 제멋대로 할 수 없었을 것이고, 화흠華歆과 왕랑王朗이 없었다면 조씨曹氏 부자는 그 사악한 짓들을 제 마음대로 할 수 없었을 것이다. 그러므로 조조를 꾸짖으면서 화흠을 꾸짖지 않는다면 조조의 기백을 빼앗을 수 없고, 조비와 조예曹叡를 꾸짖으면서 왕랑을 꾸짖지 않는다면 조비와 조예의 혼령을 기쁘게할 수 없을 것이다.

(3). 병가兵家에는 적의 영채를 몰래 치는 것, 즉 겁채(劫寨)라는 것이 있는데, 이 주제(題目)는 오래된 것이다. 그런데 이번 회에 이르러서 그 옛 모습을 버리고 새로운 모습으로 다시 태어나고 있다 (翻陳出新). 저쪽은 이쪽에서 겁채하려는 줄 모를 것이라고 생각하고 겁채하는 것은 기이할 게 없으나, 이쪽에서 겁채하려는 줄 저쪽이 알고 있을 것으로 생각하고서도 그대로 겁채하는 것은 기이하

다 할 것이다. 저쪽이 이쪽을 겁채하려고 올 때를 기다렸다가 이쪽이 겁채하러 가는 것은 기이할 게 없으나, 저쪽은 이쪽이 겁채하러 가기를 기다렸다가 그 후에 이쪽을 겁채하러 올 것을 알고 있으면서도 이쪽에서 일부러 저쪽을 속여서 겁채하러 오도록 하는 것은 또한 기이한 일이다.

이뿐만이 아니다. 겁채하러 가는 이쪽의 군사들로 하여금 자기 영채로 돌아가고 있는 저쪽의 군사들의 길을 막도록 하고, 또 자기 영채로 돌아가고 있는 저쪽의 군사들로 하여금 이쪽에서 겁채하러 가는 것을 방비하고 있는 자기편 군사들에게 죽임을 당하도록 하고 있는데, 이처럼 겁채의 계책은 갈수록 환상적인 지경에 이르고 있다. 다른 책에서 겁채劫寨의 일을 묘사한 것을 보면 상대의 영채에 쳐들어가 보니 한 사람도 보이지 않아서 계책에 걸려든 줄 알고 곧바로 뒤로 달아났다는 등의 말이 있을 뿐이다.

제**94**회

제갈량, 눈을 이용하여 강병羌兵 깨뜨리고
사마의, 기일 정해 놓고 맹달을 죽이다

〖 1 〗한편 곽회郭淮가 조진曹眞에게 말했다: "서강西羌 사람들은 태
조(太祖: 조조) 때부터 해마다 공물貢物을 바쳐왔으므로 문황제(文皇帝: 조
비)께서도 역시 그들에게 은혜를 베풀어 주셨습니다. 우리가 지금 험한
요처(險阻)를 지키고 있으면서 사람을 보내서 작은 길로 곧바로 서강
사람들한테 가서 구원을 청하고 서로 화친을 맺자고 한다면, 서강 사
람들은 틀림없이 군사를 일으켜 촉병의 배후를 습격할 것입니다. (*즉,
강인들은 조비가 말한 다섯 방면(五路) 가운데 하나이다.) 그런 다음 우리도
많은 군사들로써 저들을 치되 앞뒤로 협공을 한다면 어찌 크게 이기지
못하겠습니까?"

조진은 그 계책을 좇아서 즉시 사람을 보내면서 밤낮 가리지 말고
달려가서 서강 사람에게 서신을 전하도록 했다.

한편 서강 국왕 철리길徹里吉은 조조 때부터 해마다 조공을 바쳐오고 있었다. 그의 수하에는 문관 한 명과 무장 한 명이 있었는데, 문관은 아단승상雅丹丞相, 무장은 월길원수越吉元帥였다. (*역시 남만의 동도나董茶那·아회남阿會喃 등과 같은 식의 이름이다.)

이때 위魏의 사자가 황금·주옥과 서신을 가지고 이 나라에 와서 먼저 아단승상을 찾아가 예물을 드리면서 구원병을 청하는 뜻을 자세히 말했다. 아단승상이 그를 안내해 가서 국왕을 뵙고 서신과 예물을 바쳤다. 철리길은 서신을 보고 나서 여러 신하들과 상의했다.

아단이 말했다: "우리는 위국魏國과 평소에도 서로 왕래가 있습니다. 지금 조曹 도독都督이 구원병을 청하면서 또 화친을 맺자고 하니, 승낙하시는 것이 도리에 맞을 것 같습니다."(*이는 황금 주옥이 대신 말하는 것이다.)

철리길은 그의 말을 좇아 즉시 아단과 월길원수에게 서강 병사 15만 명을 일으키도록 했는데, 그들은 모두 활과 쇠뇌, 창과 칼, 마름쇠(蒺藜)와 비추(飛錘: 긴 쇠줄에 쇳덩이를 매달아 던지는 무기) 등의 병장기를 쓰는 데 익숙했다. 그리고 또 사면을 철판 조각으로 둘러싸서 못을 박은 전차戰車가 있었는데, 거기에다 양식이나 병장기나 기물과 집기(什物) 등을 싣고 낙타나 노새로 끌었으므로 그것을 "철거병鐵車兵"이라고 불렀다. (*강병의 무시무시한 모습을 묘사함으로써 공명의 유능함을 돋보이도록 하고 있다.) 아단과 월길은 국왕에게 하직인사를 하고 군사들을 거느리고 곧장 서평관(西平關: 청해성 서녕현西寧縣)을 찾아갔다. 관을 지키고 있던 촉장 한정韓禎이 급히 사람을 공명에게 보내서 문서로 보고했다.

〖 2 〗 공명은 보고를 듣고 여러 장수들에게 물었다: "누가 감히 가서 강병을 물리치겠는가?"

장포와 관흥이 대답했다: "저희들이 가보겠습니다."

공명曰: "너희 두 사람이 가겠다고 하나, 길을 잘 모를 텐데 어쩌지?"

곧바로 공명은 마대를 불러서 말했다: "너는 본래 강인들의 특성을 잘 알고 또 그곳에 오래 살았으니 길 안내자가 될 수 있겠구나."(*마대를 길 안내자로 쓴 것은 최적임자를 얻은 것이라 할 수 있다.)

그리고는 곧바로 정예병 5만 명을 일으켜 관흥·장포 두 사람에게 주어 같이 가도록 했다. 관흥과 장포 등이 군사를 이끌고 갔다. 수일간 행군해 갔을 때 바로 강병을 만났다.

관흥이 먼저 1백여 기병들을 이끌고 산기슭으로 올라가 보았더니, 강병들은 철거鐵車, 즉 철갑수레들을 서로 수미首尾를 연결시켜 도처에 영채를 만들어 놓았는데, 수레 위에는 병장기들을 두루 꽂아 놓아서 마치 성채(城池)와 흡사했다. (*적벽강 안에서는 배를 연결했고, 서평관 밖에서는 수레를 연결했다. 연결된 배는 깨뜨리기 쉬워도 연결된 수레는 깨뜨리기 어렵다.) 관흥은 그것을 한참 동안이나 자세히 살펴보았지만 적을 깨뜨릴 계책이 생각나지 않아 영채로 돌아와 장포·마대와 상의했다.

마대曰: "일단 내일 진陣을 보고 그 허실虛實을 살펴본 다음에 다시 계책을 의논합시다."(*마초는 이미 죽었는데 마대마저 없었다면 어쩔 뻔했나?)

다음날 아침 일찍 군사를 세 방면으로 나누어 관흥은 가운데서, 장포는 왼편에서, 마대는 오른편에서 세 방면의 군사들이 일제히 나아갔다. 강병의 진영 안에서는 월길越吉 원수가 손에는 철추를 들고, 허리에는 보물로 조각 장식한 활(寶彫弓)을 차고 말을 달려 용맹을 떨치며 나왔다. 관흥이 손짓하여 세 방면의 군사들은 곧장 나아갔다. 그때 문득 보니 강병들이 양편으로 갈라서고 그 가운데로 철갑수레들이 쏟아져 나오는데 마치 출렁이며 밀려오는 조수潮水 같았다. (*그것이 정지해 있을 때는 성채와 같았지만, 그것이 움직일 때는 물 같았다.) 그들이 활과 쇠뇌들을 일제히 쏘아댔으므로 촉병은 대패했다. 마대와 장포의 군사들은 먼저 물러났으나, 관흥이 이끄는 군사들은 강병들에게 포위된 채 서북쪽 모퉁이로 밀려갔다.

〖 3 〗관흥은 포위망 한가운데서 좌충우돌 했으나 벗어날 수 없었다. (*관흥은 이때 와서는 매우 속이 탔다.) 빽빽하게 둘러싸고 있는 철갑수레들이 마치 성城 같았다. 촉병들은 너 나 할 것 없이 서로 돌볼 수가 없었다. 관흥은 산골짜기를 향해 길을 찾아 달아났다.

어느덧 날이 저물어 가는데, 바로 그때 한 무더기의 검은 깃발들이 벌떼처럼 몰려왔다. 강병羌兵 장수 한 사람이 손에 철추를 들고 큰소리로 외쳤다: "어린 장수는 달아나지 말라! 나는 월길 원수다!"

관흥은 전력을 다해 말에 채찍을 가해 앞으로 급히 달아났는데, 문득 길이 끊어지며 개울(澗)이 나타났다. 관흥은 말머리를 돌려서 월길과 싸우는 수밖에 없었다. 그러나 관흥은 결국 간담이 서늘해지고 대적해낼 수 없게 되자 개울 안으로 도망갔다. 월길이 뒤쫓아 와서 철추로 내리쳤다. 관흥은 재빨리 피했으나 말의 넓적다리에 맞고 말았다. 말이 곧바로 개울 속으로 넘어지자 관흥도 떨어져 물속에 처박히고 말았다.

그때 문득 외마디 소리가 들리더니 등 뒤에서 월길이 말과 함께 아무 이유도 없이 물속으로 처박히는 것이었다. 관흥이 물속에서 필사적으로 일어나서 보니 언덕 위에서 대장 한 사람이 강병들을 물리치고 있었다. (*죽을 고비에서 다시 살아난(絕處逢生) 전혀 뜻밖의 일(出於意外)이었다.)

관흥이 칼을 들고 막 월길을 찍으려고 하는데 월길이 물속에서 펄쩍 뛰어오르더니 달아나버렸다. 관흥은 월길의 말을 붙들어 언덕 위로 끌고 올라가 안장과 고삐를 정돈한 다음 칼을 잡고 말에 올랐다. 그리고 얼핏 보니 그 장수는 여전히 전면에서 강병들을 쫓아가며 쳐 죽이고 있었다. (*독자들은 이에 이르러, 그는 장포 아니면 마대라고 생각할 것이다.)

관흥은 속으로 생각했다: "저분이 내 목숨을 구해 주었으니 마땅히 만나보고 인사를 드려야지."

그리고는 말에 박차를 가해 쫓아갔다. 어느 정도 가까이 가서 보니 구름과 안개 속에서 희미하게 대장 한 사람이 서있는 것이 보였다. 그 얼굴은 검붉은(重棗) 색이었고, 눈썹은 잠자는 누에(臥蠶) 같았으며, 녹색전포에 황금 갑옷을 입었으며, 손에는 청룡도靑龍刀를 들었고, 적토마를 타고, 손으로 멋진 수염을 쓰다듬고 있었다. 분명히 자기 부친 관공關公임을 알아보고 (*관공은 또 여기에서 현성顯聖한다. 그런데 전혀 뜻밖이다.) 관흥은 크게 놀랐다.

그때 갑자기 관공이 손으로 동남쪽을 가리키며 말했다: "내 아들아, 속히 이 길로 가거라. 내 너를 보호하여 영채로 돌아가게 해주마."

말을 마치자 더 이상 보이지 않았다.

관흥은 동남쪽을 향해 급히 달려갔다. 한밤중이 되었을 때 (*처음 달아날 때는 황혼이었는데 이때는 한밤중이다. 반장潘璋을 베어 죽일 때와 (*제83회) 사정이 흡사하다.) 갑자기 한 떼의 군사들이 당도했는데, 바로 장포였다. 장포가 관흥에게 물었다: "자네는 둘째 백부님을 뵈었는가?"(*질문이 참으로 기이하다.)

관흥曰: "자네가 그걸 어떻게 아는가?"

장포曰: "내가 철거군鐵車軍에게 한창 쫓기고 있을 때 문득 백부께서 공중에서 내려오시는 것을 보고 강병들은 놀라서 물러갔다네. (*관공이 장포에게 현성顯聖한 일은 허사虛寫 수법으로 묘사하고 있다.) 백부께서는 손으로 가리키시며 말씀하시기를: '너는 이 길을 따라 가서 내 아이를 구해 주거라.' 라고 하시더군. 그래서 군사를 이끌고 곧장 자네를 찾으러 왔다네."

관흥 역시 앞에서 겪었던 일을 이야기하고 함께 기이한 일이라고 감탄했다. 두 사람은 같이 영채로 돌아갔다.

마대가 맞이해 들이면서 두 사람에게 말했다: "아무리 생각해도 이 강병들을 물리칠 계책이 없소. 내가 영채를 지키고 있을 테니, 그대들 둘은 가서 승상께 아뢰고, 계책을 받아서 저들을 깨뜨리도록 해야겠소."(*비록 관공의 신조神助가 있었으나 결국은 제갈량의 기이한 계책에 의지해야 한다.)

이에 관흥과 장포는 밤낮을 가리지 않고 달려가서 공명을 보고 이 일을 자세히 이야기했다.

〖 4 〗 공명은 곧바로 조운과 위연에게 각자 일군씩 이끌고 가서 매복해 있도록 한 다음, 군사 3만 명을 점고하여 강유·장익·관흥·장포를 데리고 친히 마대의 영채로 가서 묵었다.

다음날, 높은 언덕 위로 올라가서 바라보니, 철갑수레들은 끊어진 데 없이 쭉 이어져 있고, 사람과 말들이 종횡으로 왔다 갔다 하고 내달리고 있었다.

공명曰: "저런 것은 깨뜨리기 어렵지 않지."(*다른 사람들에겐 어렵다. 그에게만 어렵지 않을 뿐이다.)

그리고는 마대와 장익을 불러서 여차여차하게 하라고 분부했다.

두 사람이 떠나가자 강유를 불러서 말했다: "백약伯約은 저 철갑수레를 깨뜨릴 방법을 알고 있는가?"

강유曰: "강인羌人들은 오로지 힘 하나만 믿을 뿐, 어찌 묘한 계책을 알겠습니까?"(*묘한 것은 그 계책을 말하지 않는 것이다.)

공명은 웃으며 말했다: "자네는 내 마음을 아는구나. 지금 온 하늘에 시커먼 구름이 빽빽하고 북풍이 세게 불고 있어서 곧 눈이 내릴 것

이다. 그때에는 내 계책을 쓸 수 있을 것이다!"(*막연히만 말하고 자세히
는 말하지 않는다.)

그리고는 곧 관흥과 장포에게 군사들을 이끌고 가서 매복해 있도록
하고, 강유에게는 군사들을 거느리고 싸우러 나가되 철거병鐵車兵이 오
거든 싸우지 말고 뒤로 물러나 곧바로 달아나도록 했다. 그리고 영채
입구에는 깃발들만 속임수로 세워놓고 영채 안은 텅 비워 놓도록 하는
등 모든 채비를 다해 놓았다.

〖 5 〗 때는 섣달 그믐께여서 과연 하늘에서 큰 눈이 내렸다. 강유가
군사를 이끌고 나가자 월길이 철거병을 이끌고 왔다. 강유는 즉시 뒤
로 물러나 달아났다. 강병들은 영채 앞까지 쫓아왔으므로 강유는 영채
뒤로 달아났다. 강병들이 곧바로 영채 밖까지 와서 살펴보니 영채 안
에서는 거문고 타는 소리가 들려왔고, (*이때는 마땅히 백설白雪이란 시를
노래하며 화답해야 한다.) 사방에는 깃발들만 세워져 있을 뿐이어서 급
히 돌아가 월길에게 보고했다. 월길은 의심이 들어 감히 가벼이 앞으
로 나아가지 못했다.

아단승상이 말했다: "이는 제갈량의 속임수요. 속임수로 세워놓은
의병疑兵일 뿐이니, 공격해도 되오!"

월길이 군사들을 이끌고 영채 앞까지 가서 보니, 공명은 거문고를
들고 수레에 올라 기병 몇 명을 이끌고 영채 안으로 들어가더니 뒤쪽
으로 달아나는 것이었다. 강병들은 앞 다투어 영채 울타리를 뛰어넘어
들어가서 곧바로 뒤를 쫓아 산 어귀를 지나갔다. 그때 작은 수레가 산
모퉁이를 돌아서 숲속으로 들어가는 것이 눈발 속에서 흐릿하게 보였
다.

아단이 월길에게 말했다: "이런 병사들이야 설령 매복이 있다고 하
더라도 겁낼 필요가 없소."

월길은 곧바로 대병을 이끌고 추격해갔다. 또 보니 강유의 군사들은 모두 눈 쌓인 땅 위를 달아나고 있었다. 월길은 크게 화를 내며 군사들을 재촉하여 급히 추격해 갔다.

산길은 완전히 눈으로 덮여서 눈길이 닿는 곳은 전부 평탄했다. (*절묘한 설경雪景이다. 이 구句는 한필閑筆이 아니다.) 한창 쫓아가고 있을 때 갑자기 보고해 오기를, 촉병들이 산 뒤에서 나오고 있다고 했다.

아단曰: "설령 약간의 복병이 있다고 하더라도 겁낼 게 뭔가!"

그리고는 한사코 군사들을 재촉해서 앞을 향해 진군하게 했다.

그때 갑자기 산이 무너지고 땅이 꺼지는 듯한 소리가 울리면서 강병들이 전부 골짜기 속으로 떨어졌다. (*눈이 오면 쓰겠다고 말한 계책이 바로 이 계책이다.) 그들의 배후에 있던 철갑수레들도 바짝 뒤따라 가다가 미끄러지면서 급히 멈출 수가 없어서 한데 쏠리어 자기들끼리 서로 짓밟았다.

뒤쪽에 있던 군사들이 이를 보고 급히 돌아가려고 할 때, 왼편에서는 관흥의 군사들이, 오른편에서는 장포의 군사들이 쳐들어와서 수많은 쇠뇌들을 일제히 쏘아댔다. 그때 등 뒤로부터 강유·마대·장익 세 갈래의 군사들이 또 쳐들어왔으므로 철거병들은 대 혼란에 빠지고 말았다.

월길 원수는 뒤쪽의 산골짜기를 향해 도망치다가 관흥과 정면으로 마주쳐서 서로 말을 어울려 싸우기를 단 한 합에 큰 소리를 지르며 내리치는 관흥의 칼에 찍혀서 말 아래로 떨어져 죽고 말았다. (*만약 관공이 현성했을 때 그를 죽였더라면 관흥의 용맹함을 볼 수 없었을 것이고 또한 공명의 능력도 볼 수 없었을 것이다.)

아단 승상은 일찌감치 마대에게 사로잡혀 본채로 압송되어 갔다. 강병들은 사방으로 뿔뿔이 흩어져 도망쳤다.

공명이 막사에 들어가 앉자 마대가 아단을 끌고 왔다. 공명은 무사에게 그 결박을 풀어주라고 큰 소리로 지시하고, 술을 주어 놀란 가슴을 진정시키도록 한 후, 좋은 말로 위로해 주었다. (*또 맹획을 놓아준 수법을 쓰고 있다.) 아단은 그의 은덕에 깊이 감격했다.

공명이 말했다: "우리 주공께서는 바로 대한大漢의 황제로서, 이번에 나에게 역적을 치라고 명하셨소. 그런데 그대들은 어찌하여 오히려 역적을 돕는단 말이오? 내 지금은 그대를 돌아가도록 놓아줄 테니, 돌아가서 그대 주군에게 이렇게 전하시오: 우리나라와 그대 나라는 서로 이웃한 나라이니 길이 우호관계를 맺고 다시는 역적의 말을 듣지 말라 하더라고."

그리고는 사로잡은 강병들과 수레와 말들과 병장기들을 전부 아단에게 돌려주고 모두 본국으로 돌아가도록 놓아주었다. 모두들 고맙다고 절을 하고 떠나갔다. (*강인들은 다시는 배반하지 않을 것이다.)

공명은 전군을 이끌고 그날 밤으로 기산의 대채로 돌아가기로 하고 관흥과 장포에게 군사를 이끌고 먼저 출발하라고 명하는 한편, 사자에게 표문表文을 가지고 가서 승전 소식을 아뢰도록 했다.

〖 6 〗 한편 조진은 연일 강인羌人들로부터 소식 오기를 기다리고 있었는데, 갑자기 중간에 매복해 있던 군사가 와서 보고했다: "촉병들은 영채를 거두고 군사들을 수습하여 출발했습니다."(*공명이 계책 쓰는 것을 조진의 편에서 얘기하고 있다.)

곽회가 크게 기뻐하며 말했다: "이는 강병들의 공격 때문에 물러간 것입니다."

그리고는 군사를 두 방면으로 나누어 추격해 갔다. 앞에 있는 촉병들이 무질서하게 달아나자 위병들은 그 뒤를 따라 추격해 갔다. 선봉 조준曹遵이 한창 촉병의 뒤를 쫓아가고 있을 때 갑자기 북소리가 크게 울리면서 한 떼의 군사들이 갑자기 뛰쳐나왔는데, 그 우두머리 대장은 위연魏延이었다. (*공명이 위연에게 매복해 있도록 한 것을 여기에서 서술하고 있다.)

위연이 큰소리로 외쳤다: "반적反賊들은 달아나지 말라!"

조준은 크게 놀라 말에 박차를 가해 달려 나가 싸웠으나, 미처 3합도 못 싸우고 위연의 칼에 베여 말 아래로 떨어졌다.

부副선봉 주찬朱贊이 군사들을 이끌고 쫓아가고 있을 때 갑자기 한 떼의 군사들이 뛰쳐나왔는데, 그 우두머리 대장은 곧 조운이었다. (*공명이 조운에게 매복해 있도록 한 것을 여기에서 서술하고 있다.) 주찬은 미처 손을 써보지도 못하고 조운의 창에 찔려 죽고 말았다.

조진과 곽회는 두 선봉장수를 잃고 나서 군사를 거두어 돌아가려고 했다. 그때 배후에서 함성이 크게 진동하며 북소리와 뿔피리 소리가 일제히 울리면서 관흥과 장포의 군사들이 쳐들어와서, (*관흥과 장포의 매복을 여기에서 서술하고 있다.) 조진과 곽회를 포위하여 한바탕 호되게 싸웠다. 조진과 곽회는 패배한 군사들을 이끌고 길을 열어 달아났다. 촉병은 완승을 거두고 곧바로 그 뒤를 쫓아가서 위수渭水 가에 이르러 위군의 영채를 빼앗았다. 조진은 선봉 장수 둘을 잃어버리고 슬프기 그지없었으나, 상소문을 써서 조정에 보고하고 구원병을 보내달라고 애걸하는 수밖에 없었다.

〖 7 〗 한편 위주魏主 조예曹叡가 조회를 열고 있을 때 근신이 아뢰었다: "대도독 조진이 촉군에게 여러 번 패하여 선봉장수 둘을 잃었다고 하옵니다. 또 강병羌兵들도 무수히 죽어서 그 형세가 심히 위급하다고 하옵니다. 지금 표문을 올려 구원병을 청해 왔사오니, 폐하께서 판단하시어 처리해 주시옵소서."

조예는 크게 놀라며 급히 적병을 물리칠 계책을 물었다.

화흠이 아뢰었다: "폐하께서 친히 어가御駕를 몰아 정벌에 나서시면

서 제후들을 대대적으로 모으시고 사람들로 하여금 모두 명령을 따르도록 해야만 비로소 적을 물리칠 수 있사옵니다. 그렇게 하지 않으시면 장안을 잃을 수도 있고 관중關中도 위태로워집니다."

태부太傅 종요鍾繇가 아뢰었다: "무릇 장수 된 자는 지략智略이 보통 사람보다 뛰어나야만 사람들을 제어할 수 있습니다. 손자孫子도 '상대를 알고 나를 알면 백 번 싸워 백 번 이긴다(知彼知己, 百戰百勝)'라고 말했습니다. (〈손자병법·모공편謀攻篇〉.) 신이 생각하기로는, 조진은 비록 오랫동안 군사들을 지휘해 왔으나 제갈량의 적수가 못 됩니다. 신이 신의 모든 가족과 가솔(全家良賤)들을 걸고 보증을 서면서 촉병을 물리칠 수 있는 사람 하나를 천거하려고 하는데, 폐하의 뜻이 어떠실지 모르겠나이다."(*자연스럽게 이 사람을 이끌어내 온다.)

조예曰: "경은 원로대신이오. 촉병을 물리칠 수 있는 현사賢士가 있으면 빨리 불러와서 짐과 근심을 나누도록 하시오."

종요가 아뢰었다: "전에 제갈량이 군사를 일으켜 우리 지경을 침범하려고 했으나 다만 이 사람이 겁이 나서 일부러 유언비어를 퍼뜨려 폐하로 하여금 그를 의심하여 내치시도록 한 후에야 (*전에는 동오나 촉의 반간계라고 의심했으나 지금은 전적으로 촉 사람만 가리키고 있다.) 비로소 감히 군사들을 크게 휘몰아 쳐들어왔던 것이옵니다. 이제 만약 그를 다시 쓰신다면 제갈량은 스스로 물러갈 것입니다."

조예가 그게 누구냐고 물었다.

종요曰: "표기대장군 사마의司馬懿이옵니다."

조예가 탄식하며 말했다: "그 일은 짐 역시 후회하고 있소. 지금 중달仲達은 어느 곳에 있소?"

종요曰: "근자에 듣기로는, 중달은 완성(宛城: 하남성 남양시)에서 한가하게 지내고 있다 하옵니다."

조예는 즉시 조서를 내려 사자로 하여금 부절符節을 가지고 가서 사마의의 옛 관직을 회복시켜 주고 다시 평서도독平西都督으로 승진시켜 준 후, 곧바로 남양의 각처 군사들을 일으켜서 장안으로 나아가도록 했다. 조예는 어가를 타고 친정親征에 나서면서, 사마의로 하여금 정한 날짜에 장안으로 와서 모이도록 했다. 사자는 밤낮 가리지 않고 완성으로 갔다.

〖 8 〗 한편 공명은 출병한 이래 여러 번 완승을 거두어 마음으로 매우 기뻤다. 마침 기산祁山의 영채 안에서 여러 사람들을 모아놓고 앞으로의 일을 상의하고 있을 때 갑자기 보고해 오기를, 영안궁(永安宮: 백제성에 있는 왕궁)을 지키고 있는 이엄李嚴의 아들 이풍李豊이 뵈러왔다고 했다. 공명은 동오東吳에서 지경을 침범해 온 것을 알리러 왔을 것으로 생각하고 속으로 몹시 놀라고 의아해하면서 그를 막사 안으로 불러들여 물어보았다.

이풍曰: "기쁜 소식을 알려드리려고 일부러 왔습니다."

공명曰: "무슨 기쁜 일이 있느냐?"

이풍曰: "예전에 맹달孟達이 위魏에 항복했던 것은 부득이한 일이었습니다. 그때 조비는 그의 재주를 아껴서 때때로 준마駿馬와 황금과 구슬 따위를 내려주고, 또 자신이 타는 가마를 함께 타고 궁궐을 출입한 적도 있으며, 그를 산기상시散騎常侍로 봉하여 신성新城 태수를 겸하도록 하고 상용(上庸: 호북성 죽산현竹山縣 서남)과 금성(金城: 섬서성 안강현安康縣) 등까지 지키도록 하면서 그에게 서남西南 지역의 일을 맡기기까지 했습니다. (*조비가 맹달에게 은혜 베푼 일을 여기서 보충설명하고 있다.)

그러나 조비가 죽고 조예가 즉위한 이후 조정 안의 많은 사람들이 그를 질투하자 맹달은 밤낮으로 불안하여 늘 여러 장수들에게 이렇게 말했다고 합니다: '나는 본래 촉의 장수였는데, 부득이한 형세로 지금처럼 되었다.'

금번에 누차 심복을 시켜 서신을 가지고 와서 제 부친을 뵙고, 조만간 승상께 자기 대신 아뢰어 달라고 부탁했습니다. 그 글에서 말하기를, 전에 위魏의 군사들이 다섯 방면으로 서천西川에 쳐들어가려고 했을 그때 이미 자기는 이러한 뜻을 가졌다고 했습니다.

그런데 지금은 신성新城에 있으면서 승상께서 위魏를 치려고 하신다는 소식을 듣고, 자기는 금성·신성·상용 세 곳의 군사를 일으켜 그곳에서 거사하여 곧장 낙양으로 쳐들어가고, 승상께서는 장안을 취하신다면 두 곳 수도(兩京: 낙양과 장안)은 완전히 평정될 것이라고 했습니다. (*이 일이 만약 성공만 한다면 어찌 극히 절묘한 일이 아니겠는가.)

이번에 제가 심부름 왔던 자를 데리고 그동안 여러 차례 왔던 서신들을 승상께 드리러 왔습니다."

공명은 크게 기뻐하며 이풍과 그와 같이 온 자들에게 후한 상을 내렸다.

그때 갑자기 첩자가 들어와서 보고했다: "위주 조예가 한편으로는 군사들을 데리고 장안으로 가면서, 다른 한편으로는 칙서를 내려 사마의를 복직시켜 주고, 거기다가 평서도독平西都督으로 승진까지 시켜 주며 그에게 현지(완성)의 군사들을 일으켜서 장안으로 와서 모이도록 했다고 합니다."

공명은 크게 놀랐다.

참군參軍 마속馬謖이 말했다: "조예 따위야 말할 거리도 못 됩니다! 그가 장안으로 오면 장안으로 가서 사로잡으면 되는데 승상께서는 어찌 놀라십니까?"

공명曰: "내 어찌 조예를 겁내겠나? 내가 우려하는 자는 사마의 한 사람뿐이다. 지금 맹달이 대사를 일으키려 하는데 만약 사마의를 만나게 되면 일은 틀림없이 실패하게 될 것이다. 맹달은 사마의의 적수가 못 되므로 틀림없이 사로잡히고 말 것이다. 맹달이 죽는다면 중원을 얻기가 쉽지 않다."(*다음 글에 나오는 일들을 일찍이 공명의 입으로 말하고 있다.)

마속曰: "그렇다면 왜 급히 글을 보내서 맹달에게 방비하도록 하지 않으십니까?"

공명은 그 말을 좇아 즉시 글을 써서 맹달이 보내온 사람에게 주어 밤낮없이 돌아가서 맹달에게 보고하도록 했다.

〖 9 〗 한편 맹달은 신성에서 심복이 회보回報해 오기만을 기다리고 있었다. 어느 날 그 심복이 도착하여 공명의 회신을 바쳤다. 맹달이 그것을 열어보니, 글의 내용은 대략 이러했다:

"근자에 보내준 글을 보고 공의 충의忠義의 마음을 충분히 알 수 있었소. 옛 정을 잊지 않고 있다니 내 몹시 기쁘고 위로가 되었소. 만약 대사를 성공시킨다면 공은 한조漢朝 중흥의 일등 공신功臣이 될 것이오. 그러나 극도로 삼가고 은밀히 해야만 하오. 가벼이 다른 사람에게 의탁해서는 안 되오. 부디 삼가고 또 삼가시오!

근자에 들으니 조예가 다시 조서를 내려 사마의에게 완성宛城과 낙양洛陽의 군사들을 일으키도록 했다고 하오. 그가 만약 공이 거사한 소식을 듣게 되면 반드시 먼저 쳐들어올 것이오. 모름지기 방비에 만전을 기하고 그를 등한等閒히 여기지 마시오."

맹달은 다 보고 나서 웃으며 말했다: "사람들이 말하기를 공명은 의심이 많다고 하더니, 지금 이것을 보니 정말 그런 줄 알겠다."

그리고는 답서를 써서 심복으로 하여금 공명에게 가서 답장을 전하도록 했다. 공명이 그를 막사 안으로 불러들이자, 그 사람이 답서를 올렸다. 공명이 봉투를 열어보니, 그 글의 내용은 이러했다.

"방금 승상의 가르치심을 받았는데, 제가 어찌 조금이라도 태만히 할 수 있겠습니까. 제 생각에는 사마의의 일은 겁낼 필요가 없습니다. 완성은 낙양에서 약 8백 리 떨어져 있고 신성까지는 1천2백 리 떨어져 있습니다. 만약 사마의가 이 맹달이 거사했다는 소식을 듣게 된다면 반드시 위주에게 상주上奏할 것이고, 완성에서 낙양까지 왕복하는 데 한 달은 걸릴 테니, 그 사이에 제가 있는 이곳 성은 이미 단단히 방비되어 있을 것이며, 여러 장수들과 전군은 모두 요충지(險要) 깊숙이 있을 것이므로, 사마의가 설령 오더라도 제가 어찌 겁을 내겠습니까? 승상께서는 마음 푹 놓으시고 오직 승전 소식만을 기다려 주십시오.”

공명은 다 보고 나서 서신을 땅에 내던지고 발을 구르며 말했다: “맹달은 틀림없이 사마의의 손에 죽을 것이다!”

마속이 물었다: “승상께서는 어찌 그리 말씀하십니까?”

공명曰: “병법에서는 ‘적의 방비 없는 곳을 공격하고, 적이 생각하지 못하고 있을 때 공격한다(攻其不備, 出其不意)’고 하였는데, 어찌 한 달이나 걸릴 것으로 생각할 수 있단 말이냐? 조예가 기왕에 사마의에게 중임을 맡겼으면, 도적을 만나면 즉시 제거해 버리지 어찌 상주하여 그 대답을 기다리겠느냐! 만약 맹달이 배반한 것을 안다면 열흘까지 갈 필요도 없이 군사들이 곧바로 당도할 텐데, 어찌 손을 써볼 수 있겠느냐?”

여러 장수들은 모두 공명의 말에 동의했다.

공명은 급히 맹달이 보내온 사람으로 하여금 돌아가서 알리도록 했다: “만약 아직 거사하지 않았으면 절대로 같이 거사하려는 사람들에게도 알리지 말라. 알리게 되면 반드시 실패할 것이다.”

그 사람은 하직인사를 하고 신성新城으로 돌아갔다.

〖 10 〗 한편 사마의는 완성에서 한가히 지내고 있다가 위魏의 군사

들이 여러 번 촉병에게 패했다는 소식을 듣고는 하늘을 우러러 길게 탄식했다.

사마의의 맏아들 사마사司馬師는 자를 자원子元이라 하고, 둘째 아들 사마소司馬昭는 자를 자상子尙이라고 하는데, 두 사람은 일찍부터 큰 뜻을 품고 병서兵書를 익혀 통달해 있었다. (*여기서 갑자기 두 아들에 대해 말하고 있는데, 이들이 진晉을 세워 위魏를 대신하게 되기 때문이다.)

이날 두 형제는 부친 곁에서 모시고 서 있다가 사마의가 길게 탄식하는 것을 보고 물었다: "아버님께선 어찌하여 길게 탄식을 하십니까?"

사마의曰: "너희들이 어찌 대사大事를 알겠느냐!"

사마사曰: "위주魏主께서 아버님을 써주지 않으심을 탄식하신 게 아닙니까?"

사마소가 웃으며 말했다: "조만간 아버님을 불러올리는 폐하의 칙서(召命)가 내려올 것입니다."(*사마소가 더 영민하다.)

이야기가 끝나지 않았을 때 갑자기 천자의 사자가 부절을 가지고 왔다고 알려왔다.

사마의는 천자의 칙서 낭독을 다 듣고 나서 곧바로 완성의 각처 군사들에게 동원령을 내렸다.

그때 또 갑자기 보고해 오기를, 금성태수 신의申儀의 집안사람이 군사기밀에 속하는 일이 있어 만나 뵙기를 청한다고 했다.

사마의가 그를 밀실로 불러들여 물어보니, 그는 맹달이 모반하려고 하는 일을 자세히 이야기하고, 맹달의 심복 이보李輔와 맹달의 생질 등현鄧賢의 고변장告變狀까지 가져왔다. (* 비로소 "가벼이 남에게 의탁해서는 안 된다(不可輕易托人)"라고 한 말의 뜻을 알 수 있다. 이는 공명의 금옥金玉과 같은 말이다.)

사마의는 다 듣고 나서 경하慶賀의 뜻을 나타내기 위해 큰 절을 할 때의 예비동작처럼 두 손을 이마에 갖다 대고 말했다: "이는 황제 폐하의 하늘같은 홍복洪福이로다. 제갈량의 군사들이 기산祁山으로 쳐들어오자 안팎의 모든 사람들의 간담이 다 떨어져서 지금 천자께서도 장안長安으로 행차하시지 않을 수 없게 되었다. 만약 시급히 나를 쓰지 않는다면 맹달이 일단 거사를 하는 날 장안과 낙양은 끝장나고 말 것이다. (*이때 사마의는 알고 보면 위魏의 공신功臣이었다.)

이 도적은 틀림없이 제갈량과 통모通謀하고 있을 것이다. 내가 먼저 맹달을 사로잡아 버리면 제갈량은 틀림없이 낙심하여 스스로 군사를 물릴 것이다."

장자 사마사曰: "아버님께서는 급히 표문을 써서 천자께 상주上奏하십시오."

사마의曰: "만약 천자의 성지聖旨가 내려오기를 기다리다가는 왕복하는 데 한 달은 걸릴 것이고, 그 사이에 일은 끝나버리고 말 것이다."(*공명의 말과 서로 입을 맞춘 듯이 일치한다.)

그리고는 즉시 군사들에게 출발을 명하면서 하루에 이틀 갈 길을 가되 만약 늦는 자가 있으면 그 자리에서 목을 벨 것이라고 했다. 그리고 한편으로는 참군參軍 양기梁畿에게 격문을 가지고 밤낮없이 신성으로 달려가서 맹달 등에게 출정 준비를 하도록 지시해서 그가 의심을 품지 않도록 했다. (*더욱 주도면밀하다.) 양기는 먼저 출발하고 사마의는 그 뒤를 이어 출발시켰다.

〖 11 〗 이틀간 행군해 갔을 때 산비탈 아래에서 일군一軍이 돌아 나왔는데 바로 우장군右將軍 서황徐晃이었다.

서황은 말에서 내려 사마의를 보고 말했다: "천자의 어가가 친히 촉병을 막으려고 이미 장안에 당도하셨는데, 지금 도독께선 어디로 가고 계십니까?"

사마의가 목소리를 낮춰 말했다: "지금 맹달이 모반을 했기에 그를 사로잡으러 가는 길이오."

서황曰: "제가 선봉이 되겠습니다."

사마의는 크게 기뻐하며 군사들을 하나로 합쳤다. 서황은 선두부대가 되고 사마의는 중군, 두 아들은 후군이 되었다. 다시 이틀을 행군해 갔을 때 선두부대의 정탐병이 맹달의 심복을 붙잡았다. 그 몸을 수색한 결과 공명이 맹달에게 보내는 공명의 답서가 나와서 그 사람을 끌고 사마의에게 갔다.

사마의曰: "내 너를 죽이지 않을 테니 너는 처음부터 자세히 이야기해라."

그 사람은 어쩔 수 없이 그간 공명과 맹달 사이를 왔다 갔다 한 일을 낱낱이 고해 바쳤다. 사마의는 공명의 답서를 보고 크게 놀라며 말했다: "세상에 능能하다고 하는 사람들이 생각하는 바는 다 같구나. (* 유능한 사람이 서로 만나면 피차 다 놀란다.) 나의 은밀한 계책을 공명이 먼저 알아챘으나 다행히도 천자께서 복이 있으셔서 이 소식이 내 손에 들어왔다. 맹달은 이제 아무것도 할 수 없게 되었다."

그리고는 밤낮없이 군사를 재촉해서 앞으로 나아갔다.

〖 12 〗 한편 맹달은 신성에서 금성태수 신의申儀·상용태수 신탐申耽과 날짜를 정해 거사하기로 약속해 두었다.

신탐과 신의 두 사람은 거짓 승낙해 놓고는 매일 군사들을 훈련시키면서 위병魏兵이 도착하기를 기다려서 곧바로 안에서 호응하기로 했다. 그러면서도 맹달에게는 아직 병장기, 군량과 마초 등이 모두 완비되지 않아 감히 약속한 날짜에 거사하지 못하겠다고 보고했다. 맹달은 그 말을 믿고 의심하지 않았다.

바로 그때 갑자기 참군 양기梁畿가 왔다고 알려 와서 맹달은 그를 성 안으로 맞이해 들였다.

양기가 사마의 장수의 명령(將令)을 전하며 말했다: "사마 도독께서 는 천자의 칙서를 받들어 여러 방면의 군사들을 일으켜서 촉병을 물리 치려 하시오. 태수는 휘하 군사들을 모아놓고 지시를 기다리도록 하시 오."

맹달이 물었다: "도독께서는 언제 출발하시오?"

양기曰: "지금쯤은 아마 완성을 떠나 장안으로 가고 계실 것이 오."(*장안으로 향하지 않고 상용으로 향할 줄 어찌 알았으랴.)

맹달은 속으로 은근히 기뻐하며 말했다: "나의 대사는 성공이다!"

그리고는 연석을 베풀어 양기를 대접한 후 그를 성 밖으로 내보내고 나서 즉시 신탐과 신의에게, 다음 날 거사하되, 기치를 대한大漢의 기 치로 바꿔달고 여러 방면의 군사들을 출병시켜 곧장 낙양을 취하도록 하자고 알렸다.

그때 갑자기 보고해 왔다: "성 밖에 먼지가 하늘 높이 일어나고 있 는데 어디서 오는 군사들인지는 모르겠습니다."

맹달이 성 위로 올라가서 보니 한 떼의 군사들이 "右將軍 徐晃(우 장군 서황)"이라고 쓰인 깃발을 흔들면서 나는 듯이 성 아래로 달려오 고 있었다. 맹달은 크게 놀라서 급히 조교弔橋를 끌어올렸다.

서황이 탄 말은 급히 멈추지 못하고 그대로 해자 가까지 달려와서 큰 소리로 외쳤다: "반적反賊 맹달은 어서 빨리 항복하라!"

맹달은 크게 화가 나서 급히 활을 당겨 그를 겨누고 쏘았다. 화살은 서황의 이마에 정통으로 맞았는데, 위魏의 장수들이 그를 구해 갔다. 성 위에서 화살을 마구 쏘아대자 위병들은 그제야 물러갔다.

맹달이 성문을 열고 막 쫓아가려고 할 때, 사방에서 깃발들이 해를 가리며 사마의의 군사들이 당도했다. (*사마의는 참으로 유능하다고 말할 수 있다.) 맹달은 하늘을 우러러보며 길게 탄식했다: "과연 공명이 생각한 그대로구나!"(*후회해도 이미 늦었다.)

이리하여 성문을 닫아놓고 굳게 지켰다.

〖 13 〗 한편 서황은 맹달이 쏜 화살에 이마를 맞았는데, 많은 군사들이 그를 구해서 영채로 돌아와 화살촉을 뽑아내고 의원을 시켜서 치료하게 했으나 결국 그날 밤에 죽고 말았는데, 이때 그의 나이 59세였다. (*관평을 위해 원수를 갚아준 것일 수 있다.) 사마의는 사람을 시켜서 영구를 모시고 낙양으로 돌아가서 안장安葬해 주도록 했다.

다음날 맹달이 성 위에 올라가서 두루 살펴보니, 위병들이 성을 사면으로 철통같이 에워싸고 있었다. 맹달은 앉으나 서나 불안하고 놀랍고 의아한 생각으로 마음이 진정되지 않았다.

그때 갑자기 두 방면의 군사들이 밖으로부터 짓쳐왔는데, 깃발 위에는 "申耽(신탐)" "申儀(신의)"라고 크게 씌어 있는 게 보였다. 그런데도 맹달은 구원병이 온 줄로만 생각하고 황망히 휘하 군사들을 이끌고 성문을 활짝 열고 뛰쳐나갔다.

신탐과 신의가 큰소리로 외쳤다: "반적은 달아나지 말고 어서 빨리 죽음을 받아라!"

맹달은 사태가 바뀐 것을 보고는 말머리를 돌려 곧바로 성 안으로 달려갔는데, 성 위에서 화살이 마구 날아왔다. 이보李輔와 등현鄧賢 두 사람이 성 위에서 큰소리로 꾸짖었다: "우리는 이미 성을 바쳤다."

맹달이 길을 열어 달아나자 신탐이 쫓아왔다. 맹달은 사람도 말도 지칠 대로 지쳐 있어서 손도 써보지 못하고 신탐의 창에 찔려 말 아래로 떨어지자, (*유봉을 해친 것의 보복일 수 있다.) 신탐이 그의 머리를 베어 높이 들어 보였다. 나머지 군사들은 모두 항복했다.

이보와 등현은 성문을 활짝 열고 사마의를 성 안으로 영접했다. 사마의는 백성들과 군사들을 어루만지며 위로해주고 나서 곧바로 사람을 위주 조예에게 보내서 이 일을 아뢰도록 했다.

조예는 크게 기뻐하며 맹달의 수급을 낙양으로 가져가서 저자거리에 높이 매달아 많은 사람들이 보도록 했다. 그리고 신탐과 신의의 관직을 높여주어 사마의를 따라 출정하도록 하고, 이보와 등현에게는 각각 신성과 상용을 지키도록 했다.

〖 14 〗한편 사마의는 군사들을 이끌고 장안성 밖에 이르러 영채를 세웠다. 사마의는 성 안으로 들어가서 위주를 알현했다.

조예는 크게 기뻐하며 말했다: "짐이 한때 밝지 못하여 적의 반간계反間計에 잘못 걸려들고 말았는데, 지금 후회해 봤자 소용없소. 이번에 맹달이 모반을 했는데, 경 등이 그를 제압하지 않았더라면 두 서울은 끝장나고 말았을 것이오!"(*누가 알았으랴, 사마의를 쓴 결과 두 서울이 끝내 조씨 소유가 아니게 될 줄을.)

사마의가 아뢰었다: "신은 맹달이 모반하려 한다는 사정을 신의申儀가 은밀히 고해주는 것을 듣고 폐하께 상소문을 올려 아뢰려고 했으나 가고 오느라 지체될까 두려워서 성지聖旨를 기다리지 않고 밤낮없이 달려갔던 것이옵니다. 만약 상소문을 올려 아뢴 다음 성지가 내려오기를 기다렸다면 제갈량의 계책에 걸려들고 말았을 것이옵니다."(*사마의의 입을 빌려서 공명의 생각을 분명하게 이야기하고 있다. 이것은 중달을 묘사한 것이 아니라 바로 공명을 묘사한 것이다.)

말을 마치고는 공명이 맹달에게 회보한 밀서를 바쳤다.

조예는 다 보고 나서 크게 기뻐하며 말했다: "경의 학식은 손자孫子와 오자吳子보다 뛰어나구나! 부월斧鉞 한 쌍을 내려줄 테니 앞으로 기밀에 속하는 중대한 일을 만나거든 상주하여 대답을 들으려고 할 필요 없이 편리한 대로 일을 처리하도록 하시오."(*기밀에 속하는 일로 천자의 자리를 찬탈하는 것보다 더 큰 것이 있을까? 그런 일도 앞으로는 상주하여 그 대답을 들을 필요가 없어진 것이다. 사마씨는 명령을 성실히 따랐을 뿐이다.)

그리고는 곧바로 사마의에게 관문을 나가서 촉병을 깨뜨리도록 하라고 명했다.

사마의가 아뢰었다: "신이 선봉을 삼을 만한 대장 한 사람을 천거하고자 하옵니다."

조예日: "경은 누구를 천거하려고 하는가?"

사마의日: "우장군 장합張郃이라면 이 소임을 감당할 수 있을 것이옵니다."(*장료와 서황은 이미 죽었고 장합 혼자만 아직 살아있는데, 그동안 조용히 있다가 여기서 다시 얼굴을 내민다.)

조예가 웃으며 말했다: "짐도 마침 그를 쓰려던 참이오."

마침내 장합으로 하여금 선두부대의 선봉이 되어 사마의를 따라서 장안을 떠나 촉병을 치러 가도록 했다. 이야말로:

지모 쓸 수 있는 모신謀臣 이미 있는데　　　　既有謀臣能用智
위엄 돋우려고 또 맹장까지 찾는구나.　　　　又求猛將助施威

승부가 어찌될지 모르겠거든 다음 회를 읽어보기 바란다.

제 94 회 모종강 서시평序始評

(1). 〈삼국지〉를 읽는 독자들은 이번 회에 이르러 글(文)이 피차 서로 복필伏筆이 되고 전후가 서로 인과관계(因)에 있음으로써 거의 십 수 회를 합쳐서 마치 단 한 편篇처럼, 마치 단 하나의 구句처럼 되고 있음을 볼 수 있다.

서로 반대 되면서도 서로 인과관계(因)에 있는 것으로는 한漢을 도운 사마가沙摩柯가 있고(제 82회) 한漢에 항거한 맹획이 있다(제85회). 서로 반대 되지 않으면서 서로 인과관계에 있는 것으로는 강병

羌兵을 빌렸던 조비曹丕가 있고(제85회) 강병을 빌린 조진曹眞이 있으며(제 94회), 서로 유사한 종류이면서 서로 인과관계에 있는 것으로는 마초馬超가 살아 있음을 알고 곧바로 떠나가 버리는 가비능軻比能이 있고(제 84회) 마초가 죽자 갑자기 찾아온 철리길徹里吉이 있다(제94회). 서로 유사한 종류가 아니면서 서로 인과관계에 있는 것으로는 여섯 번이나 놓아주었으나 복종하지 않은 만왕蠻王이 있고(제90회) 한 번 놓아주자 즉시 복종한 아단승상雅丹丞相이 있다(제94회).

그리고 맹달이 글을 보낸 이엄李嚴의 경우, 일찍이 이엄이 맹달에게 서신을 보낸 일이 그 복필이 되고 있다(제85회. 제85회.) 신의申儀는 사마의를 도와서 맹달을 죽이는데, 일찍이 맹달이 신의와 약속해 놓고는 유봉劉封을 배신한 것이 이것의 복필이 되고 있다(제79회).

글이 마치 상산 조자룡이 군사를 지휘하는 듯하니, 머리를 치면 꼬리가 그에 호응하고, 꼬리를 치면 머리가 그에 호응하며, 가운데를 치면 머리와 꼬리가 그에 호응하니, 이 어찌 절묘한 문장구조가 아니겠는가!

(2). 사마의를 다시 등용하지 않았다면 맹달은 죽지 않았을 것이고, 맹달이 죽지 않았다면 장안과 낙양 두 서울을 도모할 수 있었을 것이며, 두 서울을 도모할 수 있었다면 조씨를 멸망시킬 수 있었을 것이다. 조씨가 곧바로 멸망하지 않은 것은 사마의의 공로라고 생각한다.

그러나 위魏를 구해낸 일이 위를 빼앗는 계기가 되었다. 위가 사마의로 하여금 촉한을 막도록 한 것은 마치 앞문으로 들어오는 호랑이를 막으려고 뒷문으로 이리를 끌어들이는 것과 같다(前門拒虎, 後戶進狼).

본회에서 사마의가 다시 등용되던 초기에 곧바로 사마사司馬師와 사마소司馬昭 두 아들의 출중한 재능을 이야기하고 있는데, 이는 대개 위魏가 망한 것은 이번에 사마의가 위魏를 구해준 일 때문이 아니라 단지 위魏가 망할 조짐이 이번에 드러났음을 말하는 것이다.

(3). 촉의 일이 망쳐진 것은, 형주荊州를 잃은 데서 한 번 망쳐졌고, 상용上庸을 잃은 데서 또다시 망쳐졌다. 형주를 잃지 않았다면 형주로부터 나아가서 양양襄陽과 번성樊城을 차지할 수 있었을 것이고, 상용을 잃지 않았다면 상용으로부터 나아가서 완성宛城과 낙양洛陽을 취할 수 있었을 것이다.

그러나 그것을 잃게 된 데에는 까닭이 있었다. 관공이 형주를 떠나가서 위魏를 치고 있을 때, 만약 따로 상장上將 한 사람을 보내서 형주를 지키도록 했더라면 형주를 잃지 않을 수 있었다. 맹달이 상용을 버리고 위로 달아날 때, 만약 다시 상장 한 사람을 보내서 상용을 지키도록 했더라면 상용을 잃지 않을 수 있었다. 그러나 선주先主는 이를 생각하지 못했고, 공명 역시 이를 생각하지 못했으니, 이는 다 하늘의 뜻이지 인간이 할 수 있는 일이 아니었다.

그것을 잃고 나서 다시 회복하지 못한 데에도 또 까닭이 있었다. 선주가 효정猇亭에서 대판 싸우던 초기에 손권은 형주를 내어주고자 했는데, 만약 선주가 이를 거절하지 않았다면, 비록 형주를 그전에 잃었어도 회복할 수 있었을 것이다.

공명이 처음 기산祁山으로 나갈 때 맹달은 상용을 바치려고 했는데, 만약 사마의가 이를 알지 못했다면, 비록 상용을 잃었더라도 회복할 수 있었을 것이다. 그러나 선주는 그것을 한사코 거절했고, 사마의는 그것을 틀림없이 알았으니, 이 또한 하늘의 뜻이지 인간이 할 수 있는 일이 아니었다.

하늘이 한漢을 도와주지 않는데 어찌 선주를 탓할 것이며 또 어찌 맹달을 탓하겠는가? 맹달을 탓할 수는 없지만, 맹달이 사람을 알아보지 못한 점은 탓할 수 있다. 그는 제갈량이 조심하라는 말은 믿지 않고 신의申儀와 신탐申耽의 말은 믿었으며, 사마의가 기민하고 영리하다는 것은 믿지 않고 이보李輔와 등현鄧賢은 믿었다. 신의와 신탐조차 제대로 헤아리지 못하면서 어찌 사마의를 헤아릴 수 있겠는가? 이보와 등현을 알아보지 못하면서 어찌 제갈량을 알아볼 수 있겠는가? 오직 제갈량만이 사마의를 알 수 있었고, 또한 사마의만이 제갈량을 알 수 있었던 것이다.

제95회

마속, 간하는 말 듣지 않아 가정을 잃고
공명, 거문고를 타서 중달을 물리치다

〖 1 〗 한편 위주魏主 조예는 장합張郃에게 선봉이 되어 사마의와 같이 촉병을 치러 나가도록 하는 한편, 신비辛毗와 손예孫禮 두 사람에게 군사 5만 명을 거느리고 가서 조진曹眞을 도와주도록 했다. 신비와 손예는 칙명을 받들고 떠나갔다.

한편 사마의는 군사 20만 명을 이끌고 관문을 나가서 영채를 세운 후 선봉 장합을 막사로 청해 와서 말했다: "제갈량은 평소 조심스럽고 신중하여 일을 함부로 처리하려고 하지 않소. 만약 내가 군사를 쓴다면 먼저 자오곡(子午谷: 섬서성 장안현 남진령南秦嶺 산중에 있는 계곡으로 장안에서 한중漢中 분지로 통하는 길)으로 해서 곧장 장안을 취했을 것이오. 그렇게 했다면 훨씬 빨랐을 것이오. (*위연의 계책을 사마의는 진즉 헤아리고 있었다.) 그는 꾀가 없는 것이 아니라 단지 실패할까봐 두려워서 위

힘을 무릅쓰려고 하지 않았던 것이오. (*공명이 위연의 계책을 쓰지 않을 것임도 사마의는 헤아리고 있었다.)

이제는 틀림없이 야곡(斜谷: 산골짜기 이름. 지금의 섬서성 미현郿縣 서남에 위치. 고대에 사천과 섬서 간의 교통의 요충지였음)으로 군사를 내보내서 미성(郿城: 섬서성 미현郿縣 동쪽)을 취하러 올 것이오. 만약 미성을 취하게 되면 반드시 군사를 두 방면으로 나누어 일군은 기곡(箕谷: 섬서성 면현勉縣 북쪽에 위치)을 취하려 할 것이오.

나는 이미 격문檄文을 띄워 보내 자단(子丹: 조진)에게 미성을 막아 지키되 군사들이 쳐들어오더라도 싸우러 나가서는 안 된다고 말해 두었소. 그리고 손예와 신비에게는 기곡의 길목을 끊고 있되 적병이 오거든 기습 공격하라고 말해 두었소."

장합曰: "이제 장군께선 어디로 군사들을 나아가도록 하려 하십니까?"

사마의曰: "나는 일찍부터 진령秦嶺 서편에 길 하나가 나 있는데 그 길이 지나가는 곳에 지명이 가정街亭이란 곳이 있음을 알고 있소. 그 근처에는 열류성列柳城이라는 성도 하나 있소. 이 두 곳은 모두 한중漢中의 목구멍(咽喉)에 해당하는 곳이오.

제갈량은 자단(조진)이 아무 방비도 하지 않을 것으로 얕잡아 보고 반드시 이곳으로 나올 것이오. 나와 당신이 곧장 가서 가정을 취한다면, 그곳에서 양평관(陽平關: 섬서성 면현勉縣 서쪽 백마하白馬河가 한수漢水로 들어가는 곳. 사천과 섬서 간의 교통의 요충지)은 멀지 않소. 제갈량은 만약 내가 가정으로 통하는 요도要道를 차단하여 저들의 군량 운반 도로(糧道)를 끊어버린 사실을 알게 되면 농서隴西 일대 지역을 편안히 지킬 수 없다고 판단하여 틀림없이 밤낮없이 한중으로 달아나고 말 것이오.

그가 만약 돌아가려고 움직일 때, 우리가 군사를 데리고 가서 작은 길에서 그를 친다면 완승을 거둘 수 있을 것이오. (*공명이 반드시 이곳

으로 나올 줄 짐작하고 있다. 이는 정설正說이다.) 만약 돌아가지 않을 때에
는 우리가 반대로 각처의 작은 길들을 모조리 막아 놓고 군사들로써
지킨다면, 한 달만 지나면 군량이 떨어져서 촉병들은 모두 다 굶어죽
을 것이고 제갈량은 반드시 우리에게 사로잡히고 말 것이오."(*공명은
틀림없이 이리로 나오지 않을 것이다. 이는 역설(反說: 반대로 한 말)이다.)

장합은 크게 깨닫고는 땅에 엎드려 절을 하며 말했다: "도독의 계책
은 참으로 귀신같습니다!"

사마의曰: "비록 그렇기는 하나 제갈량은 맹달과는 비할 수 없이 뛰
어난 사람이오. 장군은 선봉이 되어 가벼이 나아가서는 안 되오. 마땅
히 여러 장수들에게 전해서 산 서편 길을 따라 나아가도록 하되 멀리
까지 정탐병을 보내서 복병이 없으면 비로소 전진하도록 해야 하오.
만약 이를 태만히 하고 소홀히 했다가는 반드시 제갈량의 계책에 걸려
들고 말 것이오."

장합은 계책을 받은 후 군사를 이끌고 행군해 갔다.

〖 2 〗 한편 공명이 기산의 영채 안에 있는데 갑자기 신성新城의 정탐
꾼이 왔다고 보고해 왔다. 공명은 급히 불러들여 물어보았다.

정탐꾼이 아뢰었다: "사마의가 2배 빠른 속도로 행군하여 8일 만에
이미 신성에 도착했습니다. 맹달은 미처 손도 쓸 수 없는 데다 또 신탐
·신의·이보·등현 등이 안에서 호응했기 때문에 맹달은 혼전을 벌이는
중에 죽고 말았습니다. 지금 사마의는 군사를 거두어 장안으로 가서
위주魏主를 만나본 다음 장합과 같이 군사를 이끌고 관을 나와서 우리
군사를 막으러 오고 있습니다."

공명이 크게 놀라며 말했다: "맹달은 일을 은밀하게 하지 못했으니,
그가 죽는 것은 당연하다. 지금 사마의는 관을 나와서 반드시 가정街亭
을 취하여 우리의 목구멍에 해당하는 길을 끊으려고 할 것이다."(*사

마의의 계책을 공명은 이미 예상하고 있다.)

　그리고는 곧바로 물었다: "누가 감히 군사들을 이끌고 가서 가정을 지키겠는가?"

　말이 끝나기도 전에 참군參軍 마속馬謖이 말했다: "제가 가겠습니다."

　공명曰: "가정은 비록 작은 곳이지만 관련된 면이 매우 중대하다. 만약에 가정을 잃는다면 우리 대군은 다 끝장나고 만다. 네 비록 병법을 깊이 안다고는 하나 그곳에는 성곽도 없고 또 험준한 지형지물도 없어서 지키기가 극히 어렵다."(*지킬 수 있는 성곽도 없고 의거할 장애물도 없다고 생각하여 마속은 산 위에 군사를 주둔시켰던 것이다.)

　마속曰: "저는 어릴 때부터 병서를 숙독해서 병법을 어느 정도 알고 있습니다. (*일을 망치게 되는 것은 바로 이런 생각 때문이다.) 어찌 가정 하나 못 지켜내겠습니까?"

　공명曰: "사마의는 보통 인물이 아니다. 게다가 선봉인 장합은 위魏의 명장이므로 아무래도 너는 그를 대적해낼 수 없을까봐 두렵다."

　마속曰: "사마의와 장합은 말할 것도 없고 설령 조예曹叡가 직접 오더라도 겁날 게 뭡니까? (*이 말은 틀렸다. 조예는 겁날 게 없어도 사마의는 족히 겁낼 만하다.) 만약 실수하는 일이 있으면 저의 가족 전부의 목을 베십시오."

　공명曰: "군중에선 농담이란 없다!"

　마속曰: "각서(軍令狀)를 쓰겠습니다!"

　공명은 그리 하라고 했다. 마속은 즉시 각서를 써서 바쳤다.

　공명曰: "내 너에게 정예병 2만5천 명을 주고 다시 상장上將 한 사람을 같이 보내서 너를 도와주도록 하겠다."

　그리고는 즉시 왕평王平을 불러서 분부했다: "나는 네가 평소 매사에 조심하고 신중함을 알고 있다. 그래서 특히 이 무거운 책임을 맡기는 것이다. 너는 조심해서 이곳을 잘 지켜야 한다. 영채는 반드시 중요한 길목에다 세워서 (*마속이 산 위에다 군사를 주둔시킨 것과는 정반대이다.) 역적의 군사들이 쉽게 지나갈 수 없도록 하라. 영채를 다 세우고 나서는 곧바로 그곳으로부터 사방팔방으로 통하는 길을 표시한 지형도地形圖를 그려 보내서 내가 볼 수 있도록 하라. (*충분히 자세하다.) 모든 일은 서로 잘 상의하여 적절히 처리하고, 매사를 가벼이 보아서는 안 된다. 만약 그곳을 잘 지켜내서 위험이 없도록 한다면, 장안을 취하는 가장 큰 공이 될 것이다. 조심하고 또 조심하라!"

마속과 왕평은 하직인사를 하고 군사들을 이끌고 떠나갔다.

〖 3 〗 공명이 곰곰이 생각해 보니 아무래도 두 사람으로는 실수가 있을까봐 염려되어 또 고상高翔을 불러서 말했다: "가정의 동북 편에 열류성列柳城이라고 하는 성이 하나 있는데 산속 작은 길에 위치해 있어서 그곳에다 영채를 세워 군사들을 주둔시킬 만하다. 네게 군사 1만 명을 내어줄 테니 그 성으로 가서 군사들을 주둔시켜 놓고 있거라. 다만 가정이 위태롭거든 군사들을 이끌고 가서 구해주도록 하라."

고상이 군사를 이끌고 떠나갔다.

공명은 또 생각했다: '고상은 장합의 적수가 못 된다. 대장 한 사람을 보내서 가정 서편에다 군사들을 주둔시켜 놓도록 해야만 적을 막을 수 있을 것이다.'

곧 위연을 불러서 휘하 군사들을 이끌고 가정 뒤쪽으로 가서 주둔해 있으라고 분부했다.

위연이 말했다: "저는 선두부대이니 앞장서서 적을 깨뜨리는 것이 합당한 도리이거늘 무슨 이유로 저를 한가한 곳에다 놓아두려 하십니까?"

공명曰: "선봉이 되어 적을 깨뜨리는 것은 편장偏將이나 비장裨將 같은 하급 장수들이나 할 일이오. 지금 장군에게 가정을 지원하여 양평관陽平關에 이르는 요충지 도로를 막아 지킴으로써 한중漢中의 목구멍에 해당하는 곳을 도맡아 지키도록 한 것은 참으로 중대한 임무인데 어찌 한가한 곳이라고 하시오? 장군은 그곳을 등한히 생각하여 우리의 대사를 그르치지 마시오. 제발 조심하시오.”

위연은 크게 기뻐하며 군사들을 이끌고 갔다.

공명은 그러고 나서야 비로소 마음이 놓여 조운과 등지鄧芝를 불러서 분부했다: “이번에 사마의가 출병함으로써 사정이 옛날과는 달라졌소. 그대 두 사람은 각기 일군을 이끌고 기곡箕谷으로 나가서 의병疑兵이 되시오. 위병魏兵을 만나거든 혹은 싸우고 혹은 싸우지 않으면서 저들의 마음을 놀라도록 하시오. (*사마의가 생각한 바를 공명 역시 생각한다.)

나는 직접 대군을 거느리고 야곡斜谷을 거쳐 곧장 미성郿城을 취하러 갈 것이오. 미성만 얻게 되면 장안을 깨뜨릴 수 있소.”(*가정은 뒤로 물러날 때를 대비하는 길이고, 미성은 앞으로 나아가기 위한 길이다.)

두 사람은 명을 받고 떠나갔다. 공명은 강유를 선봉으로 삼아 군사들을 야곡으로 진출시켰다.

〖 4 〗 한편 마속과 왕평 두 사람은 군사를 거느리고 가정에 이르러 지세地勢를 살펴보았다.

마속이 웃으며 말했다: “승상께서는 어찌하여 의심이 많으신가? 이런 외진 산골로 위병들이 어찌 감히 오겠는가!”(*공명은 몇 번이나 진지하게 말했는데 도리어 이처럼 대수롭지 않게 여기고 있다.)

왕평曰: “비록 위병들이 감히 오지 못한다 하더라도 여기 다섯 갈래 길이 다 모이는 어귀(五路總口)에다 영채를 세웁시다. (*이것이 공명이 말한 요도要道이다.) 그런 후에 군사들에게 나무를 베어다 목책을 치도록 해서 장기적인 계책으로 삼도록 합시다."

마속曰: "길에다가 어떻게 영채를 세운단 말인가? 이곳 옆에 산 하나가 있는데 사면이 모두 이어진 데가 없고 나무들도 매우 많으니, 이는 바로 하늘이 내려주신 요충지다. 이 산 위에다 군사를 주둔시키도록 하세."

왕평曰: "참군參軍의 말은 틀렸습니다. 만약 길목에다가 군사를 주둔시키고 성벽을 둘러쌓는다면 적병이 비록 십만 명이 오더라도 지나가지 못할 것입니다. 그러나 지금 만약 이 요로要路를 버리고 산 위에다 군사를 주둔시켜 놓았다가 만약 위병들이 갑자기 닥쳐서 사방으로 에워싼다면 무슨 계책으로 보전하겠습니까?"(*뒷부분에서 나오는 사건들이 먼저 왕평의 입으로 설파되고 있다.)

마속은 크게 웃으며 말했다: "자네는 참으로 여자 같은 소견을 가졌군! 병법에서 이르기를: '높은 곳을 의지하여 아래를 내려다보니 그 형세가 마치 대나무를 쪼개는 듯하다(憑高視下, 勢如劈竹)'고 하였네. (*병법의 격언을 고집하는 자와는 더불어 군사를 논해서는 안 된다.) 만약 위병들이 오기만 하면 내 단 한 놈도 돌려보내지 않을 것이다."(*큰소리치는 자들은 언제나 일을 그르친다.)

왕평曰: "나는 여러 차례 승상을 따라다니면서 진지 세우는 것을 보아왔습니다. 이르는 곳에서마다 승상께서는 자상하게 가르쳐주셨습니다. 지금 이 산을 살펴보니 바로 절지絕地, 곧 죽음의 땅이오. (*왕평은 풍수지리를 볼 줄 안다. 오늘날의 풍수쟁이에 비하더라도 뛰어나다.) 만약에 위병들이 와서 우리의 물 긷는 길을 끊어버린다면 군사들은 싸워보기도 전에 스스로 혼란에 빠질 것입니다."(*뒷부분에서 나오는 사건들이 또 왕평의 입으로 설파되고 있다.)

마속曰: "자네는 함부로 말하지 말게! 손자孫子는 말하기를: '죽을 땅에 놓아 둔 후에야 산다(置之死地而後生)'(〈孫子·九地〉)고 하였네. 만약 위병이 우리의 물 긷는 길을 끊는다면, 우리 촉병들은 어찌 죽기 살기로 싸우려 하지 않겠는가? 우리 군사 한 명이 적병 백 명은 당해낼 (一當百) 것이네. 나는 평소 병서를 읽었기 때문에 승상께서도 여러 가지 일들을 내게 물어보셨는데, 자네는 어찌하여 나를 못하도록 막으려 하는가?"(*마속은 많은 병서들을 읽어서 외우고는 있으나 실제 경험은 적다.)

왕평曰: "만약 참군께서 산 위에다 영채를 세우려고 하신다면 군사를 제게 나눠 주시오. 제가 산 서편에다 작은 영채 하나를 세워 의각지 세(犄角之勢: 병력을 다른 장소에 갈라놓아서 적을 견제하거나 협공하기 편하도록 하거나 또는 서로 지원하기 편하도록 하는 것)를 이룬다면 혹시 위병이 오더라도 서로 호응하여 싸울 수 있을 것입니다."(*마속이 왕평의 말을 듣지 않은 것은 흰소리치는(大話) 것이고, 왕평이 마속의 말을 듣지 않은 것은 조심하는(小心) 것이다.)

마속은 그의 말을 들어주지 않았다.

그때 갑자기 산중에 사는 주민들이 무리를 이루고 떼를 지어 나는 듯이 달려와서 위병들이 이미 당도했다고 알려주었다.

왕평이 하직인사를 하고 떠나가려고 하자 마속이 말했다: "자네가 기왕에 내 명령을 듣지 않겠다고 하니, 자네에게 군사 5천 명을 줄 테니 따로 가서 영채를 세우도록 하게. (*군사 2만5천 명 중에서 어찌 겨우 5천 명만 준단 말인가? 만약 좀 더 많이 주었더라면 오히려 패하지 않았을 것이다.) 그러나 내가 위병을 깨뜨린 후 승상 면전에서 그 공을 나눠 가지려 해서는 안 되네!"

왕평은 군사를 이끌고 산에서 10리 떨어진 곳에다 영채를 세우고, 그곳 지형도를 그려서 사람을 시켜 밤을 새워 공명에게 가서 보고 드리면서 마속이 직접 산 위에다 영채를 세운 일을 자세히 설명해 드리도록 했다.

〖 5 〗 한편 사마의는 성 안에 있으면서 둘째 아들 사마소司馬昭에게 가서 앞길을 정탐해 보도록 하면서, 만약 가정에 촉병들이 지키고 있거든 즉시 군사를 멈춰 세우고 더 나아가지 말라고 했다. 사마소가 명령을 받고 가서 두루 한 차례 살펴보고는 돌아와서 부친에게 말했다: "가정에는 군사들이 지키고 있었습니다."

사마의가 탄식하면서 말했다: "제갈량은 참으로 귀신같은 사람(神人)이로다. 나보다 뛰어나구나!"

사마소가 웃으며 말했다: "아버님께서는 어찌하여 스스로 심지心志를 떨어뜨리려 하십니까? 제 생각에는 가정은 쉽게 취할 수 있을 것 같습니다."

사마의가 물었다: "네 어찌 감히 그렇게 큰소리를 치느냐?"

사마소曰: "제가 직접 가서 살펴보았는데, 길에는 영채도 울타리도 전혀 없었고 군사들은 전부 산 위에 주둔하고 있었습니다. 그래서 깨뜨릴 수 있음을 알았습니다."(*식견이 마속보다 높다.)

사마의는 크게 기뻐하며 말했다: "만약에 군사들이 정말로 산 위에 있다면, 이는 하늘이 나로 하여금 성공하도록 하시는 것이다."

그리고는 곧 옷을 갈아입은 다음 기병 1백여 기騎를 이끌고 직접 살펴보러 갔다.

그날 밤 하늘은 맑게 개었고 달은 훤히 밝았다. 사마의는 곧바로 산 아래까지 가서 산 주위를 한 차례 빙 돌아본 다음에야 돌아왔다. 마속은 산 위에서 이 광경을 보고는 크게 웃으며 말했다: "그가 만약 살 운명이라면 와서 산을 에워싸지는 않을 것이다."(*네가 만약 살 운명이라면 산에 주둔하지는 않았을 것이다.)

그리고는 여러 장수들에게 명을 내렸다: "만약 위병이 오면, 내가 산 정상에서 붉은 깃발을 흔들 테니 그것을 보는 즉시 사면으로 한꺼번에 쳐내려가도록 하라."

〖 6 〗 한편 사마의는 영채로 돌아와서 사람을 시켜서, 군사를 이끌고 와서 가정을 지키고 있는 장수가 누구인지 알아보도록 했다.

그가 돌아와서 보고했다: "마량馬良의 동생 마속이라고 합니다."

사마의는 웃으며 말했다: "공연히 허명虛名만 있을 뿐 그저 그런 인물(庸才)이로군. (*허명虛名이란 평소 들어왔던 소문이고, 그저 그런 인물이란 오늘 알아낸 것이다.) 공명이 이런 인물을 쓰고도 어떻게 일을 그르치지 않을 수 있겠나!"

그리고 또 물었다: "가정 근처에 다른 군사들이 있더냐?"

정탐꾼이 보고했다: "산에서 10리 떨어진 곳에 왕평이 영채를 세워 놓았습니다."

이에 사마의는 장합에게 일군을 이끌고 가서 왕평이 지원하러 오는 길을 막고 있도록 하고, 또 신탐과 신의에게는 각자 군사들을 이끌고 가서 산을 에워싸되 먼저 물 긷는 길을 끊도록 했다. 그리하여 촉병들이 스스로 혼란에 빠지기를 기다렸다가 그 후에 형세를 살펴 공격하도록 했다. 그날 밤에 군사 배치를 마쳐 놓았다.

다음날, 날이 밝자 장합은 군사들을 이끌고 먼저 배후로 떠나갔다. 사마의는 군사들을 대거 휘몰아 한꺼번에 몰려 나아가서 산을 사방으로 에워쌌다.

마속이 산 위에서 바라보니 위병들이 산과 들을 까맣게 뒤덮고 있는데 깃발들과 대오가 매우 정연했다. 촉병들은 그것을 보고 모두들 간담이 떨어져서 감히 산에서 내려갈 엄두를 내지 못했다. 마속이 붉은 깃발을 흔들었으나 군사들이나 장수들이나 서로 미루면서 어느 한 사람도 감히 움직이려고 하지 않았다. (*붉은 기가 일을 성사시켜 주는 것은 아니다.)

마속은 크게 화가 나서 자기 손으로 두 장수의 목을 쳐서 죽였다. 많은 군사들은 그것을 보고 놀라고 두려워서 부득이 위병들과 부딪쳐 싸우기 위해 산에서 내려가려고 애쓸 수밖에 없었다. 그러나 위병들은 그 자리에 떡 버티고 있으면서 꿈쩍도 하지 않았다. 촉병들은 다시 물러나 산 위로 올라와 버렸다. (*마속은 "죽을 땅(死地)에 놓아 둔 후에야 산다(置之死地而後生)"고 했다〈孫子·九地〉. 이제 죽을 땅에 놓아 두어 결국 죽게 되었다.)

마속은 일이 뜻대로 되지 않는 것을 보고는 군사들에게 영채 문을 굳게 지키고 있도록 하고 밖에서 후원군이 오기만을 기다렸다. (*궁벽한 산속에서 포위되어 있으면서 밖에서 후원군 오기를 기다리는 것이 어찌 병서에 나오는 계책이겠는가?)

〖 7 〗한편 왕평은 위병이 온 것을 보고 군사들을 이끌고 쳐들어갔는데, 곧바로 장합과 마주쳤다. 수십여 합을 싸우고 나자 왕평은 힘도 다 떨어지고 군사 수도 적어서 뒤로 물러날 수밖에 없었다. (*게다가 외부의 지원군도 없었다.)

위병들은 진시(辰時: 오전 7~9시)부터 술시(戌時: 오후 7~9시)까지 12시간 동안이나 산을 에워싸고 있었다. 산 위에는 물이 없어서 군사들은 먹지를 못하여 영채 안은 크게 혼란해졌다. 한밤중까지 시끄럽게 소동을 벌이더니 (*입도 마르고 혀도 말라서 소동을 벌여도 소리도 나지 않았을 것이다.) 마침내 산 남쪽에 있던 군사들이 영채 문을 활짝 열고 산에서 내려가 위魏에 투항했다. 마속은 이를 금할 수가 없었다. 사마의는 또 군사들에게 산을 빙 둘러가며 불을 지르도록 했다. (*이미 물을 끊어놓고는 또 불을 주고 있다.) 산 위의 촉병들은 더욱 혼란에 빠졌다.

마속은 도저히 지켜내지 못할 줄 알고 어쩔 수 없이 남은 군사들을 휘몰아 산의 서쪽으로 내려가서 그대로 달아났다. (*무너져버렸다, 가정을 잃어버렸다. 병서를 많이 읽어 도략韜略에 매우 밝은 사람이!) 사마의는 큰 길을 열어주어 마속이 그 길로 달아나도록 했다. 그러자 장합이 배후에서 군사를 이끌고 그들을 쫓아갔다.

　장합이 30여 리를 쫓아갔을 때 전면에서 북소리, 나팔 소리가 일제히 울리면서 한 떼의 군사들이 뛰쳐나와, 마속은 지나가도록 한 후, 장합의 앞을 가로막았는데, 보니 바로 위연이었다. (*공명이 위연을 쓴 것은 본래 가정을 지키기 위해서였는데, 도리어 마속을 구하게 될 줄 누가 알았겠는가.) 위연은 칼을 휘두르며 말을 달려 나가 곧바로 장합에게 달려들었다. 장합이 군사를 돌려서 곧바로 달아나자 위연이 군사를 휘몰아 그 뒤를 쫓아가서 다시 가정을 빼앗았다.

　그리고는 계속해서 장합의 뒤를 50여 리 추격해 갔는데, 바로 그때 함성이 일어나면서 양편에서 복병이 일제히 뛰어나왔다. 왼편은 사마의였고 오른편은 사마소였다.

　그들이 반대로 위연의 배후로 가서 그를 한가운데 두고 에워싸자 쫓겨 가던 장합까지 다시 돌아와서 세 갈래의 군사들이 한 곳에 합쳐졌다. 위연은 좌충우돌했으나 포위에서 빠져나오지 못하고 군사들을 태반이나 잃었다.

　한창 위급한 상황에 있을 때 갑자기 한 떼의 군사들이 쳐들어왔는데, 곧 왕평의 군사들이었다. (*공명이 왕평을 쓴 것은 본래 가정을 지키기 위해서였는데, 도리어 위연을 구하게 될 줄 누가 알았겠는가.) 위연은 크게 기뻐하며 말했다: "내 이젠 살았구나!"

　두 장수가 군사들을 하나로 합쳐 한바탕 크게 싸우자 위병들은 그제야 물러갔다. 두 장수가 황망히 달아나서 가정에 있는 왕평의 영채로 돌아가 보니 영채 안에는 전부 위병의 깃발들만 꽂혀 있었는데 그때 신탐과 신의가 영채 안에서 뛰쳐나왔다. 왕평과 위연은 곧장 달아나서 열류성列柳城의 고상高翔을 찾아가려고 했다.

　〖 8 〗 이때 고상은 가정街亭이 이미 적의 손에 떨어졌다는 소식을 들

고 열류성에 있는 군사들을 전부 일으켜서 구원하러 가다가 마침 위연과 왕평 두 사람을 만났는데, 그들은 앞서 있었던 싸움에 패한 이야기를 해주었다.

고상曰: "차라리 오늘 밤에 위魏의 영채부터 습격하러 가고 후에 다시 가정을 되찾는 것이 좋겠소."

즉시 세 사람은 산언덕 아래에서 그렇게 하기로 상의를 마쳤다. (*세 사람의 상의도 사마의의 예상을 벗어나기 어려웠다.)

날이 어둡기를 기다렸다가 군사들을 세 편으로 나누어 위연이 군사들을 이끌고 먼저 나아가서 곧장 가정에 이르러 보니 사람이라고는 단한 사람도 보이지 않아 (*이는 사마의가 쓴 계책인데, 반대로 위연 쪽에서 서술하고 있다.) 마음 속으로 크게 의심이 들어 감히 가벼이 나아가지 못하고 일단 길 어귀에다 군사들을 숨겨놓고 기다리고 있었다.

그때 갑자기 고상의 군사들이 오는 것이 보여서, 두 사람은 위병들이 어디에 있는지 모르겠다고 말했다. 위병들이 어디 있는지 알 수 없는데다가 뜻밖에도 왕평의 군사들이 오는 것도 보이지 않았다. (*다행히도 그는 아직 당도하지 않았다.)

그때 갑자기 포 소리가 울리더니 화광이 충천하고 북소리가 땅을 흔들면서 위병들이 일제히 뛰쳐나와 위연과 고상을 가운데 두고 에워쌌다. 두 사람은 있는 힘을 다해 맞부딪쳐 가며 싸웠으나 포위에서 벗어날 수가 없었다.

그때 갑자기 산언덕 뒤에서 우레 같은 함성이 들리면서 한 떼의 군사들이 쳐들어왔는데, 바로 왕평이었다. 왕평은 고상과 위연을 구해내서 (*이는 왕평이 두 번째로 위연을 구해낸 것이다.) 곧장 열류성으로 달려갔다.

그들이 열류성 아래에 당도했을 때엔 벌써 성 가로 한 떼의 군사들이 쳐들어와 있었는데, 깃발 위에는 커다란 글자로 "魏都督郭淮(위도독 곽회)"라고 씌어 있었다.

이 어찌된 일인고 하니, 곽회와 조진은 상의하기를, 사마의가 이번 싸움에서 모든 공로를 독차지할까봐 두려우니, 곽회에게 군사를 나누어주어 가정을 취하러 가도록 했었다. 그런데 사마의와 장합이 이미 가정을 취하는 데 성공했다는 소식을 듣고는 즉시 군사들을 이끌고 곧장 열류성을 습격하러 왔던 것이다.

바로 그때 세 장수와 만나서 한바탕 크게 싸웠는데, 촉병들 중에 다친 자들이 극히 많았다.

위연은 양평관(陽平關: 섬서성 면현勉縣 서쪽 백마하白馬河가 한수漢水로 들어가는 곳. 사천과 섬서 간의 교통의 요충지. 유비는 한중을 취한 후 여기에다 군사를 주둔시켜 놓고 하후연과 대치했다.)을 잃게 될까봐 두려워 황망히 왕평과 고상과 함께 양평관으로 갔다.

〖 9 〗 한편 곽회는 군사들을 거두고 나서 좌우 사람들에게 말했다: "내 비록 가정을 얻지는 못했으나 열류성은 얻었으니 이 역시 큰 공이다."(*좋아하기는 이르다. 아직도 고수高手가 있다.)

그리고는 군사들을 이끌고 곧장 성 아래로 가서 성문을 열라고 소리쳤다. 그런데 성 위에서 포 소리가 울리더니 누워 있던 기치旗幟들이 모두 바로 세워졌는데, 맨 앞의 큰 깃발 위에는 "平西都督 司馬懿(평서도독 사마의)"라고 씌어 있었다. 사마의는 현공판(懸空板: 성 위 공중에 매달아 그 위에 올라가서 성 밖을 살펴보도록 만든 판자)을 들어 올리도록 하여 나무로 만든 호심란(護心木欄干: 날아오는 적의 화살을 막기 위한 나무로 만든 설비)에 기대고 크게 웃으며 말했다: "곽백제(郭伯濟: 곽회)는 왜 이리 늦게 오시오?"(*본래 곽회는 힘들이지 않고 취할 것으로 생각했는데 또 사마의에게 빼앗겨 버렸다. 아주 묘하다.)

곽회는 크게 놀라서 말했다: "중달의 신묘한 기략(神機)은 나로서는 도저히 따라갈 수가 없구나!"

그리고는 곧 성으로 들어갔다. 서로 만나보고 나서 사마의가 말했다: "제갈량은 이제 가정을 잃어버렸으니 틀림없이 달아날 것이오. 공은 속히 자단(子丹: 조진)과 같이 밤낮없이 그를 추격하시오."

곽회는 그 말에 따라 성을 나가서 떠나갔다.

사마의는 장합을 불러서 말했다: "자단과 백제는 우리만 큰 공을 세울까봐 염려되어 이 성을 취하러 왔던 것이오. 나도 우리만 공을 세우려고 했던 것은 아닌데 요행히 그렇게 되었소. 내 생각에는, 위연과 왕평, 마속과 고상 등은 반드시 먼저 가서 양평관을 지키려고 할 것이오. (*위연 등 세 사람이 상의한 것이 또 사마의의 예상을 벗어나지 않는다.) 우리가 만약 가서 이 관關을 취한다면 제갈량은 틀림없이 뒤이어 와서 우리를 들이칠 것이므로 그의 계략에 걸려들고 말 것이오. (*사마의의 계산은 위연 등이 예상할 수 있는 바가 아니다.)

병법에서 이르기를: '돌아가는 군사는 엄습하지 말고, 궁지에 몰린 도적은 쫓지 말라(歸師勿掩 窮寇莫追)'고 하였소. 그대는 작은 길로 질러가서 기곡箕谷에서 적병을 물리치시오. 나는 직접 군사들을 이끌고 야곡斜谷으로 가서 촉병들과 대적하겠소. 만약에 저들이 패해서 달아나거든 막으려고 해서는 안 되오. 다만 촉병들의 행렬 중간을 쳐서 끊어야 저들의 치중(輜重: 군량이나 군기 등을 운반하는 수레)을 전부 얻을 수 있을 것이오."

장합은 계책을 받고 군사들 반을 이끌고 떠나갔다.

사마의가 명을 내렸다: "곧장 가서 야곡을 취한 다음 서성(西城: 감숙성 천수시天水市와 예현禮縣 사이)으로 나아가도록 하라. 서성은 비록 산속에 있는 작은 고을이지만 촉병들이 군량을 쌓아두는 곳이고 또 남안南安·천수·안정安定 세 군郡으로 통하는 길목이다. 그러므로 이 성만 얻는다면 세 개 군郡을 되찾을 수 있을 것이다."

이리하여 사마의는 신탐과 신의를 남겨두어 열류성을 지키도록 하고, 자신은 대군을 거느리고 야곡을 향해 출발했다.

〖 10 〗한편 공명은 자신이 마속 등에게 가정街亭을 지키도록 떠나보낸 후에도 어찌해야 좋을지 망설였다. 그때 문득 왕평이 사람을 시켜서 지형도를 보내왔다고 보고해 왔다. 공명이 그를 불러들이자 좌우에 있던 사람이 지형도를 바쳤다.

공명이 책상 위에 펴놓고 보다가 크게 놀라서 손으로 책상을 치며 말했다: "마속 이 무식한 놈이 우리 군사들을 함정에 빠뜨리는구나!"(*효정猇亭의 지도를 받아보았을 때와 똑같이 놀랐다.)

좌우에 있던 사람들이 물었다: "승상께서는 어찌하여 그처럼 놀라십니까?"

공명曰: "내 이 지도를 보니 중요한 길목은 내버려두고 산 위에다 영채를 세웠다. 만약 위병들이 대거 이르러 사방으로 에워싸고 물 긷는 길을 끊어 버린다면 이틀도 못 가 우리 군사들은 저절로 혼란에 빠질 것이다. 가정을 잃어버리면 우리는 어디로 돌아간단 말이냐?"

장사長史 양의楊儀가 건의했다: "제가 비록 재주는 없으나 가서 마유상(馬幼常: 마속)과 교체하고 그를 돌아오도록 하겠습니다."

공명은 양의에게 안전하게 영채 세우는 법을 자세히 일러주었다.

양의가 막 출발하려는데 갑자기 파발마擺撥馬가 도착해서 말했다: "가정과 열류성이 다 함락되고 말았습니다."

공명은 발을 구르며 길게 탄식했다: "대사大事가 틀어지고 말았구나! ― 이는 내 잘못이다."(*맹달의 실패 때는 공명에게 사람 알아보는 총명함이 있었으나, 마속의 실패 때는 공명이 사람을 알아보지 못한 잘못이 있었음을 스스로 인정하고 있다.)

공명은 급히 관흥과 장포를 불러서 분부했다: "너희 두 사람은 각기 정예병 3천 명씩 이끌고 무공산(武功山: 무성산武城山. 감숙성 무산현武山縣 서남)의 작은 길로 가거라. 가다가 만약 위병魏兵들을 만나거든 크게 싸워서는 안 된다. 다만 북을 치고 고함을 질러서 마치 뒤에 대군이 있는 것처럼 적을 속이도록 하라. 그러면 적은 스스로 달아날 것이다. 적들이 달아나더라도 역시 추격해서는 안 된다. 적의 군사들이 다 물러가기를 기다렸다가 곧바로 양평관으로 가거라."

또 장익張翼에게 먼저 군사를 이끌고 가서 검각(劍閣: 사천성 검각현劍閣縣 동북의 대검산大劍山과 소검산小劍山 사이에 있다.)을 수리하여 촉병들이 돌아갈 길을 닦아 놓도록 했다. 그리고 또 비밀히 명령을 전하여 대군으로 하여금 적들이 모르게 행장을 수습하여 철수할 채비를 하도록 했다.

또 마대와 강유에게는 뒤에서 추격해 오는 적을 차단하도록 하되, 먼저 산골짜기에 매복해 있다가 모든 촉병들이 다 물러가기를 기다렸다가 비로소 군사들을 거두도록 했다.

또 심복들을 천수, 남안, 안정 세 군으로 나눠 보내면서 그곳 관리와 군민軍民들에게 모두 한중으로 들어가라고 이르도록 했다. (*이는 세 개 군을 포기한 것이다.) 또 심복을 기현冀縣으로 보내서 강유의 노모老母를 데리고 한중으로 들어가도록 했다.

〖 11 〗 공명은 여러 장수들을 각각 나눠 보내고 나서 먼저 군사 5천 명을 이끌고 군량과 마초를 운반하러 서성현西城縣으로 물러갔다. (*이때 장수로는 공명 혼자만 남아 있었다.)

그때 갑자기 급보가 전해졌다: "사마의가 15만 명의 대군을 이끌고 서성을 향해 벌떼처럼 몰려오고 있습니다."

이때 공명의 신변에는 달리 대장이라고는 없었고 한 무리의 문관들만 남아 있었다. 그리고 그가 이끌고 간 군사 5천 명도 이미 그 절반은 군량과 양초를 운반하여 먼저 가버렸고, 성 안에는 단지 2천 5백 명밖에 남아 있지 않았다. (*2천5백 명으로 15만 명이나 되는 무리를 상대해야 하는데, 공명이 어떻게 조치(布置)하는지 살펴보자.)

모든 관원들은 이 소식을 듣고 전부 안색이 하얗게 변했다. 공명이 성 위로 올라가서 바라보니 과연 먼지가 하늘 높이 피어오르면서 위병들이 두 방면으로 나뉘어 서성을 향해 쳐들어오고 있었다.

공명이 명을 내려 지시했다: "깃발들을 전부 감추고, 모든 군사들은 각자 성 위의 자기 초소(城鋪)를 지키도록 하라. 만일 함부로 드나들거나 큰소리로 말하는 자가 있으면 그 자리에서 목을 벨 것이다. 네 곳 성문을 활짝 열어놓되, 매 성문마다 군사 20명씩 민간인 옷차림을 하고 길을 청소하도록 하라. (*2천5백 명도 15만 명의 무리를 당해낼 수 없는데, 도리어 20명으로 15만 명을 당해내려 하다니, 절묘하다.)

위병魏兵들이 이르더라도 겁을 먹고 함부로 움직이지 말라. 내게 따로 계책이 있느니라."(*선생이 장차 어떤 계책을 쓰려는 것인지 정말 모를 일이다.)

공명은 그러고 나서 몸에는 학창鶴氅을 입고, 머리에는 윤건綸巾을 쓰고, 어린 동자童子 둘에게 거문고 하나를 들려 가지고 성 위의 망루(敵樓) 앞으로 가서 난간에 기대고 앉아 향을 피워놓고 거문고를 탔다.

〖 12 〗 한편 사마의 선두부대의 정찰병들이 성 아래까지 와서 이러한 광경을 보고는 모두 감히 앞으로 나아가지 못하고 급히 사마의에게 알렸다. 사마의는 웃으며 그 말을 믿지 않고, (*중달만 믿지 않았던 게 아니라 지금의 나 역시 믿을 수가 없다.) 곧바로 삼군을 그 자리에 멈춰 서있도록 한 후 직접 급히 말을 달려가서 멀리에서 그것을 바라보았다.

과연 공명은 만면滿面에 웃음을 가득 띠고 성루 위에 앉아서 향을 피워놓고 거문고를 타고 있었다. 그 왼편에는 한 동자가 손에 보검을 받쳐 들고 있었고, 오른편에는 한 동자가 손에 주미塵尾를 들고 서 있었다.* 그리고 성문 안팎에서는 20여 명의 백성들이 머리를 숙이고 청소를 하고 있었는데 마치 곁에 사람이 전혀 없는 것처럼 행동했다.

(*〈주미塵尾〉: 사슴 무리 중에서 가장 큰 우두머리 사슴을 〈주塵〉라고 한다. 주塵의 꼬리는 가늘고 긴 털이 많은데 이 사슴의 꼬리 가죽을 벗겨서 그 안에 작은 나뭇가지를 넣어 길고 가는 털이 밖으로 나오도록 하여 묶어 놓은 것이 바로 여기서 말하는 주미塵尾인데 그 모양이 부채와 비슷하므로 이를 "모선(毛扇)"이라 부르기도 한다. 사슴의 무리들은 그 우두머리의 꼬리(尾)를 보고 따라 이동하므로, 이로부터 주미塵尾에는 '지휘하다', '통솔하다'란 뜻이 있다. 공명이 이 주미塵尾를 들고 있는 것은 곧 공명이 군의 최고 지휘자, 통솔자임을 상징하는 것으로, 현대의 장군의 지휘봉에 해당한다. 공명이 적과 대치하고 있을 때 전면에 나가면서 항상 우선羽扇을 들고 나가는데, 우선과 주미는 그 모양이 비슷할 뿐만 아니라 본래 같은 재료, 같은 용도의 것이다. 나중에 와서 위진魏晉시기의 청담가淸談家들은 청중들의 시선을 끌기 위해 주미를 손에 들고 계속 흔들면서 이야기의 흥을 돋우었다.—역자)

사마의는 다 보고 나서 크게 의심이 들어 곧바로 중군으로 돌아가서 후군後軍은 전군前軍이 되고, 전군은 후군이 되도록 하여 북쪽 산길을 바라보고 물러갔다. (*기묘하다! 중달이 도리어 놀라서 달아났다!)

둘째 아들 사마소가 말했다: "제갈량은 군대가 없어서 일부러 저런 모습을 보이는 것은 아닐까요? 아버님께서는 어찌하여 곧바로 군사를 물리십니까?"(*사마소가 그 아비보다 뛰어난 것 같다.)

사마의曰: "제갈량은 평생 동안 조심하고 신중하여 위험한 일이라고는 한 적이 없다. 그런 그가 지금 성문을 활짝 열어놓고 있는 것은 틀림없이 군사들을 매복시켜 놓았다는 것이다. 우리 군사들이 만약 앞으로 나아가다가는 그 계략에 걸려들고 말 것이다. 너희들이 어찌 알겠느냐? 속히 물러나야 한다."(*평소에 공명을 믿었기 때문에 이때 그의 행동을 의심한 것이다.)

　이리하여 두 방면의 군사들은 모두 물러갔다.

〖 13 〗 공명은 위병魏兵들이 멀리 가버린 것을 보고 손뼉을 치며 웃었다. 모든 관원들은 한 사람도 예외 없이 크게 놀라서 공명에게 물었다: "사마의는 위魏의 명장인데, 지금 15만 명이나 되는 정예병들을 거느리고 여기까지 와서 승상을 보고는 곧바로 재빨리 물러가 버렸는데, 그 이유가 무엇입니까?"(*혹시 공명이 거문고를 타면서 군사들을 물리치는 주문을 외웠던 것은 아닐까?)

　공명이 말했다: "그는 내가 평생 동안 조심하고 신중하여 틀림없이 위험한 일은 하지 않을 것으로 생각했기 때문에 이러한 광경을 보고 복병이 있을 것으로 의심하여 물러간 것이다. (*그가 나를 알고 있음을 알았기 때문에, 그가 알지 못하는 곳으로 나가서 자신을 보전할 수 있었던 것이다. 참으로 신묘하다.) 내가 요행수를 바라고 위험한 일을 벌였던 것이 아니라, 사정이 부득이해서 그 수를 썼던 것이다. (*이 날의 위험은 자오곡子午谷보다 더했다.) 이 사람은 틀림없이 군사들을 이끌고 산 북쪽의 작은 길로 갔을 것이다. 나는 이미 관흥과 장포 둘에게 그곳에서 기다리고 있도록 해놓았다."

　여러 사람들은 모두 놀라고 탄복하면서 말했다: "승상의 계략은 귀신도 헤아리지 못할 것입니다! 저희들의 소견으로는 틀림없이 성을 버리고 달아났을 것입니다."

　공명曰: "우리 군사는 겨우 2천5백 명뿐인데, 만약 성을 버리고 달아난다면 틀림없이 멀리 달아날 수도 없었을 것이다. 사마의에게 사로잡히지 않을 수 있었겠느냐?"(* "달아나면 달아날 수 없고, 달아나지 않으면 달아날 수 있다(走則不能走, 不走則能走)"고 하였다.)

후세 사람이 이 일을 칭찬해서 지은 시가 있으니:

3척尺의 거문고가 정예병보다 나았다네	瑤琴三尺勝雄師
제갈량이 서성에서 적군을 물리칠 때에는.	諸葛西城退敵時
15만 대군 말머리 돌리던 곳 가리키며	十五萬人回馬處
그 고장 사람들 지금도 의아해 하네.	土人指點到今疑

말을 마치자 공명은 손뼉을 치고 크게 웃으며 말했다: "내가 만약 사마의였다면 결코 곧바로 물러가지 않았을 것이다."(*만약 중달이 제갈량이었다면 어떻게 했을까?)

그리고는 곧바로 명을 내려, 사마의가 반드시 다시 올 테니, 서성의 백성들에게 촉병을 따라 한중으로 들어가도록 하라고 지시했다. (*사마의가 일시 의심하도록 했을 뿐, 틀림없이 깨달을 것으로 공명은 예상했다.)

이리하여 공명은 서성을 떠나 한중을 향해 달아났다. 천수·안정·남안 세 고을의 관리와 군민軍民들도 속속 그 뒤를 따라갔다.

〖 14 〗 한편 사마의는 무공산(武功山: 즉, 무성산武城山)의 작은 길을 향해 달아났다. 그때 갑자기 산비탈 뒤에서 커다란 함성이 계속 일어나고 북소리는 땅을 흔들었다. (*방금 전에는 거문고 소리를 들었는데 또 북소리를 듣는다.)

사마의가 두 아들을 돌아보며 말했다: "내가 만약 달아나지 않았더라면 틀림없이 제갈량의 계책에 걸려들고 말았을 것이다."(*지금 달아나고 있는 것이 바로 제갈량의 계략에 걸려든 것이다.)

바로 그때 큰길 위로 일군이 쳐들어왔는데, 깃발 위에는 "右護衛使 虎翼將軍 張苞(우호위사 호익장군 장포)"라고 크게 씌어 있는 게 보였다.

위병들은 다들 갑옷을 벗어버리고 창들을 내던지고 달아났다.

그로부터 얼마 가지 않아서 산골짜기에서 함성이 일어나 땅을 흔들고 북소리, 나팔소리가 요란하게 울리더니 전면에 큰 깃발 하나가 보였는데 그 위에는 "左護衛使 龍驤將軍 關興(좌호위사 용양장군 관흥)"이라고 씌어 있었다. 산골짜기에서는 사람들 소리가 들렸지만 촉병들이 얼마나 되는지 알 수 없는데다 위병魏兵들은 속으로 의심을 하고 있던 차여서 감히 오래 머물러 있지 못하고 짐을 실은 수레들을 전부 내버린 채 달아났다. (*촉병의 치중輜重을 빼앗으려 하다가 도리어 자기들의 치중을 내버리고 있다.) 관흥과 장포는 둘 다 군사軍師의 명령을 지키느라 감히 그 뒤를 쫓아가지 않고 병장기와 군량, 마초 등만 대량 획득해 가지고 돌아갔다.

사마의는 산골짜기마다 그 안에 모두 촉병들이 있는 것을 보고는 감히 큰길로 나가지 못하고 드디어 가정街亭으로 돌아가 버렸다.

이때 조진曹眞은 공명의 군사들이 물러갔다는 소식을 듣고는 급히 군사들을 이끌고 그 뒤를 쫓아갔다. 그런데 산 뒤로부터 포 소리가 한 번 울리더니 촉병들이 산과 들판을 가득히 덮으며 왔는데, 그 우두머리 대장은 바로 강유와 마대였다.

조진이 크게 놀라서 급히 군사를 뒤로 물리려고 할 때 선봉 진조陳造는 이미 마대의 칼에 베여 죽고 말았다. 조진은 군사들을 이끌고 쥐새끼처럼 도망쳐서 돌아갔다. (*사마의조차 쫓아갈 수 없었는데 조진이 어찌 쫓아갈 수 있겠는가!) 촉병들은 밤낮없이 달아나서 모두 한중으로 돌아갔다.

〖 15 〗 한편 조운과 등지鄧芝는 기곡箕谷으로 통하는 길에 군사들을 매복시켜 놓고 있다가 공명이 회군령回軍令을 내린 것을 듣게 되었다.

조운이 등지에게 말했다: "위군魏軍이 만약 우리 군사들이 물러가는 것을 알면 틀림없이 뒤쫓아 올 것이오. 나는 먼저 일군을 이끌고 뒤에서 매복하고 있을 테니, 공은 군사들을 이끌고 내 이름이 쓰인 기치(旗號)를 들고 서서히 물러가시오. 나는 한 행보行步 뒤에서 따라가며 호송해 주겠소."

한편 곽회는 군사를 이끌고 다시 기곡으로 통하는 길로 돌아가며 선봉 소옹蘇顒을 불러 분부했다: "촉장 조운은 영용英勇하기로 적수가 없다. 자네는 조심하여 대비해야 한다. 그의 군사들이 만약 물러간다면 거기에는 반드시 계략이 있을 것이다."

소옹은 흔쾌히 말했다: "도독께서 만약 지원해 주시겠다면 제가 조운을 사로잡겠습니다!" (*마속은 흰소리(大話) 하다가 일을 망쳤는데, 지금 이 사람도 흰소리 하고 있다.)

그리고는 선두부대 군사 3천 명을 이끌고 기곡으로 달려 들어갔다. 촉병들을 막 따라잡으려고 할 즈음 갑자기 산비탈 뒤에서 붉은 바탕에 흰색 글자를 쓴 깃발이 뛰쳐나왔는데, 그 깃발 위에는 "趙雲(조운)"이라고 씌어 있는 게 보였다. (*깃발 아래 있는 자가 등지鄧芝일 줄은 몰랐다.) 소옹은 황급히 군사를 거두어 뒤로 달아났다. 그러나 몇 마장(里) 가지 않았을 때 함성이 크게 진동하더니 한 떼의 군사들이 쳐나왔는데, 우두머리 대장이 창을 꼬나들고 말을 달리면서 큰 소리로 호통쳤다: "네 놈은 조자룡도 모르느냐!"

소옹은 크게 놀라서 말했다: "어떻게 여기에도 조운이 있는가?"

그는 미처 손도 써보지 못하고 조운의 창에 찔려 말 아래로 떨어져 죽고 말았다. (*흰소리(大話) 하는 자의 본보기이다.) 남은 군사들은 다 흩어져 달아났다.

조운이 군사를 이끌고 천천히 나아가고 있을 때 또 등 뒤에서 일군一軍이 뒤쫓아 왔는데, 그는 곧 곽회의 부장副將 만정萬政이었다. 조운은 위병들이 바짝 추격해 오는 것을 보자 길 어귀에다 말을 세우고 창을 꼬나들고, 오고 있는 장수와 싸우기 위해 기다렸다. —— 이때 촉병들은 이미 30여 리나 앞서 가고 있었다.

만정은 서 있는 장수가 조운임을 알아보고 감히 앞으로 나아가지 못했다. 조운은 황혼이 될 때까지 기다리고 나서야 말머리를 돌려 천천히 앞으로 나아갔다. 곽회가 거느린 군사들이 당도하자 만정이 말했다 "조운의 영용함이 예전과 똑같습니다. 그래서 감히 가까이 가지 못했습니다."

곽회가 군사들로 하여금 급히 추격하도록 명하자 만정은 수백 기騎의 장사들에게 추격하라고 지시했다. 그들이 말을 달려 어느 한 큰 숲 앞에 이르렀을 때 갑자기 배후에서 크게 호통 치는 소리가 들렸다: "조자룡이 예 있다!"

그 호통소리에 놀라서 말에서 떨어진 위병魏兵들이 1백여 명이나 되었다. 남은 무리들도 모두 고개를 넘어 달아나 버렸다. (*예전에 장판파 長坂坡에서 세운 명성은 이때까지도 여전히 대단했다.)

만정이 억지로 용기를 내서 맞이해 싸우려고 했으나 조운이 쏜 화살이 투구 끈에 맞자 그만 놀라서 계곡 속으로 굴러 떨어졌다. 조운은 창으로 그를 가리키며 말했다: "내 네 목숨을 살려줄 테니, 돌아가서 곽회더러 빨리 추격해 오라고 전해라."(*묘한 것은 그를 죽이지 않고 곽회에게 소식을 전하도록 한 것이다. 이것은 자룡의 지혜로움이지 그의 용기라고 할 수는 없다.)

만정은 죽을 뻔했다가 겨우 살아서 돌아갔다. 조운은 수레와 군사들을 호송하여 한중을 향해 갔는데, 도중에 유실遺失한 것이 하나도 없었다. 조진과 곽회는 세 군郡을 다시 빼앗은 것을 자신들의 공으로 여겼다.

〖 16 〗 한편 사마의는 군사들을 나누어 앞으로 나아갔다. 이때 촉병

들은 이미 전부 한중漢中으로 돌아간 뒤였다. 사마의는 일군을 거느리고 다시 서성西城으로 가서 남아 있는 백성들과 산속에 숨어 살고 있는 사람들에게 물어보니, 모두들 말하기를, 그때 공명에게는 성 안에 2천 5백 명의 군사들밖에 없었는데, 그것도 무장武將은 하나도 없고 몇 명의 문관들뿐이었으며, 따로 매복해 둔 군사들도 없었다고 했다.

무공산의 백성들도 아뢰었다: "관흥과 장포는 각기 휘하에 겨우 3천 명의 군사들만 있었는데, 그들은 산을 돌면서 함성을 지르고 북을 치고 큰소리로 떠들어서 추격해 오는 자들을 놀라게 했을 뿐, 달리 군사들도 없었으므로 결코 감히 싸울 형편이 못 되었습니다."

사마의는 후회했으나 이미 어쩔 수 없어서 하늘을 우러러보며 탄식했다: "나는 공명보다 못하구나!"(*조진을 속이러 가는 수밖에 없다.)

마침내 각처의 관원과 백성들을 안심시키고 위무해준 다음 군사들을 이끌고 곧장 장안長安으로 돌아가서 위주魏主 조예를 알현했다.

조예曰: "오늘 농서隴西의 여러 군郡들을 다시 얻게 된 것은 모두 경의 공이오."

사마의가 아뢰었다: "지금 촉병들은 모두 한중에 가 있는데, 아직 다 쳐 없애지 못했사옵니다. 신에게 대병을 주신다면 힘을 다하여 촉땅을 거두어서 폐하의 은혜에 보답하고자 하옵니다."

조예는 크게 기뻐하면서 사마의로 하여금 즉시 군사를 일으키도록 했다. 그때 갑자기 반열班列 가운데서 한 사람이 나와서 아뢰었다: "신에게 촉을 평정하고 동오를 항복시킬 수 있는 계책이 있사옵니다." 이야말로:

촉의 장수들과 재상은 방금 귀국했는데   蜀中將相方歸國
위 땅의 군주와 신하들 또 싸울 계책 올리네.   魏地君臣又逞謀
계책을 올린 자가 누구인지 모르겠거든 다음 회를 읽어보기 바란다.

(1). 전회(제94회)에서는 맹달이 공명의 말을 듣지 않아 상용上庸을 잃어버린 일을 얘기했다. 이번 회에서는 곧바로 이어서 마속이 공명의 말을 듣지 않아 가정街亭을 잃어버린 일을 얘기한다. 상용을 잃은 것은 공명으로 하여금 앞으로 나아갈 희망이 없어지게 하였고, 가정을 잃은 것은 공명으로 하여금 물러갈 곳조차 거의 없어지게 했다.

무슨 까닭인가? 가정이 없으면 양평관陽平關이 위태로워지고, 양평관이 위태로워지면 앞으로 나아가도 얻을 게 없을 뿐만 아니라 또한 물러가더라도 잃는 바가 있기 때문이다. 아직 잃지 않았을 때도 그것을 잃을까봐 걱정해야 하는데, 이미 얻은 것이라고 어찌 그 얻은 것을 보전할 수 있겠는가? 이리하여 남안南安을 포기하지 않을 수 없었고, 안정安定도 내버리지 않을 수 없었으며, 천수天水도 적에게 내주지 않을 수 없었고, 기곡箕谷에 있던 군사들도 철수하지 않을 수 없었으며, 서성西城의 군량들도 거두어 가지 않을 수 없었다. 그리하여 마침내 이전에 하후무夏侯楙를 사로잡고, 최량崔諒을 베고, 양릉楊陵을 죽이고, 상규上邽를 취하고, 기현冀縣을 습격하고, 왕랑王朗을 꾸짖어 죽게 하고, 조진曹眞을 깨뜨렸던 그 모든 공적들을 허공으로 날려버리게 하였으니, 아, 슬프다!

(2). 싸움에서 이기거나 패하는 원인으로는 다르면서도 같은 것이 있고, 같으면서도 다른 것이 있다(有異而同者, 有同而異者). 서황徐晃은 왕평王平이 간하는 말을 듣지 않고 배수背水의 진을 쳤고, 마속馬謖은 왕평이 간하는 말을 듣지 않고 산 위에다 영채를 세웠다. 물과 산은 다르지만 필패의 형세였다는 점에서는 같다. 황충黃

忠은 산 위에 군사들을 주둔시켜 놓고도 하후연夏侯淵을 죽일 수 있었으나, 마속은 산 위에 군사를 주둔시켜 놓았으나 사마의를 물리칠 수 없었다. 산과 산은 같은 것이지만, 하나는 이기고 하나는 패하게 된 것은 그 형세가 달랐기 때문이다.

마속이 패배한 이유는 그가 가슴속에 병법의 성어成語들을 익히 외우고 있었기 때문인데, 그 성어들이란 곧 "죽을 땅에 놓아둔 후에야 살 수 있다(置之死地而後生)"(〈孫子·九地〉)는 것과 "높은 곳에 있으면서 아래를 내려다보니 그 형세가 마치 대나무를 가르는 것과 같다(憑高視下, 勢如破竹)"는 것에 불과했다. 성어들을 숙지熟知하고 있으면, 앉아서 토론할 때는 괜찮지만 실제로 군사를 일으켜 싸울 때는 그대로 하면 안 된다.

책을 비록 많이 읽더라도 그것을 그대로 실제에 적용하면 일을 그르치게 되니 어찌 거듭 탄식하지 않을 수 있겠는가? 그러므로 사람을 잘 쓰는 자는 그의 말을 듣고 써서는 안 되고, 군사를 잘 쓰는 자는 책의 말대로 해서는 안 된다(善用人者不以言, 善用兵者不在書).

(3). 금번 회는 사마의가 처음으로 공명과 대치했을 때의 이야기이다. 그런데 공명의 유리함은 싸우는 데 있었고 사마의의 유리함은 싸우지 않는 데 있었다. 하후무夏侯楙와 조진曹眞은 둘 다 싸워서 패했는데, 사마의는 싸우지 않고 이기려고 했다. 그가 미성郿城과 기곡箕谷을 지키려고 했던 것은 공명의 앞을 막아서 그가 앞으로 나아가지 못하게 하려는 것이었다. 그가 가정街亭과 열류성列柳城을 취했던 것은 공명의 뒤를 끊어서 그가 물러가지 않으면 안 되게 하려는 것이었다. 물러가지 않으면 안 되게 하려는 것이었으므로 사마의는 여기에서 싸우지 않을 수 있었다. 싸우려고 하지 않았던 것이 아니라 실제로는 감히 싸울 수가 없었다. 그가 촉을 범처럼 무

서워했던 것은 대개 이날부터였다.

(4). 소심한 사람만이 대담한 일을 하지 않고, 또한 소심한 사람만이 대담한 일을 할 수 있다. 위연魏延은 자오곡子午谷으로 나가자고 하였으나 공명은 그것을 위험한 계책으로 여겼는데, 이 소심한 사람이 바로 공명이다. 가만히 앉아서 성을 지키면서 단지 20명의 군사들로 영채 문 앞을 쓸면서 사마의의 15만 군사들을 물리쳤는데, 이 대담한 일을 한 사람 역시 바로 공명이다. 공명이 만약 평소 소심하지 않았다면 틀림없이 감히 한때 대담한 일을 할 수 없었을 것이다. 중달仲達이 그가 한때 대담하게 행동한 것에 대해 의심을 품지 않았던 것은 바로 그가 평소 소심한 사람이라는 것을 믿었기 때문이다.

(5). 장수로서 지휘하기(爲將之道)는 진군進軍하는 것뿐만 아니라 퇴군退軍하는 것 역시 어렵다. 진군할 수 있으려면 충분한 역량이 있어야 하고, 퇴군할 수 있으려면 역시 충분한 역량이 있어야 한다. 퇴군할 수밖에 없는데 또 반드시 퇴군해서는 안 되는 상황에 직면하게 되면, 진군해도 사로잡힐 것이고 퇴군해도 역시 사로잡힐 것이다. 이럴 때 임기응변의 계략으로도 그 상황을 구제할 수 없을 때 전체 군사들을 온전히 보존하여 물러나기는 어렵다.

시험 삼아 공명이 향을 피워놓고 거문고를 탄 일을 살펴보면, 그는 물러나지 않음으로써 물러났고, 자룡子龍이 매복하고 있으면서 적의 장수를 벤 것을 살펴보면, 그는 물러남으로써 나아갈 수 있었던 것이다. 촉에는 이러한 재상이 있었고 이러한 장수가 있었지만 끝내 중원을 회복할 수 없었으니, 아, 이는 하늘이 촉한을 도와주지 않은 것일 뿐 어찌 싸움을 잘못한 탓이겠느냐!

제96회

공명, 눈물을 흘리며 마속을 참하고
주방, 머리카락 잘라서 조휴를 속이다

〖 1 〗한편 계책을 드리겠다고 한 사람은 바로 상서尙書 손자孫資였다.

조예가 물었다: "경은 어떤 묘한 계책을 가지고 있는가?"

손자曰: "예전에 태조 무황제(武皇帝: 조조)께서 장로張魯를 잡으실 때 처음에는 위험한 지경에 빠지셨다가 나중에야 성공하셨는데, 그 후 늘 신하들에게 말씀하시기를: '남정南鄭의 땅은 정말로 천연의 지옥(天獄)이다' 고 하셨습니다. 그 중에서도 야곡도斜谷道는 5백리가 전부 바위굴(石穴)로 되어 있어서 그곳은 싸울 수 없는 땅이라고 하셨습니다. (*제67회에서 언급하지 않은 것을 보충 설명하고 있다.)

지금 만약 천하의 군사들을 전부 일으켜서 촉을 친다면, 동오가 또 우리 지경을 침범해 올 것입니다. 차라리 지금의 군사들을 여러 대장들에게 나누어 주어 그들로 하여금 요해처를 지키면서 군사들의 사기를 기르도록 하는 것이 나을 것입니다. 그렇게 하면 몇 년 지나지 않아 중국(中國: 위魏)은 나날이 강성해질 것이며, 동오와 촉 두 나라는 틀림없이 싸우면서 서로 해칠 것입니다. 그때 가서 저들을 도모한다면 어찌 승산勝算이 없겠습니까? 폐하께서는 부디 그렇게 하시옵소서."(*모처럼 낸 계책이 겨우 지키기만 하고 싸우지는 말자는 것에 불과하다.)

조예가 이에 사마의에게 물었다: "이 의견이 어떤가?"

사마의가 아뢰었다: "손孫 상서尙書의 말이 지극히 타당하옵니다."

조예는 그 말을 좇아서 사마의에게 여러 장수들을 나누어 보내서 각각 요충지를 지키도록 하고, 곽회와 장합은 그대로 남아서 장안을 지키도록 했다. 그리고 전군에 큰 상을 내린 다음 어가를 타고 낙양으로 돌아갔다.

〖 2 〗 한편 공명은 한중으로 돌아와서 군사들을 점고했는데, 조운과 등지鄧芝만 보이지 않아서 속으로 몹시 걱정이 되어 관흥과 장포에게 각기 일군을 이끌고 가서 두 사람을 지원하도록 했다.

두 사람이 막 출발하려고 할 때 갑자기 보고해 오기를, 조운과 등지가 도착했는데 군사도 말도 전혀 잃지 않았으며, 치중輜重 등 군사 무기들도 전혀 유실하지 않았다고 했다. (*이번에 한 번 출전 나가서 적장 다섯 명을 베어 죽였으니, 가히 시작과 마침이 완전하다(全始全終)고 할 만하다.) 공명은 크게 기뻐서 직접 여러 장수들을 이끌고 맞이하러 나갔다.

조운이 황급히 말에서 내려 땅에 엎드리며 말했다: "패군의 장수를 어찌하여 승상께서 직접 수고스럽게 멀리 나와 맞이해 주십니까?"

공명은 급히 그를 붙들어 일으켜서 손을 잡고 말했다: "이는 내가 현자와 어리석은 자를 알아보지 못해서 이렇게 된 것이오! (*유능한 사람일수록 자신의 단점을 숨기지 않는다.) 이번에 각처의 군사들과 장수들은 다 패하여 큰 손실을 보았는데 오직 자룡만은 군사 한 명 말 한 필 잃지 않았는데, 이 어찌된 일이오?"

등지가 아뢰었다: "저는 군사를 이끌고 먼저 출발하고 조 장군께서 혼자 뒤를 끊으면서 적의 장수를 베어죽여 공을 세웠습니다. 적들은 조 장군을 보고 놀라고 겁을 내어 달아났으므로 그 때문에 군사와 물자, 그리고 기타 집기와 물품(什物) 그 어느 것 하나 잃어버리지 않았습니다."

공명曰: "진정한 장군이로다!"

곧바로 황금 오십 근斤을 가져와서 조운에게 주고 또 비단 1만 필을 가져와서 조운의 부하 군사들에게 상을 주려고 했다. (*싸움에 패하고도 군사를 온전히 해서 돌아오기는 싸움에 이기고 돌아오기보다 더 어렵다. 그러므로 그들에게 상을 주려는 것은 틀린 게 아니다.)

그러나 조운은 사양하면서 말했다: "전군이 조그마한 공도 세우지 못했으니 저희들도 다 각기 죄가 있습니다. 그런데도 만약 상을 받는다면 이는 승상의 상벌賞罰 시행이 밝지 못한 것이 됩니다. 일단 부고府庫 속에 넣어두었다가 이번 겨울에 여러 군사들에게 나눠 주시더라도 늦지 않을 것입니다."(*성城을 취한 후 선주가 신하들에게 땅을 나눠 주려고 하자 그러지 말도록 간했던 것과 그 뜻이 같다.)

공명이 감탄하며 말했다: "선주께서 살아계실 때 늘 자룡의 덕을 칭찬하셨는데, 이제 보니 과연 그렇구려!"(*자룡을 칭찬하면서도 선주를 생각한다.)

이리하여 그를 더욱 마음으로 공경했다.

〖 3 〗 그때 갑자기 마속과 왕평, 위연과 고상高翔이 왔다고 알려왔다. 공명은 먼저 왕평을 막사 안으로 불러들여 꾸짖었다: "나는 너에게 마속과 같이 가정街亭을 지키라고 하였거늘, 너는 어찌하여 그를 간

하지 않아서 일을 그르치도록 했느냐?"

왕평日: "저는 재삼 권하면서 길에다 토성을 쌓아 영채를 세워 지키
자고 했습니다만 참군參軍이 크게 화를 내며 듣지 않았습니다. 그래서
저는 직접 군사 5천 명을 이끌고 산에서 10리 떨어진 곳에 영채를 세
웠습니다. 위병이 갑자기 당도해서 산을 사방으로 에워쌌으므로, 저는
군사들을 이끌고 가서 열 번도 넘게 쳐들어갔으나 한 번도 뚫고 들어
갈 수가 없었습니다.

다음날, 참군의 군사들이 마치 흙 담이 무너지듯, 기왓장이 깨지듯
이 해서(土崩瓦解) 항복하는 자가 수없이 많이 나왔습니다. 저는 따로
떨어져 있는 소수의 군사들을 가지고는 버텨낼 수가 없어서 위문장(魏
文長: 위연)을 찾아가서 구원을 청하려고 했는데, 도중에 또 산골짜기
속에서 위병魏兵들에게 포위당하고 말았습니다. 제가 죽을힘을 다해
뚫고 나와서 영채로 되돌아가 보니 영채는 이미 위병들에게 점령당해
있었습니다.

할 수 없이 열류성列柳城으로 갔는데, 도중에 고상高翔을 만나 곧바로
군사들을 세 방면으로 나누어 가서 위魏의 영채를 습격하여 가정街亭을
되찾으려고 했습니다. 그러나 가정에 이르러 보니 길에 복병이라고는
전혀 보이지 않아 의심이 들어 높은 곳에 올라가서 바라보았더니 위연
과 고상이 위병들에게 포위당해 있었습니다. 그래서 저는 즉시 겹겹의
포위망 속으로 쳐들어가서 두 장수를 구해내어 참군과 전부 한 곳에
모였습니다. 저는 양평관을 적에게 빼앗기게 될까봐 두려워서 급히 돌
아가서 지켰던 것입니다.

제가 간諫하지 않았던 것이 아닙니다! (*앞서 있었던 일들을 두루 이야
기하면서, 전에 상세히 서술하지 않았던 것들을 전부 왕평의 입으로 보충하고
있다.) 승상께서 제 말을 믿지 못하시겠다면 각 부대의 장교들에게 물
어보십시오."

공명은 그에게 물러가라고 호통을 치고는 마속을 막사 안으로 불러들였다. 마속은 스스로 몸을 결박하고 막사 안에 꿇어앉았다.

공명은 안색을 바꾸고 말했다: "너는 어릴 때부터 병서를 수많이 읽어서 싸우는 법을 훤히 알고 있었다. 나는 여러 차례, 가정街亭은 우리의 근본根本이라고 재삼 부탁하고 주의를 주었다. 그리고 너는 네 온 집안 식구들의 목숨을 걸고 이 막중한 소임을 맡았었다.

네가 만약 진즉에 왕평의 말을 들었더라면 어찌 이런 참화惨禍가 있었겠느냐? 이번 싸움에서 우리 군이 패하여 장수들이 죽고, 땅을 잃고, 성이 함락된 것은 모두 다 네 잘못이다! 만약 군법에 따라 공개적으로 처리하지 않는다면 어떻게 많은 사람들을 복종시킬 수 있겠느냐? 너는 이번에 군법을 범했으니 나를 원망하지 마라. 네가 죽은 뒤에 네 처자식들에겐 내가 다달이 녹미祿米를 보내줄 것이니, 너는 처자식들 걱정은 하지 않아도 된다."(*이는 군법을 벗어나서 가외加外로 베푸는 은혜이다.)

그리고는 좌우에 명하여 그를 끌어내서 목을 베도록 했다.

마속이 울면서 말했다: "승상께서는 저를 친자식처럼 봐주셨고, 저도 승상을 부친으로 생각했사옵니다. 저의 죽을죄는 실로 피하기 어렵습니다마는, 바라옵건대 승상께서는 순舜 임금께서 곤鯀을 죽이시고도 그 아들 우禹를 등용하셨던 일을 생각해 주신다면, 제 비록 죽어서 구천九泉에 가 있더라도 원망하지 않겠나이다."

말을 마치고는 대성통곡했다.

공명도 눈물을 뿌리며 말했다: "나와 너는 의리상 형제와 같으니, (*마속은 부자父子라고 했고 공명은 형제兄弟라고 했다. 둘 사이의 정이 이처럼 깊었으나 끝내 죽음을 면치 못했으니, 이로써 군법의 엄함을 볼 수 있다.) 네 아들은 곧 내 아들이다. 그러니 내게 여러 말 부탁할 필요 없다."

좌우에 있던 사람들이 마속을 원문轅門 밖으로 끌고 나가서 목을 베려고 했다.

〖4〗바로 그때 참군參軍 장완蔣琬이 성도成都로부터 와서 무사가 마속을 베려고 하는 것을 보고 크게 놀라서 큰 소리로 외쳤다: "기다려라!"

그리고는 들어가서 공명을 보고 말했다: "옛적에 초楚나라에서 패전의 책임을 물어 대장 득신(得臣: 자(字)는 자옥子玉)을 죽이자 그 소식을 듣고 적국인 진晉의 문공文公이 크게 기뻐했다고 합니다. (*춘추 고사故事를 인용하고 있다.) 지금은 천하가 아직 불안정한데 지모智謀 있는 신하를 죽인다면 어찌 애석한 일이 아니겠습니까?"

공명이 눈물을 흘리며 대답했다: "옛적에 손무孫武가 천하를 제압하고 승리할 수 있었던 것은 군법을 공정하고 공개적으로 썼기 때문이다. (*또 춘추 고사故事를 인용하고 있다.) 지금 사방이 나뉘어 다투다가 막 전쟁을 하기 시작했는데, 만약 다시 군법을 폐지해버린다면 어떻게 역적을 칠 수 있겠느냐? 마땅히 그를 참해야 한다!"

잠시 후 무사가 마속의 수급首級을 계단 아래에다 바쳤다. 공명은 통곡하기를 마지않았다.

장완이 물었다: "지금 유상(幼常: 마속)이 죄를 지었기에 이미 군법을 집행했는데, 승상께서는 어찌하여 곡을 하십니까?"

공명曰: "내가 곡을 한 것은 마속을 위해서가 아니다. 전에 선제께서 백제성白帝城에서 임종하시기 직전 내게 당부하시기를, '마속은 말이 실제보다 지나치므로 크게 써서는 안 된다(言過其實, 不可大用)'고 하셨는데, 그 말씀이 생각나서이다. (*제85회에 나왔던 말이 입증된 것이다.) 이제 보니 과연 그 말씀이 맞아서, 나의 밝지 못함을 깊이 한탄하고 선제의 명철하심을 생각하면서 이처럼 통곡한 것이다."(*전에는 조운에게 상을 주면서 말끝마다 선제를 읊더니 이번에는 마속을 죽이면서 또 선제를 읊고 있다.)

이 말을 듣고 대소大小 모든 장수와 군사들로 눈물을 흘리지 않는 자가 없었다. 마속이 죽을 때 그의 나이 39세였고, 때는 건흥 6년(서기 228년) 5월 여름이었다. 이에 대해 후세 사람이 지은 시가 있으니:

가정街亭 지키지 못한 죄 가볍지 않으니	失守街亭罪不輕
한스럽다, 헛되이 병법 논한 마속이여.	堪嗟馬謖枉談兵
군문에서 목을 베어 군법을 엄하게 하고	轅門斬首嚴軍法
눈물 훔치며 선제의 명철하심 생각하네.	拭淚猶思先帝明

〖 5 〗 한편 공명은 마속의 목을 베어 그 수급을 각 영채에 두루 돌려 보도록 한 후 그것을 몸에 다시 붙여 실로 꿰매고 관에 넣어 장사를 지내주면서 친히 제문祭文을 지어 제사를 지내주었다. 그리고 마속의 가솔들을 더욱 성의껏 보살펴 주고 매달 녹미를 보내주도록 했다. (*먼저 법을 충실히 집행하고 그 다음에 정을 다해 보살펴준다.)

이렇게 한 후 공명은 직접 표문表文을 지어 장완蔣琬을 시켜 후주에게 아뢰도록 했는데, 그 표문에서 그는 스스로 승상의 직위에서 강직降職시켜 주기를 청했다. (*광명정대하고 추호도 감추거나 변명하려는 뜻이 없었다.) 장완은 성도로 돌아가서 들어가 후주를 뵙고 공명의 표문을 바쳤다.

후주가 받아서 펴보니, 글의 내용은 이러했다:

"신은 본래 용렬한 재주밖에 없는데 외람되이 과분한 자리를 차지하고서 직접 전군을 통솔하는 군권을 잡고 전군을 지휘하고 격려해 왔사오나, 군령을 분명히 하여 알도록 하고 일에 임하여 두려워하고 조심하도록 하지 못했나이다. 심지어 가정街亭에서는 명령을 어기는 잘못이 있었고 기곡箕谷에서는 경계를 하지 않는 실수가 있었는데, 이 모든 잘못은 신에게 있사옵니다.

신은 밝지 못하여 사람을 알아보지 못하였고, 일을 헤아림에 있어서 어둡고 어리석었던 바가 많았사옵니다. (*자기 잘못을 인정하려고 하지 않았던 조조와는 다르다.)

〈춘추春秋〉의 대의에 따르면, 패전한 장수가 모든 책임을 지고 처벌받도록 되어 있으므로 신의 죄는 피할 길이 없나이다. 이에 신의 직위를 삼등三等 낮추는 것으로 그 죄를 꾸짖어 주시기 바라옵니다. 신은 참괴慚愧함을 이기지 못하여 이에 엎드려 처분을 기다리나이다.”

표문을 다 읽고 나서 후주가 말했다: “이기고 지는 것은 병가에서는 흔히 있는 일(勝負兵家常事)인데, 승상은 왜 이런 말씀을 하실까?”

시중侍中 비의費禕가 아뢰었다: “신이 듣기로는, 나라를 다스리는 자는 반드시 법 받들기를 중하게 여긴다(治國者必以奉法爲重)고 하였습니다. 법이 만약 집행되지 않는다면 어떻게 사람들을 복종시킬 수 있겠습니까(法若不行, 何以服人)? 승상이 싸움에 대패하여 스스로 직위를 떨어뜨리겠다는 것은 마땅히 해야 할 일이옵니다.”(*승상이 참군 마속을 죽인 것도 천자가 승상의 관직을 떨어뜨린 것도 다 법에 따른 것이다.)

후주는 그 말을 좇아서 이에 공명의 직위를 낮추어 우장군右將軍으로 하되 승상의 직무를 보면서 종전대로 군사를 총지휘하도록 하는 내용의 칙서를 작성하여 곧바로 비의에게 칙서를 가지고 한중으로 가도록 했다.

〖 6 〗 공명이 칙서를 받고 지위가 낮아지자, 비의는 공명이 혹시 무안해 할까봐 이에 축하의 말을 했다: “촉의 백성들은 승상께서 처음에 4개 현縣을 빼앗았던 것을 알고 매우 기뻐했습니다.”(*등 뒤에서는 직언直言을 하고 얼굴을 맞대고는 듣기 좋은 말을 한다. 이런 인간들은 오늘날 매우 많다.)

공명이 낯빛을 고치고 말했다: "이 무슨 말인가! 얻었다가 다시 잃은 것은 얻지 못한 것과 마찬가지다. 공이 그 일을 가지고 나를 축하하는 것은 실로 나를 부끄럽게 만드는 일이오."(*세 개 군을 취한 것을 자신의 공으로 여기지 않는다.)

비의가 또 말했다: "근자에 승상께서 강유姜維를 얻으셨다는 말을 듣고 천자께서는 매우 기뻐하셨습니다."

공명이 화를 내며 말했다: "싸움에 패하여 군대가 돌아오고 한 치의 땅도 빼앗지 못했는데, 이는 나의 큰 죄이다. 강유 하나 얻은 것이 위魏에 무슨 손실이란 말인가?"(*강유를 얻은 것 역시 자신의 공으로 여기지 않는다.)

비의가 또 말했다: "승상께서는 현재 수십만 명의 웅병雄兵을 통솔하고 계시니, 다시 위魏를 치실 수 있지 않습니까?"

공명曰: "전에 대군이 기산祁山과 기곡箕谷에 주둔하고 있을 때 우리 군사는 적병보다 그 수가 많았지만 적을 깨뜨리지 못하고 도리어 적에게 깨졌다. 그 잘못은 군사 수의 많고 적음(多寡)에 있지 않고 주장主將 한 사람에게 달려 있을 뿐이다. 지금은 군사 수와 장수들의 수를 줄이고, 벌을 분명히 하고, 지난번의 잘못을 생각하여 장래 상황에 맞춰 임기변통할 방법을 검토하려고 한다. 만약 그렇게 하지 못한다면 비록 군사 수가 많은들 어디에 쓰겠는가?

이후부터는 나라의 먼 장래를 생각하는 사람들이라면 다만 나의 부족한 점을 부지런히 지적해 주고 나의 단점을 꾸짖어 주어야만 한다. 그래야만 나라의 일이 제대로 될 것이고, 역적을 멸망시킬 수가 있을 것이며, 천하 평정의 공도 머잖아 이루어질 것으로 기대할 수 있을 것이다(翹足而待: 교족이대)."(*면전에서 아첨하는 자들을 심히 경계한 말이다.)

비의와 여러 장수들은 모두 그 말에 감복했다. 비의는 혼자 성도로 돌아갔다.

공명은 한중漢中에 있으면서 군사와 백성들을 아끼고 사랑하고, 군사들을 격려하고 무예를 가르치며, 성을 공격하거나 물을 건널 때 쓸 기구들을 만들었고, 군량과 마초를 모아 쌓았으며, 싸움에 쓸 뗏목을 마련하여 후일에 다시 싸우러 나갈 준비를 했다.

〖 7 〗 위魏의 첩자가 이 일을 탐지해서 낙양에 보고했다. 위주魏主 조예曹叡가 그 소식을 듣고는 즉시 사마의를 불러서 촉을 공략할 계책을 상의했다.

사마의가 말했다: "촉은 아직 칠 수 없나이다. 지금은 바야흐로 날씨가 몹시 덥기 때문에 촉병들은 틀림없이 나오지 않을 것이옵니다. 만약 우리 군사들이 그곳 땅 깊숙이 쳐들어간다 하더라도 저들이 그 험한 요충지를 지키고만 있으면 급히 깨뜨리기가 어렵나이다."(*다만 촉병에 대응하려고만 하고 감히 촉병을 먼저 공격하려고 하지는 않는다.)

조예曰: "만약 촉병이 다시 침범해 오면 어떻게 하지요?"

사마의曰: "신이 이미 대책을 생각해 두었습니다. 이번에 제갈량은 틀림없이 옛날 한신이 몰래 진창陳倉으로 건너갈 때 썼던 계책(韓信暗渡陳倉之計)을 따라 쓸 것이옵니다. 그래서 신은 한 사람을 천거하여 진창으로 통하는 길 어귀로 보내서 그곳에다 성을 쌓고 지키도록 함으로써 만에 하나 실수하는 일이 없도록 하려고 하나이다. 이 사람은 키가 아홉 자나 되며, 원숭이처럼 긴 팔에 활을 잘 쏘고, 지모와 방략이 매우 뛰어납니다. 만약 제갈량이 쳐들어온다면 이 사람 혼자서도 충분히 당해낼 수 있을 것이옵니다."

조예가 크게 기뻐하며 물었다: "그 사람이 누구요?"

사마의가 아뢰었다: "태원(太原: 산서성 태원시) 사람으로 성은 학郝, 이름은 소昭, 자를 백도伯道라고 하옵는데, 현재는 잡패장군雜霸將軍으

로 하서河西 지방을 지키고 있나이다."(*전에는 장합을 천거하더니 또 학소를 천거하고 있다.)

조예는 그의 말을 좇아서 학소를 진서장군鎮西將軍으로 승급시켜 주고 진창으로 가는 길 어귀를 지키도록 명하면서 사자에게 칙서를 가지고 가도록 했다.

〖 8 〗 그때 갑자기 양주사마揚州司馬 대도독大都督 조휴曹休가 상소문을 올렸다고 보고해 왔는데, 그 내용인즉, 동오의 파양(鄱陽: 강서성 파양현 동쪽) 태수 주방周魴이 자기가 다스리는 군郡을 바치며 항복하기를 원한다며 은밀히 사람을 보내어 일곱 가지 일을 진술하고, 그대로만 하면 동오를 깨뜨릴 수 있다고 하니, 빨리 군사를 출동시켜 그곳을 취하기 바란다는 것이었다.

조예는 그것을 자기 책상(御床) 위에 펼쳐놓고 사마의와 같이 읽어보았다.

사마의가 아뢰었다: "이 말은 아주 이치에 맞는 것 같으니, 이대로 하면 동오를 틀림없이 멸할 수 있을 것이옵니다. (*사마의 역시 이때는 잘 알아맞히지 못하고 있다.) 부디 신이 일군을 이끌고 가서 조휴를 돕도록 해주시옵소서."

그때 갑자기 반열 가운데서 한 사람이 건의했다: "동오 사람들의 말은 변덕스러워서 그대로 믿을 수 없습니다. 주방은 지모를 쓸 줄 아는 자이므로 틀림없이 항복하려고 하지 않을 것이옵니다. 이는 단지 우리 군사를 유인하려는 속임수 계책일 것이옵니다."(*이 사람의 식견이 중달보다 뛰어난 것 같다.)

여러 사람들이 보니 바로 건위장군建威將軍 가규賈逵였다.

사마의가 말했다: "이 말 역시 듣지 않을 수 없으나 이런 좋은 기회 역시 놓쳐서는 안 될 것이옵니다."(*이런 것을 둘 다 가능하다는 뜻의

"양가지론兩可之論"이라고 한다.)

조예曰: "중달이 가규와 같이 조휴를 도와주도록 하시오."

두 사람은 명을 받고 떠나갔다.

이리하여 조휴는 대군을 이끌고 곧장 환성(皖城: 안휘성 잠산현潛山縣 북쪽)을 취하러 가고, 가규는 전장군前將軍 만총滿寵과 동환(東皖: 산동성 기수현沂水縣 동북) 태수 호질胡質을 이끌고 곧장 양성陽城을 취하러 동관(東關: 안휘성 소현巢縣 남쪽의 유수산濡水山 위에 있음)으로 향했다. 사마의는 휘하 군사들을 이끌고 곧장 강릉(江陵: 호북성 강릉)을 취하러 갔다.

〖 9 〗 한편 오주吳主 손권은 무창(武昌: 호북성 악성현鄂城縣)에서 많은 관원들을 모아놓고 상의했다: "이번에 파양태수 주방周魴이 은밀히 상소를 올리면서 위魏의 양주도독揚州都督 조휴가 우리 지경을 침범해 오려는 뜻이 있다고 하였소. 이제 주방이 속임수 계책을 써서 몰래 일곱 가지 일을 들어 위병魏兵들을 우리 땅 깊숙이 유인해 들이기로 하였으니, 복병을 두어 사로잡을 수 있을 것이오. (*독자들은 여기에 이르러 중달의 식견이 가규보다 못함을 알게 된다.) 지금 위병들은 세 방면으로 나뉘어 올 것이오. 경들에게 무슨 고견高見이 있소?"

고옹이 건의했다: "이처럼 큰일은 육백언(陸伯言: 육손)이 아니면 감당할 수 없습니다."

손권은 크게 기뻐하면서 곧바로 육손을 불러서 그를 보국대장군輔國大將軍·평북도원수平北都元帥로 봉하고 왕의 친위대군(御林大兵)을 통솔하여 왕을 대리하여 이번 싸움을 지휘하도록 하면서 그에게 최고 통수권자의 상징인 백모(白旄: 깃대에 얼룩소의 꼬리를 장식으로 달아 전군을 지휘하는 데 쓴 고대의 일종의 군기軍旗)와 황월黃鉞을 주어 문무백관들이 모두 그의 명령을 듣도록 했다. 그리고 손권이 직접 육손에게 지휘봉(執鞭)을 넘겨주었다.

육손은 왕명을 받고 사은謝恩의 인사를 하고 나서 두 사람을 천거하여 좌우 도독으로 삼아 군사를 나누어 세 방면으로 오는 적을 맞이해 싸우겠다고 건의했다. 손권이 어떤 사람이냐고 물었다.

육손曰: "분위장군奮威將軍 주환朱桓과 수남장군綏南將軍 전종全琮으로, 이들 두 사람은 좌우에서 보좌할 수 있을 것이옵니다."

손권은 그의 말을 좇아서 즉시 주환을 좌도독, 전종을 우도독으로 삼았다.

이리하여 육손은 강남의 81개 주州와 형주荊州 지역의 군사 70여만 명을 통솔하면서 주환은 왼편에, 전종은 오른편에 두고, 육손 자신은 가운데서 세 방면으로 진군하기로 했다.

주환이 계책을 올렸다: "조휴는 조예의 친족이기에 그 자리에 있는 것이지 지모와 용맹이 있는 장수는 아닙니다. 지금 그는 주방이 유인하는 말을 듣고 우리진 깊숙이 들어오고 있는데, 원수께서 군사를 내어 치신다면 조휴는 반드시 패할 것입니다. 그들이 패한 뒤에는 반드시 두 길로 달아날 것인데, 왼편은 곧 협석(夾石: 안휘성 동성현桐城縣 북쪽)이고 오른편은 바로 계거(桂車: 안휘성 동성현 서남)입니다.

이 두 개 길은 모두 산골짜기 속의 소로小路로 매우 험준합니다. 제가 전자황(全子璜: 전종)과 같이 각기 일군을 이끌고 가서 산속 험한 곳에 매복해 있으면서 먼저 땔나무와 큰 돌로 길을 막아놓는다면 조휴를 사로잡을 수 있습니다.

만약 조휴를 사로잡고 나서 곧바로 군사들을 휘몰아 그대로 진격해 간다면 힘 안 들이고 수춘(壽春: 안휘성 수현壽縣)을 얻을 수 있습니다. 그리하여 허창과 낙양을 엿볼 수 있을 것이오니, 이야말로 천재일우千載一遇의 기회입니다."

육손이 말했다: "그것은 좋은 계책이 아니오. 내게 달리 좋은 방법이 있소."

이리하여 주환은 속으로 불평을 하며 물러갔다.

육손은 제갈근 등으로 하여금 강릉을 지키면서 사마의를 대적하도록 하고, 각 방면으로 군사들을 적절히 배치해 놓았다.

〖 10 〗 한편 조휴의 군사들이 환성皖城에 이르자 주방이 영접하러 나와서 곧장 조휴의 막사로 들어갔다.

조휴가 물었다: "근자에 귀하가 보낸 글을 받아보았는데, 귀하가 말한 그 일곱 가지 일들은 이치에 매우 합당하기에 천자께 아뢰어서 대군을 일으켜 세 방면으로 진군하였소. 만약에 강동의 땅을 얻게 된다면 귀하의 공로가 작지 않소. 그런데 어떤 사람은 말하기를, 귀하는 꾀가 많아서 그 말한 것이 사실이 아닐지도 모른다고 몹시 두려워하였소. 그러나 나는, 귀하는 틀림없이 나를 속이지 않을 것이라고 생각하오."

그 말을 듣고 주방은 통곡을 하면서 급히 따르는 자가 차고 있는 칼을 빼서 자기 목을 찌르려고 했다. (*오늘날 '죽고 말겠다'란 말로 남을 속이는 자들은 대부분 주방에게서 배운 자들이다.) 그러자 조휴가 급히 말렸다.

주방은 칼을 짚고 서서 말했다: "제가 말씀드린 일곱 가지 일에 거짓이 없다는 것에 대해서 제 속의 간담까지 다 꺼내 보여드리지 못하는 것이 한스럽습니다. 지금 반대로 의심을 사게 된 것은 틀림없이 동오 사람들이 반간계反間計를 썼기 때문일 것입니다. 만약 공께서 그 말을 믿으신다면 저는 반드시 죽을 것입니다. 저의 충심은 오직 하늘만이 드러내 보일 수 있습니다!"

말을 마치자 또 칼을 들어 목을 찌르려고 했다. 조휴는 크게 놀라며 황망히 그를 끌어안고 말했다: "내가 농담으로 한 말인데, 귀하는 어찌 이러시오!"

주방은 이에 칼로 자기 머리카락을 잘라서 땅에 내던지며 말했다: "저는 충심으로 공을 대하는데 공께서는 저를 가지고 장난을 하시므로, 제가 부모님께서 물려주신 이 머리카락을 잘라서 제 진심을 보여드린 것입니다."(*머리카락 속에는 마음이 들어있지 않을 것이다. 주방이 머리카락을 자르는 것은 쉬운 일이지만, 황개黃蓋가 고육책苦肉策을 쓴 것은 쉽지 않았다. (*제46회 참조). 머리카락은 잘라도 아프지 않지만 고육책은 고통이 따른다. 그러나 역시 속이려는 상대가 어떤 사람인지 보아야 한다. 조조를 속이려면 고통 없이는 안 되지만, 조휴를 속이는 데는 고통을 겪을 필요가 없다.)

조휴는 이에 그를 철석같이 믿고 연석을 마련하여 그를 대접했다. 연석이 파하자 주방은 하직인사를 하고 돌아갔다.

〖 11 〗 그때 갑자기 건위장군 가규가 보러 왔다고 보고해 와서 조휴는 들어오게 해서 물었다: "자네가 여기 무슨 일로 왔는가?"

가규曰: "제 생각에는 동오의 군사들은 틀림없이 전부 환성皖城에 주둔하고 있을 것 같으니, 도독께서는 가벼이 나아가셔서는 안 됩니다. 기다렸다가 저와 같이 양쪽에서 협공한다면 적병을 깨뜨릴 수 있습니다."

조휴가 화를 내며 말했다: "자네는 나의 전공을 **빼앗으려** 하는가?"(*바보 같은 말이다.)

가규曰: "또 듣자니 주방은 자기 머리카락을 잘라서 맹세를 했다고 하던데, 그것은 속임수입니다. ── 옛날 춘추시대 때 오吳나라의 요리要離는 자기 팔을 자르고 공자 경기慶忌에게 접근한 후 그를 찔러 죽였습니다. 그를 깊이 믿어서는 안 됩니다."(*역시 동오의 고사故事를 인용하고 있다. *요리要離는 당시 자객으로서 오吳의 공자 광光의 명을 받고 오왕 요僚의 다른 아들 경기慶忌를 죽이러 갔는데, 제 손으로 팔을 자르고는 공자

광에게 잘렸다고 속여서 경기의 신임을 얻은 후, 마침내 그를 찔러 죽였다.―
역자.)

조휴는 크게 화를 내며 말했다: "내 한창 진군하려고 하는데 너는
어찌하여 이런 말을 해서 군사들의 마음을 해이하게 하느냐?"

그리고는 좌우 사람들에게 그를 끌고 나가서 목을 베라고 호통 쳤
다. (*만약 머리카락으로 머리를 대신할 수 있다면 왜 그 역시 머리카락을
자르는 벌을 받게 하지 않는가?)

여러 장수들이 사정했다: "출병하기도 전에 먼저 대장부터 베는 것
은 군사들의 사기에 해롭습니다. 일단 잠시 용서해 주십시오."

조휴는 그 말에 따라, 가규의 군사들을 영채 안에 머물러 있게 한
다음, 직접 일군을 이끌고 동관東關을 취하러 갔다.

이때 주방은 가규가 병권을 박탈당했다는 소식을 듣고 속으로 기뻐
하며 말했다: "조휴가 만약 가규의 말을 들었더라면 동오는 패했을 것
이다! (*만약 이렇게 되었더라면 괜히 머리카락을 잘라 대머리만 되고 말았
을 것이다.) 이제 하늘이 나로 하여금 공을 이루도록 하는구나!"

그는 즉시 사람을 몰래 환성으로 보내서 이 일을 육손에게 알렸다.

육손은 여러 장수들을 불러 명을 내렸다: "전면에 있는 석정(石亭:
안휘성 잠산현潛山縣 동북)은 비록 산길이기는 하지만 군사를 매복시켜 둘
만한 곳이다. 먼저 가서 석정의 넓게 트인 곳을 점거하여 진을 벌여놓
고 위병을 기다리도록 하라."

그리고는 서성徐盛을 선봉으로 삼아 군사들을 이끌고 앞으로 나아갔
다.

〖 12 〗 한편 조휴는 주방에게 군사를 이끌고 나아가도록 했다. 한창
가다가 조휴가 물었다: "앞으로 가면 어디에 이르는가?"

주방曰: "전면에 석정石亭이 있는데 군사를 주둔시켜 놓을 만합니

다."

조휴는 그의 말을 좇아서 대군을 거느리고 수레와 군사 기재들을 전부 다 가지고 석정으로 가서 주둔했다.

다음날 정탐병이 보고했다: "전면에 그 수가 얼마인지는 모르겠으나 동오 군사들이 산 어귀를 지키고 있습니다."

조휴가 크게 놀라서 말했다: "주방의 말로는 군사들이 없다고 했는데, 어찌하여 준비가 되어 있단 말인가?"

급히 주방을 찾아서 물어보려고 했다. 그때 알려오기를, 주방이 수십 명을 이끌고 어디론지 가버렸다고 했다.

조휴는 크게 후회하며 말했다: "내가 도적놈의 계략에 걸려들고 말았구나! 비록 이렇게 되기는 했으나 겁낼 필요는 없다!"

그는 곧바로 대장 장보張普를 선봉으로 삼고 군사 수천 명을 이끌고 동오의 군사들과 싸우러 갔다.

양편 군사들이 서로 마주보고 진을 친 후 장보가 말을 달려 나가서 꾸짖었다: "도적의 장수는 빨리 항복하라!"

서성이 말을 달려 나가 맞이해 싸웠다. 몇 합 싸우지도 않아 장보는 대적해 내지 못하고 말머리를 돌려 군사들을 거두어서 돌아와 조휴를 보고 서성의 용맹함을 당해 낼 수 없었다고 말했다.

조휴曰: "내 마땅히 기병奇兵을 써서 저들을 이길 것이다."

곧 장보에게 2만 명의 군사들을 이끌고 석정 남쪽으로 가서 매복해 있도록 하고, 또 설교薛喬에게도 2만 명의 군사들을 이끌고 석정 북쪽으로 가서 매복해 있도록 한 다음, 말했다: "내일 내가 직접 군사 1천 명을 이끌고 나가서 싸움을 건 다음 싸우다가 짐짓 패한 척하고 달아나서 적을 북쪽 산 앞까지 유인해 오겠다. 포를 쏘거든 그것을 신호 삼아 삼면에서 협공하면 반드시 대승을 거둘 것이다." (*이렇게 하는 것을 스스로 기병奇兵이라고 생각하니, 싸울 때마다 패하는 이유를 알 수 있다.)

두 장수는 계책을 받고 각기 2만 명의 군사들을 이끌고 밤이 되자 매복하러 떠나갔다.

　〖 13 〗 한편 육손은 주환朱桓과 전종全琮을 불러서 분부했다: "자네들 둘은 각기 3만 명의 군사들을 이끌고 석정 산길을 가로질러 조휴의 영채 뒤로 가서 불을 질러 신호를 해라. 나는 직접 대군을 거느리고 가운데 길로 해서 나아갈 것이다. 그리하면 조휴를 사로잡을 수 있을 것이다."

　그날 황혼 때, 두 장수는 계책을 받아 군사들을 이끌고 나아갔다. 이경(二更: 밤 9시~11시) 무렵 주환은 일군을 이끌고 산길을 가로질러 위군의 영채 뒤로 갔는데, 바로 그때 장보의 복병과 만났다. 그런데 장보는 그것이 동오의 군사들인 줄도 모르고 곧장 앞으로 가서 누구냐고 물어보다가 그만 주환의 단칼에 베여서 말 아래로 떨어졌다. 위병들은 곧바로 달아났다. 주환은 후군에게 불을 지르도록 했다.

　전종도 일군을 이끌고 길을 가로질러 위병의 영채 뒤로 갔는데, 그 곳은 바로 설교薛喬의 진영 안이었다. 그래서 그 곳에서 한바탕 크게 싸웠다. 설교는 패하여 달아났고, 위군은 많은 병사들을 잃고 달아나 본채로 돌아갔다. 뒤에서는 주환과 전종이 두 방면으로 쳐들어왔다. 조휴의 영채 안은 크게 혼란해져 서로 치고받고 했다. 조휴는 황급히 말에 올라 협석夾石으로 가는 길을 향해 달아났다. 그때 서성이 대부대의 군사들을 이끌고 큰길로 쳐들어왔다.

　위병들은 죽은 자가 이루 셀 수도 없이 많았으며, 죽자 살자 도망치는 자들은 옷과 갑옷을 모조리 벗어던졌다. 조휴는 크게 놀라서 협석으로 가는 길로 있는 힘을 다해 달아났다.

　그때 갑자기 한 떼의 군사들이 소로小路에서 뛰쳐나오는 것이 보였는데, 그 우두머리 대장은 바로 가규였다.

조휴는 놀란 가슴이 조금 진정되자 스스로 창피한 생각이 들어 말했다: "내 공의 말을 듣지 않아 결국 이런 패배를 당하고 말았네!"

가규曰: "도독께서는 속히 이 길을 빠져 나가십시오. 만약 동오의 군사들이 나무와 돌로 길을 막아 끊으면 우리 전부가 위험하게 됩니다."

이에 조휴는 말을 급히 몰아서 가고, 가규는 뒤에서 적의 추격을 끊었다. 가규는 나무들이 무성한 곳과 험준한 소로에다 깃발들을 많이 꽂아 놓아서 위병들이 있는 것으로 적이 의심하도록 했다.

서성이 뒤를 쫓아오다가 산비탈 아래에 언뜻 깃발들이 나부끼는 것을 보고는 매복이 있을 것으로 의심하고 감히 더 이상 쫓아오지 못하고 군사를 거두어 돌아갔다. (*주방은 빈 머리(空頭: 머리카락이 없는 대머리)로 조휴를 속여 넘겼는데, 가규는 빈 머리(空頭: 없는 머리. 즉 의병疑兵)로 서성을 속여 넘겼다.) 이리하여 조휴의 목숨을 구해냈다.

사마의는 조휴가 패했다는 소식을 듣고 그 역시 군사를 거두어 물러갔다. (*중달仲達도 이때는 역시 호두사미虎頭蛇尾였다.)

〖 14 〗 한편 육손이 한창 승전 소식을 기다리고 있는데, 잠시 후 서성과 주환, 전종이 모두 돌아왔는데 노획하여 가져온 수레와 마소, 나귀와 노새, 군사물자와 기계들이 이루 다 셀 수 없을 정도로 많았고, 항복해온 군사들도 수만여 명이나 되었다. 육손은 크게 기뻐하며 즉시 태수 주방 및 여러 장수들과 같이 군사를 돌려 동오로 돌아갔다.

오주吳主 손권은 문무 관료들을 거느리고 무창성을 나가서 그들을 영접하며 육손의 머리 위로 어개(御蓋: 왕이 타는 수레 위에 친 큰 양산)를 받쳐주며 성 안으로 들어갔다. (*육손은 이때 최고의 영예를 누렸으니, 본래 소년 서생書生은 그 인물의 크기를 헤아릴 수 없는 것이다.) 그리고 여러 장수들에게 모두 관직을 올려주고 상을 후히 내렸다.

손권은 주방의 머리가 대머리인 것을 보고 위로하여 말했다: "경이 머리카락을 잘라서 이 큰일을 이루었으니 그 공功과 이름(名)을 마땅히 죽백(竹帛: 사서史書)에 써놓을 것이다."

그리고는 즉시 주방을 관내후關內侯로 봉하고, (*머리를 빡빡 깎아 맨 머리가 되었다면(光了頭), 그를 국사國師로 봉해 주어야 한다.) 크게 연회를 베풀어 군사들을 위로하고 승전을 축하했다.

육손이 아뢰었다: "지금 조휴가 대패하여 위魏는 이미 간담이 다 떨어졌을 것이옵니다. 국서國書를 작성하시어 사신을 서천으로 보내어 제갈량에게 진군하여 위魏를 치도록 하시옵소서."

손권은 그의 말을 좇아서 사자에게 국서를 가지고 서천으로 들어가도록 했다. 이야말로:

동오에서도 계책 쓸 줄 안다면서　　　　　只因東國能施計
서천에게 또 군사 일으키라고 하네.　　　　致令西川又動兵

공명이 다시 위魏를 치러 나가서 승부가 어찌될지 모르겠거든 다음 회를 읽어보기 바란다.

제 96 회 모종강 서시평序始評

(1). 공명이 자신의 직위를 강등시킨 것을 살펴보면 더욱 마속을 참斬하지 않을 수 없었음을 알 수 있다. 승상조차 참군參軍을 잘못 썼다는 이유로 스스로 죄를 받는데 어찌 참군이 승상의 명을 어기고서도 법의 처벌을 받지 않을 수 있겠는가? 그리고 공명이 마속을 참한 것을 살펴보면 자신의 지위를 강등시킨 것이 위선이 아니었음을 알 수 있다. 참군조차 승상에게 잘못했다는 이유로 목이 베여 죽었는데, 승상은 천자의 명령을 욕되게 하고서도 스스로를 책망하지 않을 수 있었겠는가? "먼저 자신부터 다스린다(先自治)"라는

〈춘추春秋〉의 대의大義를 받든다면, 다른 사람은 꾸짖으면서 자기 자신은 용서한다는 것은 용납될 수 없는 일이다. "자신을 사랑할 수 있다(克厥愛)"라는 〈상서尙書〉의 글에 근거한다면, 또한 자기 자신은 책망하고 남은 용서하는 일은 용납될 수 없는 일이다. 대개 공명은 촉을 엄하게 다스렸는데, 군사를 다스린 방법은 그가 나라를 다스린 방법과 똑같았다.

(2). 무후武侯가 〈출사표出師表〉를 쓰면서 눈물을 흘린 것은 후주後主를 생각해서였다. 그러나 마속의 참형을 집행하기에 앞서 무후가 눈물을 흘린 것은 선제先帝를 생각해서이다. 그는 출사를 한 직후 첫째도 선제를 말하고 둘째도 선제를 말했다. 싸움에 패한 것을 후회하면서 첫째도 선제를 말하고 둘째도 선제를 말했다. 마속을 참한 것만 선제를 받들기 위한 것일 뿐 아니라, 자신의 직위를 3등 강등시킨 것 역시 선제를 받들기 위해서였던 것이다. 독자는 무후가 가정街亭에서의 패배를 자책하는 모습에서 그가 진정으로 나라를 위해 자기 온 마음과 힘을 다하는 모습(鞠躬盡瘁)을 볼 수 있다.

(3). 번성樊城에서의 싸움에서 촉蜀이 위魏를 치려고 하자 동오의 여몽呂蒙이 형주荊州를 습격한 일이 있었는데, 이때 동오는 한漢의 죄인이다. 가정街亭에서의 싸움에서는 위魏가 촉을 이기자 동오의 육손이 조휴를 깨뜨리는 일이 있었는데, 이때는 동오는 한漢의 공신이다. 그러나 동오가 스스로 죄인이 될 수도 있고 공신이 될 수도 있었던 것이 아니라 촉이 동오를 이용했을 따름이다. 무후만이 동오를 잘 이용할 수 있었다. 그러므로 무후의 시대가 끝나자 동오는 더 이상 죄인이 되지 않고 다만 공신만 되었던 것이다.

(4). 황개黃蓋 · 감녕甘寧 · 감택闞澤이 죽은 후에는 다시 주방周魴이 있는데, 어찌하여 남인南人들 중에는 이처럼 속임수(詐)를 쓰는 자들이 많은가?

이 말은, 그것은 남인들의 속임수(詐)가 아니라 남인들의 충성심(忠)인 줄 모르고 하는 말이다. 어떤 말로써 적을 기만하는 경우, 그것을 속임수(詐)라고 말한다. 그리고 어떤 말로써 임금에게 보답하려는 경우, 그것을 충성심(忠)이라고 말한다.

따라서 남인들 중에는 속임수를 쓰는 자들이 많다고 말해서는 안 되고, 남인들 중에는 충성하는 자들이 많다고 말해야 한다. 남인들은 재상이 되어서는 안 된다고 말하는 자도 있는데, 이는 송조宋朝의 세상물정 모르는 선비들의 말이다. 시험 삼아 당시의 동오를 살펴보라, 언제 유능한 인재를 다른 나라에서 빌려온 적이 있었는가?

제 97 회

공명, 위魏를 치려고 다시 표문 올리고
강유, 조진曹眞을 깨뜨리려 거짓 항서 바치다

〖 1 〗 촉한 건흥 6년(서기 228년) 가을 9월, 위魏의 도독 조휴曹休는 석정石亭에서 동오의 육손에게 크게 패하여 수레와 말, 군수물자와 병장기 등을 모조리 잃어버렸다. 조휴는 황공한 나머지 울화병이 생겨 낙양에 이르자 등에 악성 종기가 생겨 죽고 말았다. (*육손이 조휴를 기살氣殺한 것과 공명이 왕랑을 기살한 것이 정본과 복본처럼 서로 닮았다.) 위주 조예는 칙령을 내려 그를 후히 장사지내 주도록 했다. 사마의도 군사들을 이끌고 돌아왔다.

많은 장수들이 그를 맞이해 들어가서 물었다: "조 도독께서 싸움에 패한 것은 곧 원수의 책임인데, 어찌하여 이처럼 급히 돌아오십니까?"

사마의曰: "나는 제갈량이 우리 군사가 패한 것을 알면 틀림없이 빈틈을 타서 장안을 취하러 올 것으로 예상하오. 만일 농서隴西에 긴급한 일이 생기면 누가 그것을 구하겠소? 내가 돌아온 것은 그 때문이오."(*사람들은 그가 동오를 겁내는 것으로 의심했으나, 그가 겁낸 것은 촉이었다.)

모든 사람들은 사마의가 동오를 겁내서 급히 돌아온 것으로 생각하고 그를 비웃으며 물러갔다.

〖 2 〗 한편 동오에서는 촉에 사자를 파견하여 글을 전하면서 군사를 일으켜 위魏를 치기를 청했다. 아울러 조휴를 크게 깨뜨린 일을 이야기했는데, 첫째는 자국의 위풍威風을 과시하고, 둘째는 서로간의 우호관계를 돈독히 하기 위해서였다. (*사건을 서술하면서 이처럼 첫째는, 둘째는, 하는 것은 〈사기史記〉의 필법이다.)

후주는 크게 기뻐하며 사람을 시켜서 글을 가지고 한중漢中으로 가서 공명에게 이 일을 알리도록 했다.

이때 공명은, 군사들은 강하고 말들도 튼튼했으며, 군량과 마초도 풍족했고, 소용되는 물자들 일체가 완비되어서, 마침 출병하려고 하던 참이었다. 그는 이 소식을 듣고 즉시 연석을 크게 벌여 장수들을 전부 모아놓고 출병할 일을 의논했다.

그때 갑자기 동북쪽 모퉁이로부터 일진광풍이 일더니 뜰 앞의 소나무가 바람에 부러지고 말았다. (*동량지재棟梁之才가 장차 꺾어진다는 징조이다.) 사람들은 모두 크게 놀랐다. 공명이 곧바로 점을 한 번 쳐보고 나서 말했다: "이 바람은 대장 한 사람을 잃을 징조이다."

그러나 여러 장수들은 그 말을 믿지 않았다.

한창 술을 마시고 있을 때 갑자기 진남장군鎭南將軍 조운의 첫째 아들 조통趙統과 둘째 아들 조광趙廣이 승상을 뵈러 왔다고 알려왔다. 공명은 크게 놀라면서 술잔을 땅에 내던지며 말했다: "자룡이 돌아가셨구나!"

조운의 두 아들이 들어와서 절을 하고 울면서 말했다: "저희 부친께서는 지난밤 삼경(三更: 밤 11시~새벽 1시)에 병이 위중하시어 돌아가셨습니다."(*앞서의 출사出師는 자룡으로 시작하여 자룡으로 끝이 났는데, 자룡은 여기에서 끝이 난다.)

공명은 발을 구르고 통곡을 하면서 말했다: "자룡이 떠나갔으니 나라에는 동량棟梁 하나가 없어졌고, 나에겐 팔 하나가 없어졌구나!"

모든 장수들 중에 눈물을 뿌리지 않는 자가 없었다. 공명은 조운의 두 아들에게 성도로 들어가서 천자를 뵙고 부고를 전하라고 했다.

후주는 조운이 죽었다는 말을 듣자 대성통곡을 하면서 말했다: "짐이 옛날 어렸을 때 자룡이 아니었으면 혼전을 벌이는 중에 죽고 말았을 것이다!"(*제41회 중의 일에 대한 추억이다.)

그리고는 즉시 조서를 내려 대장군을 추증追贈하고 시호를 내려 순평후順平侯라고 했다. 그리고 칙령을 내려 성도成都의 금병산錦屛山 동편에 장사지내고 사당을 세워 사철마다 제사를 지내주도록 했다. 후세 사람이 그를 칭송하여 지은 시가 있으니:

상산 땅에 범 같은 장수 있어	常山有虎將
지모와 용맹 관우·장비와 맞먹었네.	智勇匹關張
한수漢水에서 세운 공훈 아직도 남아 있고	漢水功勳在
당양當陽의 장판파에서 그 이름 크게 떨쳤지.	當陽姓字彰
두 번이나 어린 주인 위험에서 구해내고	兩番扶幼主
한 마음 한 뜻으로 선주께 보답했네.	一念答先皇
그의 충성과 절개 사책에 기록하여	靑史書忠烈
아름다운 그 향기 백세百世토록 전해야 하리.	應流百世芳

〖 3 〗 한편 후주는 조운의 옛날 공로를 생각하여 추모제(祭奠)와 장사

를 매우 후하게 치러주고, 첫째 아들 조통趙統을 황궁을 호위하는 호분중랑虎賁中郎에 봉하고, 둘째 아들 조광趙廣을 아문장牙門將으로 삼아 부친의 묘소를 지키도록 했다. 두 사람은 감사의 인사를 드리고 돌아갔다.

그때 갑자기 근신近臣이 아뢰었다: "제갈승상이 군사들의 배치를 이미 끝내고 당장에 출병하여 위魏를 치려고 하옵니다."

후주가 조정의 여러 신하들에게 물어보니, 신하들 가운데 다수가 군사를 가벼이 움직여서는 안 된다고 했다. (*조정의 신하들 중에는 위魏를 쳐서는 안 된다고 주장하는 신하들이 많았기 때문에 승상은 〈후출사표後出師表〉에서 이를 분명하게 해명하게 된 것이다.) 후주는 주저하면서 결정하지 못하고 있었다.

그때 갑자기 아뢰기를, 승상이 양의楊儀를 시켜서 〈출사표出師表〉를 보내왔다고 했다. 후주가 불러들이자 양의는 공명의 상주문(表章)을 바쳤다. 후주는 곧 책상 위에다 펼쳐놓고 보았다. 그 표문에서 공명은 이렇게 말했다:

"선제께서는 한漢과 역적(魏)은 양립할 수 없음을 염려하시고,
(* "漢·賊不兩立"이라고 했는데, 지금까지 사람들은 이 말의 반만 해득하여 다만 말하기를 한漢은 역적 위魏와 양립할 수 없다고 해석하였는데, 이것은 다만 역적과는 함께 하늘을 이고 살아갈 수 없다는 뜻이 된다. 그러나 한漢이 역적을 멸하지 않으면 역적이 반드시 한漢을 멸하게 되므로 역적 역시 한漢과는 양립할 수 없다. 이것이 선주가 깊이 염려했던 것이다. 만약 다만 불공대천不共戴天의 뜻으로만 이해한다면 염려할 필요가 어디 있겠는가? 지금 사람들은 도리어 이 "慮(려: 생각하다. 염려하다)"자의 뜻을 제대로 해득하지 못했던 것이다.)

또 왕업王業은 한 지방에 치우쳐 있다고 해서 안전할 수 없음을

염려하시어,

> (*이 구절은 앞의 "慮"자와 연결되는 것이다. 즉, "우리가 역적을 치지 않으면 역적이 반드시 우리를 멸할 것이므로 한 곳에 치우쳐 있다고 해서 안전할 수 없다"는 것이다. 지금 사람들은 모두 이 구절을 "한쪽에 치우쳐서 편안히 있기를 바라지 않는다(不欲偏安)"고 해석하는데, 이래서는 앞의 "慮"자와 말이 어긋난다.)

신에게 역적을 토벌하라고 부탁하셨나이다. (*선제의 부탁임을 강조하고 있다. 이로써 무후가 역적을 치지 않는다면 이는 불충不忠이 되고, 후주가 무후로 하여금 역적을 치도록 하지 않는다면 이는 불효가 된다.)

선제의 명철하심으로 신의 재주를 헤아려 보시고 역적을 치기에는 신의 재주가 미약하고 적敵은 강하다는 것을 아셨나이다. (*이는 명백히 스스로 겸손해 하는 말이다. 그러나 선제를 빌려와서 자기 주장을 펴고 있다.) 그러나 역적을 쳐서 없애지 않으면 왕업 역시 망할 수밖에 없습니다. (*이는 바로 "양립할 수 없다(不兩立)"는 말의 주석이다.) 가만히 앉아서 망하기를 기다리는 것과 역적을 치는 것 중 어느 편이 낫겠습니까?

그렇기 때문에 선제께서는 신에게 역적을 토벌하라고(討賊) 부탁하시면서 의심하지 않으셨던 것이옵니다. (*처음부터 여기까지는 선제로부터 부탁받은 일을 말한 것이다.)

신이 선제의 명을 받았던 날에는 잠을 자려고 해도 잠자리가 편치 않았으며, 음식을 먹어도 그 맛을 몰랐습니다. 오로지 북벌北伐할 일만 생각하다가 먼저 남방부터 평정해야겠다고 생각했던 것이옵니다. (*승상께서 남창에 쳐들어가신 것은 바로 북벌北伐을 위해서였음을 알 수 있다.)

그래서 5월에 노수瀘水를 건너 불모不毛의 땅 깊숙이 들어가서 하루 분의 양식을 이틀 동안 나눠 먹었는데, 이는 신이 스스로의 몸을 아끼지 않았던 것이 아니라, 다만 왕업王業은 촉도蜀都 한 구석에 안거安居함을 만족스럽게 여겨서는 안 되므로 ("안 된다(不可)"는 말은 곧 "할 수 없다(不能)"는 말과 같다.) 위험과 간난을 무릅쓰고 선제께서 남겨주신 뜻(遺意)을 받들려고 했기 때문이옵니다. (* "신이 선제의 명命을 받았던 날"이란 구절부터 여기까지는 스스로 자신이 선제의 뜻을 받들고 있음을 말한 것이다.)

그런데 국가 대사를 의논하는 자들이 역적 토벌(討賊)은 옳은 계책이 못 된다고 말하고 있나이다. (*이 한 마디 말로 인해 아래의 여섯 가지 이해할 수 없는 일들에 대해 설명하게 된 것이다.)

지금 역적들은 마침 서쪽에서 지쳐 있고, (*가정街亭에서 서로 버티고 있는 것을 가리킨다.) 또 동쪽에서 힘을 쏟고 있사온데, (*석정石亭에서 동오에 패한 일을 가리킨다.) 병법에서는 "적이 지쳐 있을 때를 노리라(乘勞)"고 하였는바, 지금이 바로 달려 나갈 때이옵니다. (*이 네 구절이 바로 오늘 위魏를 치려고 하는 취지이다.)

삼가 이 일을 말씀드리자면 다음과 같사옵니다:

〖 4 〗 고제(高帝: 한 고조 유방)께서는 그 밝으심이 해와 달과 같았으며, 당시 모신謀臣들은 학식과 지모가 못처럼 깊었으나(淵深), 그럼에도 불구하고 온갖 고생을 다 하고 창에 몸이 찔리는 위험을 겪고 난 다음에야 천하를 안정시켰던 것인데, 지금 폐하께서는 고제에 미치지 못하시고 모신들은 고제의 모신들인 장량張良과 진평陳平보다 못하면서 뛰어난 계책(長策)으로 승리를 거두어 가만히 앉아서 천하를 평정하고자 하는데, 이것이 바로 신이 이해할 수 없는 첫째이옵니다. (*이 말은 역적이 자멸하기를 기다려서는 안 된다는 것을 특히 한 고조의 예를 증거로 들면서 "가벼이 군사를 움직여서는 안 된다(未可輕動)"고 말하는 자들의 주장을 논파하고 있다.)

양주揚州자사 유요劉繇와 회계 태수 왕랑王朗은 각기 주州와 군郡을 차지하고 편안히 지킬 계책을 의논하면서 걸핏하면 성인聖人을 들먹였지만, 그들의 뱃속은 온갖 의심들로 가득 찼고, 그들의 가슴속은 수많은 비난들에 대한 두려움으로 꽉 막혀 있었습니다. 그리하여 금년에도 싸우지 않고 내년에도 치지 않고 미루기만 하다가 결국 손권으로 하여금 가만히 앉아서 세력을 키워 마침내 강동江東을 병탄하도록 하고 말았는데, 이것이 바로 신이 이해할 수 없는 둘째이옵니다. (*이 말은 한쪽으로 치우쳐 있다고 해서 안전할 것으로 생각하다가는 반드시 잃어버린다는 것을 유요와 왕랑의 예를 증거로 들면서 "잠시 한쪽 모퉁이를 지키고만 있자(姑守一隅)"고 말하는 자들의 주장을 논파하고 있다.)

조조는 지모와 계책이 다른 사람들보다 월등히 뛰어나고 그 용병술은 병법의 대가인 손자·오자와 방불하였으나, 남양南陽에서는 곤경에 처했고, 오소烏巢에서는 위험에 빠졌으며, 기련(祁連: 감숙성 서부와 청해성 동북부에 있는 산 이름)에서는 위기에 직면했고, 여양(黎陽: 하남성 능현凌縣 동쪽)에서는 적에게 쫓겼으며, 북산(北山: 양평 북산. 섬서성 면현沔縣 서쪽)에서는 거의 패할 뻔했고, 동관潼關에서는 하마터면 죽을 뻔했는데, 그런 후에야 위조(僞朝: 정통성이 없는 비합법적인 정부)를 세워서 한때라도 천하를 평정할 수 있었사옵니다.

그런데 하물며 신은 재주가 조조보다 미약함에도 불구하고 아무런 위험도 무릅쓰지 않고 천하를 평정해 주기를 바라고 있는데, 이것이 바로 신이 이해할 수 없는 셋째이옵니다. (*이것은 조조가 여러 번 패했던 사실들을 빌려서 가정街亭에서 패배한 일을 스스로 해명하고 있다.)

〖5〗 조조는 다섯 차례나 창패(昌覇: 동해의 창휘昌狶)를 공격하였으나 함락시키지 못하였고, 네 차례나 소호巢湖를 건너갔으나 성공하지 못했으며, 이복(李服: 즉, 王子服)을 등용해 썼으나 그가 도리어 조조를 도모하려고 했고, 하후연夏侯淵에게 한중漢中을 지키도록 임무를 맡겼으나 그는 싸움에 져서 죽고 말았나이다. 선제께서는 매번 조조를 유능하다고 칭찬하셨지만, 오히려 그에게도 이러한 실패가 있었나이다. 그런데 하물며 노둔하고 천한 신이 어찌 싸우면 반드시 이길 수만 있겠나이까? 이것이 바로 신이 이해할 수 없는 넷째입니다. (*이것은 또 조조가 사람을 잘못 쓴 예를 빌려와서 자기가 마속을 잘못 쓴 일을 스스로 해명하고 있다.)

신이 한중漢中에 온 후로 그간 1년이 지났을 뿐인데, 그동안 조운·양군陽群·마옥馬玉·염지閻芝·정립丁立·백수白壽·유합劉郃·등동鄧銅 등의 장수들을 잃었고, 또한 곡장曲長·둔장屯將 등 하급장령들 70여 명과, 맨 앞의 돌격병인 돌장突將과 무전無前들, 그리고 서남 지구의 이민족인 종賨·수叟·청강青羌 족속의 군사들과, 기병인 산기散騎·무기武騎 등 1천여 명을 잃었사온데, 이들은 모두 수십 년에 걸쳐서 사방에서 규합한 정예들로서 모두가 한 주州에 속한 자들이 아니옵니다.

만약 다시 수년이 지난다면 이들 중 3분의 2가 줄어들 것이니, 장차 무엇으로 적을 도모할 수 있겠나이까? 이것이 바로 신이 이해하지 못하는 다섯째이옵니다. (*이 말은 옛 신하들은 자꾸 죽어서 사라지고 있는데, 만약 제때에 역적을 토벌하지 않는다면 장래에는 역적을 칠 사람들이 없을까봐 두렵다는 것이다.)

지금 백성들은 곤궁하고 군사들은 지쳐 있으나 왕사(王事: 곧 역적을 치는 일)를 그만둘 수는 없나이다. 이 일은 그만둘 수 없는 것이라고 한다면, 앉아서 그냥 지키고만 있는 것이나 나아가 공격하는 것이나 그 소요되는 인력과 물자는 똑같사옵니다. 그런데도 속히 이를 도모하지 않고 겨우 한 개 주州의 땅(즉, 익주益州)을 근거로 역적과 오래 대치하고 있으려 하는데, 이것이 바로 신이 이해할 수 없는 여섯째이옵니다. (*이 말은 한 귀퉁이의 땅을 믿고 가만히 있을 수는 없다. 만약 제때에 역적을 토벌하지 않으면 촉은 지구전을 펼칠 수 있는 땅이 아니라는 말이다. 이상의 여섯 개 항목은 모두 "가벼이 군사를 움직여서는 안 된다"고 주장하는 자들의 주장을 반박한 것이다.)

〖 6 〗 대저 다스리기 어려운 것이 천하의 일이옵니다. 옛날 선제께서 조조의 군사들에게 초(楚: 당양當陽의 장판파長坂坡를 말함) 땅에서 패하시자, 당시 조조는 손뼉을 치며 기뻐하면서 천하는 이미 평정되었다고 생각했습니다. (*이때는 한漢이 패하고 역적(魏)이 승리했으며, 한漢은 불리했고 역적 위魏는 유리했다.)

그러나 후에 선제께서 동으로 오吳·월越의 땅, 즉 동오와 손을 잡고 서쪽으로 파巴·촉蜀의 땅, 즉 서천西川을 취하신 후 군사를 일으켜 북쪽을 치시자 하후연夏侯淵이 자기의 머리를 바쳤는데, 이는 조조가 계책을 잘못 썼기 때문으로, 이때 한漢의 대업은 곧 이루어질 것 같았습니다. (*이때는 역적 위魏가 패하고 한漢이 승리했으며, 역적 위魏는 불리했고 한은 유리했다.)

그러나 후에 동오가 다시 맹약을 어김으로써 관우가 패하여 죽었고, 자귀秭歸에서 차질이 생기는 바람에 (유비가 관우의 복수를 위해 자귀로 진군했으나 동오 장수 육손에게 이릉夷陵에서 대패한 일을 말함.——역자) 조비가 황제를 참칭하기에 이르렀습니다. (*한이 다시 패하고 역적 위魏가 또 성공했다. 한은 또 불리해졌고 역적 위는 유리해졌다.)

무릇 천하의 일이란 이와 같아서 미리 헤아리기가 어렵사옵니다. (*이것은 지나간 일들의 헤아리기 어려웠음을 들어서 후의 일도 기약하기 어려움을 말한 것이다.)

　　이제 신은 나라를 위해 몸을 굽혀서 수고로움을 무릅쓰고 전심전력을 다해 일하다가 죽은 후에야 그만두려고 하옵니다(鞠躬盡瘁, 死而後已). 성공과 실패, 뜻대로 되거나 되지 않거나에 대해서는 신의 능력으로는 예견할 수 있는 바가 아니옵니다(成敗利鈍, 非臣之明所能逆睹也)."

　　후주는 표문을 읽어보고 매우 기뻐하면서 즉시 공명에게 출병을 명하는 칙서를 내렸다. 공명은 칙명을 받고 정예병 30만 명을 일으켜서 위연을 선두부대를 총독總督하는 선봉으로 삼아 곧장 진창陳倉으로 가는 길 어귀로 달려갔다.

〖 7 〗 일찌감치 첩자가 이 소식을 낙양에 알렸다. 사마의가 이 일을 위주에게 상주하고 문무 관료들을 대거 모아놓고 상의했다.

　　대장군 조진曹眞이 반열에서 나와 아뢰었다: "신은 전번에 농서隴西를 지키고 있으면서 세운 공은 미미하고 지은 죄는 커서 황공하기 그지없사옵니다. 이제 대군을 이끌고 가서 제갈량을 사로잡고자 하옵니다.

　　신은 근자에 대장 한 사람을 얻었는데, 그는 60근이나 나가는 큰 칼을 사용하며, 완마宛馬라고 불리는 천리마를 타고, 쌀 두 섬을 들 힘이 있어야 쏠 수 있는 쇠로 만든 활(兩石鐵胎弓)을 사용하며, 세 개의 유성추流星鎚를 몰래 감추고 있다가 던지면 백발백중百發百中하며, 일만 명의 사내들이 덤벼도 당해낼 수 없는 용맹함(萬夫不當之勇)이 있사온데, 그는 바로 농서의 적도狄道 사람으로 성은 왕玉, 이름은 쌍雙, 자字를 자전子全이라고 하옵니다. 신은 이 사람을 천거하여 선봉으로 삼고자 하옵니다."(*사마의는 학소郝昭를 천거하고 조진은 왕쌍을 천거하는바, 둘이 서로 승부를 겨루고 있다.)

조예는 크게 기뻐하며 곧바로 왕쌍을 어전으로 불러들였다. 그를 보니 키가 9척이나 되고 검은 얼굴에 노란 눈동자를 가지고 있었으며, 곰의 허리에 호랑이의 등을 가지고 있었다. (*왕쌍의 용맹은 조진의 입으로 설명되고 왕쌍의 신체와 얼굴은 조예의 눈으로 보여주고 있다.)

조예가 웃으며 말했다: "짐이 이런 대장을 얻었으니 무엇을 염려하겠는가?"

곧바로 비단전포와 황금 갑옷을 하사하고 그를 호위장군虎威將軍·선두부대의 대선봉(前部大先鋒)에 봉했다. 조진은 대도독이 되었다.

조진은 사은謝恩하고 조정을 나가서 곧바로 정예병 15만 명을 이끌고 곽회郭淮·장합張郃과 만나서 각기 요충지를 지키러 길을 나눠 갔다.

〖 8 〗 한편 촉병의 선두부대가 정찰하면서 나아가 진창陳倉까지 가서 공명에게 회보回報했다: "진창 어귀에는 이미 성을 하나 쌓아 놓고 그 안에서 대장 학소郝昭가 지키고 있는데, 해자를 깊이 파고 성루를 높이 쌓고 성 둘레로는 녹각鹿角을 두루 꽂아놓아 방비가 매우 엄합니다. 차라리 이 성은 포기하고 태백령(太白嶺: 섬서성 미현眉縣 남면에 있는 진령秦嶺의 주봉主峰)의 조도(鳥道: 높고 험한 산길)로 해서 기산祁山으로 나가는 편이 훨씬 나을 것 같습니다."

공명曰: "진창의 정북正北 쪽에 바로 가정街亭이 있다. 반드시 이 성을 얻어야만 비로소 군사들이 앞으로 나아갈 수 있다."

공명은 위연에게 군사들을 이끌고 성 아래로 가서 사면에서 공격하라고 명했다. 연일 성을 공격했으나 깨뜨리지 못하자 위연은 다시 공명에게 와서 성을 깨뜨리기 어렵다고 말했다.

공명은 크게 화를 내면서 위연을 베려고 했다. 그때 갑자기 막사에 있던 한 사람이 나서며 아뢰었다: "저는 재주도 없으면서 승상을 여러 해 따라다녔는데, 그러면서도 여태 아무런 공도 세운 적이 없습니다. 제가 진창 성 안으로 들어가서 학소에게 항복해 오도록 설득하여 화살 하나 쏠 필요 없게 해보겠습니다."

여러 사람들이 보니, 그는 곧 승상의 휘하부대에 있는 근상斬祥이었다.

공명이 말했다: "너는 무슨 말로 그를 설득하려느냐?"

근상曰: "학소와 저는 다 같은 농서 사람으로 어릴 때부터 사귀어 왔습니다. 제가 지금 그에게 가서 이해관계를 따져서 설득한다면 그는 틀림없이 항복해올 것입니다!"

공명은 즉시 가도록 했다.

〖 9 〗근상은 말을 달려 곧장 진창 성 아래로 가서 큰소리로 불렀다: "학백도(郝伯道: 학소)야! 옛 친구 근상이 보러 왔다."

성 위에 있던 사람이 학소에게 알렸다. 학소는 성문을 열어 그를 들여보내도록 해서 성 위로 올라가 서로 만나보았다.

학소가 물었다: "형은 무슨 일로 여기 왔소?"

근상曰: "나는 서촉의 공명 휘하에서 군사전략을 세우는 일에 참여하고 있는데, 그분은 나를 귀한 손님의 예로 대우해주고 있다네. 이번에 특히 나에게 가서 그대를 만나보고 얘기를 해보라고 하여 왔네."

학소는 발끈하여 안색을 바꾸고 말했다: "제갈량은 우리나라의 원수이자 적이오! 나는 위魏를 섬기고 형은 촉蜀을 섬겨서 각각 자기 주인을 섬기고 있으므로, 옛날에는 비록 형제와 같았으나 지금은 서로 원수가 되었소. 다시 여러 말할 필요 없으니 곧바로 성에서 나가 주시오!"(*사마의가 천거한 사람이 이러한 것을 보면 역시 사마의가 사람 볼 줄 안다는 것을 알 수 있다.)

근상이 또 말을 하려고 했으나 학소는 이미 나가서 망루 위로 올라가버렸다. 위의 군사들이 급히 말에 오르도록 재촉하여 성 밖으로 쫓아내 버렸다. 근상이 고개를 돌려 보니 학소는 호심란간護心欄杆에 기대고 있었다. 근상은 말을 멈춰 세우고 채찍을 들어 그를 가리키며 말했다: "백도 아우야! 어찌 이리도 박정하냐?"

학소曰: "위魏나라의 법도는 형도 알고 있는 바요. 나는 나라의 은혜를 입었으므로 오직 죽음으로 보답할 뿐이니 형은 여러 말 할 필요 없소. 속히 돌아가서 제갈량을 보고 빨리 와서 성을 치라고 하시오. 나는 겁나지 않소!"(*그의 말이 장하지 않은 것은 아니지만 애석하게도 그는 섬기는 주인을 잘못 만났다.)

근상은 돌아와서 공명에게 아뢰었다: "학소는 제가 입을 열기도 전에 곧바로 먼저 말을 막아버렸습니다."

공명曰: "너는 다시 가서 그를 보고 이해관계를 따져서 설득해 보거라."

근상은 또 성 아래로 가서 학소에게 만나보기를 청했다. (*이회李恢는 마초를 설득하기 위하여 한 번 만나 보았지만(제65회의 일), 근상은 학소를 두 번 찾아간다.) 학소가 망루 위로 나갔다.

근상이 말을 세우고 큰 소리로 외쳤다: "백도 아우야! 나의 충언忠言을 잘 들어라. 이 외따로 떨어진 성 하나를 의지하고 네가 무슨 수로 수십만 대군을 막겠다는 것이냐? 지금 빨리 항복하지 않으면 나중에 가서 후회해도 소용없다. 그리고 대한大漢을 따르지 않고 간사한 위魏를 섬기고 있는데, 어찌하여 천명天命도 모르고 청탁淸濁도 분간하지 못한단 말이냐? 백도야, 이를 잘 생각해 보기 바란다."

학소는 크게 화가 나서 활을 잡고 화살을 메겨서 근상을 겨누고 큰 소리로 호통 쳤다: "내가 앞서 한 말에 변함이 없소. 형은 다시 말할 필요 없으니 속히 물러가시오. 그러지 않으면 내 쏠 것이오!"(*마초는 한 번 설득에 바로 항복해 왔지만(제65회의 일) 학소는 두 번 설득해도 따르지 않는데 그 이유는, 하나는 그 안에서 쫓아내는 사람이 있었으나 다른 하나는 그 안에서 쫓아내는 사람이 없었기 때문이다.)

〖 10 〗 근상이 돌아와서 공명을 보고 학소의 태도를 자세히 말했다.

공명은 크게 화를 내며 말했다: "필부 놈 주제에 참으로 무례하구나! 어찌 우리에게 성을 공격할 기구가 없다고 얕본단 말이냐?"

곧 그 고장 사람을 불러와서 물어보았다: "진창성 안에는 군사들이 얼마나 있느냐?"

그 고장 사람이 아뢰었다: "비록 정확한 숫자는 모르오나 대략 3천 명 정도 있습니다."

공명은 웃으며 말했다: "이따위 작은 성을 가지고 어찌 우리를 막아낼 수 있겠는가! 저들의 구원병이 도착하기를 기다리지 말고 속히 공격하라!"

이리하여 군중에 있는 공성용攻城用 사다리인 운제雲梯 100대를 세웠다. 그 운제는 1대 위에 군사 10여 명이 올라설 수 있고 주위를 나무판자로 가려서 사람들을 보호하게 되어 있었다.

군사들은 각기 짧은 사다리와 부드러운 밧줄을 들고 군중에서 치는 북소리를 들으면서 일제히 성 위로 올라갔다.

한편 학소는 망루 위에서 촉병들이 운제를 설치하여 사면에서 올라오는 것을 바라보고는 즉시 3천 명의 군사들에게 각기 불화살(火箭)을 잡고 사면으로 나눠 서 있다가 운제가 성 가까이 이르기를 기다렸다가 일제히 쏘라고 지시했다. (*마속은 3만 명의 군사로도 가정을 지켜낼 수 없었지만, 학소는 3천 명의 군사로 진창을 지켜낼 수 있었는데, 그것은 곧 하나는 성이 없는 것을 견고하게 생각했고 하나는 성이 있음을 견고하게 생각했기 때문이다.)

공명은 성 안에 아무런 방비가 없을 것으로 생각하여 운제를 많이 만들어 전군으로 하여금 북을 치고 고함을 지르며 나아가도록 했다. 그런데 뜻밖에도 성 위에서 불화살을 일제히 쏘아대서 운제에 모조리 불이 붙자 운제 위에 있던 군사들이 많이 불에 타 죽었다. 성 위에서는 화살과 돌이 비 오듯이 쏟아져서 촉병들은 모두 뒤로 물러났다. (*사마의는 가정을 취할 수 있었으나 공명은 진창을 취할 수 없었는데, 그것은 만났던 상대가 달랐고, 공격하는 땅 역시 달랐기 때문이다.)

공명은 크게 화가 나서 말했다: "네놈이 우리 운제를 불살랐으니, 내 이번에는 '충차衝車'법을 써서 성을 깨뜨려버릴 것이다."

이리하여 밤새도록 충차를 만들도록 했다.

다음날, 촉병들은 또 사면에서 북을 치고 고함을 지르며 앞으로 나아갔다. 학소는 급히 돌을 운반해 오도록 하여 돌에 구멍을 뚫고 칡을 꼬아 만든 끈으로 꿰어 단단히 묶은 다음 그것을 날려서 던지자 충차들은 전부 부서지고 말았다. (*학소는 매우 유능했다.)

공명은 또 군사들에게 흙을 날라다가 해자를 메우도록 하고, 요화廖化로 하여금 가래와 괭이를 지닌 군사 3천 명을 이끌고 밤에 땅굴을 파서 몰래 성 안으로 들어가도록 했다. 학소는 또 성 안에다 다시 해자를 파서 그들이 들어오지 못하게 막았다. (*성 밖의 물은 끊을 수 있어도 성 안의 물은 끊을 수가 없다.)

이처럼 밤낮으로 서로 공격하기를 20여 일 동안 했으나 성을 깨뜨릴 계책이 없었다. (*공명은 춘추시대 때 공성용 기계를 잘 만들었던 노魯나라의 유명한 목수 공수반公輸般보다 못하지 않았고, 학소는 성城을 잘 수비했던 묵자墨子보다 못하지 않았다.)

〖 11 〗공명이 영채 안에서 고민하고 있을 때 갑자기 보고해 오기를, 동쪽에서 구원병이 왔는데 깃발 위에는 "魏先鋒大將王雙(위 선봉대장

왕쌍)"이라고 씌어 있다고 했다.

공명이 물었다: "누가 가서 그를 맞이하겠느냐?"

위연이 나서며 말했다: "제가 가겠습니다."

공명曰: "자네는 선봉대장이므로 가벼이 나가서는 안 된다."

그리고는 또 물었다: "누가 감히 그를 맞이하러 나가겠느냐?"

말이 떨어지자마자 비장神將 사웅謝雄이 나왔다. 공명은 그에게 군사 3천 명을 주어서 보냈다.

공명은 또 물었다: "누가 감히 그를 맞이해 싸우겠느냐?"

말이 떨어지자마자 비장神將 공기龔起가 가겠다고 했다. 공명은 그에게도 역시 군사 3천 명을 주어서 보냈다. 공명은 성 안에서 학소가 군사들을 이끌고 치고 나올까봐 염려되어 군사들을 20리 뒤로 물려서 영채를 세웠다.

〖 12 〗 한편 사웅은 군사를 이끌고 앞으로 가다가 바로 왕쌍을 만나서 싸웠으나 미처 3합도 못 싸우고 왕쌍의 칼에 몸이 쪼개져서 죽고 말았다. (*지키는 데 유능한 학소가 있고 또 싸움에 유능한 왕쌍이 있다. 뜻밖에 이곳에서 강적 둘을 만난 것이다.) 촉병들이 패하여 달아나자 왕쌍이 그 뒤를 쫓아왔다. 공기龔起가 달려 나가 그를 맞이해 싸웠으나 그 역시 단 3합 만에 왕쌍의 칼에 베여 죽었다.

패한 병사들이 돌아가서 공명에게 보고했다. 공명은 크게 놀라서 황급히 요화·왕평·장억張嶷 세 사람에게 나가서 그를 맞이해 싸우도록 했다. (*학소를 치는 데 연달아 세 가지 공격법을 쓰고, 왕쌍을 치는 데 역시 연달아 세 사람을 내보내는데, 사람 하나 잡기가 성 하나 취하는 것만큼 어렵다.)

양편이 서로 마주보고 진을 친 후 장억이 말을 타고 나가고 왕평과 요화는 좌우 양익이 되어 군사들을 통제했다.

왕쌍도 말을 달려 나와서 장억과 여러 합 싸웠으나 승부가 나지 않자 왕쌍은 짐짓 패한 척하고 곧바로 달아났다. 장억은 그 뒤를 쫓아갔다. 왕평은 장억이 적의 계책에 걸려드는 것을 보고 황급히 소리쳤다: "쫓아가지 마시오!"

장억이 급히 말머리를 돌렸을 때에는 어느새 왕쌍의 유성추가 날아와서 바로 그의 등에 맞았다. 장억은 안장 위에 엎드린 채 달아났다. 왕쌍은 말을 돌려서 쫓아왔다. 왕평과 요화가 그의 앞을 가로막고 장억을 구하여 진으로 돌아왔다. 왕쌍이 군사를 휘몰고 와서 한바탕 크게 싸웠는데, 죽고 다친 촉병들이 매우 많았다.

장억은 피를 몇 입이나 토하고 돌아가서 공명을 보고 말했다: "왕쌍은 무적無敵의 영웅입니다. 그런데다가 지금은 2만 명의 군사들이 진창성 밖에 영채까지 세워놓고 사면으로 울타리를 쳐서 성을 이중으로 쌓아놓고 해자를 깊이 파서 방비가 몹시 엄합니다."

공명은 두 장수가 죽은데다가 또 장억까지 다친 것을 보고 즉시 강유를 불러서 말했다: "이 길로는 진창으로 갈 수가 없네. 달리 어떤 계책이 없겠는가?"

강유曰: "진창은 성이 견고한데다 학소가 매우 단단히 지키고 있으며 또 왕쌍까지 와서 돕고 있으므로 사실상 취할 방도가 없습니다. 차라리 대장 한 사람으로 하여금 산과 물을 의지하여 영채를 세워놓고 굳게 지키도록 하고, 다시 뛰어난 장수로 하여금 요로要路를 지켜서 가정街亭 쪽으로부터의 공격을 막도록 한 다음, 대군을 거느리고 가서 기산祁山을 습격하는 것이 좋을 것 같습니다. 그리고 제가 여차여차하게 계책을 쓴다면 조진을 붙잡을 수 있습니다."(*묘한 것은 어떤 계책인지 분명히 말하지 않는 것이지만, 다음 회에 가면 저절로 드러난다.)

공명은 강유의 말을 좇아서 즉시 왕평과 이회李恢로 하여금 두 부대의 군사들을 이끌고 가서 가정으로 통하는 작은 길을 지키도록 하고,

(*가정의 군사들을 견제하려는 것이다.) 위연으로 하여금 일군을 이끌고 가서 진창 어귀를 지키도록 했다. (*진창의 군사들을 견제하려는 것이다.) 그리고 공명 자신은 마대馬岱를 선봉으로 삼고 관흥과 장포를 전후 지원군(前後救應使)으로 삼아서 작은 길로 해서 야곡斜谷을 나가 기산을 향해 진군했다. (*이것이 두 번째 기산으로 나간 것이다.)

〖 13 〗 한편 조진曹眞은 전번에 사마의에게 공로를 빼앗긴 것을 생각하고 낙양 어귀에 도착하자마자 곽회郭淮와 손례孫禮를 나누어 보내서 각각 동쪽과 서쪽을 지키도록 했다. 또 진창성이 위급하다는 말을 듣고는 곧바로 왕쌍으로 하여금 가서 구원하도록 했던 것이다. 그런데 왕쌍이 적의 장수를 베고 공을 세웠다는 소식을 듣고 크게 기뻐하면서 이에 중호군中護軍 대장 비요費耀로 하여금 선두부대의 총독을 임시 대행하도록 하고, 여러 장수들에게는 각자 요충지들을 지키도록 했다.

그때 갑자기 산골짜기에서 첩자 하나를 붙잡아 왔다고 알려왔다. 조진은 압송해 들이라고 해서 막사 안에 꿇어앉혔다.

그자가 아뢰었다: "소인은 첩자가 아니라 군사기밀이 있어서 도독을 뵈러 오다가 잘못해서 숨어 있던 군사들에게 붙잡힌 것입니다. 제발 좌우를 물리쳐 주십시오."

조진은 이에 그의 결박을 풀어주도록 한 다음 좌우 사람들을 잠시 물러가 있도록 했다.

그자가 말했다: "소인은 바로 강백약(姜伯約: 강유)의 심복입니다. 본인은 밀서를 전하라는 명을 받고 왔습니다."(*이는 강유의 계책으로, 묘한 것은 강유의 편에서 서술하지 않고 조진의 편에서 보게 된다는 점이다.)

조진曰: "그 밀서는 어디 있느냐?"

그 사람은 속옷 안에서 꺼내 바쳤다. 조진이 뜯어서 보니 그 내용은 이러했다:

"죄를 지은 장수 강유는 백 번 절을 하고 조曹 대도독 휘하에 이 글을 바칩니다.

저는 대대로 위魏의 녹을 먹으면서 분에 넘치게도 변방의 성을 지키는 소임까지 맡았으나 외람되게 두터운 은혜를 입고서도 보답할 길이 없었나이다.

전일에 제갈량의 계략에 잘못 걸려들어 몸은 극히 위험한 처지에 빠지고 말았으나 고국 생각을 어느 한시인들 잊었겠나이까? 이제 다행히 촉병들이 서쪽으로 나가고 제갈량도 저를 심히 의심하지 않고 있습니다. 마침 도독께서 친히 대군을 이끌고 오셨는데, 만약 적병을 만나시거든 짐짓 패한 척하고 달아나십시오. 그때 저는 뒤에 있다가 불을 질러서 신호를 하고 먼저 촉병의 군량과 마초를 불사르겠습니다. 그런 다음에 도독께서 곧 대병을 이끌고 몸을 돌려서 그들을 습격하신다면 제갈량을 사로잡을 수 있을 것입니다.

이는 제가 감히 공을 세워서 나라에 보답하려는 것이 아니라 실은 전에 지은 죄를 스스로 속죄하려는 것입니다. 자세히 살펴 주시어 속히 분부를 내려주십시오."

조진은 다 보고 나서 크게 기뻐하며 말했다: "하늘이 나로 하여금 공을 이루도록 하시는구나!"

그리고는 찾아온 자에게 후한 상을 내리고 곧바로 돌아가서 기약한 대로 만나자 하더라고 보고하도록 했다.

〖 14 〗 조진은 비요費耀를 불러서 상의했다: "지금 강유가 몰래 밀서를 바쳤는데 나에게 여차여차하게 하라고 하였네."

비요曰: "제갈량은 모략이 많고 강유도 지모가 굉장합니다. 혹시 제갈량이 시킨 것은 아닌지, 그리고 그 가운데 속임수가 있는 것은 아닌지 두렵습니다."(*이 사람의 식견이 조진보다 훨씬 뛰어나다.)

조진曰: "그는 원래 위魏의 사람으로 부득이 촉에 항복했던 것인데 또 무엇을 의심한단 말인가?"(*조진은 다만 사마의의 공을 빼앗으려고 했기 때문에 계책에 걸려들기 쉬웠다.)

비요曰: "도독께서는 가벼이 가지 마시고 그저 본채만 지키고 계십시오. 제가 일군을 이끌고 가서 강유와 호응하도록 하겠습니다. 그래서 만약 성공하게 되면 그 공을 전부 도독께 돌려드리고, 만약에 그것에 간사한 계책이 있으면 제 자신이 감당하겠습니다."(*조진에게는 너무나 달콤한 말이다. 그러나 비요가 애석하구나!)

조진은 크게 기뻐하면서 곧바로 비요로 하여금 군사 5만 명을 이끌고 야곡斜谷을 향해 나아가도록 했다. 비요는 이삼일 행군해 가다가 군사들을 주둔시켜 놓고 사람을 시켜서 정탐해 보도록 했다. 그날 신시 (申時: 오후 3~5시) 무렵에 돌아와서 보고했다: "야곡 길로 촉병이 오고 있습니다."

비요는 급히 군사를 재촉하여 앞으로 나아갔다. 그러나 촉병들은 싸우기도 전에 먼저 물러가 버렸다. 비요는 군사를 이끌고 그 뒤를 추격했다. 그러자 촉병들이 다시 왔다. 비요가 싸우기 위해 마주보고 진을 치려고 하자 촉병들은 또 물러가 버렸다.

이렇게 하기를 세 차례나 거듭하면서 시간을 끄는 동안 어느덧 다음날 신시申時 쯤 되었다. 위의 군사들은 하루 온종일 감히 쉬지도 못하고 촉병들이 공격해 올까봐 두려워했다. 겨우 군사를 주둔시켜 놓고 밥을 지으려고 할 때 갑자기 사면에서 함성이 크게 진동하고, 북소리, 나팔소리가 일제히 울리면서 촉병들이 산과 들을 온통 뒤덮으며 왔다. (*먼저 저들을 지치게 해놓고 그 후에 저들을 유인했다.)

촉군의 문기門旗가 열리더니 갑자기 사륜거 하나가 나왔는데 그 안에는 공명이 단정히 앉아 있었다. 공명은 사람을 시켜서 위군의 주장더러 나와서 대답하라고 했다. (*공명은 조진이 직접 나올 것으로 생각하고 친히 적을 유인하러 갔던 것이다. 그렇지 않았다면 어찌 닭을 잡으려고 소 잡는 데 쓰는 칼을 쓰겠는가(割鷄焉用牛刀).) 비요가 말을 달려 나갔다. 그는 멀찍이에서 공명을 보고 속으로 은근히 기뻐하며 좌우 사람들을 돌아보고 말했다:

"만약 촉병들이 기습해 오거든 곧바로 뒤로 물러나서 달아나라. 산 뒤에서 불이 일어나는 것이 보이거든 곧바로 몸을 돌려서 쳐들어가라. 별도의 군사들이 와서 힘을 합쳐 싸울 것이다."

분부하기를 마치자 말을 달려 나가며 큰 소리로 외쳤다: "방금 전에 패했던 장수가 지금 어찌 감히 다시 온단 말이냐!"

공명曰: "너희 조진을 불러와서 대답하게 하라."

비요가 꾸짖었다: "조 도독께서는 금지옥엽金枝玉葉의 귀하신 몸인데 어찌 반적反賊을 만나보려 하시겠느냐!"

공명이 크게 화를 내며 우선羽扇을 한 번 흔들어 부르자 왼편에서는 마대가, 오른편에서는 장익이 두 방면으로 쳐들어왔다. 위병魏兵들은 곧바로 뒤로 물러갔다. 30리를 못 가서 바라보니 촉병의 배후에서 불길이 솟으며 함성이 끊어지지 않았다. (*바로 강유가 밀서에서 말한 것과 합치된다.) 비요는 그것을 신호의 불인 줄 여기고 곧바로 몸을 돌려 쳐들어가자 촉병들은 일제히 뒤로 물러갔다.

비요는 칼을 들고 앞장서서 함성이 나는 곳만 바라보고 추격했다. 불길이 솟는 곳 가까이 갔을 때 산길에서 북소리, 나팔소리가 요란하게 울리고 함성이 땅을 흔들면서 양쪽에서 군사들이 쳐들어왔는데 왼편에는 관흥이, 오른편에는 장포가 있었다. 산 위에서는 화살과 돌들이 마치 비 오듯이 아래로 쏟아져 내려왔다. 위병魏兵들은 대패했다. 비요는 계략에 걸려든 줄 알고 급히 군사들을 물려 산골짜기로 달아났는데, 사람도 말도 모두 지칠 대로 지쳐 있었다. (*밤새도록 한 숨도 자지 못했기 때문이다.)

배후에서는 관흥이 새로 투입된 정예 병력을 이끌고 쫓아왔다. 위병魏兵들은 서로 짓밟고 밟히면서 계곡으로 떨어져 죽는 자가 부지기수였다. 비요는 죽기 살기로 달아나다가 마침 산비탈 입구에서 한 떼의 군사들을 만났는데, 강유였다.

비요가 큰 소리로 욕을 했다: "배반한 역적 놈에겐 본래 신의가 없거늘, 내 불행히도 네놈의 간사한 계책에 잘못 걸려들고 말았구나!"

강유가 웃으며 말했다: "내 조진을 사로잡으려 했던 것인데 잘못해서 너를 속이게 되었구나. 속히 말에서 내려 항복하라!"

비요는 말을 급히 달려 길을 뚫고 산골짜기 속으로 달아났다. 그때 문득 보니 산골짜기 입구에선 불길이 하늘 높이 치솟아 오르고 등 뒤에선 추격병이 또 바짝 따라왔다.

비요는 스스로 목을 찔러 자살하고 말았다. (*이는 조진 대신에 죽은 귀신이다.) 남은 무리들은 전부 항복했다.

공명은 밤새도록 군사를 몰아 곧바로 기산 앞으로 나가서 영채를 세우고 군사들을 거둔 다음 강유에게 큰 상을 내렸다.

강유曰: "저는 조진을 죽이지 못한 것이 한스럽습니다."

공명 역시 말했다: "큰 계책을 작은 일에 써버린 것이 애석하구나 (可惜大計小用)!"

〖 15 〗 한편 조진은 비요가 죽은 것을 알고 후회가 되었으나 이미 어쩔 수 없어서 곧바로 곽회와 더불어 촉군을 물리칠 대책을 상의했다. 상의한 결론에 따라, 손례孫禮와 신비辛毗가 그날 밤 표문을 써서 위주에게 아뢰기를, (*또 다시 사마의에게 가서 구해주기를 청할 수밖에 없었으므로 필사적으로 매달려야 했는데도, 필사적으로 나가지 않는다.) 촉병들은 또 기산으로 나갔으며, 조진은 싸움에 패하여 군사들과 장수를 잃어버려 형세가 매우 위급하다고 하였다.

조예는 크게 놀라서 즉시 사마의를 궁 안으로 불러들여 말했다: "조진은 군사들과 장수를 잃었고, 촉병들은 또 기산으로 나갔소. 경은 이를 물리칠 무슨 계책이 있소?"

사마의曰: "신에게는 이미 제갈량을 물리칠 계책이 있사옵니다. 이 계책대로 하면 우리 군사들이 무위를 뽐내고 자랑할 필요도 없이 촉병들은 자연히 달아나게 될 것이옵니다." 이야말로:

조진에겐 이길 계책 없음을 이미 보았으니　已見子丹無勝術

이젠 중달의 좋은 계책에 의지할 수밖에.　全憑仲達有良謀

그 계책이란 게 어떤 것인지 모르겠거든 다음 회를 읽어보기 바란다.

제 97 회 모종강 서시평序始評

(1). 〈전출사표前出師表〉는 후주(嗣君)를 깨우쳐 인도하려는 것이었다. 〈후출사표後出師表〉는 조정 안의 많은 사람들의 의론, 즉 중의(衆議)를 반박하려는 것이었다. 중의를 반박하는 것 역시 그로써 사군을 깨우쳐 인도하는 것이다. 〈전前 출사표〉가 나라 안의 일을 걱정하는 것이었다면 〈후後 출사표〉는 나라 밖의 일을 염려하는 것이었다. 그러나 나라 밖의 일을 염려하는 것 역시 그로써 나라 안의 일을 걱정하는 것이 된다.

왜 그러한가? 가정街亭을 잃고 마속의 목을 벤 이래 중의衆議는 다만 촉 땅 안에서 편히 지내고 위魏를 정벌해서는 안 된다는 것이었다.

그러나 무후는 만약 위魏를 정벌하지 않으면 촉 땅 안에서 편히 지낼 수 없다고 생각했다. 우리가 역적(魏)을 멸하지 않으면 역적(魏)이 반드시 우리를 멸할 것이다. 이는 양립할 수 없는 형세이므로, 한쪽에 치우쳐서 편히 지내고 싶지 않아서가 아니라, 한쪽에 치우쳐서 편히 지내고 싶어도 그렇게 할 수 없다고 생각했다. 촉한과 역적 위魏는 둘이 함께 서 있을 수 없고, 하늘과 땅을 같이 이거나 밟을 수 없으며, 해와 달을 같이 볼 수 없다고 생각했던 것이다. 기왕에 이를 의리義理로써 판단한다면, 마땅히 분발하여 역적을 쳐야 할 뿐이라고 생각했다. 역적 위魏 역시 촉한과는 양립할 수가 없으니, 이는 마치 벼논에 가라지가 있는 것과 같고(如苗有莠), 알곡에 쭉정이가 있는 것과 같은바(如粟有秕), 또 형세상으로 헤아려 보더라도 마땅히 염려해야 할 일이 아니겠는가? "양립할 수 없다(不兩立)"란 말을 오늘날 사람들은 다만 촉한의 편에서만 보고 역적의 편에서는 본 적이 없었다. 그렇다면 출사표 안의 "려(慮: 염려한다)" 자字는 무엇을 가리키고 있단 말인가? 이를 모르고는 비록 〈후 출사표〉 한 편을 다 읽어보았다고 하더라도 이 한 자는 읽어본 적이 없는 것과 같다.

(2). 사람들은 흔히 무후의 지혜(智)는 남들이 미칠 수 없는 것임을 알고 있지만 무후의 어리석음(愚)도 미칠 수 없는 것임을 모르고 있다.

그 일은 반드시 이루어지고 반드시 뜻대로 될 것으로 헤아리고 그것을 행하는 것은 지혜로운 자(智者)의 일하는 방식이다. 그 일은 반드시 이루어지고 반드시 뜻대로 될 것으로 헤아릴 줄 모르면서도 그것을 행하는 것은 어리석은 자(愚者)의 마음이다. 그 일은 반드시 실패하고 반드시 뜻대로 되지 않을 것으로 헤아릴 줄 모르고 그대로 행하는 것은 어리석고도 어리석은 자(愚而愚者)의 일하는 방식이다. 그 일은 반드시 실패하고 반드시 뜻대로 되지 않을 것으로 헤아릴 수 있으면서도 끝내 그대로 행하는 것은 지혜로우면서도 어리석은 자(智而愚者)의 마음이다.

무후는 초려를 나서기 전에 이미 천하삼분天下三分의 일을 알고 있었다. 그러므로 위魏를 치면서도 성공할 수 없다는 것을, 군사를 출동시키더라도 뜻대로 되지 않을 것임을, 무후는 익히 헤아리고 있었다.

명명백백하게 예견하고서도 여전히 "신臣의 능력으로는 예견할 수 있는 바가 아니다"라고 말했는데, 그 이유가 무엇인가?

대개 지혜로우면서도 어리석은 자(智而愚者)는 스스로 노신老臣으로서의 책무를 다하려고 한다. 그러나 어리석고도 어리석은 자(愚而愚者)는 자기가 모시는 어린 주인의 의심을 막아버린다.

(3). 무후가 죽는 것은 아직 몇 회 뒤의 일이지만 이곳 출사표의 결어結語에서 일찌감치 "죽음(死)"이란 말을 쓰고 있는데, 이것은 이미 오장원五丈原에서 일어날 일에 대한 복필伏筆이다. 무후는 위魏를 치는 일이 성공할 수 없고 출병하는 일이 뜻대로 되지 않을 것임을 미리 알고 있었을 뿐만 아니라 자신도 이 싸움에서 죽을 것임을 미리 알고 있었다.

촉한과 역적 위魏는 양립할 수 없기 때문에 패하고 나서도 역시 애석해 하지 않았으며, 일이 뜻대로 되지 않아도 역시 애석해 하지 않았고, 죽어도 애석해 하지 않았다. 오호라, 무후는 참으로 대한大漢의 충신이었도다! 문천상文天祥은 〈정기가正氣歌〉에서: "혹자는 출사표出師表는 귀신이 장렬하게 우는 것으로 생각했다(或爲出師表, 鬼神泣壯烈)"고 노래했는데, 〈후 출사표〉에 그것이 더욱 잘 나타나 있다.

(4). 무후가 기산祁山으로 나가기 전에 하늘은 강유姜維로 하여금 촉한으로 귀순하여 기산으로 여섯 번 나간(六出祁山) 이후의 쓰임에 대비하도록 했다. 그러나 그가 무후에 귀순하는 것을 묘사함에 있어서 만약 그가 무후에 대적하는 것을 먼저 묘사해 놓지 않으면

신묘한 강유의 재능을 드러내 보일 수가 없다. 단지 그가 전에 무후에게 대적했던 것만 묘사하고 그 후에 그가 무후를 도와준 것을 묘사하지 않으면 또한 신묘한 강유의 재능을 드러내 보일 수가 없다.

이번 회에서 강유가 조진曹眞을 속인 것은 그가 무후를 도와준 것이다. 무후가 죽기 전에 무후를 도와준 강유가 있은 후에야 무후가 죽자 무후를 계승하는 강유가 있을 수 있는 것이다. 사람들은 단지 무후가 죽고 난 후에 위魏를 칠 수 있는 강유가 나타난 것으로만 알고, 무후가 죽기 전에 이미 일찌감치 위를 깨뜨릴 수 있는 강유가 있었음을 알지 못한다. 그러므로 강유가 중원을 아홉 번 친 일(九伐中原之事)은 여기에서부터 이미 그 조짐이 싹튼 것이다.

제98회

왕쌍, 한군을 추격하다 죽고
공명, 진창을 습격하여 이기다

〖 1 〗한편 사마의가 아뢰었다: "신은 일찍이 폐하께 공명이 반드시 진창陳倉으로 나갈 것이라고 아뢴 적이 있었사옵니다. 그래서 학소郝昭로 하여금 그곳을 지키도록 했던 것인데, 지금 과연 그렇게 되었사옵니다. (*전에 자기가 한 말이 맞았다고 기뻐하고 있다.) 그가 만약 진창으로 쳐들어오면 군량을 운반하기는 매우 편리하겠지만, (*공명이 진창을 힘껏 공격하려는 것은 바로 이 때문인데, 도리어 중달의 입으로 얘기되고 있다.) 지금 다행히 학소와 왕쌍이 그곳을 지키고 있어서 공명은 감히 이 길로는 군량을 운반할 수 없게 되었습니다. 그 나머지 작은 길들은 군량 운반하기가 매우 어렵사옵니다.

신이 예상하건대, 촉병들이 휴대하고 있는 군량은 한 달 치밖에 안 될 것이므로 저들은 급히 싸우는 것이 유리하지만, 우리 군사는 다만 오래 지키고 있는 것이 좋사옵니다. (*사마의의 뜻은 단지 안 싸우는 것이 유리하다는 것이다.) 폐하께서는 칙서를 내리시어 조진曹眞으로 하여금 각처의 요충지들을 굳게 지키고만 있고 싸우러 나가지는 말도록 하시옵소서. 그러면 한 달이 못 가서 촉병들은 스스로 달아날 것이옵니다. (*후에 한 말이 틀림없이 들어맞을 것으로 자신하고 있다.) 그때 빈틈을 타서 친다면 제갈량을 사로잡을 수 있사옵니다."

조예는 기뻐하며 말했다: "경이 기왕에 선견지명이 있다면 어찌하여 직접 일군을 이끌고 가서 저들을 치지 않는 것이오?"

사마의曰: "신이 몸을 아끼고 목숨을 중히 여겨서가 아니옵고 실은 이 군사들을 남겨두었다가 동오의 육손陸遜을 방어하려는 것이옵니다. 손권은 오래지 않아 틀림없이 참람하게도 스스로 황제를 칭할 것이옵니다. (*후문에 가서 손권이 황제를 칭하게 되는 것의 복필이다.) 만일 그가 황제를 칭하게 되면 폐하께서 그들을 정벌하실까봐 두려워서, 그는 반드시 먼저 쳐들어올 것입니다. 그래서 신은 군사를 남겨두어 저들이 침공해 올 때를 기다리고 있는 것이옵니다."

〖 2 〗 한창 이야기하고 있을 때 갑자기 근신이 아뢰었다: "조曹 도독이 표문을 올려 군사 사정(軍情)을 보고해 왔사옵니다."

사마의가 말했다: "폐하께서는 즉시 사람을 시켜서 조진에게, 촉병의 뒤를 추격하려 할 때에는 반드시 그 허실虛實을 잘 살펴볼 것이며, 적진 속 깊이 들어가서 제갈량의 계략에 걸려들어서는 안 된다고 주의를 주시옵소서."

조예는 즉시 칙서를 내려 태상경太常卿 한기韓曁에게 부절을 가지고 조진에게 가서, "결코 싸워서는 안 되고 반드시 신중히 지키고만 있어야 한다. 다만 촉병이 물러가기를 기다린 다음에야 비로소 공격하도록 하라"고 주의를 주도록 했다

사마의는 한기를 성 밖까지 배웅하면서 그에게 부탁했다: "나는 이 번 싸움의 공을 자단(子丹: 조진)에게 양보할 것이오. (*조진이 공을 세우고 싶어 안달하는 뜻을 미리 알고 있다.) 공은 자단을 보고 이것은 나의 뜻이라고 하지 말고 다만 천자께서 내리신 칙서의 뜻이라고만 말하면서 굳게 지키는 것을 상책으로 삼도록 하시오. 그리고 물러가는 적의 뒤를 추격할 사람은 아주 조심해서 골라야 하고, 성질이 급하고 화를 잘 내는 사람을 보내서 추격하도록 해서는 안 된다고 말해 주시오."

한기는 하직인사를 하고 떠나갔다.

〖 3 〗 한편 조진이 한창 막사 안에 들어가 군사 일을 의논하고 있을 때 갑자기 천자께서 태상경 한기를 보내서 그가 부절을 가지고 왔다고 알려왔다. 조진은 영채를 나가서 그를 맞이해 들어와서 칙서를 받았다. 그런 다음 물러나와 곽회郭淮·손례孫禮와 상의했다.

곽회가 웃으며 말했다: "이는 바로 사마중달의 의견입니다."(*사마의는 공명을 헤아릴 수 있었고, 곽회는 사마의를 헤아릴 수 있었다.)

조진曰: "이 의견이 어떻소?"

곽회曰: "이 말은 제갈량의 용병법用兵法을 깊이 알고 한 말입니다. 후에 가서 촉병을 막을 수 있는 사람은 반드시 중달일 것입니다."(*중달을 높이 추켜올리는 것은 반대로 조진을 면전에서 깔아뭉개는 것이다.)

조진曰: "만약 촉병이 물러가지 않으면 그때는 또 어떻게 하지?"

곽회曰: "은밀히 사람을 왕쌍에게 보내서 그로 하여금 군사들을 이끌고 가서 작은 길에서 순찰을 돌도록 하십시오. 그러면 저들은 감히 군량을 나르지 못할 것입니다. 군량이 떨어져 저들이 퇴군할 때를 기다렸다가 틈을 타서 추격한다면 완벽한 승리를 거둘 수 있습니다."
(*추격하라고 말한 것은 사마의와 같지만, 추격하되 신중히 해야 한다고 말하지 않은 것은 사마의에 미치지 못하는 점이다.)

손례曰: "제가 기산으로 가서 군량 운반 병사들로 거짓 꾸며서 수레 위에다 군량 대신 전부 마른 땔나무와 띠 풀을 싣고 그 위에다 유황과 염초를 뿌린 다음, 사람을 시켜서 농서隴西로부터 군량을 운반해 왔다고 거짓 보고를 하도록 하겠습니다. 만약 촉병에게 군량이 없으면 틀림없이 빼앗으러 올 것입니다. 그들이 안으로 들어오기를 기다렸다가 불을 질러 수레를 불태우고, 밖에 있는 복병들이 이에 호응한다면 이길 수 있습니다."(*이 계책 역시 통할 수도 있다. 다만 무후를 속여 넘길 수는 없을까봐 염려된다.)

조진이 기뻐하며 말했다: "그 계책, 아주 절묘하군!"

그는 즉시 손례에게 군사들을 이끌고 가서 계책대로 하라고 지시했다. 또 사람을 왕쌍에게 보내서 그에게 군사들을 이끌고 가서 작은 길에서 순찰을 돌도록 하고, 곽회에게는 군사들을 이끌고 기곡箕谷과 가정街亭으로 가서 각 방면의 군사들이 요충지들을 굳게 지키도록 지휘하라고 했다. 조진은 또 장료의 아들 장호張虎를 선봉으로 삼고 악진樂進의 아들 악침樂綝을 부선봉으로 삼아 같이 지휘부가 있는 영채를 지키도록 하고, 싸우러 나가지는 말도록 했다.

〖 4 〗한편 공명은 기산의 영채 안에 있으면서 매일 사람을 시켜 싸움을 걸도록 했다. 그러나 위병들은 굳게 지키고 싸우러 나오지 않았다.

공명은 강유 등을 불러서 상의했다: "위병들은 굳게 지키고만 있고 싸우러 나오지 않는데, 이는 우리 군중에 양식이 없다고 생각하기 때문이다. (*사마의의 계산은 이미 공명의 계산 안에 들어 있다.) 지금 진창을 통해서는 군량을 운반할 수 없고 그 밖의 작은 길들로 빙 돌아 운반하기는 매우 어렵다. 내가 계산해 보니 우리가 출발할 때 가지고 온 군량과 마초로는 앞으로 한 달 버티기에도 모자라니, 이를 어찌하면 좋겠는가?"

한창 주저하고 있을 때 갑자기 보고해 왔다: "농서의 위군魏軍들이 기산 서편에서 수천 대의 수레로 군량을 운반하고 있는데, 군량 운반 책임자는 바로 손례입니다."(*때맞춰 왔으므로 공명은 반드시 계책에 걸려들어야 마땅하다.)

공명曰: "그는 어떤 사람이냐?"

위魏에서 항복해온 자가 말했다: "그 사람은 전에 위주魏主를 따라 대석산大石山으로 사냥을 나간 적이 있는데, 갑자기 놀라서 뛰어나온 호랑이 한 마리가 곧바로 위주 앞으로 달려가자 손례가 말에서 뛰어내려 칼을 빼서 그놈을 베어버렸답니다. 그 일로 상장군上將軍에 봉해졌는데, 그는 조진의 심복입니다."(*손례의 지난날의 일은 전문에서는 보이지 않았는데 갑자기 이곳에서 전문에서 언급하지 않은 것을 보충하고 있다.)

공명이 웃으며 말했다: "이는 곧 위魏의 장수가 우리에게 군량이 모자라는 것을 알고 이 계책을 쓰는 것이다. 수레에 실은 것은 틀림없이 마른 띠 풀과 인화물引火物일 것이다. (*손례의 계산은 또 공명의 계산속에 들어 있다.) 나는 평생 동안 화공火攻을 전문으로 해왔는데 네놈들이 이 따위 계책으로 나를 유인해? (*이야말로 반문농부(班門弄斧: 전문가 앞에서 서투른 솜씨 자랑하는 것)라고 할 것이다.) 저놈들은 만약 우리 군사들이 군량 운반 수레를 빼앗으러 가는 것을 알게 되면 반드시 우리 영채를 빼앗으러 올 것이다. 저들의 계책을 역으로 이용하면(將計就計) 되겠다."

공명은 곧바로 마대馬岱를 불러서 분부했다: "너는 3천 명의 군사들을 이끌고 곧장 위병들의 군량이 쌓여있는 곳으로 가되 영채 안에는 들어가지 말고 바람이 불어오는 쪽(風頭)에다 불을 질러라. (*묘한 것은 적이 불을 지르기를 기다리지 않고 저들 대신에 불을 지른다는 것이다.) 수레에 불이 붙으면 위병들은 반드시 우리 군사들을 포위할 것이다."

그리고 또 마충과 장익에게는 각기 군사 5천 명씩 이끌고 가서 우리 군사들을 에워싸고 있는 위병들을 그 바깥쪽에서 에워싸고 안쪽에 있는 마대와 호응하여 안팎에서 협공하도록 했다.

세 사람은 계책을 받아 가지고 떠나갔다.

공명은 또 관흥과 장포를 불러 분부했다: "위병의 지휘부가 있는 영채는 사방으로 통하는 길과 이어져 있다. 오늘 밤에 만약 서산에 불길이 솟으면 위병들은 틀림없이 우리 영채를 습격하러 올 것이다. 너희 두 사람은 반대로 위魏의 영채 좌우에 매복해 있다가 위의 군사들이 영채에서 나올 때를 기다렸다가 곧바로 그 영채를 습격하도록 하라."

그리고 또 오반吳班과 오의吳懿를 불러 분부했다: "너희 두 사람은 각기 일군을 이끌고 가서 영채 밖에 매복해 있거라. 만약 위병이 당도하면 그들이 돌아갈 길을 끊어라."

공명은 군사들을 나눠 보내고 나서 자신은 기산 위에서 높다란 곳에 자리를 잡고 앉았다.

위병은 촉병들이 군량을 빼앗으러 온다는 첩보를 알아내서 황급히 손례에게 보고했다. 손례는 사람을 시켜서 조진에게 급히 보고했다. 조진은 사람을 지휘부가 있는 영채로 보내서 장호張虎와 악침樂綝에게 분부를 전하도록 했다: "오늘 밤 산 서편에서 불이 일어나는 것을 보고 촉병들이 반드시 구원하러 올 것이다. 너희는 군사들을 데리고 나가서 여차여차하게 하라."(*공명이 계산한 것에서 벗어나지 않는다.)

두 장수는 계책을 받고 사람을 시켜 망루에 올라가서 신호의 불길이 오르는지만 살펴보도록 했다.

〖 5 〗 한편 손례는 군사를 산 서편에 매복시켜 놓고 촉병이 당도하기 기다렸다.

이날 밤 이경(二更: 밤 9시~11시)에 마대馬岱가 군사 3천 명을 이끌고 왔는데, 사람들은 모두 하무(銜枚)를 물고 말들에게는 모조리 재갈(馬

衙)을 물려서 곧장 산 서편에 당도했다. 와서 보니 수많은 수레들이 겹겹이 둘러쳐져 둥그렇게 영채를 이루고 있었다. 수레에는 가짜 정기들까지 꽂혀 있었다.

그때 마침 서남풍이 불어와서 (*적벽에서의 불길은 동남풍을 의지했으나 여기서의 불길은 서남풍을 의지하여 일어났다.) 마대는 군사들에게 곧장 영채 남쪽으로 가서 불을 지르라고 명했다. 수레들은 모조리 불이 붙어 화광이 하늘까지 뻗쳤다.

손례는 촉병들이 위병의 영채 안으로 들어오자 신호의 불을 지른 것으로만 생각하고 급히 군사를 이끌고 일제히 쳐들어갔다. 그때 등 뒤에서 북소리, 나팔 소리가 요란하게 울리면서 두 방면에서 군사들이 쳐들어왔는데 바로 마충과 장의였다.

그들은 위군을 가운데 두고 에워쌌다. 손례는 크게 놀랐다. 그때 또 위군들 속에서 함성이 일어나면서 한 떼의 군사들이 불길 옆으로 쳐들어 왔는데, 그는 마대였다. 그들이 안팎으로 협공을 하는 바람에 위병들은 대패했다.

바람이 세게 불어 불길은 맹렬했다. 군사들은 어지러이 도망을 쳤고, 죽은 자도 무수히 많았다. 손례는 부상당한 군사들을 이끌고 불과 연기 속을 뚫고 달아났다.

〖 6 〗한편 장호張虎는 영채 안에서 멀리 불빛이 하늘 높이 치솟는 것을 보고는 영채 문을 활짝 열고 악침樂綝과 함께 군사들을 전부 이끌고 촉병의 영채로 쳐들어갔다. 그러나 막상 들어가 보니 영채 안에는 단 한 사람도 보이지 않았다.

급히 군사를 거두어 돌아가려고 할 때 오반과 오의의 군사들이 쳐나와서 돌아갈 길을 끊었다.

장호와 악침 두 장수는 급히 겹겹이 쳐진 포위망을 뚫고 달아나서 본채로 돌아갔는데, 문득 보니 토성土城 위에서 화살들이 마치 메뚜기 떼처럼 날아왔다. 이 어찌된 일인고 하니, 관흥과 장포에게 영채가 습격을 당하고 만 것이다.

위병들은 대패해서 모두 조진의 영채로 찾아갔다. 그들이 막 영채 안으로 들어가려고 하는데 문득 한 떼의 패잔병들이 나는 듯이 달려 왔으니 곧 손례였다. 곧바로 같이 영채 안으로 들어가서 조진을 보고 각기 공명의 계책에 걸려든 것을 이야기했다. 조진은 그들의 이야기를 듣고는 대채를 신중히 지키기만 할 뿐 다시는 싸우러 나가지 않았다.

촉병들은 이기고 돌아가서 공명을 보았다. 공명은 사람을 시켜서 비밀리에 위연에게 계책을 주고, 한편으로는 영채를 거두어 일제히 떠나가도록 지시했다.

양의가 말했다: "지금 크게 이겨서 위병들의 사기를 완전히 꺾어 놓았는데 어찌하여 반대로 군사들을 거두려 하십니까?"

공명曰: "우리 군사들에겐 양식이 없으므로 급히 싸우는 것이 유리하다. 그런데 지금 저들은 굳게 지키기만 하고 싸우러 나오지 않으니 우리만 고생하게 생겼다. 저들은 이번에 비록 잠시 싸움에 패했지만 중원에서 반드시 구원병이 올 것이다. 만약 그들이 경기병輕騎兵으로 우리의 양도糧道를 습격한다면 그때는 돌아가려고 해도 돌아갈 수 없게 된다. 이번에 위병들이 갓 패하여 우리 촉병을 감히 바로 쳐다보지 못할 때를 틈타서 저들이 생각지도 못하고 있을 때 물러가려는 것이다. (*교묘히 퇴군하는바 이 또한 군사軍師의 묘계妙計이다.)

걱정되는 것은 단지 위연이 이끌고 간 일군이 진창 어귀에서 왕쌍과 대치하고 있어서 급히 몸을 빼낼 수 없다는 점이다. 그러나 내 이미 사람을 시켜서 위연에게 밀계를 주어 왕쌍을 베어 죽여서 위병들로 하여금 감히 우리 뒤를 쫓아오지 못하도록 해 놓았다. 다만 뒤의 부대부터 먼저 떠나도록 하라."(*이곳에서 한 마디 설명을 하고 있지만, 어떻게 왕쌍을 베어 죽이게 되는지 그 방법은 설명하지 않고 있다. 하문下文에서 저절로 드러난다.)

이날 밤, 공명은 다만 징과 북을 치는 자들만 영채 안에 남겨두어 시각을 알리도록 하고는 하룻밤 사이에 군사들이 전부 물러감으로써 텅 빈 영채만 남아 있게 되었다.

〖 7 〗 한편 조진이 영채 안에서 고민하고 있는데 갑자기 좌장군 장합張郃이 군사를 거느리고 왔다고 알려왔다. (*위병의 증원군이 있을 것이라고 한 공명의 말 그대로이다.) 장합이 말에서 내려 막사 안으로 들어가서 조진에게 말했다: "저는 성지聖旨를 받들어 도독의 휘하로 배치되어 왔습니다."

조진曰: "떠나올 때 중달과 작별인사는 하시었소?"

장합曰: "중달은 분부하기를, '우리 군사가 이기면 촉병은 반드시 곧바로 물러가지 않을 것이지만, 만약 우리 군사들이 패하면 촉병은 반드시 곧바로 물러갈 것이다'고 하였소. (*유능한 사람들의 소견은 대략 같다는 것을 이 부분을 읽으면 가장 잘 볼 수 있다.) 지금은 우리 군사들이 싸움에 패한 후인데 도독께서는 촉병의 소식을 알아보러 사람을 보내신 적이 있으십니까?"

조진曰: "아직 못 했소."

그제야 조진은 즉시 사람을 보내서 알아보도록 했는데, 과연 영채는 텅 비어 있고 깃발 수십 개만 꽂혀 있을 뿐, 군사들은 이미 물러간 지가 이틀이나 되었다. 조진은 크게 후회했으나 어쩔 수 없었다.

〖 8 〗 한편 위연은 공명의 비밀계책을 받고 그날 밤 이경二更에 영채를 거두어 급히 한중으로 돌아가려고 떠났다. 일찌감치 첩자가 이 소식을 왕쌍王雙에게 알렸다. 왕쌍은 군사를 휘몰아 힘껏 촉병의 뒤를 추

격했다. 20여 리를 추격해 가서 바로 따라잡을 무렵, 위연의 기치가 앞에 보여서 (*그러나 기치 아래에는 위연이 없었는데, 이는 바로 전번에 조운이 군사를 물릴 때와 흡사하다.) 왕쌍은 큰소리로 외쳤다: "위연은 도망가지 말라!"

그러나 촉병들은 도리어 고개조차 돌려보지 않았다. 왕쌍은 말에 박차를 가하여 쫓아갔는데, 등 뒤에서 위병들이 외쳤다: "성 밖 영채 안에서 불이 일어나고 있습니다. 적의 간계에 걸려든 것 같습니다."(*공명이 준 계책이 여기에서 비로소 드러난다.)

왕쌍이 급히 말을 멈추고 얼핏 돌아보니, 불빛이 하늘 높이 솟구치고 있었다. 왕쌍은 황급히 군사를 물리라고 명했다. 가다가 산비탈 왼편에 이르렀을 때 갑자기 기마병 하나가 숲속에서 뛰쳐나오며 큰 소리로 호통을 쳤다: "위연이 여기 있다!"

왕쌍은 크게 놀라서 미처 손을 써 볼 새도 없이 위연의 칼에 베어 말 아래로 떨어져 죽고 말았다. 위병들은 매복이 있을 것으로 의심하여 사방으로 흩어져 도망치고 말았다. 이때 위연의 수하에는 단지 30기의 기병들만 있었는데, 위연은 그들을 이끌고 한중을 향해 천천히 나아갔다. (*30기의 기병으로 대장 하나를 죽였는데, 위연을 묘사하고 있는 것 같지만 이는 사실 무후를 묘사한 것이다.) 후세 사람이 공명을 칭찬해서 지은 시가 있으니:

공명의 묘한 계책 손빈과 방연보다 뛰어나	孔明妙算勝孫龐
혜성처럼 한 지방을 훤히 비추었네.	耿若長星照一方
진퇴 등 군사 움직임을 귀신도 못 헤아렸으니	進退行兵神莫測
진창 길 어귀에서 왕쌍을 참했도다.	陳倉道口斬王雙

원래 위연은 공명의 비밀계책을 받고 먼저 30기의 기마들을 남겨두어 왕쌍의 영채 옆에 매복시켜 놓고, 왕쌍이 군사를 일으켜 촉병의 뒤

를 쫓아가기를 기다렸다가 그의 영채 안으로 가서 불을 지르고, 그가 되돌아오기를 기다렸다가 그가 전혀 생각하지 못하고 있을 때 갑자기 뛰어나가 그를 베어버린 것이다. (*여기에서 비로소 앞의 일을 한 번 두루 분명하게 얘기하고 있다.)

위연은 왕쌍을 베어 죽이고는 군사들을 이끌고 한중으로 돌아가서 공명을 보고 그에게 군사들을 인계했다. 공명은 성대한 연석을 베풀어 장졸들을 위로해 주었는데, 이 이야기는 더 이상 하지 않기로 한다.

한편 장합은 촉병의 뒤를 추격해 갔으나 따라잡지 못하고 영채로 돌아왔다. 그때 갑자기 진창 성의 학소郝昭가 사람을 보내서 왕쌍이 촉병의 손에 죽었다고 알려왔다. 조진은 이 소식을 듣고 슬퍼하기를 마지않다가 그 일로 그만 병이 나서 마침내 곽회와 손례와 장합에게 장안으로 가는 여러 길들을 지키도록 하고 자신은 낙양으로 돌아갔다.

〖 9 〗 한편 오왕 손권이 조회를 열고 있는데 첩자가 들어와서 보고했다: "촉의 제갈승상이 두 차례 출병했는데, 위魏의 도독 조진은 그에게 패하여 군사들도 잃고 장수도 죽었다고 하옵니다."

이에 여러 신하들은 모두 오왕에게 군사를 일으켜 위魏를 쳐서 중원을 도모하도록 권했다. 그러나 손권은 주저하면서 결단을 못 내렸다.

장소가 아뢰었다: "근자에 듣기로는 무창武昌의 동쪽 산에 봉황鳳凰이 날아오고 장강 가운데서 황룡黃龍이 여러 번 나타났다고 하옵니다. 주상의 덕은 요임금(唐)·순임금(虞)에 비길 만하고, 명철하심은 문왕(文)·무왕(武)과 나란하시니, 황제의 자리에 오르신 후에 군사를 일으키도록 하옵소서." (*위병이 여러 차례 패하자 동오가 황제를 칭한다.)

여러 신하들이 모두 그 말에 호응하여 말했다: "자포(子布: 장소)의 말이 옳사옵니다."

이리하여 마침내 여름 4월 병인일丙寅日을 택하여 무창의 남쪽 교외에다 단壇을 쌓고 즉위식을 올리기로 했다.

이날 모든 신하들은 손권에게 단상으로 올라가 황제의 자리에 오르기를 청했다. 그리고 기존의 연호인 황무黃武 8년을 황룡黃龍 원년으로 고쳤다. (*끝까지 "黃황"자는 바꾸지 않았는데, 이는 "黃天當立(황천당립: 마땅히 황천이 설 것이다)"이라고 한 참언讖言 때문이다.) 그리고 부친 손견孫堅에게는 무열황제武烈皇帝라는 시호諡號를 바치고, 모친 오씨吳氏의 시호는 무열황후라 하고, 형 손책孫策의 시호는 장사환왕長沙桓王이라 하고, 아들 손등孫登을 황태자로 세우고, 제갈근의 첫째 아들 제갈각諸葛恪을 태자좌보太子佐補輔로 삼고, 장소의 둘째 아들 장휴張休를 태자우필太子右弼로 삼았다. (*위魏에는 장료張遼와 악진樂進의 아들들이 있고, 동오에는 제갈근과 장소의 아들들이 있다. 한 무리의 후손들로서 이야기의 전후가 슬며시 서로 대對가 되고 있다.)

〘 10 〙 제갈각諸葛恪은 자字를 원손元遜이라 하였는데, 키가 7자나 되고, 극히 총명하여 어떤 질문에도 재치 있게 대답해서 손권에게 사랑을 많이 받았다.

그의 나이 여섯 살 때 마침 동오에 큰 연회가 있어 제갈각은 부친을 따라가서 그 자리에 참석했다. 손권은 제갈근의 얼굴이 긴 것을 보고 사람을 시켜서 당나귀 한 마리를 끌어와 그 얼굴에다 분필粉筆로 "諸葛子瑜(제갈자유)"라고 쓰도록 했다. 많은 사람들이 크게 웃었다.

그때 제갈각이 앞으로 뛰어나가 분필을 달라고 하여 손에 잡더니 그 아래에다 "之驢(지려: ~의 당나귀)"라는 두 글자를 덧붙여 "諸葛子瑜之驢(제갈자유지려: 제갈자유의 당나귀)"로 바꾸었다. (*또 두 글자를 덧붙일 여유가 있으니 당나귀의 얼굴이 길다는 것을 알 수 있다.) 그 자리에 있던 사람들은 모두 놀라서 어안이 벙벙해졌다. 손권은 크게 기뻐하면서 마침내 그 당나귀를 그에게 하사했다.

또 하루는 관료들을 위해 큰 잔치를 열었는데, 손권은 제갈각에게 잔을 돌리도록 했다. 그가 차례로 잔을 돌리다가 장소張昭 앞에 이르렀는데, 장소가 잔을 받으려고 하지 않으면서 말했다: "이렇게 하는 것은 노인을 대우하는 예의가 아니니라."

손권이 제갈각에게 말했다: "너는 억지로라도 자포(子布: 장소)에게 술을 마시도록 할 수 있겠느냐?"

제갈각은 명을 받고 장소에게 말했다: "옛날 강상보(姜尙父: 강태공)께서는 아흔 살이 되어서도 지휘봉을 잡고 전군을 지휘하시면서 스스로 늙었다고 말한 적이 없었습니다. (*먼저 그가 노인이라고 한 말을 논박하여 웃음을 자아낸다.) 그런데 지금 출병할 때에는 선생을 뒤에 모시고 술을 마실 때에는 선생을 앞자리에 모십니다. 그런데 어찌하여 노인을 대우하지 않는다고 말씀하십니까?"(*또 그가 노인을 대우하지 않는다고 한 말을 논박하여 웃음을 자아낸다.)

장소는 대답할 말이 없어 잔을 받아 억지로 마실 수밖에 없었다.

이런 일들로 인하여 손권이 그를 사랑하게 되었기에 이번에 그에게 태자를 보좌하도록 명한 것이다.

장소는 오왕吳王을 보좌하여 그 지위가 삼공三公보다 위였으므로 그의 아들 장휴를 태자우필太子右弼로 삼은 것이다. (*제갈각은 자기 재능으로 뽑혔고, 장휴는 귀한 신분으로 뽑혔다.)

그리고 또 고옹顧雍을 승상으로 삼고, 육손陸遜을 상장군으로 삼아 태자를 보좌하여 무창武昌을 지키도록 했다.

황제 즉위식을 마친 후 손권은 다시 건업建業으로 돌아갔다.

〖 11 〗 여러 신하들은 같이 위魏를 칠 계책을 의논했다.

장소가 아뢰었다: "폐하께서 갓 보위에 오르셨으므로 군사를 움직여서는 아니 되옵니다. 다만 문사文事를 닦으시고 무사(武事: 전쟁 등 군

사 관계 일)는 중지하시고, 학교를 증설해서 민심을 안정시키셔야 하옵니다. 사신을 서천西川으로 보내시어 촉과 동맹을 맺고 천천히 위魏를 도모하시어 함께 천하를 나누도록 하셔야 하옵니다."

손권은 그의 말을 따라 즉시 사신에게 밤낮없이 서천으로 들어가서 후주를 만나 뵙도록 했다. 동오의 사신이 인사를 하고 나서 그 일을 자세히 아뢰었다. 후주는 듣고 나서 곧바로 여러 신하들과 상의했다. 여러 사람들은 전부 말하기를, 손권이 참람하게도 맹약을 위반했으므로 (즉, 분수를 모르고 칭제稱帝를 했으므로) 동오와의 동맹을 끊어야 한다고 했다. (*이는 정론正論이기는 하나 상황에 따른 변통變通을 모르는 말이다.)

장완이 말했다: "사람을 한중漢中으로 보내시어 승상께 물어보는 것이 좋을 듯하옵니다."

후주는 즉시 사자를 한중으로 보내서 공명에게 물어보도록 했다.

공명曰: "사신을 보내되 예물을 가지고 동오로 가서 하례賀禮를 드리면서, 육손으로 하여금 군사를 일으켜 위魏를 치도록 요청해야 합니다. (*손권을 좋아해서가 아니라 위를 치는 것이 중요하기 때문에 잠시 허락한 것이다.) 그리하면 위魏에서는 틀림없이 사마의로 하여금 막도록 할 것이고, 사마의가 만약 남으로 가서 동오를 막는다면, 저는 다시 기산으로 나가서 장안을 도모할 수 있습니다."(*육손으로써 사마의를 견제하려고 했다.)

후주는 공명의 말에 따라 마침내 태위太尉 진진陳震에게 명마名馬·옥대玉帶·황금과 구슬(金珠)·보패寶貝 등을 가지고 동오로 가서 하례를 드리도록 했다.

진진이 동오로 가서 손권을 만나 뵙고 국서國書를 올렸다. 손권은 크게 기뻐하며 연석을 베풀어 대접한 다음 촉으로 돌아가도록 했다.

손권은 육손을 불러들여 서촉에서 군사를 일으켜 위를 치자고 약속해온 일을 말해 주었다.

육손曰: "이는 공명이 사마의가 겁이 나서 낸 꾀이옵니다. (*유능한 사람들의 소견은 대략 같음을 이 부분을 읽으면 아주 잘 볼 수 있다.) 그러나 이미 저들과 동맹을 맺었으니 따르지 않을 수 없사옵니다. 지금 짐짓 기병하는 태세를 보여서 멀리 서촉과 서로 호응하되, 공명이 위를 급히 공격하기를 기다렸다가 우리는 그 빈틈을 타서 중원을 취하면 될 것이옵니다."(*이는 공명이 남군南郡을 취할 때의 지모를 배운 것으로 또한 전혀 힘들이지 말고 불로소득을 노리자는 것이다.)

그리하여 즉시 명령을 내려 형주와 양주 각처에서 전부 군사들을 훈련시키면서 날짜를 택하여 기병하도록 했다.

〖 12 〗 한편 진진은 한중으로 돌아가서 이 일을 공명에게 보고했다. 공명은 여전히 진창으로 가벼이 나아갈 수 없음을 우려하면서 먼저 사람을 보내서 정탐해 보도록 했다. 그들이 돌아와서 말했다: "진창 성에서는 학소郝昭의 병이 위중하다고 합니다."

공명曰: "대사大事가 성공하겠구나!"

곧바로 위연과 강유를 불러서 분부했다: "자네들 두 사람은 군사 5천 명을 거느리고 밤낮없이 진창 성 아래로 곧장 달려가되, 불길이 일어나는 것을 보거든 힘을 합쳐 성을 공격하도록 하라."(*불이 어디서 난다는 것인지 알 수 없고, 사람들이 추측할 수도 없게 말한다.)

두 사람은 그 말이 애매모호하여 또 찾아가서 물었다: "어느 날 떠나면 됩니까?"

공명曰: "사흘 안에 모든 준비를 끝내도록 하라. 나에게 하직인사하러 올 필요 없이 준비가 되는 대로 떠나도록 하라."

두 사람은 계책을 받고 떠나갔다.

공명은 또 관흥, 장포를 불러와서 귓속말로 나직이 여차여차하게 하라고 말했다. (*무슨 말을 했는지 알 수 없고 또 사람들로 하여금 추측도 할 수 없게 한다.) 두 사람은 각각 비밀계책을 받아가지고 떠나갔다.

　한편 곽회는 학소의 병이 위중하다는 말을 듣고 장합과 상의했다: "학소의 병이 위중하다니, 그대가 속히 가서 그를 대신해야겠소. 나는 표문을 써서 조정에 상주하여 달리 조처를 취하도록 하겠소."

　장합은 군사 3천 명을 이끌고 학소를 대신하러 급히 진창 성으로 갔다. 이때 학소는 병이 위중했는데, 이날 밤도 한창 신음하고 있을 때 갑자기 촉병들이 성 아래에 당도했다고 알려왔다. 학소는 급히 군사들에게 성 위로 올라가서 지키도록 했다. 바로 그때 각 성문 위로 불길이 솟았다. (*불이 어디서 나는 것인지 알 수 없다.) 성 안은 큰 혼란에 빠졌다. 학소는 그 말을 듣고 놀라서 죽었다. 촉병들은 우르르 성안으로 몰려 들어갔다.

　〖 13 〗 한편 위연과 강유가 군사를 거느리고 진창 성 아래에 당도하여 살펴보니 성 위에는 깃발 하나 꽂혀 있지 않았고 또한 시각을 알리는 사람도 없었다. 두 사람은 놀라고 의아해서 감히 성을 공격하지 못했다.

　그때 갑자기 성 위에서 포 소리가 울리더니 사면에서 깃발들이 일제히 바로 세워지면서 머리에는 윤건을 쓰고 손에는 우선羽扇을 들고 몸에는 학창鶴氅을 입은 사람 하나가 보였다.

　그가 큰 소리로 외쳤다: "자네들 두 사람은 왜 이리 늦었는가!"

　두 사람이 보니 바로 공명이었다. (*정말로 언제 이곳에 도착했는지 더욱 추측할 수도 없게 한다.)

　두 사람은 황망히 말에서 내려 땅에 엎드려 절을 하고 말했다: "승상의 계책은 정말로 귀신같습니다!"

　공명은 성 안으로 들어오도록 해서 두 사람에게 말했다: "나는 학소가 병이 위중하다는 것을 알고 자네들에게 사흘 안으로 군사를 거느리고 가서 성을 취하라고 했는데, 이는 여러 사람들의 마음을 안심시키기 위해서였다. (*비로소 '사흘 안'이라는 것은 거짓이었음을 알 수 있다.) 나는 그런 다음에 관흥과 장포에게 군사를 점고하여 몰래 한중을 나가도록 했던 것이다. (*비로소 귓속말로 나직이 한 것이 이 말이었음을 알 수 있다.)

나는 즉시 군사들 속에 몸을 감추고 밤낮없이 급히 행군하여 곧장 성 아래에 당도하여 적들이 군사를 배치할 여유조차 주지 않았다. (*비로소 무후가 온 방법을 알 수 있다.) 나는 일찌감치 첩자들을 성 안으로 들여보내서 불을 지르고 고함을 질러서 서로 도움으로써 (*비로소 성 안에 불이 일어나게 된 연유를 알 수 있다.) 위병들이 놀라고 의아해서 어쩔 줄 모르도록 해놓았던 것이다.

군대에 주장主將이 없으면 반드시 스스로 혼란에 빠지는 법이다(軍無主將, 必自亂矣). 그래서 내가 성을 취하기는 손바닥 뒤집듯이 쉬웠다(易如反掌). (*여기에 이르러 비로소 위의 일들 전체에 대해 상세히 설명한다. 이 앞에서는 사람들로 하여금 마치 꿈속에 있는 것처럼 했다.)

병법에서 '적이 생각지도 못할 때 치고(出其不意), 적의 대비 없는 곳을 공격한다(攻其無備)'(제갈량의 〈便宜十六策·治軍第九〉)라고 한 것은 바로 이를 두고 한 말이다."(*또한 스스로 주注까지 달아주고 있다.)

위연과 강유는 탄복했다.

공명은 학소의 죽음을 가엾이 생각하여 그의 처자에게 영구를 모시고 위魏로 돌아가도록 하여 그의 충성심을 표할 수 있게 주었다. (*위의 글에서 썼던 것은 전부 귀신이나 쓸 수단들인데, 여기서는 갑자기 보살菩薩의 심장을 보여주고 있다.)

〖 14 〗 공명은 위연과 강유에게 말했다: "자네들 두 사람은 우선 갑옷을 벗지 말고 곧장 군사들을 이끌고 가서 산관(散關: 즉 대산관大散關.

섬서성 보계시寶鷄市 서남의 대산령大散嶺 위에 있음)을 습격하라. 관關을 지키는 자들은 만약 군사들이 이른 것을 보면 틀림없이 놀라서 달아날 것이다. 만약 조금이라도 늦어지면 곧바로 위병이 관에 당도할 텐데, 그리 되면 공격하기 어렵게 될 것이다."

위연과 강유는 명을 받고 군사를 이끌고 곧장 산관으로 갔다. 관을 지키고 있던 자들은 과연 모조리 달아나버렸다. 두 사람이 관으로 올라가서 막 갑옷을 벗으려고 하는데, 멀리 관 밖에서 먼지가 자욱하게 일어나면서 위병들이 오고 있는 것이 보였다. (*승상의 말은 마치 메아리처럼 맞아떨어졌다.)

두 사람은 서로 말했다: "승상의 신산神算은 우리로선 헤아릴 수가 없구나!"

그리고는 급히 망루 위로 올라가서 바라보니, 그들은 바로 위의 장수 장합이었다. 두 사람은 곧바로 군사들을 나누어서 험한 길들을 지키도록 했다. 장합은 촉병들이 요로要路를 지키고 있는 것을 보고 마침내 군사들을 뒤로 물렸다. 위연이 그 뒤를 추격해 가서 한바탕 크게 싸워 위병들 중에 죽은 자가 무수히 많았다. 장합은 대패하여 돌아갔다. 위연은 관 위로 돌아와서 사람을 시켜 공명에게 보고했다.

공명은 먼저 직접 군사들을 거느리고 진창과 야곡을 나가서 건위(建威: 감숙성 서화현西和縣 서북)를 취했다. 그 뒤에서는 촉병들이 계속 출발했다. 후주는 또 대장 진식陳式으로 하여금 공명을 도와주러 가도록 했다. 공명은 대병을 휘몰아 다시 기산으로 나갔다. (*이것이 세 번째 기산으로 나간(三出祈山) 것이다.)

영채를 세워놓은 후 공명은 여러 장수들을 모아놓고 말했다: "우리가 두 번이나 기산으로 나갔으나 뜻대로 되지 않았다. 이번에 또 다시 이곳에 왔는데, 내 생각에는, 위병들은 틀림없이 전에 싸웠던 곳을 의지하여 우리와 대적하려 할 것이다. 저들은 내가 옹성雍城과 미성郿城

두 곳을 취하려 하는 줄로 의심하여 반드시 그곳에 군사들을 두어 지키려고 할 것이다.

내가 살펴보니 음평(陰平: 감숙성 문현文縣 서북)과 무도(武都: 감숙성 성현成縣 서북) 두 군郡은 서한수(西漢水: 감숙성 남부를 흐르는 가릉강嘉陵江의 지류)와 이어져 있는데, 만약 이 성들을 얻는다면 역시 위병의 세력을 갈라놓을 수 있을 것이다. 누가 감히 이곳을 취하겠는가?"

강유曰: "제가 가겠습니다."

왕평도 호응하여 말했다: "저도 가겠습니다."

공명은 크게 기뻐하며 곧바로 강유에게는 군사 1만 명을 이끌고 가서 무도를 취하도록 하고, 왕평에게는 군사 1만 명을 이끌고 가서 음평을 취하도록 했다. 두 사람은 군사들을 거느리고 떠나갔다.

한편 장합은 장안으로 돌아가서 곽회와 손례를 보고 말했다: "진창은 이미 적에게 함락되었고, 학소는 죽었으며, 산관散關 역시 촉병에게 빼앗겨 버렸습니다. 지금 공명이 다시 기산으로 나와서 길을 나누어 진군하고 있습니다."

곽회가 크게 놀라며 말했다: "그렇다면 틀림없이 옹성과 미성을 취하려고 할 것이다."(*무후가 짐작한 것에서 벗어나지 않는다.)

이에 장합은 남아서 장안을 지키게 하고, 손례에게는 옹성을 지키도록 하고, 곽회 자신은 군사를 이끌고 밤낮없이 가서 미성을 지키기로 하는 한편, 낙양으로 표문을 올려 보내서 형세가 위급함을 알렸다.

〖 15 〗한편 위주 조예가 조회를 열고 있을 때 근신이 아뢰었다: "진창성은 이미 함락되었고, 학소는 죽었으며, 제갈량이 또 기산을 나오고, 산관散關 역시 촉병에게 빼앗겨 버렸습니다."

조예는 크게 놀랐다.

그때 갑자기 만총滿寵 등도 표문을 올려왔다고 아뢰면서 말했다:

"동오의 손권이 외람되이 스스로 황제를 칭하면서 촉과 동맹을 맺고는 지금 육손을 보내서 무창에서 군사들을 훈련시키면서 출전명령을 기다리고 있는데, 조만간 반드시 쳐들어올 것입니다."

조예는 두 곳의 형세가 위급하다는 말을 듣고 어쩔 줄 몰라서 심히 놀라고 당황해 했다. 이때 조진은 병이 아직 낫지 않았으므로, 즉시 사마의를 불러서 상의했다.

사마의가 아뢰었다: "신의 생각에는, 동오는 틀림없이 군사를 일으키지 않을 것이옵니다."(*육손의 계산은 이미 사마의의 계산속에 들어있다.)

조예가 말했다: "경은 어떻게 그것을 아시오?"

사마의曰: "공명은 일찍이 효정猇亭에서 동오에 패한 원수를 갚으려고 생각한 적이 있습니다. 따라서 그가 동오를 삼키고 싶어 하지 않는 것이 아니라 다만 동오를 치게 되면 중원에서 그 빈틈을 타서 저희를 칠까봐 두려워서 잠시 동오와 동맹을 맺은 것뿐이옵니다. 육손 또한 그 뜻을 알고 있기 때문에 그의 요청에 응하기 위해 짐짓 군사를 일으키는 척하는 형세를 보인 것일 뿐, 실은 가만히 앉아서 제갈량이 성공하는지 실패하는지를 살펴보려고 하는 것이옵니다. 그러므로 폐하께서는 동오를 방비하실 필요는 없고 촉은 방비해야 하옵니다."

조예曰: "경의 생각은 참으로 고견이오."

그리고는 조예는 사마의를 대도독으로 봉하여 농서隴西 각 방면의 군사들을 총지휘감독 하도록 했다. 그리고 근신에게 조진이 가지고 있는 총사령관의 직인(總兵將印)을 가져오라고 했다.

사마의曰: "신이 직접 가서 가져오겠습니다."(*조진의 총사령관 직인을 천자가 직접 거두기를 바라지 않고 조진으로 하여금 스스로 양보하도록 하려고 한 것으로, 이는 조진에게는 선처를 베푼 것이 된다. 그러나 천자가 내리는 직인을 천자가 줄 때까지 기다리지 않고 신하가 자신이 직접 가져오겠다고 말하는 것은 곧 그의 안중에 천자가 없음을 의미한다.)

〖 16 〗사마의는 천자에게 하직인사를 하고 조정에서 나와 곧장 조진의 부중府中으로 갔다. 그는 먼저 사람을 시켜서 부중 안으로 들어가서 조진에게 알리도록 한 다음에야 비로소 안으로 들어갔다.

문병을 마치고 사마의가 말했다: "동오와 서촉이 손을 잡고 우리나라로 쳐들어오려고 군사를 일으켰습니다. 지금 공명은 또다시 기산을 나와서 영채를 세웠는데, 명공께서는 이를 알고 계십니까?"

조진이 놀라서 어안이 벙벙해져 말했다: "내 집안사람들이 내 병이 위중한 것을 알고 나에게 알려주지 않았소. 나라가 이처럼 위급한데 주상께서는 어찌하여 중달을 도독에 제수하여 촉병을 물리치도록 하지 않으시는가?"(*절묘한 것은 그가 스스로 말하도록 기다린 것이다.)

사마의曰: "저는 재주나 지모가 엷고 얕아서(才薄智淺) 그러한 중임을 감당할 수가 없습니다."

조진이 지시했다: "여봐라, 직인을 가져와서 중달께 드려라!"

사마의曰: "도독께서는 염려하지 마십시오. 저는 작은 힘(一臂之力)이나마 도독을 도와드리고 싶을 뿐입니다. 다만 이 직인은 감히 받을 수 없습니다."(*사마의의 사기성을 아주 잘 묘사하고 있다.)

조진이 자리에서 벌떡 일어나며 말했다: "만약 중달이 이 임무를 맡지 않는다면 이 나라는 틀림없이 위험에 빠질 것이오. 내 마땅히 병든 몸을 이끌고 들어가서 천자를 뵙고 당신을 추천하겠소."

사마의曰: "천자께서는 이미 제게 도독의 직책을 맡으라는 은명(恩命: 임관이나 사죄 등 임금의 은혜로운 명령)을 내리셨지만, 저로서는 감히 받을 수가 없습니다."

조진은 크게 기뻐하며 말했다: "중달이 이제 이 책임을 맡는다면 촉병을 물리칠 수 있을 것이오."

사마의는 조진이 직인職印을 재삼 양보하려는 것을 보고 마침내 총
사령관 직인을 받아가지고 다시 궁으로 들어가서 위주에게 하직인사
를 했다. 그리고는 군사들을 이끌고 공명과의 결전을 위해 장안長安으
로 달려갔다. 이야말로:

옛 장수(帥) 차던 직인 새 장수가 차고 　　　　舊帥印爲新帥取

두 방면의 군사들 한 길(祁山)로 오네. 　　　　兩路兵惟一路來

승부가 어찌될지 모르겠거든 다음 회를 읽어보기 바란다.

제 98 회 모종강 서시평序始評

(1). 진병進兵하는 데는 진병의 기책奇策이 있고, 퇴병退兵하는 데
는 또 퇴병의 기책이 있다. 상대로 하여금 이쪽이 진병하는 것을
모르도록 하고 진병해야만 적의 방해를 받지 않는다. 상대로 하여
금 이쪽이 퇴병하는 것을 모르도록 해야만 적의 엄습掩襲을 받지
않는다. 대체로 이기면 물러가지 않고, 이기지 못하면 물러간다는
것은 남들도 알고 있는 바이다. 이기지 못하면 물러가지 않고 일단
이기면 급히 물러간다는 것은 남들이 알고 있는 바가 아니다. 남들
이 모르는 것을 무후는 알고 있었으니, 나는 이 점에서 무후를 기
이하게 생각하는 것이다. 무후는 그것을 알고 있었고 사마의 또한
그것을 알고 있었으므로, 나는 이 점에서 사마의를 기이하게 생각
하는 것이다.

(2). 글(文)에는 앞의 글과 상응相應하는 것이 있어서, 뒤의 일을
보고는 그 전에 있었던 일을 더욱 믿게 된다. 일(事)에는 앞의 것
과 상반相反되는 것이 있어서 앞의 글을 읽고 나면 그 다음의 글을
더욱 헤아릴 수 없게 된다. 예컨대 무후武侯가 왕쌍王雙을 베어 죽

이고 진창을 습격한 일은 앞의 일과 상반되는 것이다. 왕쌍은 매우 용감하게 싸웠고, 학소郝昭는 성城을 매우 단단히 지켰다. 세 번 싸웠으나 이기지 못했는데 갑자기 하루아침(一朝)에 그를 베어 죽이고, 두 번이나 항복하라고 설득했으나 항복하지 않고, 여러 차례 공격했으나 함락시키지 못했는데, 갑자기 하루저녁(一夕)에 그 성을 취했다.

앞에서 매우 어려웠던 일이 없었다면 후에 와서 그 일을 매우 쉽게 이루어낸 것의 기이奇異함을 드러내 보일 수가 없는 법이다.

(3). 맹획을 일곱 번 사로잡은(七擒孟獲) 글의 교묘함은 서로 연속되어 있다는 점에 있고, 여섯 번 기산으로 나가는(六出祁山) 글의 교묘함은 서로 연속되어 있지 않다는 점에 있다. 첫 번째 기산으로 나간 후, 두 번째 기산으로 나가기 전에, 갑자기 육손陸遜이 위魏를 깨뜨린 일이 그 중간에 소개되는데, 이 일은 여러 회에 걸쳐 있다. 두 번째 기산을 나간 후 세 번째 기산을 나가기 전에 또 손권이 칭제稱帝하는 일이 중간에 소개되는데, 이 일은 한 회 내에 있다.

〈춘추좌씨전〉을 쓴 좌구명左丘明은 한 나라의 일을 서술하면서 반드시 곁들여 다른 나라의 일을 언급하면서 그 일을 상세하게 서술한다. 사마천司馬遷은 〈사기史記〉에서 한 가지 일을 서술하면서 반드시 곁들여 다른 일을 서술하는데 그 문장이 매우 곡진曲盡하다. 지금 〈삼국연의〉를 읽어보면 좌구명이나 사마천의 뛰어난 점보다 못하지 않다.

(4). 삼국 중에서 손권의 칭제稱帝가 유독 뒤쳐진 이유는 무엇인가?

나는 말한다: 맨 나중에 하지 않으면 안 될 형세였다. 조조가 죽기 전에 칭제를 하지 않았던 것은 조조가 천자의 칙명을 앞세워 쳐들어올까봐 두려웠기 때문이다. 조비曹조가 칭제를 하게 되었을 때에는 손권 역시 조비를 본받아 칭제할 수 있었지만 여전히 감히 하지 못했던 것은 촉蜀이 방금 동오를 치고 있는데 동오가 갑자기 칭제를 하게 되면 그 공격에 명분만 더해주기 때문이었다. 그리고 그때 동오는 마침 위魏에 구원을 청하고 있었는데, 동오가 갑자기 칭제하게 되면 이는 위魏로부터의 구원을 끊어버리는 것이 되기 때문이었다. 그래서 촉과 강화를 맺고 나서, 그리고 위가 이미 물러가고 나서, 촉은 바야흐로 위魏와 싸우고 있고 위는 방금 여러 차례 촉에 패하였을 때, 그 틈을 타서 천자의 지위에 오른 것이다. 이것이 바로 손권이 먼저 칭제하기를 신중히 피하고 나중에 칭제하게 된 까닭이다.

(5). 무후는 처음 기산祁山으로 나가면서 첫 번째 표문(前出師表)을 올렸고, 두 번째 기산으로 나가면서 다시 표문(後出師表)을 올렸는데, 왜 세 번째 나갈 때에는 표문을 올리지 않았는가?

나는 말한다: 무후의 의지는 결연했고, 그 말은 간절했는데, 이를 이미 〈후後 출사표出師表〉 한 편 안에 다 밝혀놓았다. 그 의지가 이미 결연했으므로 많은 말을 할 필요가 없었고, 그 말이 간절했으므로 다시 말을 덧붙일 필요가 없었다.

세 번째 기산으로 나갈 때에만 그랬던 것이 아니고 여섯 번 기산을 나갈(六出祁山) 때까지 역시 그의 의지와 말은 "죽은 후에야 그만둔다(死而後已)"는 한 마디 말로 충분히 아우를 수 있다.

제99회

제갈량, 위병을 크게 깨뜨리고
사마의, 서촉을 침범하다

〚 1 〛 촉한 건흥建興 7년(서기 229년) 여름 4월, 공명의 군사들은 기산에서 영채 세 개를 나누어 세워 놓고 위병이 오기를 기다렸다.

한편 사마의가 군사를 이끌고 장안에 도착하자 장합張郃이 맞이하며 지난 일들을 자세히 설명했다. 사마의는 장합을 선봉으로 삼고 대릉戴凌을 부장副將으로 삼아 군사 10만 명을 이끌고 기산으로 가서 위수渭水 남쪽에 영채를 세웠다.

곽회와 손례가 영채로 들어와서 인사를 하자, 사마의가 물었다: "자네들은 촉병과 마주보고 진을 치고 싸워본 적이 있는가?"

두 사람이 대답했다: "아직 없습니다."

사마의曰: "촉병들은 천리 먼 길을 왔으므로 속전速戰하는 편이 유리하다. 그런데도 지금 이곳까지 와서 싸우러 나오지 않는 데에는 틀림없이 무슨 계략이 있을 것이다. (*촉병이 싸우러 나오지 않는 것을 위장수의 입을 빌려 이야기하고 있다.) 농서隴西 여러 방면으로부터는 무슨 소식이 있었는가?"

곽회曰: "이미 우리 첩자가 알아낸 바에 의하면, 각 군에서는 충분히 신경 써서 밤낮으로 방비하고 있는데 별다른 일은 전혀 없다고 합니다. 다만 무도武都와 음평陰平 두 곳에서만 아직 회보回報가 없습니다."

사마의曰: "내 직접 사람을 보내서 공명과 싸우도록 할 것이다. 자네들 두 사람은 급히 작은 길로 가서 무도와 음평을 구하도록 하라. 그런 다음 촉병의 뒤를 엄습한다면 저들은 반드시 스스로 혼란에 빠질 것이다."(*역시 계책은 좋으나 다만 좀 늦은 게 흠이다.)

두 사람은 계책을 받고 군사 5천 명을 이끌고 무도와 음평을 구하기 위해 농서로 가는 소로로 가서 촉병의 뒤를 습격하려고 했다.

〖 2 〗 곽회가 길에서 손례에게 말했다: "중달은 공명에 비해 어떠한가?"

손례曰: "공명이 중달보다 훨씬 뛰어나오!"(*참으로 말한 그대로다. 묘한 것은 두 사람의 우열을 위장魏將의 입으로 판정하고 있다는 점이다.)

곽회曰: "공명이 비록 뛰어나기는 하지만, 이번 계책은 중달의 지모가 남들보다 뛰어나다는 것을 보여주기에 충분하다. 촉병들이 만약 두 군郡을 한창 공격하고 있다면, 우리가 뒤로부터 질러가서 들이칠 때 저들이 어찌 저절로 혼란에 빠지지 않을 수 있겠는가?"

한창 이야기를 하고 있을 때 갑자기 정찰병이 와서 보고했다: "음평은 이미 왕평에게 깨졌습니다. 그리고 무도는 이미 강유에게 깨졌습니다. (*이 일을 강유와 왕평의 편에서 이야기하지 않고 단지 곽회와 손례의 편으로부터 듣고 있는데, 이는 생필법이다.) 저 앞에 멀지 않은 곳에 촉병들이 있습니다."

손례曰: "촉병들이 이미 성을 깨뜨렸다면 무슨 이유로 군사들을 성밖에 늘어세워 놓고 있는가? 틀림없이 무슨 속임수가 있을 것이므로 차라리 속히 퇴군하는 게 나을 것 같소."

곽회가 그 말을 좇아서 막 군사들에게 물러나라는 명령을 전하려고 하는데 갑자기 포 소리가 울리더니 산 뒤로부터 한 부대의 군사들이 뛰쳐나왔는데, 깃발 위에는 "漢丞相 諸葛亮(한승상 제갈량)"이라고 크게 씌어 있고, 가운데는 사륜거四輪車 한 대가 있는데 그 위에 공명이 단정하게 앉아 있었다. 그리고 그 왼편에는 관흥이, 오른편에는 장포가 있었다. 손례와 곽회는 그것을 보고 크게 놀랐다.

공명이 크게 웃으며 말했다: "곽회와 손례는 달아나지 마라! 사마의의 계책으로 어찌 나를 속일 수 있겠느냐? 그는 매일 군사들을 시켜서 우리 영채 앞에 와서 싸우도록 해놓고는 (*사마의의 기산에서의 일을 또 공명의 입을 빌려 이야기하고 있다.) 반대로 너희들을 시켜서 우리 군사의 뒤를 기습하도록 했지만,(*사마의의 계산을 공명은 이미 다 계산하고 있다.) 무도와 음평은 내가 이미 취했느니라. 너희 둘이 빨리 와서 항복하지 않는 것은 군사를 몰고 와서 나와 결판을 내보겠다는 것이냐?"

곽회와 손례는 그 말을 듣고 크게 당황했다. 그때 갑자기 등 뒤에서 고함 소리가 요란하게 나면서 왕평과 강유가 군사들을 이끌고 뒤로부터 쳐들어왔고, 관흥과 장포는 앞에서 쳐들어와서 앞뒤로 협공하는 바람에, 위병은 대패했다.

곽회와 손례 두 사람은 말을 버리고 산을 기어올라 달아났다. 장포가 이들을 바라보고 말을 달려 쫓아가다가 뜻밖에도 그만 사람과 말이 함께 계곡 안으로 굴러 떨어지고 말았다. 뒤에 있던 군사들이 그것을 보고 정신없이 달려가서 붙들어 일으켰으나 이미 머리가 깨져 있었다.

공명은 사람을 시켜서 그를 성도로 돌려보내 치료를 받도록 했다.

〖 3 〗 한편 곽회와 손례 두 사람은 간신히 도망쳐서 돌아가 사마의를 보고 말했다: "무도와 음평 두 군郡은 이미 함락되었습니다. 공명이 요로에 군사를 매복시켜 두었다가 앞뒤로 공격하는 바람에 대패했습니다. 저희는 말을 버리고 걸어서 간신히 도망쳐 돌아올 수 있었습니다."

사마의曰: "이는 자네들의 죄가 아니라 공명의 지모가 나보다 앞서기 때문이다. (*손례만 그것을 알고 있는 게 아니라 사마의 자신도 그것을 알고 있다.) 자네 둘은 다시 군사들을 이끌고 가서 옹성雍城과 미성郿城을 지키되 절대로 싸우러 나가지 말라. 내게 따로 적을 깨뜨릴 계책이 있다."

두 사람은 하직인사를 하고 떠나갔다.

사마의는 장합과 대릉戴凌을 불러서 분부했다: "이제 공명이 무도와 음평을 취했으니 그는 틀림없이 백성들을 어루만져 민심을 안정시키러 다니느라 영채 안에 머물러 있지 않을 것이다. (*손례와 곽회가 길에서 공명과 마주친 일을 근거로 이런 추정을 한 것이다.) 자네들 두 사람은 각기 정예병 1만 명씩 이끌고 오늘 밤에 출발해서 촉병의 영채 뒤로 질러가서 일제히 용맹을 떨쳐 쳐들어가도록 하라. 나는 반대로 군사들을 이끌고 가서 그들 앞에서 진을 치고 있으면서 촉병의 형세가 어지러워지기를 기다렸다가 군사들을 대거 휘몰아 쳐들어갈 것이다. 양쪽의 군사들이 힘을 합친다면 촉의 영채를 빼앗을 수 있을 것이다. 만약 그곳의 산세山勢만 점거하게 되면 적을 깨뜨리기가 무엇이 어렵겠느냐!"

두 사람은 계책을 받고 군사를 이끌고 떠나갔다.

대릉은 왼편에서, 장합은 오른편에서 촉병의 영채 뒤로 깊숙이 들어가기 위해 각기 작은 길로 출발했다. 삼경(三更: 밤 11시~새벽 1시) 무렵에 큰길로 나와 양군이 서로 만나서 군사를 하나로 합친 다음 촉병의 배후에서 쳐들어갔다.

30리를 못 갔을 때 앞의 군사들이 더 이상 나아가지를 않았다. 장합과 대릉 두 사람이 직접 말을 달려가서 보니 마초를 실은 수레 수백 대가 앞길을 가로막고 있는 것이었다.

장합曰: "이는 틀림없이 적들이 대비하고 있음이다. 급히 길을 잡아 돌아가는 것이 좋겠다."

장합이 퇴군령을 내리자마자 온 산 가득히 일제히 불빛이 밝혀지고 북소리와 나팔소리가 크게 진동하면서 복병들이 사방에서 모두 뛰쳐 나와 두 사람을 에워쌌다.

공명이 기산 위에서 큰소리로 외쳤다: "대릉과 장합은 내 말을 들어라. 사마의는 내가 무도와 음평으로 백성들을 위무하러 가서 영채에 없을 것으로 생각하고 너희 두 사람에게 우리 영채를 겁탈하러 가라고 했지만, 너희는 도리어 내 계책에 걸려들고 말았다. (*공명이 영채 안에서 그들이 영채를 습격하러 올 것을 예견하여 복병을 보낸 것은 말하지 않고 여기에서 돌연히 나타났는데, 이는 장합과 대릉이 예상하지 못했던 것일 뿐만 아니라 지금의 독자들 역시 전혀 예상하지 못했던 일이다.) 너희 두 사람은 이름도 없는 하급 장수들인지라 내 너희들을 죽이지 않을 테니 빨리 말에서 내려 항복해라!"

장합은 크게 화가 나서 공명을 가리키며 욕을 했다: "너는 시골(山野)에 살던 일개 촌놈으로 우리 대국의 국경을 침범해 왔으면서 어찌 감히 그 따위 말을 한단 말이냐! 내 만약 너를 잡는다면 네놈의 시체를 조각조각 수없이 토막을 내고 말 것이다."

말을 마치자 창을 꼬나들고 말을 달려 산 위로 쳐 올라갔다. 그때 산 위에서 화살과 돌이 비 오듯 퍼부어 대서 장합은 산 위로 올라갈 수가 없었다. 그러자 말에 박차를 가하고 창을 휘두르며 겹겹이 쳐진 포위망을 뚫고 나갔는데 감히 그를 대적할 자가 없었다.

이때 촉병들은 대릉을 한가운데 두고 에워싸고 있었다. 장합은 먼저 왔던 길로 뛰쳐나갔는데 대릉이 보이지 않아서 즉시 용맹을 떨쳐 몸을 되돌려 겹겹이 쳐진 포위망 속으로 뛰어 들어가서 대릉을 구해 가지고 돌아갔다. (*장합의 용맹함을 한껏 이야기한 것은 바로 뒤에 가서 활로 장합을 쏘아 죽이게 되는 것의 복선이다.)

공명은 산 위에서 장합이 수많은 군사들 속에서 왔다 갔다 하면서 좌충우돌하는데 그 용맹함이 갈수록 배가(倍加)되는 것을 보고 좌우 사람들에게 말했다: "전에 장익덕(張翼德: 장비)이 장합과 대판 싸울 때 사람들이 다들 그것을 보고 놀랐다고 한 말을 들은 적이 있는데, (*제70회에 나온 일이다.) 오늘 보니 비로소 그의 용맹함을 알겠구나! 만약 그대로 살려두었다가는 틀림없이 우리 촉(蜀)에 해가 될 것이다. 내 마땅히 저 자를 없애버려야겠다."(*목문도(木門道)에서의 화살 이야기는 이미 여기에 엎드려 있다.)

마침내 군사를 거두어 영채로 돌아갔다.

〖 4 〗 한편 사마의는 군사를 이끌고 나가 진세를 펼쳐놓고 촉병들이 혼란해지기를 기다려서 일제히 공격하려고 했다. 그때 갑자기 장합과 대릉이 낭패를 보고 돌아와서 고했다: "공명이 미리 이처럼 방비하고 있어서 그만 크게 패하고 돌아왔습니다."

사마의가 크게 놀라며 말했다: "공명은 참으로 귀신같은 사람(神人)이구나! 일단은 물러나는 게 좋겠다."

즉시 명을 내려 대군으로 하여금 전부 본채로 돌아가도록 한 다음 굳게 지키고 싸우러 나가지 않았다.

한편 공명은 싸움에서 대승하여 노획한 병기와 말들이 셀 수 없이 많았는데, 이에 대군을 이끌고 영채로 돌아갔다. 그 뒤로 공명은 매일 위연으로 하여금 싸움을 걸도록 했으나 위병들은 싸우러 나오지 않았다. 연달아 보름 동안 한 번도 싸워 보지 못했다.

공명이 막사 안에서 한창 깊이 생각에 잠겨 있을 때 갑자기 보고하기를, 천자께서 시중侍中 비의費禕를 보내서 칙서를 가져왔다고 했다. 공명은 그를 영채 안으로 맞아들여 향불을 피워놓고 절을 한 다음 칙서를 낭독하도록 했다:

"가정街亭에서의 싸움은 그 허물이 마속馬謖에게 있었음에도 그대
는 자신의 허물로 돌리면서 스스로의 관직을 심히 낮추었도다. 그
때는 그대의 뜻을 거역하기 어려워서 그대 뜻에 따라 그대의 현재
직무를 대리하도록 하였도다.

그대는 전년에는 군의 위력을 과시하면서 왕쌍의 머리를 베었
고, 금년에는 정벌을 나가서 곽회를 달아나게 하였으며, 저(氐: 서방
의 소수민족)와 강(羌: 서방의 소수민족) 두 나라의 군사들을 항복시켰
고, 무도武都와 음평陰平 두 군을 회복하여 흉악하고 포학한 무리에
게 위엄을 크게 떨쳤으니 그 공적이 분명히 드러났도다.

지금은 바야흐로 천하가 시끄러우나 아직 가장 큰 악(즉, 위주魏主
조예)을 베어버리지 못한 상황인데, 그대는 큰 소임을 맡아서 나라
의 중대사를 주관하고 있으면서도 오랫동안 스스로 낮은 지위에 있
는바, 이는 큰 공적을 빛나게 할 방도(所以)가 아니니라. 이제 그대
를 다시 승상의 지위로 되돌리려 하니, 그대는 부디 사양하지 말지
어다!"

공명은 칙명의 낭독을 다 듣고 나서 비의에게 말했다: "나는 아직 나라 일을 이룩하지 못했는데 어찌 승상의 직위에 복귀할 수 있겠소?"

그는 한사코 사양하고 받지 않았다.

비의가 말했다: "승상께서 만약에 관직을 받지 않으신다면 이는 천자의 뜻을 어기는 것이며, 또한 장졸들의 마음을 섭섭하게 하는 것입니다. (*군중에서 벼슬을 되돌려 주려는 것은 승상의 공적에 대한 보답만이 아니라 그로써 장사들의 사기를 북돋우려는 것이다.) 우선 받으셔야만 합니다."

공명은 그제야 절을 하고 받았다. (*왕쌍을 베어죽인 직후에 벼슬을 주지 않고 곽회를 깨뜨린 후에 준다. 승상처럼 공이 있음에도 오히려 이처럼 감히 벼슬을 남발하지 못하는데 사람들은 어찌하여 공로도 없으면서 봉록을 누리려고 하는가?) 비의는 하직하고 돌아갔다.

〖 5 〗 공명은 사마의가 싸우러 나오지 않는 것을 보고 한 가지 계책을 생각해 내서 각처의 영채들에 명을 전하여 전부 영채를 거두어 물러가도록 했다. 당연히 첩자가 있어서 사마의에게 공명이 퇴군했다는 보고를 올렸다.

사마의가 말했다: "공명은 틀림없이 큰 계략이 있을 테니 경솔하게 움직여서는 안 된다."

장합曰: "이는 틀림없이 군량이 떨어져서 돌아가는 것입니다. 어찌하여 추격하지 않으십니까?"

사마의曰: "내가 헤아려보니, 공명 쪽은 지난해에 풍년이었고 지금은 또 밀이 익어서 군량과 마초가 풍족할 것이오. 비록 군량 운반에 어려움이 있지만 그래도 역시 앞으로 반년은 버틸 수 있을 텐데 어찌 곧바로 물러가려고 하겠소? 그는 우리가 연일 싸우러 나오지 않는 것을 보고는 일부러 이런 계책을 내서 우리를 유인하려는 것이오. 사람을 멀리까지 정탐 보내서 알아보도록 하는 것이 좋겠소."(*중달의 세심함을 묘사하고 있다.)

군사가 알아보고 돌아와서 보고했다: "공명은 여기서 3십 리 떨어진 곳에 영채를 세워놓고 있습니다."

사마의曰: "내 짐작했던 대로 과연 공명은 달아나지 않았소. 우선은 영채와 울타리를 굳게 지키고 경솔하게 나가서는 안 되오."

열흘 동안 머물러 있었으나 전혀 아무런 소식도 없고 또 싸움을 걸어오는 촉의 장수도 없었다.

사마의는 다시 사람을 시켜서 정탐하도록 했는데, 그가 돌아와서 보고했다: "촉병들은 이미 영채를 거두어 떠나가 버렸습니다."

사마의는 그 말을 믿지 않고 곧바로 옷을 갈아입고 군사들 틈에 끼어 직접 가서 살펴보았더니 과연 촉병들은 또 30리 뒤로 물러나서 영채를 세워놓고 있었다.

사마의는 영채로 돌아와서 장합에게 말했다: "이는 공명의 계책이오. 뒤를 추격해서는 안 되오."

또 열흘이 지나 다시 사람을 보내서 알아보게 했더니, 그가 돌아와서 보고했다: "촉병들은 또 30리 뒤로 물러나서 영채를 세워놓고 있습니다."

장합이 말했다: "공명은 서서히 군사를 움직이는 계책(緩兵計)을 써서 점차로 한중으로 물러가고 있습니다. 도독께선 어찌하여 의심을 품고 빨리 추격하지 않으십니까? 제가 가서 한번 싸워보겠습니다."

사마의曰: "공명은 남을 속이는 계책을 극히 많이 구사하는데, 만약 실수를 했다가는 우리 군사들의 사기를 잃게 되므로 경솔하게 나아가서는 안 되오."

장합曰: "제가 가서 만약 패하면 군령軍令을 달게 받겠습니다."

사마의曰: "기왕에 꼭 가겠다면 군사를 두 갈래로 나누어 당신이 반을 이끌고 먼저 가서 온 힘을 다해 죽기로 싸우고, 나는 나머지 반을 이끌고 뒤따라가면서 호응하여 복병을 막도록 합시다. 장군은 내일 먼저 출발하되 반쯤 가서 군사들을 주둔시켜 놓고 그 다음날 싸우도록 해서 군사들이 지치지 않도록 하시오."

그리고는 군사를 둘로 나누었다.

다음날 장합과 대릉은 부장副將 수십 명과 정예병 3만 명을 이끌고 기세당당하게 먼저 출발하여 중간쯤에 이르러 영채를 세웠다. 사마의는 대부분의 군사들을 남겨두어 영채를 지키도록 하고, 자신은 다만 정예병 5천 명만 이끌고 뒤따라 출발했다.

〖 6 〗 원래 공명은 은밀히 사람을 시켜서 적의 동정을 살피도록 했던 것인데 위병들이 중간에서 쉬고 있는 것을 알게 되었다.

이날 밤, 공명은 여러 장수들을 불러서 상의했다: "지금 위병들이 우리 뒤를 쫓아오고 있는데 저들은 틀림없이 죽기 살기로 싸우려 들 것이다. 너희들도 모름지기 한 사람이 열 명씩을 당해내도록 해야 한다. 나는 복병을 써서 저들의 뒤를 끊으려고 하는데, 이 임무는 지모와 용맹을 겸비한 장수가 아니고는 감당할 수 없다."

말을 마치고는 눈으로 위연을 보았다. 그러나 위연은 고개를 숙이고 아무 말도 하지 않았다. (*위연이 이때 앞장을 서려고 하지 않은 것은 그가 건의한 자오곡子午谷으로 진군하자는 계책이 받아들여지지 않아 속으로 서운해 하고 있었기 때문으로, 그는 이미 이전의 위연이 아니다.)

왕평이 나서며 말했다: "제가 그 일을 맡겠습니다."

공명曰: "만약 실수하면 어찌하겠느냐?"

왕평曰: "군령에 따르겠습니다."

공명이 탄식하며 말했다: "왕평은 자기 몸을 내버려 가면서까지 친히 화살과 돌을 무릅쓰려고 하니 참으로 충신이로다! (*왕평을 칭찬하는 것은 곧 위연을 질책하는 것이 된다. 즉, 위연에 대한 반츤反衬이다.) 비록 그렇기는 하나 위병이 두 갈래로 나뉘어 전후로 와서는 우리 복병을 중간에 두고 끊는다면, 왕평이 설령 지모와 용맹이 있다고 하더라도, 한 쪽만 대적할 수 있지 어떻게 몸을 둘로 나누어서 양쪽을 대적할 수 있겠느냐? 아무래도 장수 한 사람을 더 구해서 같이 가도록 해야겠다. 그러나 군중에 자기 목숨을 내놓고 앞장서겠다는 사람이 없으니 이를 어찌하면 좋으냐?"(*또 다른 사람을 자극하는 수법, 즉 격법激法을 쓰고 있다.)

그 말이 미처 끝나기도 전에 한 장수가 나서며 말했다: "제가 가겠습니다!"

공명이 보니 바로 장익張翼이었다.

공명曰: "장합은 위魏의 명장으로 1만 명의 장사들이 덤벼도 그 한 사람을 당해낼 수 없을 정도로 용맹하므로(萬夫不當之勇), 너는 그의 적수가 못 된다."(*또 다른 사람을 자극하는 수법(激法)을 쓰고 있다.)

장익曰: "만약 일을 그르치게 되면 제 머리를 휘하에 바치겠습니다."

공명曰: "네가 기왕에 감히 가겠다니, 그러면 왕평과 같이 각기 정예병 1만 명씩 이끌고 가서 산골짜기에 매복하고 있되, 다만 위병이 쫓아올 때까지 기다렸다가 그들이 전부 지나가도록 놔두고, 그 후에 너희들은 복병을 이끌고 가서 그들 뒤에서 엄습하도록 해라. 만약 사마의가 뒤를 쫓아오거든 군사들을 두 편으로 나누어 장익은 일군을 이끌고 뒤쪽 부대를 막고, 왕평은 일군을 이끌고 앞쪽 부대를 막도록 해라. 양군이 모두 죽기 살기로 싸워야만 한다. 그러면 나는 별도의 계책으로 너희를 도울 것이다."

두 사람은 계책을 받고 군사를 이끌고 떠나갔다.

공명은 또 강유와 요화를 불러서 분부했다: "너희 두 사람에게 비단 주머니(錦囊) 한 개를 줄 테니 정예병 3천 명을 이끌고 가되 깃발도 눕혀 놓고 북도 치지 말고 저 앞에 있는 산 위에서 매복하고 있어라. 만약 위병들이 왕평과 장익을 포위하여 상황이 매우 위급해지거든, 구하러 갈 필요는 없고, 다만 금낭만 열어보면 그 안에 위급한 상황을 해결할 계책이 따로 들어 있을 것이다."

두 사람은 계책을 받고 군사들을 이끌고 떠나갔다.

공명은 또 오반과 오의, 마충과 장익 네 장수를 불러서 귓속말로 분부했다: "만약 내일 위병이 당도하면 저들의 사기가 한창 왕성할 때이므로 곧바로 맞이해 싸우지 말고 잠시 싸우다가는 곧바로 달아나기를 되풀이 하거라. 그러면서 관흥이 군사들을 이끌고 와서 적진을 치는 것을 보고 나서 너희들은 곧바로 군사들을 되돌려 쫓아가면서 공격하도록 해라. 내 따로 군사들을 보내서 지원해 줄 것이다."

네 장수는 계책을 받고 군사들을 이끌고 떠나갔다.

공명은 또 관흥을 불러서 분부했다: "너는 정예병 5천 명을 이끌고 가서 산골짜기에 매복해 있다가 산 위에서 붉은색 깃발을 흔드는 것을 보고는 군사들을 이끌고 쳐들어가거라."

관흥은 계책을 받고 군사들을 이끌고 떠나갔다.

〖 7 〗 한편 장합과 대릉戴凌이 군사를 거느리고 질풍같이 추격해 왔다. 마충과 장익, 오의와 오반 등 네 장수들이 말을 타고 맞이해 싸우러 나갔다. 장합은 크게 화를 내면서 군사를 휘몰아 추격해 왔다. 촉병들은 잠시 싸우다가는 곧바로 달아나기를 되풀이했다. 위병들은 약 20여 리나 쫓아왔다.

이때는 마침 6월이라 날씨가 찌는 듯이 더워서 군사들은 땀을 마치 물을 뿌리듯이 흘렸다. 50리 밖까지 쫓아갔을 때에는 위병들은 전부 숨이 가빠서 헉헉거렸다.

이때 공명이 산 위에서 붉은 깃발을 한번 흔들자 관흥이 군사들을 이끌고 쳐들어갔다. 마충 등 네 장수들도 일제히 군사들을 이끌고 되돌아와서 덮쳐 싸웠다. 그러나 장합과 대릉은 죽기 살기로 싸우면서 물러나지 않았다. 그때 갑자기 함성이 크게 진동하면서 두 방면의 군사들이 쳐들어왔는데 바로 왕평과 장익이었다. 그들은 각기 용맹을 떨치며 싸워서 위병들이 돌아갈 길을 끊었다.

장합은 수하 여러 장수들을 보고 큰 소리로 외쳤다: "너희들은 이런 상황에서 죽기 살기로 싸우지 않고 다시 어느 때를 기다리느냐!"

위병들은 있는 힘을 다해 싸웠으나 포위망에서 벗어날 수 없었다. 그때 갑자기 배후에서 북소리와 나팔소리가 요란하게 울리며 사마의가 직접 정예병들을 거느리고 달려왔다. 사마의는 여러 장수들을 지휘하여 왕평과 장익을 가운데 두고 에워쌌다. (*이런 상황도 이미 공명의 계산속에 들어 있다.)

장익이 큰소리로 외쳤다: "승상은 참으로 신인神人이시다. 계책을 이미 다 세워놓아 반드시 좋은 수가 있을 것이다. 우리는 죽음을 무릅쓰고 싸워야 한다."

그리고는 즉시 군사를 두 방면으로 나누어 왕평은 일군을 이끌고 장합과 대릉을 막고, 장익은 일군을 이끌고 힘껏 사마의를 상대했다. 양쪽에서 죽기 살기로 싸우는데, 죽여라! 고 외치는 소리가 하늘에 닿았다.

강유와 요화가 산 위에서 살펴보니 위병의 세력은 대단한데 촉병들은 힘이 떨어져서 점점 당해내지 못하고 있었다.

강유가 요화에게 말했다: "상황이 이처럼 위급하니 비단주머니를 열어서 계책을 봅시다."

두 사람이 주머니를 열어 계책을 꺼내 보니, 그 속에 씌어 있기를: "만약 사마의의 군사들이 와서 왕평과 장익을 에워싸서 그 형세가 극히 위급하거든 자네들 두 사람은 군사들을 두 갈래로 나누어서 사마의의 영채를 습격하러 가도록 하라. 사마의는 틀림없이 급히 군사를 물릴 것이다. 자네들이 어지러운 틈을 타서 그것을 공격한다면, 영채는 비록 손에 넣지 못하더라도 완벽한 승리를 거둘 수 있을 것이다."(*비단주머니 속에 들어 있는 몇 마디 말이 여기에서 비로소 드러나는데, 엄청난 기밀 사항이다.)

두 사람은 크게 기뻐하면서 즉시 군사들을 두 갈래로 나누어 곧장 사마의의 영채를 습격하러 갔다.

〖 8 〗 원래 사마의 역시 공명의 계책에 걸려들게 될까 두려워서 오는 도중에 사람들로 하여금 잠시도 쉬지 말고 소식을 전하도록 해놓았다.

사마의가 한창 싸움을 재촉하고 있을 때 갑자기 연락병이 달려와서 급보를 전하기를, 촉병들이 두 방면으로 나뉘어 위魏의 영채를 습격하러 갔다고 했다. (*강유와 요화가 사마의의 영채를 습격한 일은 단지 사마의가 듣는 말로써만 허사虛寫되고 있다. 묘하다!)

사마의는 대경실색하여 여러 장수들에게 말했다: "나는 공명에게 무슨 계책이 있을 거라고 예상했었는데 너희들은 내 말을 믿지 않고 억지로 추격해 가더니 결국 대사를 그르치고 말았구나!"

그는 즉시 군사를 데리고 급히 돌아가려고 했다. 위의 군사들은 놀라고 당황하여 어지러이 달아났다. 장익이 그들을 뒤따라 들이쳐서 위병은 크게 패했다. 장합과 대릉은 자신들만 외따로 떨어져 있음을 보고는 그들 역시 산속의 작은 길을 향해 달아났다.

촉병들은 대승을 거두었다. 배후에서 관흥이 군사를 이끌고 와서 여러 방면의 군사들을 지원했다. 사마의가 한바탕 싸움에서 크게 패하여 급히 달아나 자기 영채로 들어갔을 때에는 촉병들은 이미 스스로 돌아가 버렸다.

사마의는 패잔병들을 거두고 나서 여러 장수들을 책망했다: "너희들은 병법도 모르면서 오로지 혈기血氣만 믿고 나가 싸우자고 우기더니 결국 이처럼 패하고 말았다. 이후로는 절대 멋대로 행동하는 것을 용납하지 않을 것이다. 또다시 명령을 준수하지 않을 때에는 결단코 군법으로 다스릴 것이다!"

많은 장수들은 다들 부끄러워하면서 물러갔다. 이번 싸움에서 위장魏將들 중에 죽은 자가 극히 많이 나왔으며, 내버리고 온 말과 무기들도 무수히 많았다.

〖 9 〗한편 공명이 싸움에 이긴 군사들을 거두어 영채로 들어가서 또다시 군사를 일으켜 출병하려고 하는데 갑자기 보고해 오기를, 성도로부터 온 사람이 전한 소식에 의하면 장포張苞가 죽었다는 것이었다. (*조운의 죽음은 〈후後 출사표〉 내에서 언급되고 있으나 장포의 죽음은 〈후출사표〉에서 언급되지 않은 것이다.)

공명은 그 말을 듣자 목 놓아 통곡하더니 입으로 피를 토하고 혼절하여 땅에 쓰러졌다. 여러 사람들이 구호해서 다시 깨어났으나, 공명은 이로부터 병을 얻어 침상에 드러누워 일어나지 못했다. (*조조는 전위典韋의 죽음에 곡哭을 했고, 공명은 장포의 죽음에 곡을 했다. 그러나 조조는 그로 인해 병이 나지 않았으나 공명은 병이 났다. 곡은 거짓으로 할 수 있어도 병은 거짓으로 얻을 수 없다.)

모든 장수들은 (공명이 그처럼 부하 장수의 죽음을 애통해 하는 것을 보고) 한 사람도 예외 없이 다들 크게 감격했다. 후세 사람이 이를 탄식하여 지은 시가 있으니:

용맹한 장포 나라 위해 공 세우려 했으나　　悍勇張苞欲建功
가엾구나, 하늘이 영웅을 도와주지 않네.　　可憐天不助英雄
무후가 서풍 향해 눈물 뿌린 까닭은　　武侯淚向西風灑
자신을 도와 줄 사람 없음 생각해서였네.　　爲念無人佐鞠躬

열흘 후 공명은 동궐董厥과 번건樊建 등을 막사 안으로 불러들여 분부했다: "나는 정신이 몽롱해서 일을 처리할 수가 없구나. 차라리 일단 한중으로 돌아가서 병부터 고치고 나서 다시 좋은 방도를 찾는 것이 좋겠다. 너희들은 절대 이 사실을 누설해서는 안 된다. 만약 사마의가 알게 되면 틀림없이 쳐들어올 것이다."

그리고는 명을 전하여 그날 밤 몰래 영채를 거두어 전부 한중으로 돌아가도록 했다. 공명이 떠나간 지 닷새가 지나서야 사마의는 비로소 그 사실을 알고 길게 탄식하며 말했다: "공명은 참으로 신출귀몰하는 계책이 있구나. 나는 도저히 그에게 미치지 못하겠구나!"

이에 사마의는 여러 장수들을 영채 안에 남겨두어 군사를 나누어서 각처의 요충지들을 지키도록 하고, 자신은 군사를 돌려 낙양으로 돌아갔다.

〖 10 〗 한편 공명은 대군을 한중漢中에 주둔시켜 놓고 자신은 병 치료를 위해 성도成都로 돌아갔다. 문무 관료들이 성 밖으로 나가서 영접하여 승상부 안으로 들어갔다. 후주는 어가를 타고 친히 와서 병문안을 하고 어의御醫에게 명하여 치료해 주도록 했다. 공명의 병은 나날이 조금씩 나아갔다.

건흥建興 8년(서기 230) 가을 7월, 위의 도독 조진曹眞은 병이 낫자 (*방금 무후의 병이 나았음을 서술하고 또 갑자기 조진의 병이 나았음을 서술하는데, 장부闘筍처럼 절묘하게 들어맞는다.) 이에 표문을 올려 아뢰었다: "촉병이 여러 차례 경계를 넘어와서 누차 중원中原을 범하는데, 만약 토벌하여 제거하지 않으면 반드시 후환이 될 것이옵니다. 이제 때도 마침 가을이어서 날씨는 서늘하고 (*전문에서 염천炎天의 날씨였다고 한 것에 상응한다.) 군사들은 편히 쉬어 한가로우므로 정벌하러 가기에 안성맞춤이옵니다. 신은 사마의와 같이 대군을 거느리고 곧장 한중으로 들어가서 간사한 무리들을 전멸시킴으로써 변경을 깨끗이 하고자 하옵니다."(*촉이 역적 위魏를 치지 않더라도 역적 위는 역시 한을 친다는 것으로, 과연 〈후 출사표〉의 말 그대로이다.)

위주는 크게 기뻐하면서 시중侍中 유엽劉曄에게 물었다: "자단(子丹: 조진)이 짐에게 촉을 치라고 권하는데 어찌해야겠는가?"

유엽이 아뢰었다: "대장군의 말이 옳사옵니다. 지금 만약 토벌하여 제거하지 않는다면 후에 가서 반드시 큰 우환이 될 것이옵니다. 폐하께서는 곧바로 이를 추진하도록 하시옵소서."(*역적 위 역시 촉과 양립할 수 없다고 생각하는 것을 볼 수 있다.)

조예는 고개를 끄덕였다.

유엽이 궁에서 나가 집으로 돌아가자 여러 대신들이 찾아와서 물었다: "듣자니 천자께서는 공과 더불어 군사를 일으켜 촉을 칠 일을 의논하셨다고 하는데, 이 일이 어찌된 것입니까?"

유엽曰: "그런 일은 없었소. 촉 땅은 산천이 험하기 때문에 쉽게 도모할 수가 없으므로 부질없이 군사들만 고생시킬 뿐, 나라에는 유익함이 없소."(*갑자기 여러 사람들을 속여 넘기려고 한다.)

여러 관원들은 유엽의 말을 듣고 다들 더 이상 말하지 않고 나갔다.

양기楊暨가 궁에 들어가서 아뢰었다: "어제는 유엽이 폐하께 촉을 치도록 권했다고 들었사온데, 오늘은 여러 신하들과 의논하면서 또 쳐서는 안 된다고 말했습니다. 이는 폐하를 기망하는 것이옵니다. 폐하께서는 어찌하여 그를 불러들이시어 그 까닭을 물어보지 않으시옵니까?"

조예는 즉시 유엽을 궁으로 불러들여 물었다: "경은 짐에게 촉을 치라고 권했으면서 지금은 또 쳐서는 안 된다고 말하는데, 그 까닭이 무엇이오?"

유엽曰: "신이 다시 자세히 생각해보니 촉을 쳐서는 안 될 것 같습니다."(*또 천자의 면전에서까지 여러 사람들을 속여 넘기려고 한다. 더욱 절묘하다.)

조예는 어이가 없어 크게 웃었다. 잠시 후 양기가 궁에서 나가자 유엽이 아뢰었다: "신이 어제 폐하께 촉을 치도록 권한 것은 곧 나라의 큰일이옵니다. 어찌 함부로 사람들에게 누설할 수 있겠나이까? 대저 군사에 관한 일은 속임수이옵니다(夫兵者, 詭道). 군사를 움직이기 전에는 반드시 비밀로 해야 하옵니다."(*이 전에는 다만 이래도 좋고 저래도 좋다는 식의 애매모호한(模稜兩可) 사람인 줄로 의심했으나, 여기에 이르러 비로소 그는 생각이 아주 깊은 사람임을 알 수 있다.)

조예는 크게 깨닫고 말했다: "경의 말이 맞소."

조예는 이 일이 있은 후로 그를 더욱 공경하고 소중히 여기게 되었다.

그로부터 열흘이 못 되어 사마의가 조정에 들어오자 위주는 조진이 표문을 올려 상주한 일을 하나하나 이야기해 주었다.

사마의가 아뢰었다: "신이 생각하기로는 동오에서는 감히 군사를 움직이지 못할 것이오니, 지금은 바로 이런 틈을 타서 촉을 치러 가는 것이 좋을 것이옵니다."

조예는 즉시 조진을 대사마大司馬·정서대도독征西大都督으로 삼고, 사마의를 대장군大將軍·정서부도독征西副都督으로 삼고,(*이때 대도독의 인수印綬는 또 조진이 차고 있는데, 이로써 전번에 사마의가 겸양했던 것은 바로 예의상 올바른 행동이었음을 알 수 있다.) 유엽을 군사軍師로 삼았다. 세 사람은 위주에게 하직인사를 하고 40만 명의 대군을 이끌고 앞으로 나아가 장안에 당도한 다음 한중을 취하러 곧장 검각(劍閣: 감숙성 천수시天水市 서남)으로 달려갔다. 그 밖에 곽회와 손례孫禮 등도 각기 길을 취하여 나아갔다.

〖 11 〗한중漢中 사람이 이 일을 성도에 알렸다. 이때 공명은 병이 나은 지 오래 되었기에 매일 군사들을 훈련시키고 팔진법八陣法을 가르쳐서 모두들 숙달시킨 후 (*다음 회의 진법陣法 대결을 위한 복필이다.) 중원을 치러 가려고 했는데, 바로 그때 이 소식을 듣게 되었던 것이다. (*마침 역적을 치려고 할 때 역적이 도리어 쳐달라고 스스로 찾아온다.)

공명은 장억과 왕평을 불러서 분부했다: "너희 두 사람이 먼저 군사 1천 명을 이끌고 가서 진창으로 가는 옛 길을 지키고 위병을 막도록 하라. (*40만 명의 대군을 막는데 겨우 1천 명의 군사만 쓰겠다니, 아무도 헤아릴 수 없도록 한다.) 그 다음에 내가 곧바로 대군을 이끌고 가서 후원할 것이다."

두 사람이 고했다: "보고에 의하면 위병은 40만 명인데, 저들은 80만 명이라고 큰소리치고 있습니다. 저처럼 엄청난 형세로 쳐들어오고 있는데 어떻게 겨우 군사 1천 명을 주시면서 가서 요충지를 지키라고 하십니까? 만약 위병들이 대거 쳐들어오면 무슨 수로 막겠습니까?" (*두 사람만 납득할 수 없는 것이 아니라 독자들 역시 납득할 수 없다.)

공명曰: "나는 많이 주고 싶지만 군사들만 고생시킬까봐 염려되어 그러는 것이다."

장억과 왕평은 서로 얼굴을 쳐다보면서 둘 다 감히 떠나가려고 하지 않았다.

공명이 말했다: "혹시 잘못되는 일이 있더라도 그것은 너희들의 죄가 아니다. 여러 말 말고 빨리 가도록 하라!"

두 사람은 또 애원했다: "승상께서 저희 둘을 죽이고자 하신다면 바로 이 자리에서 죽여주십시오. 저희들은 감히 갈 수가 없습니다." (*두 사람만 애원하는 것이 아니라 나 역시 그들을 위해 애원하려고 한다.)

공명이 웃으면서 말했다: "어찌 이렇게도 어리석으냐! 내가 너희들을 가도록 하는 것은 달리 생각이 있기 때문이다. 내 어젯밤에 천문을 살펴보았더니 필성畢星이 달의 궤도(太陰之分)에 걸려 있었다. 이는 한 달 안에 반드시 큰비가 줄기차게 내릴 조짐이니라. (*공명은 바람을 알고 안개를 알고 또 비까지 알고 있다.) 위병들이 비록 40만 명이라 하더라도 그런 날씨에 어찌 감히 험한 산지山地로 깊이 들어올 수 있겠느냐? 그러므로 군사를 많이 보내지 않더라도 결코 아무런 해도 입지 않을 것이다.

나는 대군을 모두 한 달 동안 한중漢中에서 편히 푹 쉬도록 하면서 위병들이 물러가기를 기다릴 것이다. 그들이 물러갈 때 대군으로 저들의 뒤를 엄습한다면, 이는 편히 쉰 군사들로 지칠 대로 지친 적을 상대하는 것이니(以逸待勞), 우리의 10만 군사들로 위병 40만을 충분히 이길 수 있을 것이다."(*이제야 비로소 모든 사정들을 다 설명하고 있다.)

두 사람은 듣고 나서 비로소 크게 기뻐하며 하직인사를 하고 떠나갔다.

공명은 뒤따라 대군을 거느리고 한중으로 나가서, 각처의 요해처마다 땔나무와 군량과 마초 등을, 한 달 동안 군사들과 말들이 쓰기에 충분할 정도로 미리 다 준비해 놓아 가을철 장맛비에 대비하도록 지시했다. 그리고 모든 군사들에게는 한 달 간의 기한을 추가로 주고 옷과 양식을 먼저 지급하여 출정할 날을 기다리도록 했다.

〖 12 〗한편 조진과 사마의가 같이 대군을 거느리고 곧장 진창성 안에 이르러 보니 집이라고는 단 한 채도 보이지 않았다. 그 고장 사람을 찾아서 물어보니 다들 말하기를, 공명이 돌아갈 때 불을 질러서 태워버렸다고 했다. (*앞의 일을 여기에서 보충 설명하고 있다.)

조진은 곧바로 진창의 길로 해서 진군進軍하려고 하자 사마의가 말했다: "경솔히 나아가서는 안 됩니다. 제가 밤에 천문을 살펴보니 필성畢星이 달의 궤도에 걸려 있었는데, 이는 이달 안에 반드시 큰비가 내릴 조짐입니다. (*공명도 비가 올 줄 알았고 중달도 비가 올 줄 알았다. 다만 공명은 그것이 한 달 동안 올 비일 줄 알았으나 중달은 그것이 한 달 동안 내릴 비일 줄 반드시 알았던 것은 아니다.) 만약 적진 깊숙이 쳐들어 갔다가 혹시 이긴다면 괜찮지만 만약 잘못되는 날에는 군사들만 고생 하게 되고, 또 군사들을 물리려 해도 어렵습니다. 우선 성 안에 초막들 을 지어놓고 머물러 있으면서 장마에 대비하도록 해야 합니다."

조진은 그의 말을 따랐다.

보름도 안 되어 큰비가 내리기 시작하더니 연일 그치지 않았다. 진 창성 밖의 평지에도 물이 3자 깊이나 되어서 병장기들이 모두 젖었고, 사람들은 잠을 잘 수 없어서 밤낮으로 불안하게 지내야 했다. (*부엌이 물에 잠겨서 그곳에 개구리가 알을 낳는 상황이 옛날 진양晉陽에서의 그 당시 모습과 매우 흡사하다.)

큰비가 30일 동안이나 계속 내리자 말들은 먹을 꼴이 없어 무수히 죽어나갔고, 군사들의 입에서는 원성이 끊어지지 않았다.

이 소식이 낙양에 전해지자 위주魏主는 단을 쌓아놓고 비가 그치기 를 비는 기청제祈晴祭를 지냈으나 소용없었다.

이때 황문시랑黃門侍郎 왕숙王肅이 상소문을 올렸다:

〖 13 〗 옛 책에 기록되어 있기를: "천리 먼 곳에서 양식을 운반 해 와서 먹이니 군사들의 얼굴에는 굶주린 기색이 역력하고, 나무 와 풀을 베어 그것으로 밥을 지어 먹이니 군사들은 편히 잠을 잘 수도 배부를 수도 없다."고 하였는데, 이는 평지에서 행군行軍하는 자들을 말한 것입니다. 그런데 하물며 험한 산속 깊숙이 들어가서 길을 뚫어가며 행군하는 자들이야 어떠하겠나이까? 그 고생스러움 은 틀림없이 백배는 더할 것이옵니다.

지금은 거기다가 또 장마까지 들어서 산비탈은 험준하고 미끄러워 군사들은 쪼그리고 몸을 펴지도 못하고, 군량은 먼 곳에서 운반해 와야 하므로 계속 이어대기 어렵기 때문에 사실 행군을 함에 있어서 가장 기피하는 상황이옵니다.

듣자오니 조진이 출발한 이후 이미 달포가 넘었사오나 이제 겨우 계곡의 반쯤을 지나갔을 뿐이고, 길을 닦는 데 힘이 많이 들어 전사戰士들이 모두 길 닦는 데 동원되고 있다고 하는바, 이는 적들만 편히 앉아 쉬고 있다가 고역苦役으로 지쳐버린 우리 군사들을 맞아 싸우도록 하는 것이니, 병가에서 꺼리는 바이옵니다.

옛날의 일을 가지고 말씀드리자면, 주周 무왕武王께서 은殷의 주왕紂王을 치려고 맹진孟津의 관문을 나가셨다가 다시 돌아오셨으며, 근래의 일을 가지고 말씀드리자면, 무제(武帝: 조조)와 문제(文帝: 조비)께서는 손권을 치려고 장강長江까지 가셨으나 건너가지 않으셨으니, 이 어찌 하늘의 뜻을 따르고 때를 알아서 임기응변臨機應變을 잘하신 것이 아니겠나이까?

바라옵건대 폐하께서는 이 계속되는 장마에 고생이 막심한 사정을 유념하시어 군사들을 쉬도록 해주시옵소서. (*이 말은 당장에 군사를 철수해야 한다는 것이다.) 후일에 적에게 틈이 생기거든 그 때를 틈타서 군사들을 동원하시도록 하시옵소서. 그리하신다면 백성들은 '즐거운 마음으로 위험을 무릅쓰고, 죽음조차 두려워하지 않을 (悅以犯難, 民忘其死)' 것이옵니다."

위주가 상소문을 보고 어찌해야 좋을지 몰라 망설이고 있는데 양부楊阜와 화흠華歆 역시 상소를 올려 간했다.

위주는 즉시 칙서를 내려 사자를 보내서 조진과 사마의에게 조정으로 돌아오라고 명했다.

〖 14 〗 한편 조진은 사마의와 상의했다: "지금 장마가 한 달이나 계

속되어 군사들에겐 싸울 마음이 없고 각기 돌아갈 생각만 하고 있는데, 어떻게 이를 금禁한단 말이오?"

사마의曰: "차라리 일단 회군하는 편이 나을 것 같습니다."

조진曰: "만약 공명이 추격해 오면 어떻게 물리치지요?"

사마의曰: "먼저 두 부대의 군사들을 매복시켜 놓아 뒤를 끊도록 해야만 비로소 군사를 되돌릴 수 있을 것입니다."

한창 의논하고 있을 때 사신이 그들을 불러들이는 칙서를 가지고 왔다. 두 사람은 마침내 대군의 선두부대를 후대後隊로 삼고, 후대를 선두부대로 삼아서, 서서히 물러갔다.

한편, 공명은 한 달 동안 지속되던 가을장마가 곧 끝날 것으로 예상했는데도 날씨가 여전히 개이지 않자 스스로 일군을 거느리고 성고(城固: 섬서성 성고현 서북)에 주둔하고 있으면서 또 대군에게 적파(赤坡: 섬서성 양현洋縣 용정산龍亭山 동쪽, 한수漢水 북안)에 모여서 주둔해 있도록 했다.

공명은 막사 안에서 여러 장수들을 불러놓고 말했다: "내 생각에는, 위주魏主는 틀림없이 조진과 사마의의 군사들에게 되돌아오라는 칙서를 내렸을 것이다. (*공명은 마치 눈으로 직접 보는 듯이 알고 있다.) 우리가 만약 저들을 추격해 가더라도 저들은 틀림없이 준비하고 있을 것이다. 차라리 저들로 하여금 일단 떠나가도록 내버려두고 다시 좋은 방도를 찾아보도록 해야 할 것이다."(*위병들은 매번 촉병을 쫓아가다가 패했는바, 무후가 추격하지 않은 것은 좋은 생각이 있었기 때문이다.)

그때 갑자기 왕평이 사람을 보내서 아뢰기를, 위병들은 이미 되돌아갔다고 했다. 공명은 그에게 분부하여 왕평에게 전하도록 했다: "뒤쫓아 가서 엄습하지 말라. 내게 달리 위병을 깨뜨릴 계책이 있다." 이야말로:

위병魏兵이 설령 매복할 수 있었더라도 　　　　　　魏兵縱使能埋伏

한 승상은 처음부터 추격하려 하지 않았다.　　漢相原來不肯追

공명이 어떻게 위魏를 깨뜨릴지 모르겠거든 다음 회를 읽어보기 바
란다.

제 99 회 모종강 서시평序始評

(1). 무후武侯의 계책을 사마의司馬懿가 헤아리지 못한 적이 없으
나 무후 또한 일찌감치 사마의가 무후를 헤아리고 있다는 것을 헤
아리고 있었던 것보다는 못했다. 사마의가 무후는 반드시 이렇게
나올 것이라고 예상하여 그것을 깨뜨릴 계책을 생각해 놓으면, 무
후는 또 사마의는 내가 이렇게 나갈 것으로 알고 대비하고 있을 것
이라고 헤아리고, 미리 그것에 대한 대비책을 마련한다.

사마의가 공명은 기산祁山의 영채 안에 있다고 예상하면 이미 무
도武都와 음평陰平에 가 있고, 사마의가 공명은 무도와 음평에 있을
것으로 예상하면, 공명은 이미 기산의 영채에 가 있다. 사마의가
공명은 정말로 물러갈 것이라고 예상하면, 공명은 뜻밖에도 거짓
으로 물러간다. 사마의가 공명은 거짓으로 물러가고 있다고 예상
하면, 공명은 뜻밖에도 정말로 물러간다. 그리하여 지모智謀가 많
은 사마의로 하여금 많이 움직이기는 하나 계속 어긋나고 틀어지
게 해서 속수무책束手無策이게 만드니, 무후야말로 참으로 신인神人
이로다!

(2). 무후는 첫 번째 기산祁山으로 나갔다가는 즉시 돌아왔는데,
그 이유는 가정街亭을 잃어버렸기 때문이다. 두 번째 기산으로 나
갔다가도 또 돌아왔는데, 그 이유는 진창陳倉을 빼앗지 못했기 때
문이다. 세 번째 기산으로 나가서야 비로소 진창을 빼앗았다. 진창

을 빼앗고 나니 군량을 운반하기가 편해졌다. 군량을 운반하기가 편해졌으므로 가정街亭의 군사들은 걱정할 필요가 없어졌다. 그리하여 촉蜀은 여러 차례 이겼고, 위魏는 여러 차례 패했는데, 그렇다면 마땅히 돌아오지 말아야 하는데도 끝내 역시 돌아오게 되는데, 그것은 장포張苞의 죽음으로 말미암아 무후가 병이 났기 때문이다. 아! 하늘이 한漢을 도와주지 않아서 그리 된 것이니 어찌 사람을 탓하겠는가?

(3). 장수將帥된 자는 천시天時를 몰라서는 안 된다. 천시를 알아야만 싸울 수 있고, 또한 천시를 알아야만 싸우지 않을 수도 있다. 적벽赤壁에서의 바람(風), 남서南徐에서의 짙은 안개(霧), 서강(西羌: 국왕 철리길徹里吉)의 철거병鐵車兵과 싸울 때의 눈(雪)은 싸움을 도와준 것들이고, 촉도蜀道 진창陳倉에서 내린 장맛비는 싸움을 막아준 것이다. 싸움이 있을 것을 알아야 싸울 대비를 하고, 싸움이 없을 것을 알아야 싸움이 없을 것에 대비해 놓는데, 공명은 이를 알고 그에 맞춰 대비했지만, 사마의 역시 그것을 알고는 있었지만 일찌감치 피하지 못했으니, 사마의는 결국 공명보다 조금 못하다.

(4). 위魏가 촉蜀으로 쳐들어오는 것을 보고 나니 네 번째 기산으로 출정하는 일은 더욱 천천히 할 수 없게 되었다. 한(蜀漢)이 위魏를 역적으로 여기면 위魏 역시 한漢을 역적으로 여긴다. 한漢은 설령 역적 위魏를 잊고 있더라도 역적 위는 한을 잊지 않는다. 그래서 말하기를 역적을 치지 않으면 촉의 왕업王業 역시 망한다고 한 것이다. "한漢과 역적은 양립할 수 없다(漢賊不兩立)"는 말은 여기서 더욱 증험證驗되고 있다. 내가 그를 역적으로 여긴다면 그를 치는 일을 급히 하지 않을 수 없다. 그리고 그 역시 나를 역적으로 여기

는 상황이 되었으니, 내가 그를 치는 일을 어찌 더더욱 급히 하지
않을 수 있겠는가?

제 100 회

촉군, 영채를 습격하여 조진을 깨뜨리고
공명, 진법으로 다투어 중달을 욕보이다

〖 1 〗한편 여러 장수들은 위병을 추격하지 말라는 공명의 지시를 듣고 모두 막사 안으로 들어가서 물었다: "위병들은 장마 때문에 고생이 심하여 더 이상 주둔해 있을 수 없어서 돌아가고 있습니다. 바로 이 형세를 타서 추격하기에 좋은데, 승상께서는 어찌하여 추격하지 말라고 하십니까?"

공명日: "사마의는 용병을 잘하는 자이므로 지금 군을 물리면서 반드시 군사들을 매복시켜 두었을 것이다. 우리가 만약 저들을 추격한다면 바로 그의 계책에 걸려들고 말 것이다. (*타인의 실착失着을 이용하지 않겠다는 것이다.) 차라리 저들을 멀리 떠나가도록 내버려두고, 우리는 반대로 군사들을 나누어 곧장 야곡斜谷으로 나가서 기산祁山을 취한다면, 위병들은 아무런 방비도 못할 것이다." (*적의 대비 없는 곳을 공격한다(攻其無備)는 것은 바로 이런 것을 말한다.)

여러 장수들이 말했다: "장안 땅을 취하기 위해서는 다른 길들도 있습니다. 그런데도 승상께서는 매번 기산으로만 나가려 하시는데, 그 이유가 무엇입니까?"(*나 역시 물어보고 싶다.)

공명曰: "기산은 장안의 머리에 해당하는 곳이다. 농서隴西의 여러 군郡들에서 장안으로 올라오는 군사들은 반드시 이곳을 경유해야만 한다. 게다가 그곳은 앞은 위수 가(渭濱)이고 뒤는 야곡을 의지하고 있으므로 왼쪽으로 나가서 오른쪽으로 들어오면서 군사들을 매복시켜 둘 만하므로 싸우기에 알맞은 땅(用武之地)이다. 그러므로 나는 먼저 이곳을 취하여 지리적인 이점(地利)을 확보하려는 것이다."(*앞의 회에서는 위로 천문天文을 살펴보았으나, 이번 회에서는 아래로 지리地理를 살펴본다.)

여러 장수들은 모두 공명의 설명에 탄복했다.

공명은 위연·장억·두경·진식 등은 기곡箕谷으로 나가도록 하고, 마대·왕평·장익·마충 등은 야곡으로 나가도록 해서 모두 기산에서 모이도록 했다. 이처럼 군사들의 배치를 마친 다음 공명은 직접 대군을 거느리고, 관흥과 요화를 선봉으로 삼아, 그들을 뒤따라 출발했다.

〖 2 〗 한편 조진과 사마의 두 사람은 뒤에서 군사들을 감독하면서, 일군으로 하여금 진창陳倉으로 통하는 옛길(古道)로 들어가서 탐지해 보도록 했는데, 그들이 돌아와서 촉병들은 쫓아오지 않는다고 보고했다. 다시 열흘 간 행군해 갔을 때 뒤에 남아서 매복하고 있던 장수들이 모두 돌아와서 말하기를, 촉병들 소식은 전혀 없더라고 했다.

조진曰: "연일 가을비가 내려서 잔도棧道가 끊어졌는데 촉병들이 우리가 퇴군한 것을 어찌 알겠는가?"(*조진의 어리석음을 묘사하여 사마의의 지혜로움을 돋보이도록 하고 있다.)

사마의曰: "촉병들이 이제 곧 나타날 것입니다."

조진曰: "그것을 어떻게 아시오?"

사마의曰: "연일 날이 맑은데도 촉병들이 쫓아오지 않는 것은 우리가 복병을 둔 줄로 짐작하기 때문입니다. 그래서 우리 군사들이 멀리 떠나가도록 내버려두는 것입니다. 저들은 우리가 다 지나가기를 기다렸다가 그 다음에 기산을 빼앗으려는 것입니다."(*참으로 사마의의 말 그대로다.)

조진은 그 말을 믿지 않았다.

사마의가 말했다: "자단(子丹: 조진)께선 어찌하여 제 말을 믿지 않으십니까? 저는 공명이 틀림없이 야곡과 기곡, 두 골짜기로 해서 올 것으로 예상합니다. 자단과 제가 각각 계곡 어귀 하나씩 맡아서 열흘 동안만 지켜봅시다. 그 안에 촉병이 오지 않는다면 제가 얼굴에 붉은색 분을 바르고 여자 옷을 입고 군영 안으로 가서 죄를 받겠습니다."(*내기 하는 방법이 매우 기이하다. 이기면 남자, 지면 여자가 된다는 것인데, 다만 두려운 것은 오늘날에는 천하의 모든 부인들이 기어코 남자에게 이기려고 한다는 것이다.)

조진曰: "만약 촉병이 온다면 나는 천자께서 하사하신 옥대玉帶 한 조와 어마御馬 한 필을 당신에게 주겠소."(*천자가 하사해준 물건을 판돈으로 걸고 내기를 한다. 후에 가서는 천자를 걸고 내기를 하여 그만 지는 바람에 남에게 천자 자리 자체를 주게 될 줄 누가 알았겠는가?)

이리하여 즉시 군사를 두 방면으로 나누어 조진은 군사를 이끌고 기산의 서쪽에 있는 야곡 어귀로 가서 주둔하고, 사마의는 군사를 이끌고 기산의 동쪽에 있는 기곡箕谷 어귀로 가서 주둔하기로 했다. 각자 자기 위치로 가서 영채를 다 세워놓았다.

사마의는 먼저 한 갈래의 군사들을 산골짜기 속에 매복시켜 놓고 나머지 군사들은 각각 요로에 영채를 세우고 주둔해 있도록 했다. 사마의는 일반 군사의 복장으로 갈아입고 군사들 속에 섞여서 각 영채를 두루 살펴보았다.

한 영채에 이르렀을 때 갑자기 하급 장교인 편장偏將 하나가 하늘을 우러러보며 원망했다: "큰비가 오랫동안 줄곧 내리는데도 돌아가려고 하지 않더니, 이제는 또 여기에 주저앉아서 굳이 내기까지 하려고 하니, 이야말로 군사들만 고생시키는 것 아닌가!"(*내기란 원래 한때의 즐거움을 위해서 하는 것이다.)

사마의는 그 말을 듣고 영채로 돌아와 막사 안으로 들어가서 모든 장수들을 막사 안으로 불러들이고 그 편장을 끌어냈다.

사마의가 그를 꾸짖어 말했다: "조정에서 군사를 1천 일(千日) 동안 기르는 것은 단지 한때 쓰기 위해서이다. 네 어찌 감히 원망의 말을 해서 군사들의 마음을 해이하게 만드는가!"

그 사람은 잘못을 실토하지 않았다. 사마의가 그와 같이 있던 사람을 불러내서 대질을 시키자 그 편장은 더 이상 잡아뗄 수가 없었다.

사마의曰: "나는 내기를 한 것이 아니라 촉병을 이겨서 너희들 각자로 하여금 공을 세워 돌아가도록 해주려 했던 것이다. 그런데 너는 함부로 원망의 말을 해서 스스로 죄를 짓고 말았다!"

사마의는 무사를 시켜서 그를 끌어내서 목을 베라고 했다. 잠시 후 무사가 그의 머리를 막사에 갖다 바쳤다. 모든 장수들은 두려워서 몸을 떨었다.

사마의曰: "너희 여러 장수들은 모두 마음을 다해서 촉병들을 방비하도록 하라. 나의 중군에서 포 울리는 소리가 들리거든 사면에서 일제히 나아가도록 하라."

여러 장수들은 명을 받고 물러갔다.

〖 3 〗 한편 위연·장억·진식陳式·두경杜瓊 등 네 장수들은 2만 명의 군사들을 이끌고 기곡으로 나아갔다. 한창 행군하고 있을 때 갑자기

참모 등지鄧芝가 왔다고 알려왔다. 네 장수들이 그가 온 까닭을 물었다.

등지曰: "승상께서 명하시기를, 기곡을 나가면 위병들의 매복이 있을지 모르니 그에 대비하여 경솔히 나아가지 말라고 하셨네."(*사마의가 무후에 대해 헤아리는 것을 무후 또한 헤아리고 있다.)

진식曰: "승상께서는 용병을 하시면서 어찌 이리도 의심이 많으신가? 내 생각에는 위병들은 그간 연일 큰비에 옷과 갑옷이 다 못쓰게 되어 틀림없이 급히 돌아갔을 텐데, 어찌 또 군사들을 매복시켜 놓을 수 있단 말인가? 이제 우리 군사들이 행군 속도를 두 배로 하여 나아간다면 대승을 거둘 수 있을 텐데, 어찌하여 또 나아가지 말라고 하시는가?"

등지曰: "여태 승상의 계책은 맞지 않는 것이 없었고 그 지모는 성공하지 못한 것이 없었는데, 그대는 어찌 감히 명령을 어기려 하는가?"

진식은 웃으면서 말했다: "만약 승상께서 과연 지모가 많으시다면 가정街亭에서 실패하는 일은 없었을 것이다."(*95회의 일을 말한다.)

위연은 전에 공명이 자기 계책을 들어주지 않은 일을 생각하고 역시 웃으면서 말했다: "만약 승상께서 내 말을 들어 곧장 자오곡子午谷으로 나갔더라면 그때 장안은 말할 것도 없고 낙양까지 다 얻었을 것이다! (*제92회의 일을 말한다.) 지금도 기산으로만 나가려고 한사코 고집을 부리시는데, 그래서 무슨 유익함이 있다는 것인가? 그리고 기왕에 진군하라고 명해 놓고는 이제 또 나아가지 말라고 하니, 어찌 그 호령이 이처럼 분명하지 못하단 말인가!"

진식曰: "내게 따로 군사 5천 명이 있으니 곧장 기곡을 나가서 먼저 기산에 도착하여 영채를 세워놓고 나중에 승상께서 보시고 무안해하시는지 안 하시는지 봐야겠다."

등지는 재삼 나아가지 말라고 막았으나 진식은 끝내 듣지 않고 곧장 군사 5천 명을 이끌고 기곡으로 나갔다. (*사마의의 부하 말단 장수 하나가 불복한 것과 무후의 부하 대장 하나가 불복하는 것이 서로 대對를 이룬다.) 등지는 급히 말을 달려가서 이 소식을 공명에게 보고하는 수밖에 없었다.

〖 4 〗 한편 진식陳式이 군사를 이끌고 몇 리 가지도 않았을 때 갑자기 포 소리가 들리더니 사면에서 복병들이 다 뛰쳐나왔다. 진식이 급히 뒤로 물러나려고 하자 위병들은 산골짜기 어귀를 꽉 막고 철통같이 에워쌌다. 진식은 좌충우돌하였으나 빠져나갈 수가 없었다.

그때 문득 함성이 크게 진동하며 한 떼의 군사들이 쳐들어왔는데 곧 위연이었다. 그는 진식을 구해 내서 골짜기 안으로 돌아갔는데, 5천 명의 군사들 중에 남은 것은 겨우 부상당한 4,5백 명뿐이었다. 등 뒤에서 위병이 쫓아왔으나 두경杜瓊과 장억張嶷이 군사들을 이끌고 와서 호응해 싸우자 위병들은 그제야 물러갔다. 진식과 위연은 비로소 공명이 앞일 내다보기를 귀신처럼 한다는 것을 알고 후회했으나 때는 이미 늦었다.

한편 등지는 공명에게 돌아가서 위연과 진식이 그렇게나 무례하더라고 이야기했다.

공명이 웃으며 말했다: "위연의 관상은 본래 반역할 상相인지라, 나는 그가 늘 불평의 뜻을 품고 있는 줄 알고 있지만 그의 용맹함이 아까워서 쓰고 있다. 그러나 뒷날에는 그가 반드시 우리에게 해를 끼칠 것이다."(*제105회의 일에 대한 복필이다.)

한창 이야기하고 있을 때 갑자기 통신병이 와서 알리기를, 진식은 군사 4천여 명을 잃어버리고 겨우 부상당한 4,5백 명만 데리고 골짜기 안에 주둔해 있다고 했다.

공명은 등지로 하여금 다시 기곡으로 가서 진식을 잘 위무해서 그가 모반할 마음을 품지 않도록 하라고 시키는 한편, (*지극히 치밀하다.) 마대와 왕평을 불러서 분부했다: "야곡斜谷에 만약 위병들이 지키고 있거든 너희 둘이서 휘하 군사들을 이끌고 산마루를 넘어가되 밤에는 행군하고 낮에는 엎드려 숨으면서 속히 기산 왼편으로 나가서 불을 들어 신호를 해라."

또 마충과 장익을 불러서 분부했다: "너희들 역시 산골짜기 작은 길로 해서 낮에는 엎드려 숨고 밤에는 행군하여 곧장 기산 오른편으로 나가서 불을 들어 신호를 하되 마대·왕평과 만나서 함께 조진의 영채를 습격하도록 하라. 내가 직접 골짜기로 해서 나아가 세 방면에서 공격한다면 위병을 깨뜨릴 수 있을 것이다."

네 사람은 명령을 받고 각기 군사들을 이끌고 나뉘어 떠나갔다.

공명은 또 관흥과 요화를 불러서 여차여차하게 하라고 분부했다. (*전번에는 두 방면으로 각각 보내면서 각기 준 계책을 분명히 이야기했으나, 이번에는 둘을 한 방면으로 보내면서도 함께 준 계책을 분명히 이야기하지 않고 뒤에 가서 비로소 드러나도록 하는데, 이것은 환필換筆이다.) 두 사람은 비밀계책을 받고 군사를 이끌고 떠나갔다.

공명은 직접 정예병을 거느리고 행군 속도를 두 배로 해서 급히 나아갔다. 한창 가다가 다시 오반吳班과 오의吳懿를 불러서 비밀계책을 주고, (*어떤 계책을 주었는지 분명히 설명하지 않고 마지막 부분에 가서 밝혀지도록 남겨두고 있는데, 이 역시 환필換筆이다.) 역시 군사들을 이끌고 먼저 가도록 했다.

〖 5 〗 한편 조진曹眞은 마음속으로 촉병이 올 것이라는 사마의의 말을 믿지 않고 있었으므로 대비를 태만히 하면서 군사들을 푹 쉬도록 내버려두고 오로지 열흘 동안 무사하기만을 기다려서 사마의를 부끄

럽게 해주려고 했다.

어느덧 7일이 지났을 때, 갑자기 골짜기 안에서 약간의 촉병들이 나타났다고 보고해 왔다.

조진은 부장副將 진량秦良에게 군사 5천 명을 이끌고 가서 정탐하도록 하면서 촉병들이 지경 가까이 오도록 허용해서는 안 된다고 했다. (*사마의를 속여 넘기려는 것으로 조진의 뜻은 단지 내기에 이기는 데 있었을 뿐 나라의 일은 중요하지 않았다.)

진량이 명을 받고 군사를 이끌고 계곡 어귀에 막 당도해서 살펴보니 촉병들이 물러가고 있었다. 진량은 급히 군사들을 이끌고 그 뒤를 쫓아갔다. 그러나 5,60리를 쫓아가자 촉병들이 보이지 않아서, (*이는 공명이 비밀히 준 계책이다.) 속으로 의혹을 품고 군사들로 하여금 말에서 내려 쉬도록 했다.

그때 갑자기 정탐 나갔던 군사가 보고했다: "전면에 촉병들이 매복해 있습니다."

진량이 말에 올라서 바라보니 산속에 먼지가 자욱이 일어나는 것이 보여서 급히 군사들에게 대비하라고 지시했다. 얼마 후 사방에서 함성이 크게 진동하면서 전면에서는 오반·오의가 군사를 이끌고 쳐들어오고, 등 뒤에서는 관흥과 요화가 군사를 이끌고 쳐들어왔다. 좌우가 모두 산이어서 달아날 길이 없었다.

산 위에서 촉병들이 큰소리로 외쳤다: "말에서 내려 항복하는 자는 죽이지 않겠다."(*전부 죽이지 않고 항복시키려는 것은 이미 정해진 계획이었다.)

위병들은 반이 넘게 항복했다. 진량은 죽기 살기로 싸우다가 요화의 칼에 베어 말 아래로 떨어졌다.

공명은 항복한 졸병들을 군사 후미에 붙잡아두고 그들의 옷과 갑옷을 벗겨서 촉병 5천 명에게 주어 입혀서 위병으로 꾸몄다. 그리고는 관흥·요화·오반·오의 등 네 장수로 하여금 그들을 이끌고 곧장 조진의 영채로 달려가도록 했다.

그에 앞서 파발마를 띄워 조진의 영채로 들어가서 다음과 같이 보고하도록 했다: "약간의 촉병들이 있었으나 모조리 쫓아버렸습니다."

조진은 크게 기뻐했다.

〖 6 〗 그때 갑자기 보고해 오기를, 사마 도독이 보낸 심복이 왔다고 했다. 조진이 불러들여서 찾아온 이유를 물어보자 그 사람이 아뢰었다: "이번에 도독께서는 매복계埋伏計를 사용해서 촉병들을 4천여 명이나 죽였습니다. (*진식이 잃어버린 군사 수에 상당한다. 무후는 본전을 찾았다.) 사마 도독께서는 장군님께 안부를 전하면서 내기에는 신경 쓰지 말고 오로지 방비에만 전념하시라고 하셨습니다."

조진曰: "우리가 있는 이곳에는 촉병이 단 하나도 없었소."

그리고는 찾아온 사람을 돌려보냈다.

그때 갑자기 또 보고해 오기를, 진량이 군사들을 이끌고 돌아왔다고 했다. 조진은 직접 그를 맞이하려고 막사를 나갔다. 영채 문 앞에 이르렀을 무렵 보고해 오기를, 영채 앞뒤 두 곳에서 불길이 솟고 있다고 했다.

조진이 급히 영채 뒤로 돌아가서 살펴보니 관흥·요화·오반·오의 네 장수들이 촉군을 지휘하여 영채 앞으로 쳐들어오고, 마대·왕평은 후면으로부터 쳐들어오고, 마충과 장익 역시 군사를 이끌고 들이닥쳤다. 위군은 미처 손을 써 볼 새도 없이 각자 도망쳤다. 여러 장수들은 조진을 보호하여 동쪽을 향해 달아났다. 배후에서는 촉병들이 쫓아왔다.

조진이 한창 달아나고 있을 때 갑자기 함성이 크게 진동하며 한 떼의 군사들이 쳐들어왔다. 조진은 놀라고 겁이 나서 온몸을 벌벌 떨면서 자세히 보니 바로 사마의였다. (*혹시 옥대와 어마를 가지러 온 것은 아닐까?) 사마의가 한바탕 크게 싸우자 촉병들은 그제야 물러갔다.

　조진은 위기에서 벗어날 수 있었으나 창피해서 어쩔 줄을 몰랐다. (*공명에게 졌을 뿐만 아니라 중달과의 내기에도 졌으니 이는 이중으로 진 것이다. 어찌 부끄럽지 않을 수 있겠는가?)

　사마의가 말했다: "제갈량이 기산의 지리적 이점을 빼앗아 갔으므로 우리는 이곳에 오래 머물러 있을 수 없습니다. 위수渭水 가로 가서 영채를 세운 다음 다시 좋은 방도를 찾아야겠습니다."

　조진曰: "중달은 내가 이런 큰 패배를 당할 줄 어떻게 아셨소?"

　사마의曰: "만나보러 왔던 사람이 돌아와서는, 자단께서 촉병이라고는 단 한 명도 없다고 말씀하시더라고 보고하기에, 나는 속으로 공명이 몰래 영채를 습격하러 올 것으로 예상했으므로 그리 될 줄 알았습니다. 그래서 지원하려고 왔던 것입니다. 그런데 와서 보니 과연 계책에 걸려들었습디다. 앞으로 내기 일은 절대 말씀하지 마시고 다만 마음을 한가지로 해서 나라에 보답하도록 합시다."

　조진은 심히 황공해 하면서도 화가 났는데, 그것이 마침내 병이 되어 자리에 드러누워 일어나지 못했다. (*조씨 성을 가진 자들은 이처럼 쓸모없는 자들이니 어찌 대사를 사마씨에게 의탁하지 않을 수 있겠는가?)

　사마의는 군사들을 위수 가에 주둔시켜 놓고 혹시 군사들의 마음이 혼란해질까봐 두려워서 조진에게 군사를 이끌라고 하지 못했다.

　〖 7 〗 한편 공명은 군사들을 대거 휘몰아 다시 기산祁山으로 나갔다. (*이것이 네 번째 기산으로 나간 것이다.) 군사들을 위로하고 나자 위연과 진식, 두경과 장억 등이 막사 안으로 들어와서 땅에 엎드려 절을 하면서 죄를 청했다.

　공명이 말했다: "이번에 군사를 다 잃은 사람이 누구지?"

위연曰: "진식이 명령을 듣지 않고 몰래 계곡 어귀로 들어갔기 때문에 이처럼 크게 패했습니다."

진식曰: "이 일은 위연이 저로 하여금 하라고 시켰습니다."(*처음에는 짐을 같이 메었으면서 나중에는 서로 원망을 한다. 가소롭다.)

공명曰: "그는 너를 구해 주었는데도 너는 반대로 그를 끌어들이려 한단 말이냐! (*가볍게 단 한 마디 말로 위연과 갈라놓는다.) 장수의 명령을 이미 어겼으니 변명할 필요 없다!"

즉시 무사에게 진식을 끌어내서 그의 목을 베라고 명했다. 잠시 후 그의 수급을 막사 앞에 걸어놓고 여러 장수들에게 보여 주었다. ── 이때 공명이 위연을 죽이지 않은 것은 그를 남겨두었다가 나중에 쓰려고 했기 때문이다.

공명이 진식의 목을 베고 나서 한창 출병할 일을 의논하고 있는데 갑자기 첩자가 보고하기를, 조진이 병으로 누워서 일어나지 못하고 현재 영채 안에서 치료를 받고 있다고 했다.

공명은 크게 기뻐하면서 여러 장수들에게 말했다: "만약 조진의 병이 가볍다면 틀림없이 곧바로 장안으로 돌아갔을 것이다. 지금 위병들이 물러가지 않는 것은 반드시 그의 병이 위중하기 때문이다. 그래서 군중에 머물러 있으면서 군사들의 마음을 안정시키려는 것이다. 내 글 한 장을 써서 진량의 수하에 있다가 항복해온 군사에게 주어 조진에게 전해주도록 해야겠다. 조진이 만약 이 글을 본다면 그는 틀림없이 죽을 것이다!"

그리고는 항복해온 군사들을 막사 안으로 불러들여서 물었다: "너희들은 모두 위魏의 군사들로서 부모와 처자들은 대부분 중원에 있을 터이니 촉 땅에 오래 있어서는 안 될 것이다. 이제 너희들을 놓아주어 집으로 돌아가도록 해주려는데, 어떠냐?"

모든 군사들은 눈물을 흘리며 고맙다고 절을 했다.

공명이 말했다: "조자단은 나와 약속한 게 있다. 내가 편지를 한 통 써줄 테니 너희들이 가지고 돌아가서 자단에게 전해 주거라. 반드시 후한 상을 줄 것이다."

위병들은 편지를 받아가지고 저희 본채로 달려가서 공명이 써준 글을 조진에게 바쳤다. 조진은 병을 무릅쓰고 자리에서 일어나 앉아 봉한 것을 뜯어 읽어보았다. 그 편지의 내용은 이러했다:

〖 8 〗 "한 승상·무향후 제갈량은 대사마大司馬 조자단曹子丹에게 글월을 보내노라.

내가 생각해보니, 무릇 장수 된 자는 떠나갈 수도 있고 나아갈 수도 있어야 하고, 유연할 수도 강경할 수도 있어야 하며, 진군할 수도 퇴각할 수도 있어야 하고, 약할 수도 있고 강할 수도 있어야 한다.

흔들리지 않는 자세는 마치 큰 산과 같아야 하고, 그 속내를 알기 어렵기는 마치 음양陰陽의 원리와 같아야 하며, 무궁하기는 천지天地와 같아야 하고, 가득 차 있기는 나라의 곳간(太倉)과 같아야 하며, 그 지략의 넓고 아득함은 사해四海와 같아야 하고, 눈부시게 빛나기는 삼광(三光: 해(日), 달(月), 별(星))과 같아야 한다.

천문을 보고 가뭄과 장마(旱潦)를 미리 알아야 하고, 지리地理의 이점을 먼저 알고 있어야 하며, 진세陣勢를 펴거나 거둘 기회를 살필 줄 알아야 하고, 적의 장점과 단점을 헤아릴 줄 알아야 한다.

아, 너 배우지 못한 후배야, 너는 위로는 하늘의 뜻을 거스르고, 나라 빼앗은 반역자가 스스로 낙양에서 황제를 칭하도록 도와주었으며, 야곡斜谷에서는 대패하여 달아났고, 진창陳倉에서는 장마를 만났으며, 물길과 육지의 길을 오가느라 지칠 대로 지쳐서 사람도 말도 미쳐 날뛰고, 벗어던진 옷과 갑옷이 들판에 가득하고, 던져버린 칼과 창들이 온 땅에 가득하게 하였구나. 도독都督이란 자는 정신을 잃고 간담이 찢어졌고, 장군들은 쥐새끼처럼 황망히 달아났다.

관중關中의 부로父老들조차 볼 면목이 없는데 무슨 낯짝으로 상부相府의 청당廳堂에 들어갈 수 있겠는가!

사관史官은 붓을 잡고 기록하고 백성들은 입을 모아 널리 퍼뜨릴 것이다: 중달은 우리의 군사들을 보고 무서워 벌벌 떨었고 자단은 소문만 듣고도 놀라고 불안해서 쩔쩔 맸었노라고.

우리 병사들은 강하고 말들은 건장하며, 대장들은 범같이 용맹을 떨치고 용처럼 내달리니 이제 진천秦川의 땅에서 적들을 깨끗이 쓸어내서 평화로운 땅으로 만들고 위국魏國을 소탕하여 폐허廢墟로 만들어버릴 것이다."(*이는 바로 한 편의 제문祭文이다.)

조진은 글을 다 읽고 나서 원한과 분노로 가슴이 메어 그날 저녁에 군중에서 죽고 말았다. (*그 또한 하나의 왕랑王朗이었다.) 사마의는 병거兵車에 영구를 싣고 사람을 낙양으로 보내서 장사지내 주도록 했다.

〖 9 〗 위주魏主는 조진이 이미 죽은 것을 알고 즉시 칙명을 내려 사마의로 하여금 나가서 싸우도록 재촉했다. 사마의는 대군을 데리고 공명과 싸우러 나가기 이틀 전에 도전장을 보냈다. (*중달도 이때는 이렇게 하지 않을 수가 없었다.)

공명은 여러 장수들에게 말했다: "조진이 죽은 게 틀림없다."

그리고는 사자에게 "내일 싸우자"라는 회답을 주어 돌려보냈다. 공명은 그날 밤 강유에게 비밀계책을 주면서 여차하게 하라고 지시했다. 그리고 또 관흥을 불러서 여차여차하게 하라고 분부했다. (*공명이 무슨 묘한 계책을 쓸지 알 수 없다.)

다음날, 공명은 기산祁山에 있는 군사들을 전부 일으켜 위수渭水 가로 나갔다. 한쪽은 강, 한쪽은 산, 그 한가운데는 평탄한 광야이므로 싸우기에 알맞은 곳이었다. 양군은 서로 만나 화살이 도달하지 못할 거리에 각각 진陣을 쳤다.

북이 세 차례 울린 뒤, 위군 진중의 문기門旗가 열리더니 사마의가 말을 타고 나오고 여러 장수들이 그 뒤를 따라 나와서 보니 공명이 사륜거 위에 단정히 앉아서 손으로 우선羽扇을 흔들고 있었다. (*두 사람은 지금까지 서로 얘기를 나눠본 적이 없었다. 이때 첫 번째로 서로 만나게 된 것이다.)

사마의가 말했다: "우리 주상께서는 요堯임금이 순舜임금께 선위禪位한 것을 본받으신 후 (*입을 열자마자 선위禪位의 사실을 말하는데, 이는 바로 훗날 그가 이를 본받게 되는 계기가 된다.) 황제 두 분(즉, 조비와 조예)께서 서로 제위帝位를 전하면서 중원을 다스려 오는 동안 너희 촉蜀과 오吳 두 나라를 용납하셨던 것은 우리 주상께서 너그럽고 자애롭고 인후仁厚하시어 백성들이 다치게 될까봐 염려하셨기 때문이다.

그런데 너는 남양南陽 땅에서 농사나 짓던 일개 농부 주제에 하늘의 운수를 알지 못하고 무리하게 쳐들어오니 도리상 마땅히 모두 죽여 없애야 할 것이다. 그러나 만약 반성하여 과오를 바로잡으려 한다면 마땅히 즉시 돌아가서 각자 자기 경계를 지켜 세 나라가 솥의 발과 같은 형세(鼎足之勢)를 이루도록 함으로써 백성들이 도탄塗炭에 빠지지 않도록 하고 너희들도 모두 목숨을 보전하도록 하라."

공명이 웃으며 말했다: "나는 선제先帝로부터 어린 임금을 잘 보필하라는 막중한 당부(托孤之重)를 받았는데 어찌 마음을 다하고 힘을 다해서 역적을 치지 않을 수 있겠는가! 너희 조씨曹氏는 오래지 않아 한漢에게 멸망당할 것이다. 네 할아비와 아비는 모두 한 왕조의 신하로서 대대로 한의 녹祿을 먹었으면서도 은혜에 보답할 생각은 하지 않고 도리어 나라를 찬탈한 역적을 돕고 있으니, 어찌 스스로 부끄럽지도 않은가?"

사마의는 만면에 부끄러운 빛을 띠고 말했다: "내 너와 더불어 자웅雌雄을 가릴 것이다. 네가 만약 이긴다면 내 맹세코 대장大將 노릇을 하지 않을 것이다. 그러나 네가 만약 패한다면 빨리 고향으로 돌아가거라. 그러면 나도 결코 너를 해치지 않을 것이다."

〖 10 〗공명曰: "너는 장수들로 싸우려느냐? 군사들로 싸우려느냐? 아니면 진법陣法으로 싸우려느냐?" (*뜻밖에도 싸우는 방법이 많다.)

사마의曰: "먼저 진법으로 싸우자."

공명曰: "먼저 진을 펼쳐서 내게 보여라."

사마의는 중군中軍의 막사 안으로 들어가서 손에 황색 깃발을 잡고 흔들었다. 좌우로 군사들이 움직이더니 진이 하나 이루어졌다. 사마의가 다시 말에 올라 진 밖으로 나와서 물었다: "너는 내가 친 진을 알아보겠느냐?"

공명이 웃으면서 말했다: "우리 군중의 말단 장수(末將)들 역시 그런 진을 펼칠 줄 안다. 그것은 바로 '혼원일기진(混元一氣陣)'이란 것이다."

사마의曰: "이번에는 네가 진을 펼쳐서 내게 보여라."

공명은 진으로 들어가서 우선羽扇을 한 번 흔들어 진을 친 후 다시 진 앞으로 나와서 물었다: "너는 내가 펼친 진을 알아보겠느냐?"

사마의曰: "이따위 '팔괘진八卦陣'을 어찌 모르겠느냐!"

공명曰: "안다고 하니 안다고 치고, 네 감히 내가 펼친 진을 공격할수 있겠느냐?"

사마의曰: "이미 알고 있는데 어찌 감히 공격하지 못하겠느냐!"

공명曰: "그러면 얼마든지 공격해 보거라."

사마의는 본진으로 돌아가서 대릉戴凌·장호張虎·악침樂綝 세 장수를 불러서 분부했다: "지금 공명이 펼쳐놓은 진은 휴休·생生·상傷·두杜·경景·사死·경驚·개開의 팔문八門을 배치해 놓은 것이다. 너희 세 사람은 정동正東 쪽에 있는 생문生門으로 쳐들어가서 서남 쪽에 있는 휴문休門으로 나왔다가 다시 정북正北 쪽의 개문開門으로 쳐들어가거라. 그러면 이 진을 깨뜨릴 수 있다. 너희들은 조심해야 한다."(*황승언黃承彦이 육손陸遜에게 가르쳐준 말과 같다.)

이에 대릉은 중간에서, 장호는 앞에서, 악침은 뒤에서 각기 30기의 기마를 이끌고 '생문生門'으로 쳐들어갔다. 양편의 군사들은 고함을 지르면서 응원했다.

세 사람은 촉의 진陣 가운데로 쳐들어갔는데, 막상 들어가서 보니 진陣이 마치 죽 이어진 성벽처럼 보여서 치고 빠져나갈 수가 없었다. 세 사람은 황망히 수하 기병들을 이끌고 진의 앞쪽으로 돌아서 서남쪽으로 쳐나갔으나 촉병이 활을 쏘며 막아서 치고 나갈 수가 없었다. (*어복포魚腹浦에서는 앞에 있는 돌이 사람으로 보였으나, 기산의 영채에서는 앞에 있는 사람이 돌로 보였다.)

진 안은 마치 성벽이 겹겹이 쳐져 있는 것 같았는데 도처에 문들이 있어서 도저히 동서남북을 분간할 수 없었다. 세 장수들은 서로를 돌아볼 수 없어서 오로지 마구 들이박기만 했다. 그런데 눈에 보이는 것이라고는 단지 짙게 낀 참담한 구름과 어두컴컴한 안개뿐이었다. 함성이 일어나면서 위병들은 하나하나 모조리 결박당하여 (*진법 내기에서는 지고 말았다.) 중군中軍으로 끌려갔다.

〚 11 〛 공명이 막사 안에 앉아 있고, 그 좌우로 장호, 대릉, 악침과 90명의 군사들이 모두 묶여서 그 아래에 있었다.

공명이 웃으면서 말했다: "내 비록 너희들을 붙잡았지만 기이할 게 뭐 있겠느냐? 내 너희들을 놓아줄 테니 돌아가서 사마의를 보고, 병서兵書를 다시 읽고 전략戰略을 좀 더 공부한 다음에 와서 자웅雌雄을 겨루더라도 늦지 않다고 하더라고 전해라. (*그에게 돌아가서 책을 더 읽으라고 한 것은 시험에 떨어진 수험생(秀才)을 보고 말하는 것과 똑같다.)

기왕에 너희들의 목숨을 용서해 주었으니, 병장기들과 전마戰馬들은 두고 가야 할 것이다.”

그리고는 여러 사람들의 옷과 갑옷을 벗기고 얼굴에 먹칠을 한 다음 걸어서 진 밖으로 나가도록 했다.

사마의는 그들을 보고 크게 화가 나서 (*창피함이 분노로 바뀌었다.) 여러 장수들을 돌아보고 말했다: “이처럼 사기가 꺾이고서야 무슨 면목으로 중원에 돌아가서 대신들을 보겠느냐?”

그는 즉시 전군을 지휘하여 죽을힘을 다해 진을 빼앗으려고 했다. 사마의는 직접 검을 빼어 손에 들고 사납고 날랜 장수(驍將) 1백여 명을 이끌고 군사들을 재촉하여 쳐들어갔다.

양쪽 군사들이 방금 막 맞닥뜨렸을 때, 갑자기 진 뒤쪽에서 북소리와 나팔소리가 일제히 울리고 함성이 크게 진동하면서 한 떼의 군사들이 서남쪽으로부터 쳐들어왔는데, 곧 관흥이었다.

사마의는 군사들을 반으로 나누어 후군으로 하여금 그를 막도록 하고 다시 군사들을 재촉하여서 앞으로 쳐들어갔다. 그때 또 갑자기 위병들이 크게 어지러워졌는데, 알고 보니 강유가 한 떼의 군사들을 이끌고 소리 없이 쳐들어왔기 때문이었다. 촉병들은 세 방면에서 협공을 했다. 사마의는 크게 놀라서 급히 군사들을 뒤로 물렸다. 촉병들은 이들을 둘러싸고 쳐들어갔다. 사마의는 전군을 이끌고 남쪽을 향해 필사적으로 포위망을 뚫고 달아났다. 이 싸움에서 위병들은 십 명 중 칠팔 명이 부상을 당했다. (*투진鬪陣뿐만 아니라 투병鬪兵, 투장鬪將에서도 또 졌다.) 사마의는 위수 남쪽 언덕으로 물러가서 영채를 세운 다음 굳게 지키기만 하고 싸우러 나가지 않았다.

〚 12 〛 공명이 승전한 군사들을 거두어 기산으로 돌아왔을 때, 영안성永安城을 지키고 있던 이엄李嚴이 보낸 도위都尉 구안苟安이 군량미를 운송해 가지고 군중에 당도하여 인계하고 있었다. 그러나 구안은 술을 좋아해서 도중에 게으름을 피워 기한을 열흘이나 넘겼다.

공명이 크게 화를 내며 말했다: "우리 군중에서 중대한 일로 여기는 것은 전적으로 군량 조달이다. 그래서 기한을 3일만 어겨도 마땅히 참형에 처하도록 되어 있다. 그런데 너는 지금 기한을 10일이나 어겼다. 무슨 변명할 말이 있느냐!"

공명이 그를 끌어내서 목을 베라고 호령했다. (*진식陳式과 그 죄가 똑같다.)

장사長史 양의楊儀가 말했다: "구안은 이엄의 사람입니다. 그리고 군사물자와 군량은 대부분 서천에서 보내오고 있습니다. 만약 이 사람을 죽인다면 이후로는 감히 군량을 운반하겠다는 자가 없을 것입니다."

공명은 이에 무사에게 그 결박을 풀어주고 곤장 80대를 친 후 놓아주라고 했다. (*이런 자를 베어버리지 않으면 반대로 그 해를 입게 된다. 호인好人이 되어서는 안 된다는 것을 볼 수 있다.)

구안은 질책을 받고 곤장까지 맞고 나자 마음속에 원한을 품고 그날 밤 자기를 따라 같이 왔던 기병 5,6기를 이끌고 곧장 위병의 영채로 달아나서 투항했다. (*구안苟安의 성 "苟(구: 진실로)"는 사실 "狗(구: 개새끼)"의 뜻이었다.)

사마의가 그를 불러들이자 구안은 절을 하고 지난 일을 아뢰었다.

사마의曰: "비록 네 말은 그러하나 공명은 지모가 많은 사람인지라 네 말을 그대로 믿기는 어렵다. 만약 네가 나를 위해 한 가지 큰 공을 세운다면, 내가 그때는 천자께 상주하여 너를 상장上將으로 천거해 주겠다."

구안曰: "무슨 일이든 시켜만 주시면 힘껏 하겠습니다."

사마의曰: "너는 성도로 돌아가서, 공명은 임금을 원망하는 마음이 있어서 조만간 스스로 황제가 되려고 한다는 유언비어를 퍼뜨려서 너희 임금으로 하여금 공명을 소환하도록 해라. 이것이 곧 네가 세워야할 공이다."(*이는 전문에서 나왔던 마속馬謖의 반간계反間計에 대한 보답이다. 피차 서로 대對가 되고 있다.)

구안은 그렇게 하겠다고 대답하고 마침내 성도로 돌아가서 환관들을 만나보고 유언비어를 퍼뜨렸는데, 공명이 자신이 세운 큰 공을 믿고 조만간 반드시 나라를 빼앗을 것이라는 내용이었다. 환관들은 그 유언비어를 듣고 크게 놀라서 즉시 궁으로 들어가서 황제에게 이 일을 자세히 아뢰었다.

후주가 놀라고 의아해서 말했다: "만약 그렇다면 이 일을 어찌해야 하나?"

환관曰: "칙서를 내리시어 그를 성도로 불러올린 다음 그의 병권兵權을 빼앗아 반역을 일으키지 못하도록 해야 하옵니다."

후주는 칙서를 내려 공명에게 군사를 돌려 조정으로 돌아오도록 하라고 명했다. (*소인小人을 가까이 하고 현신賢臣을 멀리한 것, 후한後漢이 기울어지고 무너진 이유이다.)

장완蔣琬이 반열에서 나와 아뢰었다: "승상께서는 출병한 이래 여러차례 큰 공을 세웠는데, 무슨 이유로 돌아오라고 부르십니까?"

후주曰: "짐이 반드시 승상과 서로 얼굴을 보고 상의해야 할 기밀機密 사항이 있어서 그러는 것이오."(*거짓말까지 할 줄 안다.)

후주는 즉시 사신을 보내면서 칙서를 가지고 밤낮없이 가서 공명을 불러오도록 했다.

〖 13 〗사자는 곧장 기산祁山의 대채로 갔다. 공명이 그를 맞아들여 칙서를 받고서는 하늘을 우러러 탄식했다: "주상께서는 춘추春秋가 어리신데, 이런 칙서를 내리신 것은 틀림없이 곁에 있는 간신들 때문이다! 내 한창 공을 세우려고 하는데 어찌하여 돌아오라고 부르시는가? 내가 만약 돌아가지 않는다면 이는 임금을 무시하는 것이 될 것이다. 그렇다고 만약 명을 받들어 물러간다면 앞으로 다시는 이런 기회를 얻기 어려울 것이다."(*구안苟安의 죄는 하늘까지 뻗쳤다.)

강유가 물었다: "만약 대군이 물러간다면 사마의가 그 기회를 틈타 엄습해 올 텐데, 다시 어떻게 해야 합니까?"

공명曰: "나는 이제 군사를 물리면서 다섯 방면으로 나누어 물러가려고 한다. 오늘은 먼저 이 영채부터 물러가도록 하되, 가령 영내의 군사가 1천 명이면 밥을 짓기 위한 아궁이는 2천 개를 파고, 내일은 3천 개의 아궁이를 파고, 그 다음날은 4천 개의 아궁이를 파도록 한다. 매일 군사들을 물리면서 아궁이 숫자를 늘려가면서 가려고 한다."(*손빈이 아궁이 숫자를 줄여간 방법(減竈之法)을 무후는 반대로 썼고, 우후虞詡가 아궁이 숫자를 늘려간 방법(增竈之法)을 무후는 그대로 썼다.)

양의曰: "옛날 전국시대 때 제齊나라 장수 손빈孫臏이 위魏나라 장수 방연龐涓을 사로잡을 때에는, 군사 수는 늘리고 아궁이 수는 줄여가는 방법(添兵減竈之法)을 써서 이겼습니다. 그런데 지금 승상께서는 군사를 물리시면서 어찌하여 아궁이 숫자를 늘리려 하십니까?"

공명曰: "사마의는 용병을 잘 하기 때문에 우리 군사가 물러간 것을 알면 반드시 추격해 올 것이다. 그러면서도 혹시 우리가 복병을 두고 있지나 않을까 의심하여 틀림없이 이전 영채 안의 아궁이 숫자를 세어볼 것이다. 그는 매일 아궁이 숫자가 늘어가는 것을 보고는 군사가 물러갔는지 물러가지 않았는지 알 수가 없어서 의혹을 품고 감히 추격해 오지 못할 것이다. 그러므로 우리가 서서히 물러간다면 군사들을 잃어버릴까봐 걱정하지 않아도 된다."(*비로소 아궁이 수를 늘리는 계책(添竈之計)의 전체를 설명한다.)

마침내 공명은 퇴군명령을 내렸다.

〚 14 〛 한편 사마의는 구안苟安이 계책을 잘 수행할 것으로 생각하고 촉병이 물러갈 때 일제히 엄습하려고 기다리고 있었다. 한창 기다리고 있을 때 갑자기 보고해 오기를, 촉의 영채들이 텅 비고 군사들도 모두 물러갔다고 했다.

사마의는 공명이 지모가 많은 것을 생각하고 감히 경솔하게 추격하지 못하고 직접 기병 1백여 기를 이끌고 촉군의 영내로 들어가서 현장을 살펴보면서 군사들에게 아궁이 숫자를 세어보도록 하고는 그대로 본채로 돌아왔다.

다음날 또 군사들에게 촉군이 머물렀던 영내로 가서 아궁이 숫자를 세어보도록 했더니, (*공명의 예견에서 벗어나지 않았다.) 그들이 돌아와서 보고했다: "이 영내의 아궁이 숫자는 이전 영내의 그것에 비해 반이 늘어났습니다."

사마의는 여러 장수들에게 말했다: "나는 공명이 지모가 많은 줄 알고 있는데, 지금 보니 과연 군사 수가 늘어나서 아궁이 숫자도 늘어났구나. 우리가 만약 추격해 간다면 반드시 그의 계책에 걸려들고 말 것이다. (*공명의 계책에 이미 걸려들고 말았을 줄 누가 알았으랴.) 차라리 일단은 퇴군하고 나중에 다시 좋은 방도를 찾아보는 것이 좋겠다."

이리하여 군사를 돌리고 추격하지 않았다. 공명은 한 사람도 잃어버리지 않고 성도를 향해 떠나갔다.

후에 서천西川 어귀에 사는 토박이가 사마의에게 말했다: "공명이 군사를 물릴 때 군사들이 추가되는 것은 보지 못했고 다만 아궁이 숫자가 늘어나는 것만 보았습니다."

사마의는 하늘을 우러러 길게 탄식했다: "공명이 동한東漢의 무도태수武都太守 우후虞詡가 퇴각하면서 썼던 방법으로 나를 속여 넘겼구나! 그의 모략謀略을 나로서는 따라잡지 못하겠다!"

그리고는 대군을 이끌고 낙양으로 돌아갔다. 이야말로:

| 바둑에서 적수 만나면 이기기 어렵고 | 棋逢敵手難相勝 |
| 장수도 인물 만나면 감히 거만 못 떨지. | 將遇良才不敢驕 |

공명이 성도로 돌아가서 결국 어찌 되는지 모르겠거든 다음 회를 읽어보기 바란다.

제100회 모종강 서시평序始評

(1). 장수된 자는 엄하지 않으면 절대 안 된다. 무후가 진식陳式의 목은 베고 위연魏延의 목은 베지 않았던 것은 그의 용맹함을 아꼈기 때문이다. 그러나 구안苟安을 놓아줌으로써 반대로 그에 의해 참소를 당하게 된 것은 관대함이 지나쳤기 때문이다.

그리고 진식이 아직 돌아오지 않았을 때에는 혹시 그가 위魏에 항복할까봐 염려하여 등지鄧芝로 하여금 어루만져 주도록 하고, 위연이 배반하려고 할 때에는 그가 한漢을 배반할 것을 미리 알고 마대馬岱로 하여금 방지하도록 하면서, 유독 구안의 경우에만 무후의 생각이 이에 미치지 못하고 또 소홀히 생각해서 실수한 것처럼 되어 버렸는데, 이는 하늘이 한漢을 흥하게 하려고 하지 않아서이지 이것이 어찌 무후의 잘못이겠는가?

(2). 내가 이 계책을 써서 남이 걸려들도록 하면, 남 역시 이 계책을 써서 나를 걸려들게 한다. 무후가 전에 반간계反間計를 써서 중달仲達을 물리친 것처럼, 중달 역시 반간계를 써서 무후를 물리

친 것이 이것이다. 비록 그렇기는 하나, 만물은 반드시 먼저 스스로 부패한 이후에야 비로소 벌레가 생긴다(物必先腐也, 而後蟲生之).

중달이 비록 지모가 있다고 한들 어찌 영명한 임금을 이간시킬 수 있겠는가? 구안苟安은 후주를 바보로 만들 수 없어도 환관은 후주를 바보로 만들 수 있었다. 그러나 환관이 후주를 바보로 만들 수 있었던 것이 아니라 사실은 후주 자신이 환관들에 의해 바보가 되었던 것이다. 소열황제(昭烈皇帝: 유비)는 동한의 환제桓帝와 영제靈帝에 대해 탄식하고 통한했지만, 그 아비가 한탄했던 바를 그 자식이 답습하였다. 아, 슬픈 일이도다!

(3). 세 번째 기산祁山으로 나갔던 촉병들은 무후武侯의 병 때문에 물러갔는데, 이때 중달은 공명이 물러가는 줄도 몰랐다. 네 번째 기산으로 나갔던 군사들은 구안苟安의 참소讒訴 때문에 물러갔는데, 이때 중달은 그가 반드시 물러갈 것임을 먼저 알고 있었다. 공명이 떠나가는 줄 중달이 모르고 있을 때는 떠나가기가 쉽지만, 공명이 반드시 떠나갈 줄 중달이 알고 있을 때에는 떠나가기가 어렵다. 그런데도 무후는 끝내 떠나가는 데 어려움을 겪지 않았으니, 이는 군사 수는 줄이면서 아궁이 숫자는 늘리는 계책(減兵增竈之計)이 주효했기 때문이다. 손빈孫臏은 아궁이 숫자를 줄이면서 적이 추격해 오도록 유인했지만, 무후는 아궁이 숫자를 늘림으로써 추격해 오는 적을 막아냈던 것이니, 이는 손빈의 계책의 취지를 이해하고 그것을 변화시킨 것이다.

이로부터 알 수 있는 것은, 옛 책(古書)을 읽는 사람이 한 구절을 읽을 때 반드시 그 구절의 말대로만 읽는다면 그는 곧 옛 책을 읽을 줄 모르는 사람이며, 옛 일을 인용하는 사람이 그때의 방법은

반드시 이런 방법이라고 하면서 인용하는 것은 곧 옛 일을 인용할
줄 모르는 사람이다. 무후를 살펴보면 이런 사실을 깨달을 수 있
다.

제101회

공명, 농상隴上으로 나가서 귀신으로 분장하고
장합, 검각劍閣으로 달려가서 계략에 걸려들다

〖 1 〗한편 공명은 "군사 수는 줄이고 아궁이 수는 늘리는 방법(減兵添竈之法)"을 써서 군사를 물려서 한중漢中으로 돌아왔다. 사마의는 복병이 있을까봐 두려워서 감히 추격하지 못하고 그 역시 군사를 거두어 장안으로 돌아갔다. 그리하여 촉군은 군사 한 명도 잃지 않았다.

공명은 전군에게 크게 포상을 하고 나서 성도成都로 돌아가서 궁으로 들어가 후주를 뵙고 아뢰었다: "이 늙은 신하가 기산祁山으로 나가서 장안을 취하려고 할 때 갑자기 폐하께서 칙서를 내리시어 돌아오라고 부르셨는데, 무슨 큰일이 있는지 모르겠나이다."

후주는 대답할 말이 없어서 (*어리석은 임금의 모습을 생생하게 그리고 있다.) 한참 있다가 말했다: "짐이 승상의 얼굴을 보지 못한 지 오래되어 사모하는 마음이 간절하기에 일부러 돌아오시라고 했던 것이지

별다른 일은 없습니다."(*또 거짓말까지 하고 있다.)

공명曰: "이는 폐하의 본심이 아니라 틀림없이 어떤 간신奸臣이 신이 다른 뜻을 품고 있다고 참소했기 때문일 것이옵니다."

후주는 그 말을 듣고 묵묵히 있으면서 말이 없었다. (*어리석은 임금의 모습을 생생하게 그리고 있다.)

공명曰: "이 늙은 신하는 선제의 두터우신 은혜를 입어 죽음으로써 보답하려고 맹세하였나이다. 지금 만약 궁중에 간사한 무리가 있다면 신이 어떻게 역적을 칠 수 있겠나이까?"

후주曰: "짐이 환관의 말을 잘못 듣고 한때 승상을 돌아오시라고 했었소. 오늘 눈과 귀를 막고 있던 것들이 치워져 내막을 알고 나니 후회막급後悔莫及입니다."(*어리석은 임금의 모습을 생생하게 그리고 있다.)

공명은 곧바로 모든 환관들을 불러서 추궁했다. 그리고 나서야 구안苟安이 유언비어를 퍼뜨린 것임을 알아내고 즉시 사람을 시켜서 그를 체포하라고 지시했다. 그러나 그는 이미 위국으로 달아나버린 뒤였다.

공명은 그러한 유언을 제멋대로 상주한 환관을 죽여 버리고, 나머지 무리들은 모두 궁 밖으로 내쳐버렸다. 그리고 또 장완蔣琬과 비의費禕 등에게, 그것이 간사한 말인 줄 깨닫지 못하고 자세히 살펴서 천자를 간하지 못한 것에 대한 책임을 물어 엄하게 책망했다. (*"곽유지·비의·동윤 등의 잘못을 책망하시어"라는 말은 〈전前 출사표〉에서 이미 말했다.) 두 사람은 다 순순히 자신들의 잘못을 인정했다.

〖 2 〗 공명은 후주에게 하직인사를 하고 다시 한중으로 가서 한편으로는 격문을 보내어 이엄李嚴으로 하여금 군량과 마초를 공급하되 군영 앞까지 운송해 오도록 하고, 한편으로는 다시 출병할 일을 의논했다.

양의가 말했다: "이전에 여러 차례 군사를 일으켜서 병력이 피폐해

졌고 또 군량도 계속 이어멜 수 없는 형편입니다. 이제부터는 군사를 두 반班으로 나누어 3개월을 기한으로 교대하는 것이 좋겠습니다. 즉, 군사가 20만 명인 경우 10만 명만 거느리고 기산으로 나가셔서 3개월 동안 머문 다음에는 이 10만 명을 교대시키는 방식으로 서로 돌아가면서 순환시키는 것입니다. 이렇게 한다면 병력은 피폐해지지 않을 것이니, 이렇게 한 후에 서서히 진군한다면 중원을 도모할 수 있을 것입니다.”(*돌아가면서 교대하는 방법은 병사들을 원정에 고생시키지 않게 함으로써 시경(詩經: 豳風)의 “삼년三年”, “파부破斧”와 같은 시詩가 지어지지 않게 할 수 있다.)

공명曰: “자네 말은 바로 내 생각과 같다. 내가 중원을 치는 일은 일조일석一朝一夕에 끝날 일이 아니니 바로 이처럼 장기계책을 써야만 할 것이다.”(*죽은 다음에야 그만둘 텐데 어찌 그 햇수를 세겠는가!)

드디어 공명은 명을 내려 군사들을 두 반班으로 나누고, 한 번의 기한을 100일로 정하여 돌아가면서 서로 교대하도록 하고, (*이것이 소위 〈춘추좌전〉에서 말한 “참외 익을 때에 교대한다(及瓜期而代)”는 것이다.) 기한을 어기는 자는 군법에 따라 처벌할 것이라고 했다.

〖 3 〗 건흥建興 9년(서기 231) 봄 2월,(*여기서 갑자기 계절과 달을 이야기하는 것은 바로 뒤의 글에서 4월 밀이 익는 시기의 이야기와 대응시키려는 것이다.) 공명은 다시 위魏를 치기 위해 군사를 출병시켰는데, 이때는 위魏로서는 태화太和 5년에 해당한다.

위주魏主 조예曹叡는 공명이 또 중원을 치러 온 것을 알고 급히 사마의를 불러서 상의했다.

사마의가 말했다: “지금은 자단(子丹: 조진)이 죽고 없으니 신臣 혼자서 힘을 다하여 침범해 오는 역적을 섬멸하여 폐하의 은혜에 보답코자 하옵니다.”(*역적이 반대로 한漢을 역적으로 생각한다. 역적이란 한漢의 역

적이지만, 한漢 역시 역적의 역적이다.)

조예는 크게 기뻐하며 연석을 베풀어 그를 대접했다.

다음날, 촉병들이 지경을 쳐들어오고 있는데 그 형세가 매우 급박하다고 알려왔다. (*역적이 나라에서 토벌討伐하러 오는 것을 쳐들어온다(侵寇)고 말하는데. 이는 순경이 강도에게 붙잡혔을 때 순경이 강도를 선생님이라 부르고, 강도가 순경을 강도라고 야단치는 것과 비슷하지 않은가?) 조예는 즉시 사마의에게 출병하여 적을 막도록 하고, 친히 천자가 타는 수레 난가鑾駕에 올라 성 밖까지 나가서 바래다주었다. (*사마의는 점점 조조와 비슷해져 가고 있다.)

사마의는 위주에게 하직인사를 하고 그 길로 곧장 장안으로 가서 여러 방면의 군사들을 대거 모아놓고 촉병을 쳐부술 계책을 상의했다.

장합이 말했다: "제가 일군一軍을 이끌고 가서 옹성雍城과 미성郿城을 지키면서 촉병을 막겠습니다."

사마의曰: "우리의 선두부대 혼자 힘으로는 공명의 대군을 대적할 수 없고, 그렇다고 해서 또 군사를 전후 두 부대로 나누는 것도 승산이 있는 계책이 아니다. 차라리 일부 군사들을 남겨두어 상규上邽를 지키고 있도록 하고 나머지 군사들은 모두 기산으로 나가는 것이 나을 것 같은데, 공이 선봉이 되어주겠는가?"

장합이 크게 기뻐하며 말했다: "저는 평소 충의忠義를 가슴속에 품고 마음을 다하여 나라에 보답하고 싶었으나 아쉽게도 지금까지 저를 알아주는 사람(知己)을 만나지 못했습니다. 지금 도독께서 저에게 중임을 맡겨주려 하시니, 저는 비록 만 번 죽는 한이 있더라도 사양하지 않겠습니다."(* "死"字를 입 밖에 냈는데, 이 말이 씨가 되고 만다.)

이리하여 사마의는 장합을 선봉으로 삼고 대군을 총독했다. 또 곽회로 하여금 농서隴西의 여러 군郡들을 지키도록 하고, 그 나머지 여러 장수들은 각기 길을 나누어 기산으로 나아가도록 했다.

그때 선두부대의 정탐병이 알려왔다: "공명이 대군을 거느리고 기산을 향해 출발했는데, 선두부대의 선봉 왕평王平과 장억張嶷은 곧장 진창陳倉을 나가서 검각劍閣을 지나 산관散關을 거쳐 야곡斜谷을 향해 오고 있습니다."(*촉병들이 나아가는 것을 반대로 위병의 편에서 서술하고 있다.)

사마의가 장합에게 말했다: "지금 공명은 대군을 휘몰아 거침없이 나오고 있는데 틀림없이 농서의 밀을 베어 군량으로 쓰려고 할 것이다. 그대는 영채를 세워 기산을 지키도록 하시오. 나는 곽회와 함께 천수天水의 여러 군郡들을 순찰 돌면서 촉병들이 밀을 베어가지 못하게 막아야겠소."

장합은 그리 하겠다고 대답하고 군사 4만 명을 이끌고 기산을 지키러 가고, 사마의는 대군을 이끌고 농서를 향해 떠나갔다.

〖4〗한편 공명의 군사들은 기산에 당도하여 (*이것이 다섯 번째 기산으로 나아간 것이다.) 군사들이 주둔할 영채를 다 세우고 나서 위수 가에 위병들이 방비하고 있는 것을 보고, 공명이 여러 장수들에게 말했다. "저것은 틀림없이 사마의다. 현재 우리 군영 안에는 군량이 모자라서 여러 차례 이엄李嚴에게 사람을 보내서 군량미를 빨리 가져 오라고 독촉했는데도 여태 도착하지 않고 있다. (*이엄이 무후를 속이게 되는 복필伏筆이다.) 내 생각에, 농서 지방에는 밀이 익었을 테니 몰래 군사를 이끌고 가서 베어 와야겠다."

이리하여 왕평, 장억, 오반, 오의 등 네 장수를 남겨두어 기산의 영채를 지키도록 하고, 공명은 직접 강유와 위연 등 여러 장수들을 이끌고 노성(鹵城: 감숙성 천수시天水市 감곡현甘谷縣과 예현禮縣 사이)으로 갔다. 노성 태수는 평소 공명에 대해 알고 있었으므로 황급히 성문을 열고 나와서 항복했다.

공명은 그를 위무하고 나서 물었다: "지금 어느 곳의 밀이 익었는가?"

태수가 아뢰었다: "농상(隴上: 섬서성 농현隴縣에 있는 농산隴山 서부 지구. 즉 감숙성)의 밀이 이미 익었습니다."

공명은 이에 장익과 마충을 남겨두어 노성을 지키도록 하고, 자신은 여러 장수들과 전군을 이끌고 농상으로 갔다.

그때 맨 앞에서 가던 군사들이 알려왔다: "사마의가 군사를 이끌고 여기에 와 있습니다."

공명은 놀라서 말했다: "이 사람은 내가 밀을 베러 올 줄 미리 알고 있었구나!"(*그의 계산 역시 양도糧道를 끊으려는 것이다.)

그는 즉시 목욕을 하고 옷을 갈아입고는 모양이 똑같은 사륜거四輪車 3대를 밀고 나오도록 하여 수레 위를 모두 똑같은 모양으로 장식하도록 했다. — 이 수레들은 공명이 촉에 있을 때 미리 만들어 두었던 것이다. (*남만 정벌 때 사용했던 검은 기름칠을 한 수레(黑油車)와는 다른 것이다.)

공명은 곧바로 강유로 하여금 군사 1천 명을 이끌고 수레 한 대를 호위하도록 하고, 따로 북을 칠 군사 5백 명을 상규上邽 뒤편에 매복시켜 놓고, 마대는 왼편에서, 위연은 오른편에서 역시 각기 군사 1천 명씩 이끌고 수레 한 대씩 호위하도록 하고, 북을 칠 군사 5백 명을 데려가도록 했다.

매 수레 한 대마다 검은 옷에 맨발을 하고 풀어헤친 머리에 칼을 찬 군사 24명이 한 손에는 북두칠성을 수놓은 검은색 깃발(七星皀幡)을 들고 좌우에서 수레를 밀고 나가도록 했다.

강유 등 세 사람은 각기 계책을 받고 군사들을 이끌고 수레를 밀고 갔다.

공명은 다시 3만 명의 군사들로 하여금 모두 낫과 벤 밀을 묶을 밧

줄(駄繩)들을 가지고 밀을 벨 준비를 하도록 했다. (*원래 요괴 모양으로 꾸민 것은 바로 이 일을 위해서였다.) 그리고 나서 건장한 군사 24명을 골라서 그들에게 각기 검은 옷을 입히고 머리를 풀어헤치고 맨발에 칼을 들고 사륜거를 에워싸도록 하여 수레를 미는 귀신(推車使者)들로 삼았다.

관흥에게는 천봉원수(天蓬元帥: 고대의 신화전설에 나오는 천신天神) 모양으로 몸치장을 하도록 하고, (*이렇게 되면 〈서유기〉에 나오는 저팔계豬八戒의 행색처럼 된다.) 손에는 북두칠성을 수놓은 검은색 깃발(七星皂幡)을 들고 수레 앞에서 걸어가도록 했다. 공명 자신은 수레 위에 단정히 앉아서 위군의 영채를 향해 갔다.

〖 5 〗 정탐꾼이 그것을 보고 크게 놀라서 그것이 사람인지 귀신인지 알지 못하여 화급히 사마의에게 보고했다.

사마의가 직접 영채 밖으로 나가서 살펴보니, 공명이 비녀 꽂은 관을 쓰고, 학창鶴氅을 입고, 손에는 우선羽扇을 들고 흔들면서 사륜거 위에 단정히 앉아 있는데, 좌우로 24명의 사람들이 산발을 한 채 칼을 손에 들고 있었고, 전면에 있는 한 사람은 손에 검은색 깃발을 잡고 있는 것이 보였다. 희미하게 보이는 모습이 마치 천신天神과 같았다. (*칠성단 앞에서 바람을 빌 때의 모습과 같다.)

사마의가 말했다: "저것은 또 공명이 장난을 치는 것이다."

그리고는 군사 2천 명을 보내며 분부했다: "너희들은 빨리 가서 수레와 사람들을 너희들 마음대로 모조리 잡아오너라."

위병들은 명을 받고 일제히 추격해 갔다.

공명은 위병들이 쫓아오는 것을 보고는 곧바로 수레를 돌리도록 하여 멀리 촉군 진영을 바라보며 천천히 갔다. 위병들은 모두 말을 급히 몰아서 그 뒤를 추격해 갔는데, 단지 음산한 바람이 솔솔 불고 차가운

안개가 자욱이 끼여 있는 것만 보였다. 그들은 있는 힘을 다해 한참이나 쫓아갔으나 따라잡을 수가 없었다.

그들은 저마다 크게 놀라서 다들 말을 멈춰 세우고 말했다: "기이한 일이로군! 우리는 급급히 30리나 쫓아왔건만 바로 눈앞에 있는 것처럼 보이는데도 따라잡을 수가 없으니, 이를 어쩌지?"

공명은 군사들이 뒤쫓아 오지 않는 것을 보고 다시 수레를 밀게 해서 위병들을 바라보고 멈춰 섰다. 위병들은 한참 동안 주저하더니 다시 말을 달려 쫓아왔다. 공명은 또다시 수레를 돌려서 천천히 나아갔다. 위병들은 또다시 20리나 쫓아갔으나 수레는 여전히 바로 눈앞에 보이는데도 따라잡을 수가 없어서 (*바다 위에 있는 삼신산三神山과 흡사하다. 멀리서 바라볼 수는 있어도 다가갈 수는 없다.) 모두들 얼이 빠져 멍해졌다. 공명은 다시 수레를 돌리도록 해서 위군을 향해 밀고 갔다.

위병들이 또다시 그 뒤를 추격해 가려고 할 때, 뒤에서 사마의가 직접 일군을 이끌고 와서 명을 전하도록 했다: "공명은 팔문둔갑술八門遁甲術에 능하여 육정六丁과 육갑六甲 귀신을 부릴 수 있다. 이것은 곧 육갑천서六甲天書 속에 나오는 축지법縮地法이다. (*사마의의 입을 빌려 각주를 달고 있다.) 군사들은 그를 쫓아가서는 안된다."

〖 6 〗 모든 군사들이 막 말을 멈추고 돌아서려는데, 그때 왼편에서 전고戰鼓 소리가 크게 진동하며 한 떼의 군사들이 쳐들어왔다. 사마의는 급히 군사들에게 그들을 막으라고 명하면서 문득 보니 촉병 부대 속에서 24명이 산발을 한 채 칼을 손에 잡고 검은 옷을 입고 맨발로 사륜거 한 대를 에워싸고 나왔는데, 수레 위에는 공명이 비녀 꽂은 관을 쓰고, 학창鶴氅을 입고, 손에는 우선羽扇을 흔들면서 단정히 앉아 있었다. (*또 한 사람의 공명이다. 앞의 공명과 함께 두 사람의 공명이라니, 참으로 괴이하기 짝이 없는 일이다.)

사마의는 크게 놀라서 말했다: "방금 전에 저 수레 위에 앉아 있는 공명을 50리나 쫓아갔으나 따라잡지 못했는데, 어떻게 여기에 또 공명이 있단 말인가? 괴상하구나, 괴상해!"(*둔갑천서遁甲天書 안에 이런 변화가 있는지 모르겠다.)

말이 미처 끝나기도 전에 오른편에서 전고가 또 울리면서 한 떼의 군사들이 쳐나왔는데, 사륜거 위에는 역시 공명이 앉아 있고 좌우로는 역시 24명이 검은 옷을 입고 맨발에 산발을 한 채 칼을 잡고 수레를 에워싸고 나왔다.

사마의는 속으로 크게 의아해 하면서 여러 장수들을 돌아보고 말했다: "이는 틀림없이 신병神兵들이다!"(*육정六丁 육갑六甲이 변한 것인지 의심스럽다.)

많은 군사들의 마음이 크게 혼란스러워지면서 감히 싸우지 못하고 각자 도망쳐 달아났다.

한창 달아나고 있을 때 갑자기 북소리가 크게 진동하며 또 한 떼의 군사들이 쳐나왔는데, 앞장 선 사륜거 위에는 공명이 단정히 앉아 있었고 전후좌우로는 앞에서 본 것과 똑같은 모습을 한 수레 미는 귀신(推車使者)들이 있었다. 위병들 중에 놀라지 않는 자가 없었다.

사마의는 이것이 사람인지 귀신인지 모르겠고 또 촉병들이 얼마나 되는지도 알 수 없어서 너무나 놀라고 두려워서 황망히 군사를 이끌고 달아나서 상규성上邽城으로 들어가서 문을 닫아걸고 나가지 않았다. (*한 사람의 공명도 당해내지 못하겠는데 또 무수히 많은 공명이 나타나니, 사마의는 정말로 놀라서 죽을 뻔했다.)

이때 공명은 재빨리 정예병 3만 명으로 하여금 농상의 밀을 전부 베어 노성鹵城으로 운반해 가서 햇볕에 말리도록 했다. (*오늘날 사람들은 비록 먹으려는 생각과 먹을 것을 마련할 지혜는 있어도 이런 신통은 부릴 줄 모른다.)

〖 7 〗 사마의는 상규성 안에 있으면서 사흘 동안이나 감히 밖으로 나가지 못했다. (*이때 밀은 이미 다 말랐다.) 후에 촉병이 물러간 것을 보고 비로소 감히 군사를 내보내서 정탐하도록 했다. 정탐군은 길에서 촉병 하나를 붙잡아 가지고 와서 사마의에게 보였다.

사마의가 물어보자 그가 대답했다: "저는 밀을 베던 사람인데 말이 달아나버려서 그만 붙잡혀 왔습니다."

사마의曰: "이전의 병사들은 무슨 신병神兵들이냐?"

그자가 대답했다: "세 방면의 복병들은 모두 공명이 아니라 강유·마대·위연이었습니다. 각 방면마다 수레를 호위하는 군사 1천 명과 북을 치는 군사 5백 명만 있었습니다. 단지 처음에 나와서 싸움을 유인한 수레 위에 있던 사람만이 공명이었습니다."

사마의가 하늘을 우러러 길게 탄식을 하며 말했다: "공명에겐 신출귀몰하는 지략이 있구나!"

그때 갑자기 부도독 곽회郭淮가 보러 들어왔다. 사마의는 그를 맞아들였다. 서로 인사가 끝나자 곽회가 말했다: "내가 듣기로는 촉병은 그 수가 많지 않은데다 현재 노성鹵城에서 밀을 타작하고 있다고 하니, 저들을 치면 되겠습니다."

사마의가 앞의 일들을 자세히 이야기해 주었다.

곽회가 웃으며 말했다: "다만 한때 우리를 속여 넘겼지만, 이제는 우리가 이미 다 알아버렸으니 더 말할 필요가 어디 있습니까! 제가 일군을 이끌고 가서 저들의 뒤를 공격하고 공께서는 일군을 이끌고 가서 그 앞을 공격한다면 노성을 깨뜨릴 수 있고 공명도 사로잡을 수 있습니다."

사마의는 그 말을 좇아서 곧 군사를 두 방면으로 나누어 치러 갔다.

한편 공명은 군사를 이끌고 노성으로 가서 햇볕에 밀을 말리고 있다가 갑자기 여러 장수들을 불러서 명을 내렸다: "오늘 밤 적들은 틀림없이 성을 공격하러 올 것이다. 내가 헤아려보니 노성의 동쪽과 서쪽의 밀밭 속에는 군사들을 매복시켜 놓을 만하다. (*밀을 베어내서 맨땅만 남았으므로 군사를 주둔시켜 놓기에 좋다.) 누가 감히 나 대신에 한번 가보겠느냐?"

강유·위연·마충·마대 네 장수가 나서며 말했다: "저희들이 가겠습니다."

공명은 크게 기뻐하며 강유·위연에게는 각기 군사 2천 명을 이끌고 가서 동남과 서북 두 곳에 매복해 있도록 하고, 마충·마대에게는 각기 군사 2천 명을 이끌고 가서 서남과 동북 두 곳에 매복해 있도록 하면서 "포 소리가 울리거든 사방에서 일제히 쳐들어오라"고 분부했다. 네 장수는 계책을 받고 군사들을 이끌고 떠나갔다.

공명은 직접 군사 1백여 명을 이끌고, 각기 화포火砲를 가지고 성을 나가 밀밭 속에 매복해 있으면서 적병이 오기를 기다렸다.

〖 8 〗 한편 사마의는 군사들을 이끌고 곧장 노성 아래로 갔는데, 이 때 날은 이미 어둑어둑해졌다. 그는 여러 장수들에게 말했다: "만약 밝은 낮에 진군하면 성 안에서도 틀림없이 대비할 것이다. 이번에는 밤을 틈타 공격하도록 해야겠다. 이곳은 성은 낮고 해자는 얕아서 힘 안 들이고 깨뜨릴 수 있을 것이다."

그리고는 군사들을 성 밖에 주둔시켜 놓았다.

초경(初更: 저녁 7시~9시) 무렵, 곽회 역시 군사들을 이끌고 도착했다. 양쪽 군사들을 하나로 합친 다음, 북소리가 한 번 울리자 노성을 철통같이 에워쌌다. 그때 성 위에서는 수많은 쇠뇌들을 일제히 발사하여 화살과 돌들이 마치 비 퍼붓듯 하여 위병들은 감히 앞으로 나아가지 못했다. 그때 갑자기 위군魏軍 속에서 신호의 포 소리가 연달아 일어나서 전군이 크게 놀랐으나 어디에서 군사들이 쳐들어오는지 알 수가 없었다.

곽회가 사람들에게 밀밭으로 들어가서 수색해 보도록 지시하자 사방에서 불빛이 하늘 높이 치솟으며 함성이 크게 진동하더니 네 방면에서 촉병들이 일제히 쳐들어오고 노성의 네 개 문이 활짝 열리면서 성 안에 있던 군사들이 치고나왔다. 촉병들이 안팎으로 호응하여 한판 크게 싸워서, 위병들 가운데 죽은 자가 무수히 많았다.

사마의는 패한 군사들을 이끌고 죽을힘을 다해 겹겹의 포위망을 뚫고 나가서 산꼭대기에 군사들을 주둔시켜 놓았고, 곽회 역시 패한 군사들을 이끌고 산 뒤로 달아나서 그곳에 주둔했다.

공명은 성 안으로 들어가서 네 장수들에게 성 네 모퉁이에 영채를 세워 군사들을 주둔시켜 놓도록 했다. (*소위 의각지세犄角之勢를 이룬 것이다.)

곽회가 사마의에게 말했다: "지금 촉병과 서로 대치하고 있은 지 상당히 오래 되었으나 저들을 물리칠 계책이 없고, 이번에 또 한 판 패하여 군사들을 3천여 명이나 잃었습니다. 빨리 방도를 찾지 않으면 수일 후에는 물러가기도 어려울 것입니다."

사마의曰: "다시 어떻게 해야 하겠는가?"

곽회曰: "격문을 띄워 옹주雍州와 양주凉州의 군사들을 동원해서 힘을 합쳐 적을 무찌르도록 하는 것이 좋겠습니다. 제가 군사들을 이끌고 가서 검각劍閣을 습격하여 저들의 퇴로를 끊고 군량과 마초의 운송을 차단하겠습니다. (*무후가 농상의 밀을 벤 것은 군량을 소중히 여겼기 때문이고, 곽회가 검각으로 가는 길을 끊으려고 한 것 역시 군량을 소중히 여겼기 때문이다.) 그렇게 한다면 적들은 전군이 당황하여 혼란에 빠질 것이니, 그때 기세를 타서 공격한다면 적을 멸할 수 있을 것입니다."

사마의는 그의 말을 좇아서 즉시 격문을 띄워 그날 밤으로 옹주와 양주로 가서 군사들을 동원하도록 했다. 하루가 못 되어 대장 손례孫禮

가 옹주와 양주의 군사들을 이끌고 당도했다. 사마의는 즉시 손례로 하여금 곽회와 약속해 만나서 검각을 습격하러 가도록 했다.

〖 9 〗 한편 공명은 노성鹵城에서 서로 대치하고 있은 지 오래 되었는데도 위병들이 싸우러 나오지 않는 것을 보고 마대와 강유를 성 안으로 불러들여서 명했다: "지금 위병들은 험한 산을 지키고 있으면서 싸우러 나오지 않는데, 이는 첫째로는 우리가 밀을 다 먹고 나면 양식이 떨어질 것으로 예상해서이고, 둘째는 군사들로 하여금 가서 검각을 습격하도록 해서 우리의 양도糧道를 끊으려는 것이다. 너희 둘은 각기 군사 1만 명씩 이끌고 먼저 가서 요충지들을 잘 지키고 있도록 해라. 위병들은 우리가 준비하고 있는 것을 보게 되면 자연히 물러갈 것이다."(*전에 마속과 왕평으로 하여금 가정街亭을 지키도록 했던 것과 같은 계책이다.)

두 사람은 군사들을 이끌고 떠나갔다.

그때 장사長史 양의楊儀가 막사 안으로 들어와서 아뢰었다: "전에 승상께서는 전체 군사들을 100일마다 한 번씩 교대시키도록 하라고 명하셨는데, 지금 기한이 이미 다 되었습니다. 저쪽 편에서 보낸 공문이 이미 도착했는데, 한중에 있던 군사들은 이미 서천의 어귀(川口)를 떠났으며 양쪽 군사들이 만나서 교대하기만을 기다리고 있다고 합니다. 현재 있는 8만 명의 군사들 중에서 4만 명은 교대시켜야 될 것 같습니다."

공명曰: "기왕에 그렇게 하라는 명이 있었으니 속히 교대하도록 하라."

많은 군사들은 그 소식을 듣고 각각 돌아갈 채비를 했다. (*군사들이 집 생각을 하여 돌아가고 싶어 하는 마음은 화살과 같다.)

그때 갑자기 보고해 오기를, 손례가 옹주와 양주의 군사 20만 명을 이끌고 싸움을 도우러 와서 검각을 습격하러 갔으며, 사마의는 직접 군사들을 이끌고 노성을 치러 온다고 했다. 촉병들로서 놀라지 않는 자가 없었다. (*집에 돌아가고 싶었는데 갈 수 없게 되었으니 놀라지 않을 수가 없었을 것이다.)

양의가 들어가서 공명에게 보고했다: "위병들의 쳐들어온 형세가 몹시 위급하니, 승상께서는 이번에 교대하기로 되어 있는 군사들을 잠시 머물러 있도록 하여 우선 적부터 물리치시고, 신병들이 도착하기를 기다린 후에 교대시키도록 하시지요." (*양의의 계산이 현실성이 있다.)

공명이 말했다: "안 된다. 나는 용병을 하고 장수들에게 명령을 함에 있어서 신의(信)를 근본으로 삼아왔다. 기왕에 앞서 내린 명령이 있는데 어찌 신의를 잃을 수 있느냐?

또 촉병들로 이번에 가기로 되어 있는 자들은 다들 돌아갈 채비가 되어 있고 그 부모와 처자들도 사립문에 기대고 서서 기다리고 있을 텐데, 내 지금 비록 큰 어려움을 당하게 되더라도 결코 저들을 남아 있도록 하지는 않을 것이다."

공명은 즉시 명을 내려 이번에 가도록 되어 있는 군사들은 당일로 곧바로 떠나가라고 했다. 많은 군사들은 이 소식을 듣고 모두들 큰 소리로 외쳤다: "승상께서 이처럼 우리에게 은혜를 베풀어주시니, 저희들은 잠시 돌아가지 않고 각기 죽을 각오로 위병들을 크게 무찔러서 승상의 은혜에 보답하고자 하옵니다." (*여기서 비로소 무후가 몇 마디 위무慰撫의 말을 한 것이 군사들을 빨리 보내라고 다그치는 공문보다 나았음을 알 수 있다.)

공명이 말했다: "너희들은 집으로 돌아가야 한다. 어찌 여기에 다시 머물러 있을 수 있겠느냐?" (*묘한 것은 그들을 보내려고 한 것이 도리어 뜻하지 않게 머물러 있도록 한 것이 되었다.)

모든 군사들이 다 싸우러 나가겠다고 하면서 집으로 돌아가기를 원하지 않았다. (*돌려보내려고 할수록 더욱 가려고 하지 않는다.)

공명이 말했다: "너희들이 기왕에 나와 함께 싸우러 나가겠다고 하니, 그러면 성 밖으로 나가서 영채를 세워놓고 위병들이 오기를 기다렸다가 저들이 당도하면 숨 돌릴 틈도 주지 말고 곧바로 급히 들이치도록 하라.

이것이 병법에서 말하는 '충분히 휴식을 취한 군사들이 오느라 지쳐 있는 군사들을 공격한다(以逸待勞)'는 것이다."(*가겠다고 할 때에는 재삼 돌아가라고 하다가, 가지 않게 되자 곧바로 싸우도록 요구하는 것에서 교묘한 임기응변을 볼 수 있다.)

모든 군사들은 명을 받고 각자 병장기를 잡고 기꺼운 마음으로 성 밖으로 나가서 진을 벌여놓고 위병들이 오기를 기다렸다.

〖 10 〗 한편 서량西涼의 군사들은 행군 속도를 두 배로 빨리 해서 달려오느라 사람도 말도 모두 지칠 대로 지쳐 있었다. 그들이 막 영채를 세워놓고 쉬려고 할 때 촉병들이 몰려 왔다.

촉병들은 하나하나가 다들 용맹을 떨쳤는데, 장수들은 사기가 왕성했고 군사들은 날래서 옹주와 양주에서 온 군사들은 도저히 당해낼 수가 없어서 뒤로 물러났다.

촉병들이 힘을 떨치고 그 뒤를 추격하여 쳐 죽인 결과 옹주와 양주 군사들의 시체가 들판에 가득 널렸고 피가 흘러서 도랑을 이루었다. (*적은 병력으로 많은 적군을 이긴 것은 전적으로 이 '이일대로以逸待勞' 덕택이다.)

공명은 성을 나가 승전한 군사들을 거두어 성 안으로 들어와서 상을 주어 위로했다. 그때 갑자기 영안永安을 지키는 이엄李嚴이 위급함을 알리는 서신을 전해 왔다고 보고해 왔다. 공명이 크게 놀라서 봉한 것을 뜯어보니, 그 글의 내용은 이러했다:

"근자에 들으니, 동오에서 사람을 낙양으로 보내서 위魏와 화친을 맺었는데, 위魏가 동오로 하여금 촉을 취하도록 권했으나 다행히 동오에서는 아직 군사를 일으키지 않았다고 합니다. 지금 제가 이 소식을 탐지하여 알려드리는 바이니, 승상께서는 속히 좋은 계책을 세우시기 바랍니다."

공명은 다 읽고 나서 몹시 놀라고 의아하여 곧바로 여러 장수들을 모아놓고 말했다: "만약 동오에서 군사를 일으켜 촉으로 쳐들어온다면 내가 속히 돌아가지 않으면 안 된다."(*〈삼국지연의〉 독자들은 책을 덮고 한번 생각해 보라, 이 서신에서 말하는 것이 정말이겠는가, 아니면 거짓말이겠는가? 정말이라면 낙양으로부터도 이런 소식이 왔을 텐데 어찌하여 사마의에게는 알리지 않았는가? 그리하여 사마의 쪽에서는 아직 이런 소식을 모르고 있는가?)

그리고는 즉시 명을 내려 기산의 본채에 있는 군사들에게 일단 서천으로 물러가도록 하면서 말했다: "사마의는 내가 이곳에 군사를 주둔시켜 놓고 있음을 알고 있으므로 감히 추격하지 못할 것이다."

이리하여 왕평, 장억, 오반, 오의는 군사를 두 방면으로 나누어 서서히 군사들을 물려서 서천으로 들어갔다.

〖 11 〗장합은 촉병들이 물러가는 것을 보고도 혹시 무슨 계책이 있을까봐 두려워서 감히 추격하지 못하고 군사를 이끌고 사마의에게 가서 보고 말했다: "지금 촉병들이 물러가고 있는데 무슨 의도인지 모르겠습니다."

사마의가 말했다: "공명은 속임수 계책이 극히 많으니 경솔하게 움직여서는 안 되오. 차라리 굳게 지키면서 저들의 군량이 떨어져 제풀에 물러가기를 기다리는 게 나을 거요."

대장 위평魏平이 말했다: "촉병들이 기산의 영채를 거두어서 물러가고 있으니 바로 이 기회를 틈타 추격해야 합니다. 그런데도 도독께서는 군사를 눌러두고 움직이려 하지 않으시며 촉을 범처럼 무서워하시는데, 천하의 비웃음을 사게 되면 어쩌려고 이러십니까?"

그러나 사마의는 고집을 부리며 듣지 않았다.

한편 공명은 기산에 주둔하고 있던 군사들이 이미 돌아간 것을 알고 마침내 양의와 마충을 막사 안으로 불러와 비밀계책을 주면서, 먼저 궁노수弓弩手 1만 명을 이끌고 검각의 목문도(木門道: 감숙성 천수시天水市 서남)로 가서 양편에 매복하고 있도록 하면서 분부했다: "만약 위병이 쫓아오거든 내가 쏘는 포 소리를 듣고 급히 나무와 돌들을 굴려서 먼저 그들이 돌아갈 길을 끊어놓고 양편에서 일제히 쇠뇌를 쏘도록 하라."

두 사람은 군사들을 이끌고 떠나갔다. (*이곳에서는 준 계책을 분명하게 서술하고 있다. 앞의 회回에서와는 문장 형식이 같지 않다.)

공명은 또 위연과 관흥을 불러서 군사를 이끌고 가서 적들의 뒤를 끊도록 하고, 성 위에는 사면에 정기를 두루 꽂아놓고, 성 안에는 불을 피울 나무들을 마구 쌓아놓고 속임수로 연기와 불을 피워 올리도록 했다. 대군은 모두 목문도를 향해 갔다.

〖 12 〗 위병 영채의 정탐꾼이 사마의에게 알렸다: "촉병의 대대大隊 군사들은 이미 물러갔으나 아직도 성 안에 군사들이 얼마나 남아 있는지는 모르겠습니다."

사마의가 직접 가서 보니, 성 위에는 깃발들이 꽂혀 있었고 성 안에서는 연기가 일어나고 있었다.

사마의가 웃으며 말했다: "저것은 빈 성이다."

사람을 시켜서 알아보게 했더니 과연 빈 성이었다.

사마의는 크게 기뻐하며 말했다: "공명은 이미 물러갔다. 누가 감히 그를 추격하겠느냐?"(*여기서 비로소 성 위의 깃발들과 연기 등은 적의 추격을 막기 위한 것이 아니라 적의 추격을 유인하기 위한 것임을 알 수 있다.)

선봉 장합이 말했다: "제가 가겠습니다."

사마의가 그를 막으며 말했다: "공은 성미가 급하기 때문에 가서는 안 되오."

장합曰: "도독께서는 관關을 나올 때 나를 선봉으로 삼으셨소. 오늘은 바로 공을 세울 때인데도 (*바로 죽을 날이다.) 도리어 나를 쓰려고 하지 않으시는 이유가 무엇입니까?"

사마의曰: "촉병들은 물러가면서 험한 곳에는 반드시 군사들을 매복시켜 놓았을 것이므로, 극히 조심해서 살핀 다음에 추격해야만 하기 때문이오."

장합曰: "저도 이미 알고 있으니 염려하실 필요 없습니다."

사마의曰: "공이 스스로 가겠다고 했으니 나중에 후회하지는 마시오."

장합曰: "대장부가 몸을 바쳐 나라에 보답하려는 것인데, 비록 만 번 죽더라도 여한이 없습니다."(*자기 입으로 "죽음(死)"을 이야기하는데, 이는 명명백백하게 다음의 글을 설파說破한 것이다.)

사마의曰: "공이 기왕에 기어코 가겠다고 고집을 부리니, 그러면 군사 5천 명을 이끌고 먼저 가시오. 그 다음에 위평魏平으로 하여금 보병과 기병 2만 명을 이끌고 뒤따라가서 적의 매복에 대비하도록 하겠소. 나는 그 다음에 직접 군사 3천 명을 이끌고 뒤따라가서 협동작전을 벌이도록 하겠소."

장합은 명을 받고 군사들을 이끌고 황급히 앞으로 추격해 갔다.

〖 13 〗 그가 30여 리 갔을 때 갑자기 배후에서 함성이 일어나며 숲속

에서 한 떼의 군사들이 뛰쳐나왔는데, 앞장선 대장은 칼을 비껴들고 말을 멈춰 세우고 큰소리로 외쳤다: "역적의 장수는 군사들을 이끌고 어디로 가는가!"

장합이 고개를 돌려 보니 바로 위연이었다. (*복병을 두지 않고 유인하는 게 아니라 복병을 두고 유인한다.) 장합은 크게 화가 나서 말을 돌려 그와 싸웠다. 서로 싸우기를 10합이 못 되어 위연은 짐짓 패한 척하고 달아났다. (*그로 하여금 복병이 있어도 소용없음을, 즉 복병도 겁날 게 없다고 생각하게 하려는 것이다.)

장합은 또 그 뒤를 쫓아서 30여 리 가다가 말을 멈춰 세우고 돌아보니 복병이라고는 전혀 없어서 또다시 말에 채찍질을 하여 앞으로 쫓아갔다. 그가 막 산비탈을 돌아가려고 할 때 갑자기 함성이 크게 일어나더니 한 떼의 군사들이 뛰쳐나왔는데, 앞장선 대장은 바로 관흥이었다. 그는 칼을 비껴들고 말을 멈춰 세우고 큰 소리로 외쳤다: "장합은 달아나지 말라. 내가 여기 있다!"

장합이 곧바로 말에 박차를 가하여 달려나가 서로 창날을 겨루었는데, 채 10합도 못 싸우고 관흥은 말머리를 돌려 곧바로 달아났다. (*그로 하여금 복병들은 전부 쓸모없는 것들임을, 즉 복병은 전혀 겁낼 게 못 된다고 생각하게 하려는 것이다.) 장합은 그 뒤를 쫓아갔다.

한 울창한 숲속에 이르자 장합은 의심이 들어 사람을 시켜서 사방을 수색해 보도록 하였는데 복병이라고는 전혀 없었다. 이에 그는 마음 놓고 다시 관흥의 뒤를 쫓아갔다. 그런데 뜻밖에도 위연이 가로질러 와서 전면에 나타났다. 장합은 또 그와 더불어 10여 합을 싸웠는데, 위연은 또 패하여 달아났다.

장합은 화가 치밀어 올라 쫓아갔는데, 또 관흥이 가로질러 와서 전면에서 앞길을 가로막고 섰다. (*나중에 보는 복병은 곧 앞에서 본 복병들이다. 그로 하여금 새로 추가되는 복병이 없음을 알고 더욱 복병을 겁내지 않도록 하려는 것이다.) 장합이 크게 화를 내며 말에 박차를 가해 달려가서 그와 싸웠다. 서로 싸우기를 10합쯤 되었을 때, 촉병들이 갑옷과 기물 등을 모조리 내버려서 길을 가득 메우자 위병들은 모두 말에서 내려 그것을 줍기 위해 서로 다투었다. (*이번에는 이익(재물)으로 유인한다.)

위연과 관흥 두 장수가 번갈아 달려들어 싸웠으나 장합은 용맹을 떨치며 그 뒤를 쫓아갔다.

〖 14 〗 날이 막 저물려고 할 때에는 목문도木門道 어귀까지 쫓아갔는데, 그때 위연이 말머리를 돌리더니 목청을 높여 크게 꾸짖었다: "장합 이 역적놈아! 나는 너와 싸우고 싶지 않은데 너는 왜 계속 쫓아오느냐. 내 이제 네놈과 사생결단하고 싸워보겠다!"

장합은 화가 머리끝까지 나서 창을 꼬나들고 말을 몰아 곧바로 위연에게 덤벼들었다. 위연도 칼을 휘두르며 나가서 맞이해 싸웠다. 그러나 10합도 못 싸우고 위연은 크게 패하여 옷과 갑옷, 투구 등을 다 버리고 단기필마로 패한 병사들을 이끌고 목문도 안으로 달아났다. (*이와 같이 하여 비로소 목문도로 이끌어 올 수 있었다.) 장합은 화가 머리 꼭대기까지 난데다가 위연이 또 크게 패하여 달아나는 것을 보고 말을 휘몰아 뒤를 쫓아갔다.

이때는 날이 이미 어둑어둑했는데, 포 소리가 한 번 울리더니 산 위에서 불빛이 하늘 높이 치솟으면서 큰 돌과 나무토막들이 어지러이 굴러 내려와서 길을 막아버렸다.

장합은 크게 놀라서 말했다: "내가 계책에 걸려들고 말았구나!"

급히 말머리를 돌렸을 때는 등 뒤쪽도 이미 나무와 돌들로 돌아갈 길이 꽉 막혀 있었으며, 그 중간에 작은 공터가 있을 뿐, 양편은 모두 깎아지른 절벽이어서 장합은 나아갈 수도 물러날 수도 없게 되었다.

그때 문득 딱따기 소리가 울리더니 양편에서 수많은 쇠뇌들을 일제히 쏘아댔다. 장합과 수하 장수 1백여 명은 전부 목문도 안에서 화살에 맞아 죽고 말았다. (*이날의 죽음은 일찌감치 기산으로 세 번째 나갈 때 이미 예정되어 있었다.) 후세 사람이 지은 시가 있으니:

매복한 쇠뇌에서 일제히 발사한 불화살들　　　伏弩齊飛萬點星
목문도 길 위의 적병들을 쏘아 죽였지.　　　　木門道上射雄兵
지금도 행인들은 검각을 지나갈 때　　　　　　至今劍閣行人過
여전히 제갈공명의 이야기 한다네.　　　　　　猶說軍師舊日名

〖 15 〗한편 장합은 이미 죽었는데, 뒤따라 추격해 온 위병들은 길이 막혀 있는 것을 보고는 장합이 적의 계략에 걸려든 줄 알았다. 많은 군사들이 말머리를 돌려서 급히 물러가려고 할 때 갑자기 산꼭대기에서 크게 외치는 소리가 들렸다: "제갈승상께서 여기에 계신다!."

많은 군사들이 쳐다보니 공명이 불빛 가운데 서서 손으로 자기들을 가리키며 말했다: "내 오늘 사냥을 나와서 '말(馬: 마)' 한 마리를 쏘아 잡으려고 했었는데 (*사마의司馬懿의 "馬") 그만 잘못해서 '노루(獐: 장)' 한 마리를 쏘고 말았구나. (*장합張郃의 "張".) 너희들은 각기 안심하고 돌아가서 중달에게 보고하거라: 조만간 반드시 나한테 사로잡히게 될 것이라고." (*목문도에서 장합을 쏘았다는 것은 전기傳記에 나오는 말이고, 계속되는 무후의 몇 마디 말은 논찬(論贊: 사전史傳의 기록 뒷부분에 작자가 덧붙이는 평론)이다.)

위병들이 돌아가서 사마의를 보고 이 일을 자세히 보고했다. 사마의는 비통해 하기를 마지않으면서 하늘을 우러러 탄식했다: "장준예(張雋乂: 장합)가 죽은 것은 내 잘못이다!"

그리고는 군사들을 거두어 낙양으로 돌아갔다. 위주魏主는 장합이 죽었다는 말을 듣고 눈물을 뿌리며 탄식하고는 그의 시신을 거두어 후히 장사지내 주라고 했다.

〖 16 〗한편 공명은 한중으로 들어가서 성도로 돌아가 후주를 만나 뵈려고 했다. 도호都護 이엄李嚴이 후주에게 제멋대로 아뢰었다: "신이 이미 군량을 마련하여 이제 곧 승상의 군대로 보내려고 하던 참인데, 승상께서는 무슨 이유로 갑자기 회군해 왔는지 모르겠나이다."(*한 입 으로 두 말 하는 인간(兩舌之人: 양설지인)들이야 오늘날에도 많다. 유독 이엄 만 괴이하게 여길 게 아니다.)

후주는 그 말을 듣고 즉시 상서尚書 비의費褘로 하여금 한중으로 들 어가서 공명을 보고 회군해 온 까닭을 물어보도록 했다. 비의는 한중 에 이르러 후주의 뜻을 전했다.

공명이 크게 놀라서 말했다: "이엄이 위급을 알리는 글을 보내서 말 하기를, 동오에서 군사를 일으켜 서천으로 쳐들어오려고 한다고 해서 회군한 것이오."

비의日: "이엄은, 군량을 이미 마련해 놓았는데 승상께서 아무런 까 닭 없이 회군하였다고 상주上奏해서, 천자께서 저한테 가서 회군한 까 닭을 물어보라고 명하셨습니다."

공명은 크게 화가 나서 사람을 시켜서 현장조사를 해보도록 했더니, 이는 이엄이 군량을 마련하지 못하여 승상으로부터 문책당할 것이 두 려워서 글을 보내서 돌아오도록 해놓고는 도리어 천자에게는 또 터무 니없는 말로 아뢰어서 자기 죄를 덮어 감추려고 했던 것이 밝혀졌다.

공명은 크게 화를 내어 말했다: "되먹지 못한 놈이 제 한 몸의 일 때문에 나라의 대사를 망쳐놓다니!"

공명은 사람을 시켜서 그를 불러다가 목을 베려고 했다.

비의가 만류했다: "승상께서는 선제께서 (승상과 이엄에게) 어린 황 제를 돌봐 달라고 부탁하신 뜻을 생각하시어 잠시 용서해 주시지

요."(*제85회의 일.)

공명은 그 말을 좇았다.

비의는 즉시 표문을 써서 후주에게 전후 사실을 상주했다. 후주는
표문을 보자 발끈 화를 내면서 무사에게 이엄을 끌어내서 목을 베라고
호통쳤다.

참군 장완蔣琬이 반열에서 나와 아뢰었다: "이엄은 바로 선제께서
어리신 주상을 보필해 달라고 부탁하신 신하이오니,(*선주는 마속馬謖의
인간됨은 알 수 있었지만 이엄에 대해서는 알 수 없었다. 사람을 안다는 것이
얼마나 어려운 일인지(知人之難) 볼 수 있다.) 폐하께서는 은혜를 베푸시어
너그러이 용서해 주시기를 바라옵니다."

후주는 장완의 말을 좇아서 즉시 이엄의 관작을 폐하여 서인庶人으
로 만들어 재동군梓潼郡으로 내쳐서 그곳에서 살도록 했다.

〖 17 〗 공명은 성도로 돌아와서 이엄의 아들 이풍李豊을 등용하여 장
사長史로 삼았다. (*그 아비를 내치고 그 아들을 등용하였으니, 이엄을 내친
것은 공명으로서는 불가피한 일이었다.) 공명은 마초와 군량을 비축하고,
진법과 무예를 강론하고, 병장기를 수리 정돈하고, 장수들과 군사들을
위로하고 돌봐주면서 3년 후에야 출정할 것이라고 했다. 이에 서천과
동천의 백성들과 군사들은 모두 그의 은덕을 칭송했다.

세월은 덧없이 흘러 어느덧 3년이 지났다.

때는 바야흐로 건흥建興 12년(서기 234년) 봄 2월, 공명은 조정에 들
어가서 후주에게 아뢰었다: "신이 이제까지 군사들을 위로하고 보살
펴온 지 이미 3년이 지나서 군량과 마초는 풍족하고, 병장기는 완전히
갖추어졌으며, 군사들은 웅장하여 위魏를 칠 만하옵니다. 이번에 만약
간사한 무리들을 소탕하여 중원中原을 회복하지 못한다면 맹세코 폐하
를 다시 뵙지 않을 것이옵니다!"(*이 말은 오장원五丈原에서 일어날 일에

대한 예언이다. 무후는 이번에 나가서 다시는 후주를 보지 못하게 된다.)

후주日: "이제 바야흐로 세 나라가 솥의 세 발과 같은 형세(鼎足之
勢)를 이루었고, 동오와 위魏가 침범해온 적도 없는데, 상부相父께서는
어찌하여 태평세월을 편안히 누리려 하지 않으십니까?"

공명日: "신은 선제께서 저를 알아주시는 은혜(知遇之恩)를 입은 후
자나 깨나 한시도 위魏를 칠 계책을 생각지 않은 적이 없사옵니다. 힘
을 다하고 충성을 다하여 폐하를 위해 중원을 회복하고 한漢 황실을 다
시 일으키는 것이 신의 소원이옵니다!"

말이 미처 끝나기도 전에 반열 가운데서 한 사람이 나서며 말했
다: "승상께서는 군사를 일으켜서는 안 됩니다!"

모두들 보니 바로 초주譙周였다. 이야말로:

무후가 있는 힘 다 바쳐 나라일 걱정하는데   武侯盡瘁惟憂國
태사는 천기 안다고 또 운명타령 하는구나.   太史知機又論天

초주가 과연 무슨 말을 하려고 하는지 모르겠거든 다음 회를 읽어보
도록 하라.

제 101 회 모종강 서시평序始評

(1). 군사들을 고생시켜 가면서 해마다 원정遠征을 나가고 있을
때 양의楊儀가 군사들을 두 반으로 나누어 교대시키자고 청한 것은
좋은 생각이었다. 그러나 교대할 기한이 되었을 때 교대시켜 주지
않는다면, 이것이 바로 춘추시대 때 제齊나라에서 연칭連稱과 관지
보管至父가 반란을 일으킨 이유이다. (*〈춘추좌전〉 장공莊公 8년
(B.C.686년)의 일.—역자) 어느 날 갑자기 큰 적이 쳐들어왔으나 새로
운 군사들은 아직 도착하지 않았을 때, 권도權道, 즉 임시방편을 쓰
지 않고 교대시기를 그대로 지킨다면 적을 막아낼 수가 없고, 임시

방편을 써서 교대시기를 늦춘다면 아군我軍에게 신의를 잃게 된다. 이럴 때 어떤 방법으로 이에 대처해야 하는가?

이때 무후는 더욱 교묘한 방법을 썼다. 내가 권도를 쓰려 한다고 사람들이 생각하게 되면, 그들은 반드시 나를 신의 없는 사람으로 생각할 것이다. 남들이 나를 신의 있는 사람이라고 생각하게 되면, 그들은 내가 권도를 쓰는 것을 반길 것이다. 이리하여 당연히 싸우러 가야 할 사람들을 내몰고 가서 싸우도록 하는 것이 아니라, 집으로 돌아가야 할 사람들을 보내서 싸우도록 독려하는 것이다. 〈주역周易〉에서는 말하기를: "백성들이 즐거운 마음으로 일하도록 부리면 그들은 그 수고로움을 잊고, 백성들이 즐거운 마음으로 난難에 임하도록 하면 그들은 자신들의 죽음조차 잊는다(悅以使民，民忘其勞; 悅以犯難，民忘其死)"고 하였다. 무후는 바로 이러한 도道를 터득하고 있었다.

(2). 군자는 이 책을 읽다가 여기에 이르면 양식이 모든 일에 크게 관계되고 있음에 감탄하게 된다. 백성들은 먹는 것을 하늘로 여긴다. 병사들 역시 먹는 것을 하늘로 여긴다(糧之爲累大也. 民以食爲天. 兵亦以食爲天). 무후가 농상隴上의 밀을 벤 것은 군량이 떨어졌기 때문에 어쩔 수 없었다. 사마의가 싸우려 하지 않은 것 역시 적敵은 군량이 떨어지면 스스로 물러갈 것으로 생각했기 때문이다. 곽회郭淮가 검각劍閣으로 가는 길을 끊자고 한 것 또한 그 양도糧道를 끊으면 적들이 스스로 혼란에 빠질 것으로 생각했기 때문이다.

전에는 구안苟安이 책망을 당하자 비방의 유언비어를 퍼뜨렸는데, 그 역시 군량 운반의 기한을 어겼기 때문이다. 이번에는 이엄李嚴이 글을 보내서 공명을 속였는데, 이 역시 군량 운반에 잘못이 있었기 때문이다. 아! 병사들이 먹을 것을 수요需要하는 것이 이와 같고, 그 먹을 것을 공급供給하기의 어려움이 이와 같도다. 그렇다면 장차 어떻게 해야 하나? 국가는 병사 수는 부족하더라도 반드시 먹을 것은 먼저 충분히 갖추어야 하고(兵未足, 必先足食), 먹을 것이 부족할 바엔 차라리 병사 수를 줄이는 편이 낫다(食不足, 無寧去兵).

(3). 사마의를 놀라게 한 것은 공명 외에 또 공명이 있다는 것이었다. 동서남북으로 한 사람이 네 사람으로 변했는데, 왜 그리 많고 또 환상적인가? 장합張郃을 유인한 것은 위연魏延 외에는 단지 관흥關興밖에 없었고, 관흥 외에는 단지 위연밖에 없었다. 돌아가면서 서로 바뀌었지만 두 사람은 오직 두 사람이었으니 왜 그리 적고 또 궁색했는가? 그 숫자가 많고 또 환상적이지 않아서는 사마의를 놀라게 할 수 없고, 그 수가 적고 궁색하지 않아서는 장합을 유인할 수가 없었기 때문이다.

〈삼국지연의〉에서는 가짜 장비가 두 번 등장하고, 가짜 강유가 한 번 속이고, 가짜 공명이 사면으로 그 분신을 드러내는데, 전후로 이들을 삼절三絶이라 부를 수 있다. 증구천胥口川에서는 살아있는 물고기 한 마리(于禁)를 잡고 (*제74회), 어복포魚腹浦 가에서는 사슴 한 마리(陸遜)를 놓아 보내고 (*제84회), 목문도木門道에서는 노루(獐) 한 마리(張郃)를 죽였는데 (*제101회), 전후로 이들을 또 삼절三絶이라 부를 수 있다.

제**102**회

사마의, 북원의 위교渭橋를 점거하고
제갈량, 목우木牛와 유마流馬를 만들다

〖 1 〗 한편 초주譙周는 태사太史의 관직을 맡고 있어서 천문에 자못
밝았는데, 공명이 또 출정하려는 것을 보고 후주에게 아뢰었다: "신은
지금 사천대(司天臺: 천문대)를 맡고 있으므로 길흉吉凶과 화복禍福의 징
조가 있음에도 아뢰지 않을 수 없사옵니다.

근자에 수만 마리의 새떼가 남쪽에서 날아와 한수漢水에 떨어져 죽
었는데 이는 상서롭지 못한 조짐이옵니다. (*이는 조수鳥獸의 변이變異이
다.) 신이 또 천문을 관찰해 보았더니, 규성(奎星: 북두칠성의 네모를 이루
고 있는 별)이 태백(太白: 태백성. 금성)의 분야에서 운행하고 있고서 왕성
한 기운이 북쪽에 있었으므로 위魏를 정벌하는 것은 이롭지 못하옵니
다. (*이는 성신星辰의 변이變異이다.)

또 성도成都의 백성들은 모두 잣나무가 밤에 우는 소리를 들었는

데,(*이는 초목草木의 변이變異이다.) 이러한 여러 가지 종류의 재앙과 변고들이 있으므로 승상께서는 다만 삼가 지키고 계셔야지 함부로 움직여서는 아니 되옵니다."

공명이 말했다: "나는 선제로부터 어리신 황제를 잘 보필하라는 무거운 책임을 부탁받았으므로 마땅히 힘을 다해 역적을 쳐야 하는데, 어찌 재앙과 변고의 조짐들이 있다는 허망한 말로 인해 나라의 대사를 폐한단 말인가!"

마침내 담당 관원(有司)에게 명하여 소, 양, 돼지를 제물로 올리는 큰 제사상, 즉 태뢰(太牢)를 차려서 소열제(昭烈帝: 유비)의 사당에 제사를 지냈는데, (*무후가 이번에 가는 것이 소열제 사당과의 영원한 이별이다.) 공명은 울면서 엎드려 절을 하고 고하였다: "신 량亮은 다섯 차례나 기산으로 나갔으나 아직 촌토寸土도 얻지 못하여 그 죄가 가볍지 않사옵니다. 이제 신은 다시 모든 군사들을 거느리고 다시 기산으로 나가서 맹세코 힘을 다하고 마음을 다하여 한漢의 역적을 쳐서 섬멸하고 중원을 회복하도록 하되, 나라를 위해 온 힘을 다 바치고 죽을 때까지 그만두지 않겠나이다(鞠躬盡瘁, 死而後已)."(*후주에게 했던 말을 그대로 선제에게 아뢰고 있다.)

제사를 마치고 후주에게 하직인사를 하고 밤낮없이 가서 한중에 당도하여 여러 장수들을 모아놓고 출병할 일을 상의했다.

그때 갑자기 보고해 오기를, 관흥關興이 병으로 죽었다고 했다. 공명은 목 놓아 통곡하다가 정신을 잃고 땅에 쓰러졌는데, 한참이 지나서야 겨우 깨어났다. (*장포張苞를 위해 곡을 한 것과 흡사하다. 다만 전에는 돌아오기 직전에 곡을 했고, 이번에는 출정을 앞두고 곡을 했다.) 많은 장수들이 재삼 위로하자, 공명이 탄식하고 말했다: "불쌍하다, 충의忠義의 사람에게 하늘이 장수長壽를 허용하지 않는구나! 내 이번의 출정에 대장 한 사람이 또 없어졌구나!"

후세 사람이 이를 탄식하여 지은 시가 있으니:

생生과 사死는 인간의 상리常理이니 　　　　　　　生死人常理

하루살이와 마찬가지로 허무하구나. 　　　　　　蜉蝣一樣空

충효의 절개만 있으면 될 뿐이지 　　　　　　　　但存忠孝節

왕자교王子喬·적송자赤松子처럼 장수할 필요 있나. 　　何必壽喬松

공명은 34만 명의 촉병들을 이끌고 다섯 방면으로 나누어 나아가면
서 강유와 위연을 선봉으로 삼아 전부 기산으로 가서 모이도록 했다.
그리고 이회李恢로 하여금 먼저 군량과 마초를 운반해 가서 야곡도斜谷
道 어귀에서 기다리도록 했다.

〖 2 〗 한편 위魏에서는 지난해에 마피摩陂 땅의 우물에서 청룡靑龍이
나왔다고 해서 연호를 청룡靑龍 원년元年으로 바꾸었다. (*제1회에서 청
사靑蛇가 어좌御座에 나타난 것이 일찌감치 이때 개원改元할 징조였다.) 이때
는 곧 청룡 2년(서기 234년) 봄 2월이다.

근신이 아뢰었다: "변방의 관원이 급보를 올리기를, 촉병 30여만
명이 다섯 방면으로 나뉘어 다시 기산으로 나왔다고 하옵니다."

위주 조예는 크게 놀라서 급히 사마의를 불러오도록 하여 물었다:
"촉 사람들은 지난 3년 동안 쳐들어온 적이 없었는데, 이제 제갈량이
또 기산으로 나왔으니 이를 어찌해야 좋겠소?"

사마의가 아뢰었다: "신이 밤에 천문을 살펴보았더니 중원의 왕성
한 기운(旺氣)이 한창 성하였고, 규성奎星은 태백의 분야에서 운행하고
있었는데, 이는 서천西川에게는 불리한 조짐이옵니다. (*초주譙周의 말
과 상응한다.)

지금 공명이 스스로 자기 재주와 지혜만 믿고 하늘의 뜻을 거역하고
나왔으니, 이는 자기 스스로 패망의 길로 가려는 것이옵니다. 신이 폐
하의 홍복洪福에 의탁하여 가서 깨뜨리겠습니다. 다만 신이 네 사람을

천거하여 같이 가고자 하옵니다."

조예曰: "경은 누구를 천거하려고 하오?"

사마의曰: "하후연夏侯淵에게는 아들이 넷 있는데 첫째의 이름은 패霸, 자字를 중권仲權이라고 하오며, 둘째의 이름은 위威, 자를 계권季權이라고 하오며, 셋째의 이름은 혜惠, 자를 아권雅權이라고 하오며, 넷째의 이름은 화和, 자를 의권義權이라고 하옵니다.

이들 중 패霸와 위威 두 사람은 활쏘기와 말 타는 데 능숙하고, 혜惠와 화和 두 사람은 병법을 잘 알고 있습니다. 이들 네 사람은 항상 자기 아비의 원수를 갚으려고 하였습니다. 신은 이번에 하후패와 하후위를 좌우 선봉으로 삼고, 하후혜와 하후화를 행군사마行軍司馬로 삼아 같이 군사전략(軍機)을 의논하여 촉병을 물리치고자 하옵니다."(*사마의가 전에 천거했던 학소郝昭와 장합張郃은 이미 죽었다. 이제 또 네 사람을 이끌어 내고 있다.)

조예가 말했다: "전에 하후무夏侯楙 부마駙馬가 군사전략을 잘못 세워 그만 수많은 군사들을 잃어버리고 지금까지 창피해서 돌아오지 않고 있소. (*무후가 처음으로 기산으로 나갔을 때의 일이다.) 지금 이 네 사람들 또한 하후무와 같은 사람들이 아닌가요?"

사마의曰: "이들 넷은 하후무와 비교될 사람들이 아니옵니다."

조예는 이에 그의 청을 받아들여 즉시 사마의를 대도독大都督으로 삼고, 모든 장수들은 다 그 재능을 고려하여 쓰도록 그에게 위임하고, 각처의 군사들은 모두 그의 지휘와 통제를 받도록 했다.

사마의는 명을 받고 조정에 하직인사를 하고 성을 나갔다. 조예는 또 손수 사마의에게 칙서를 내려주었는데, 그 내용은 이러했다:

"경卿이 위수渭水 가에 당도하거든 마땅히 성벽을 견고히 하여 단단히 지키고만 있고 저들과 맞붙어 싸우지는 말라. 촉병은 뜻을 얻지 못하면 반드시 거짓 물러나면서 유인하려고 할 것이니, 경은 삼가고 그 뒤를 추격하지 말라. 적은 군량이 떨어지면 반드시 스스로 달아날 것이니, 그때를 기다렸다가 그 빈틈을 타서 공격한다면 적을 이기기 어렵지 않고, 또한 군사들을 지치게 하거나 고생시키지 않을 수 있을 것이다. 이보다 나은 계책은 없을 것이다."

(*이 칙서는 사마의의 뜻에서 나온 것으로, 비밀리에 천자로 하여금 자신에게 내려주도록 청한 것이다. 여러 장수들이 싸우러 나가자고 할까봐 두려워해서이다.)

〖 3 〗 사마의는 머리를 조아리며 칙서를 받은 다음, 그날로 장안에 당도하여 각처의 군사들 도합 40만 명을 모아 전부 위수渭水 가로 가서 영채를 세우도록 했다. 또 군사 5만 명을 파견하여 위수 위에 부교浮橋 아홉 개를 설치하여 선봉 하후패와 하후위로 하여금 위수를 건너가서 영채를 세우고 군사들을 주둔시키도록 했다. 그리고 또 대채大寨의 뒤편 동원東原에다 성을 하나 쌓아 불의의 사태에 대비하도록 했다.

사마의가 한창 여러 장수들과 상의하고 있을 때 갑자기 보고해 오기를, 곽회와 손례가 보러 왔다고 했다.

사마의가 그들을 맞아들여 서로 인사를 마치자 곽회가 말했다: "촉병들은 현재 기산에 있는데, 만일 위수를 건너 들판으로 올라와서 북쪽 산과 연결하여 농상隴上으로 통하는 길을 끊는다면 큰일입니다."

사마의曰: "참으로 좋은 말씀이오. 공은 곧바로 농서隴西의 군사들을 총지휘하여 북원北原에 영채를 세우되 해자를 깊이 파고 보루를 높이 쌓아놓고 군사를 단속하여 움직이지 말도록 하면서 저들의 군량이 바닥나기만을 기다렸다가 그때 가서 치도록 하시오."(*조예가 손수 내려준 칙서의 말이다.)

곽회와 손례는 명을 받고 군사를 이끌고 영채를 세우러 갔다.

〚 4 〛 한편 공명은 다시 기산으로 나가서 (*이번이 여섯 번째 기산으로 나간 것이다.) 큰 영채 5개를 세우되 왼편, 오른편, 가운데, 그리고 앞과 뒤로 세우도록 했다. 그리고 야곡으로부터 곧바로 검각에 이르기까지 잇달아 또 14개의 큰 영채를 세우고 군사들을 나누어 주둔시켜 놓아 장기전에 대비했다. (*이미 다시는 돌아가지 않겠다는 태세이다.) 그리고는 매일 사람을 시켜서 순찰을 돌도록 했다.

그때 갑자기 보고해 오기를, 곽회와 손례가 농서隴西의 군사들을 거느리고 북원北原에 영채를 세우고 있다고 했다.

공명은 여러 장수들에게 말했다: "위병들이 북원에 영채를 세우는 것은 우리가 이 길을 점거하여 농서로 통하는 길을 끊을까봐 겁을 내기 때문이다.

우리는 이제 짐짓 북원을 치는 것처럼 하고는 반대로 몰래 위수 가를 차지할 것이다. 군사들로 하여금 뗏목 1백여 척을 만들고, 그 위에 풀단(草把)을 싣고, 물에 익숙한 군사 5천 명을 뽑아서 그것을 젓도록 할 것이다. 그리하여 우리가 한밤중에 북원을 치기만 하면, 사마의는 틀림없이 군사들을 이끌고 구하러 올 것이다.

그래서 적이 조금이라도 패하면, 그때 우리는 후군後軍으로 하여금 먼저 위수渭水를 건너가서 기슭으로 올라가도록 한 다음 전군前軍은 뗏목을 타도록 하는데, 강기슭으로 올라가지 않고 물을 따라 내려가서 부교浮橋를 불살라 끊어버리고 적의 배후를 칠 것이다.

나는 직접 일군一軍을 이끌고 가서 앞쪽에 있는 영채들을 칠 것이다. 만약 위수의 남쪽 땅만 확보하게 되면 진군하기가 어렵지 않을 것이다."(*무후의 이 계책은 역시 묘산妙算이다. 다만 유감스러운 것은 사마의가 이를 알아채버렸다는 것이다.)

여러 장수들은 명을 받고 그대로 했다.

순찰을 돌던 위병 정탐꾼이 일찌감치 이 일을 탐지하여 사마의에게 급히 보고했다. 사마의는 여러 장수들을 불러놓고 상의했다: "공명이 이처럼 움직이는 데에는 틀림없이 무슨 계책이 들어 있을 것이다. 그가 겉으로는 북원을 칠 것이라고 말하지만, 실제 속셈은 물을 따라 내려와서 우리의 부교를 불살라서 우리의 뒤를 어지럽게 해놓은 후에 우리의 전면을 치려는 것이다." (*이전에는 왕왕 반쪽만 맞췄는데, 이번에는 완전히 다 맞추고 있다.)

그리고는 즉시 하후패와 하후위에게 명을 내렸다: "만약 북원에서 함성이 들리거든 곧바로 군사를 이끌고 위수의 남쪽 산속으로 가서 그곳에서 촉병이 오기를 기다렸다가 치도록 하라."

또 장호張虎와 악침樂綝으로 하여금 궁노수 2천 명을 이끌고 가서 위수의 부교 북쪽 강기슭에 매복해 있도록 하면서 "만약 촉병이 뗏목을 타고 물을 따라 내려오거든 일제히 쏘아서 다리에 접근하지 못하게 하라"고 지시했다.

또 곽회와 손례에게 명령을 전했다: "공명은 북원으로 와서 몰래 위수를 건널 것이다. 너희가 새로 세운 영채에는 군사들이 많지 않을 테니, 모두 중간에 매복시켜 놓아라. 만약 촉병들이 오후에 위수를 건너온다면 황혼 무렵에는 틀림없이 너희를 치러 올 것이다. 너희가 짐짓 패한 척하고 달아나면 촉병들은 반드시 추격해 올 것이다. 그때 매복해 있던 너희 군사들은 다들 궁노를 쏴라. 나는 군사들을 이끌고 수륙水陸으로 동시에 나아갈 것이다. 만약 촉병들이 대거 이르거든 나의 지휘를 받고 나서 치도록 하라."

각처에 명령을 내리고 나서 또 두 아들 사마사司馬師와 사마소司馬昭로 하여금 군사들을 이끌고 전면에 있는 영채를 지원하러 가도록 했다. 사마의 자신은 일군을 이끌고 북원을 지원하러 갔다.

〖 5 〗 한편 공명은 위연과 마대에게 군사들을 이끌고 위수를 건너가

서 북원北原을 치도록 했다. 그리고 오반吳班과 오의吳懿에게는 뗏목을 타는 군사들을 이끌고 가서 부교를 불사르도록 했다. 그리고 왕평과 장억에게는 선두부대가 되고, 강유와 마충에게는 가운데 부대가 되고, 요화와 장익에게는 후미 부대가 되어, 군사들을 세 방면으로 나누어 위수 가 물의 영채를 치도록 했다.

이날 오시(午時: 낮 11시~오후 1시)에 군사들은 큰 영채를 떠나 전부 위수를 건너가서 진세를 이루고 천천히 나아갔다.

한편 위연과 마대가 북원에 가까이 다가갔을 무렵에는 날이 이미 저물었다.

손례는 정탐꾼을 보내서 이를 탐지하고서는 곧바로 영채를 버리고 달아났다.

위연은 적들이 이미 대비하고 있음을 알고서 급히 군사를 물리려고 했는데, 바로 그때 사방에서 함성이 크게 진동하면서 왼편에서는 사마의가, 오른편에서는 곽회가 군사들을 이끌고 양방면에서 쳐들어왔다.

위연과 마대는 힘껏 싸우면서 빠져나왔지만, 촉병의 태반이 물에 떨어지고 나머지 무리들은 달아나려고 해도 도망갈 길이 없었다. 바로 그때 다행히 오의가 거느린 군사들이 쳐들어와서 패한 군사들을 구해 가지고 건너편 강기슭으로 가서 적을 막았다.

오반은 군사들 반을 나누어 뗏목을 저어 흐르는 물을 따라가서 부교를 불사르려고 했는데, 장호와 악침이 강기슭에서 마구 활을 쏘아대는 바람에 가까이 갈 수가 없었다. 이때 오반은 화살에 맞아 물에 떨어져 죽었다. 나머지 군사들은 물속으로 뛰어들어 도망치고, 뗏목은 전부 위병들에게 빼앗겨 버리고 말았다.

이때 왕평과 장억은 북원에서 군사들이 패배한 것도 모르고 곧장 위병의 영채로 달려갔는데, 시간은 벌써 밤 이경(二更: 밤 9시~11시)이 되었다. 그때 갑자기 사방에서 함성이 일어났다.

왕평이 장억에게 말했다: "군사들이 북원을 치러 갔는데 승부가 어찌 되었는지 모르겠다. 위수 남쪽의 영채는 현재 바로 눈앞에 있는데 왜 위병들은 단 한 명도 보이지 않을까? 혹시 사마의가 미리 알고 대비하고 있는 것은 아닐까? 우리는 일단 부교가 불타는 것을 보고 난 다음에야 비로소 진군하도록 해야 할 것이다."(*왕평은 다른 사람들에 비해 더욱 신중하다.)

두 사람은 군사들을 멈추어 세웠다. 그때 갑자기 배후에서 기마병 하나가 달려와서 보고했다: "승상께서 군사들을 급히 돌리라고 하셨습니다. 북원을 치러 갔던 군사들과 부교를 불사르러 갔던 군사들이 모두 패했다고 합니다."(*강유, 마충, 요화, 장익의 군사들은 이미 돌아오도록 했으므로 여기서 다시 사실대로 묘사하지(實寫) 않고 있는바, 필법이 매우 교묘하다.)

왕평과 장억이 크게 놀라서 급히 군사를 물리려고 할 때, 위병들이 등 뒤로 질러와서 포 소리를 신호로 일제히 쳐들어왔는데, 화광이 하늘 높이 치솟았다. (*이들은 사마사, 사마소, 하후패, 하후위 등이었다. 묘한 것은 그들에 대해 실사實寫를 하지 않고 그 병사들만 허사虛寫를 하면서 독자들로 하여금 스스로 알아보도록 한 것이다.)

왕평과 장억은 군사들을 이끌고 그들을 맞이하여 양군이 서로 뒤엉켜서 한바탕 싸웠다. 왕평과 장억 두 사람은 힘을 떨쳐 싸워서 길을 뚫고 나갔으나, 촉병들은 태반이나 죽고 다쳤다.

공명은 기산의 본채로 돌아와서 패한 군사들을 거두었는데, 죽은 자가 약 1만여 명이나 되어 마음이 몹시 우울했다. (*가정街亭에서의 실패는 그 책임이 마속에게 있었지만, 위교渭橋에서의 패배는 그 책임이 무후에게 있다. 승패를 미리 알 수 없음이 이와 같은데 용병하는 자가 싸움에 임하여 두려워하지 않을 수 있겠는가?)

〖 6 〗 그때 갑자기 비의費禕가 성도로부터 승상을 뵈러 왔다고 보고해 왔다. 공명은 그를 청해 들였다.

비의가 인사를 마치자 공명이 말했다: "내가 글을 한 통 써서 번거롭겠지만 공에게 부탁하여 동오에 전달하려고 하던 참인데, 한 번 가주겠는가?"

비의曰: "승상의 명을 어찌 감히 거절하겠습니까?"

공명은 즉시 글을 써서 비의에게 주어 떠나보냈다.

비의는 서신을 가지고 곧장 건업建業으로 가서 들어가서 오주吳主 손권을 보고 공명의 글을 바쳤다.

손권이 그것을 펴서 보니, 글의 뜻은 대략 이러했다:

"한漢 황실이 불행하여 나라의 기강이 무너지자 역적 조조가 황제의 자리를 강탈하여 오늘에 이르렀나이다. 이 량亮은 소열황제昭烈皇帝로부터 막중한 임무를 부탁받았는바, 어찌 감히 힘을 다하고 충성을 다하지 않을 수 있겠나이까? 이제 대군들이 이미 기산에 모여 있으니 미친 도적들은 장차 위수渭水에서 망할 것이옵니다. 부디 폐하께서는 동맹同盟의 의리를 생각하시어 장수에게 북벌北伐을 명하시어 함께 중원을 쳐서 천하를 같이 나누도록 하시기 바라옵니다. 글로써는 속의 말을 다 아뢰지 못하오니, 들어주시기를 간절히 바라옵니다."

손권은 보고 나서 크게 기뻐하며 비의에게 말했다: "짐은 오래 전부터 군사를 일으키고 싶었으나 공명을 만나볼 수가 없었소. 지금 기왕에 이처럼 글을 보냈으니 가까운 시일 내로 짐이 직접 정벌을 나가되 거소(居巢: 안휘성 동성桐城 남쪽)의 성문으로 들어가서 위魏의 신성(新城: 안휘성 합비合肥 서북)을 취하겠소. 그리고 다시 육손과 제갈근 등으로 하여금 군사를 강하(江夏: 호북성 무창 서남)와 면구(沔口: 즉 하구夏口. 호북성 무한 한구漢口)에 주둔시켜 놓고 양양襄陽을 취하도록 하고, 손소孫韶와 장승張承 등에게는 군사를 이끌고 광릉廣陵으로 나가서 회음(淮陰: 강소성 회음시淮陰市) 등지를 취하도록 하겠소. 세 곳에서 일제히 진군하되 도합 30만 명이 날짜를 정해서 기병하려고 하오.”

비의는 고맙다고 절을 하며 말했다: “정말로 그렇게만 해주신다면 중원은 머지않아 저절로 깨질 것입니다.”

손권은 연석을 베풀어 비의를 융숭하게 대접했다.

술을 마시고 있을 때 손권이 물었다: “승상의 군대에서는 누가 적을 깨뜨릴 선봉을 맡고 있소?”

비의曰: “위연이 선봉을 맡고 있습니다.”

손권이 웃으면서 말했다: “그 사람은 용맹하기로는 더할 나위 없지만 마음이 바르지 않소. 만약 어느 날 공명이 없으면 반드시 화를 일으킬 자인데, 공명이 어찌 그것을 모르고 있단 말이오?”

비의曰: “폐하의 말씀이 지당하십니다. 신이 지금 돌아가면 즉시 이 말씀을 공명에게 알려주겠습니다.”

비의는 손권에게 하직인사를 하고 기산으로 돌아와서 공명을 보고 오주吳主가 30만 명의 대병을 일으켜 자신이 직접 친정을 할 것인데 군사를 세 방면으로 나누어 나아가려 하더라고 자세히 말했다.

공명이 또 물었다 “오주께서 그 밖의 다른 말씀은 없었소?”

비의는 손권이 위연에 대해 한 말을 그대로 말해 주었다.

공명은 탄식하며 말했다: “참으로 총명한 임금이로구나! 나 역시 그 사람을 몰라서가 아니라 그 용맹함이 아까워서 쓰고 있을 뿐이다.”

비의曰: “승상께서 빨리 처리하셔야 할 문제 같습니다.”

공명曰: “내가 따로 생각해 둔 방법이 있네.”(*후에 가서 마대馬岱에게 계책을 주는 것에 대한 복필伏筆이다.)

비의는 공명에게 하직인사를 하고 혼자 성도로 돌아갔다.

〖 7 〗 공명이 여러 장수들과 한창 정벌 나갈 일을 상의하고 있는데, 갑자기 보고해 오기를, 위魏의 장수 하나가 투항하러 왔다고 했다. 공명이 불러들여 물어보았다.

그가 대답했다: "저는 위의 편장군偏將軍 정문鄭文이옵니다. 근자에는 진랑秦朗과 같이 군사들을 거느리고 사마의의 지휘를 받고 있었습니다. 그런데 뜻밖에도 사마의는 사사로운 정(私情)에 이끌리고 한쪽으로 치우친 인사를 하면서 진랑에게는 벼슬을 높여 전장군前將軍을 시켜주면서 저는 마치 초개草芥처럼 봅니다. 그 때문에 불평을 품고 특별히 승상께 투항하러 온 것입니다. 원컨대 수하에 거두어 주십시오."

말이 미처 끝나기도 전에 보고해 오기를, 진랑이 군사들을 이끌고 영채 밖에 와서 혼자서 정문에게 싸움을 걸고 있다고 했다. (*진랑이 너무 빨리 왔다. 명백한 거짓말이다.)

공명曰: "진랑이란 자의 무예가 너에 비하면 어떠냐?"

정문曰: "제가 당장에 베어버리겠습니다."

공명曰: "네가 만약 먼저 진랑을 죽인다면 내 너를 의심하지 않겠다."

정문은 흔쾌히 말에 올라 진랑과 싸우러 영채 밖으로 나갔다.

공명도 직접 영채를 나가서 그들이 싸우는 것을 보았다. 진랑이 창을 꼬나들고 큰소리로 욕을 하며 말했다: "배반한 적도賊盜가 내 전마戰馬를 훔쳐가지고 이리로 왔다. 어서 빨리 돌려보내라!"(*그가 배반한 것은 책망하지 않고 다만 말을 돌려달라고만 하는데, 명백한 거짓말이다.)

말을 마치고는 곧바로 정문에게 달려들었다. 정문은 칼을 휘두르며 말에 박차를 가해 달려 나가서 그를 맞이해 싸웠는데, 단 한 합에 진랑을 베어 말 아래로 떨어뜨렸다. (*이처럼 빨리 베어버리다니, 이 역시 명백한 거짓말이란 증거이다.) 위병들은 각자 도망쳐 달아났다. 정문은 진랑의 수급을 들고 영채 안으로 들어왔다.

〖 8 〗 공명은 막사로 돌아와서 자리를 잡고 앉아 정문을 불러오도록 했다. 그가 들어오자 공명은 발끈 화를 내면서 좌우에 호령하여 그를 끌어내서 목을 베라고 했다.

정문曰: "소장에겐 죄가 없습니다!"

공명曰: "나는 예전부터 진랑을 알고 있다. 네가 지금 벤 자는 결코 진랑이 아니다. 어찌 감히 나를 속이려 드느냐!" (*무후는 실은 전부터 진랑을 알고 있지 않았다. 교묘하게 속여 넘긴 것이다.)

정문이 절을 하며 고했다: "그는 실은 진랑의 아우 진명秦明이옵니다." (*또 거짓말을 한다. 진랑은 진랑이 아니고, 진명 역시 진명이 아니다.)

공명이 웃으면서 말했다: "사마의가 너를 시켜서 거짓 항복을 하도록 해놓고는 무슨 수작을 부리려고 했지만, 어찌 나를 속여 넘길 수 있겠느냐! 만약 바른대로 말하지 않으면 반드시 네 목을 베고 말 것이다!"

정문은 어쩔 수 없이 실토를 하면서, 사실은 거짓 항복했던 것이니 제발 살려달라고 울면서 빌었다.

공명曰: "네가 기왕에 살려달라고 애걸하니, 그렇다면 편지 한 통을 써서 사마의에게 보내어 그로 하여금 직접 우리 영채를 습격하러 오도록 하라. (*사마의는 먼저 정문鄭文으로 하여금 위의 장수 하나를 베어죽이도록 하여 공명의 신임을 받도록 했기 때문에, 그의 글이 가짜라고는 전혀 생각하지 못할 것이다.) 그러면 네 목숨을 살려주겠다. 만약 사마의를 사로잡게 되면 그것은 곧 네 공이니, 돌아가서 마땅히 너를 중용하겠다."

정문은 어쩔 수 없이 편지를 한 통 써서 공명에게 바쳤다. 공명은 정문을 가두어두도록 했다.

번건樊建이 물었다: "승상께서는 어떻게 이 사람이 거짓 항복한 줄 아셨습니까?"

공명曰: "사마의는 가벼이 사람을 쓰지 않는다. 만약에 진랑을 전장 군前將軍으로 삼았다면 그는 틀림없이 무예가 뛰어나고 강한 사람일 것이다. 그런데 지금 정문과 싸우기를 단 한 합 만에 정문에게 죽임을 당했으니 그는 틀림없이 진랑이 아니다. 그래서 그의 항복이 거짓임을 알았다."(*진랑을 전부터 알았다고 말한 것 역시 무후의 거짓말이다.)

여러 사람들은 모두 탄복했다.

〖 9 〗 공명은 말솜씨 좋은 군사 하나를 뽑아서 그에게 귓속말로 여차여차하게 하라고 분부했다. 군사는 명을 받고 글을 가지고 곧장 위魏의 영채로 가서 사마의를 만나뵙게 해달라고 사정했다. 사마의가 그를 불러들여서 글을 보고 나더니 물었다: "너는 누구냐?"

그가 대답했다: "저는 본래 중원中原 태생으로 촉 땅에 흘러들어가 살고 있었는데, 정문과 저는 동향 사람입니다. 지금 공명은 정문이 공을 세웠다고 해서 그를 등용하여 선봉으로 삼았는데, 정문이 특별히 제게 글을 가지고 가서 바치라고 부탁하기에 찾아온 것입니다. 내일 밤에 불을 들어 신호를 보낼 것을 약속하니, 도독께서는 대군을 전부 데리고 와서 영채를 습격하시기 바란다고 했습니다. 정문은 안에서 호응하겠다고 했습니다."(*이 모두 공명이 귓속말로 분부한 것이다.)

사마의는 되풀이해서 그에게 꼬치꼬치 따져 물어보고 또 가져온 글을 자세히 살펴보았는데, 과연 사실이었다. (*글의 필적이 과연 정문의 것이었다.) 그래서 즉시 그 군사에게 술과 밥을 주면서 분부했다: "오늘 밤 이경(二更: 밤 9시~11시)을 기하여 내가 직접 영채를 습격하러 갈 것이다. 대사가 만약 성공한다면 반드시 너를 중용하겠다."

그 군사는 하직인사를 하고 본채로 돌아와서 공명에게 그대로 보고했다. 공명은 손으로 검을 잡고 보강답두(步罡踏斗: 도교道教에서 도사道士가 북두칠성에 예배를 드리고 나서 신령을 부르기 위해서 하는 일종의 동작으로,

걸어가다가 꺾고 돌아오고 하는 모습이 마치 북두칠성의 별자리 위를 밟는 것과 같다고 해서 붙여진 명칭이다.——역자)를 하면서 기도하고 빌기를 마치고는 왕평과 장억을 불러서 여차여차하게 하라고 분부하고, 또 마충과 마대를 불러서 여차여차하게 하라고 분부하고, 또 위연을 불러서 여차여차하게 하라고 분부했다.

공명은 직접 수십 명의 군사들을 이끌고 높은 산 위로 올라가 앉아서 모든 군사들을 지휘하기로 했다.

〖 10 〗 한편 사마의는 정문鄭文의 글을 보고는 두 아들을 데리고 대군을 이끌고 촉의 영채를 습격하러 가려고 했다.

큰아들 사마사가 간했다: "아버님께선 어찌하여 종이쪽지 한 장에 근거하여 친히 적진 깊숙이 들어가려고 하십니까? 만약 잘못된 일이라도 생기면 어찌하려 하십니까? 차라리 다른 장수를 먼저 보내 놓고 아버님께서는 뒤에서 후원해 주시는 편이 나을 것입니다." (*사마의가 죽지 않은 것은 이 아이 덕이다.)

사마의는 그 말을 좇아서 마침내 진랑秦朗으로 하여금 군사 1만 명을 이끌고 가서 촉의 영채를 습격하도록 하고, (*진짜 진랑이 간다.) 자기는 군사들을 이끌고 가서 후원해 주기로 했다.

이날 밤 초경初更에 바람은 맑고 달은 밝았다. 이경(二更: 밤 9시~11시)이 되어갈 무렵, 갑자기 어두컴컴한 구름이 사면에서 모여들면서 검은 기운이 하늘에 가득 차더니 마주 선 사람의 얼굴조차 보이지 않았다. (*이는 공명이 손에 검을 잡고 보강답두步罡踏斗를 해서 불러온 것이다.)

사마의는 크게 기뻐하며 말했다: "하늘이 나로 하여금 공을 이루도록 하는구나!"

이리하여 사람들은 모두 하무(銜枚)를 입에 물고 말에는 모조리 재갈을 물려 거침없이 힘차게 나아갔다. 진랑은 선두에 서서 군사 1만 명을 이끌고 곧장 촉의 영채 안으로 쳐들어갔는데, 촉병은 하나도 보이지 않았다.

진랑은 계책에 걸려든 줄 알고 황급히 퇴군하라고 외쳤다. 바로 그때 사방에서 일제히 횃불이 밝혀지고 함성이 땅을 흔들면서 왼편에서는 왕평과 장억이, 오른편에서는 마대와 마충이 양 방면에서 쳐나왔다. (*여차여차하게 하라고 한 것은 원래 이와 같이 하라는 것이었다.)

진랑은 죽기 살기로 싸웠으나 빠져나갈 수 없었다. 배후에 있던 사마의는 촉의 영채에서 불빛이 하늘 높이 치솟고 함성이 끊이지 않는 것을 보고, 또 위병의 승패를 알 수가 없어서, 후원하러 가기 위해 불빛이 비치는 곳을 향해 군사들을 재촉해서 쳐들어갔다.

그때 갑자기 함성이 일어나더니 북소리와 나팔소리가 요란하고 화포 소리가 땅을 흔들면서 왼편에서는 위연이, 오른편에서는 강유가, 양방면에서 쳐나왔다. (*여차여차하게 하라고 한 것은 원래 이와 같이 하라는 것이었다.)

위병은 대패하여 죽거나 다친 자가 열에 여덟아홉(十中八九)이나 되었는데, 모두들 사방으로 뿔뿔이 흩어져 달아났다. 이때 진랑이 이끌던 군사 1만 명은 전부 촉병에게 포위당하고 말았는데, 화살이 마치 메뚜기 떼처럼 날아와서 진랑은 혼전을 벌이는 중에 죽고 말았다. (*그는 사마의 대신에 죽은 것이다.) 사마의는 패한 군사들을 이끌고 달아나서 본채로 들어갔다.

삼경(三更: 밤 11시~새벽 1시) 이후, 하늘은 다시 맑게 개었다. 공명은 산꼭대기에서 징을 쳐서 군사들을 거두었다. 이 어찌된 일이고 하니, 이경二更 때 시커먼 구름이 온 하늘을 캄캄하게 뒤덮었던 것은 공명이 둔갑술을 썼기 때문이다.

후에 군사를 거두고 나자 하늘은 다시 맑게 개었는데, 이는 공명이 도교의 신장神將인 육정육갑六丁六甲들을 부려서 구름을 말끔히 쓸어버리도록 했기 때문이다. (*보주補注임이 명백하다. 이러한 술법으로는 사마의를 죽일 수 없었으니, 결국 작은 일을 하기 위해 큰일을 할 때 쓰는 수단을 쓴 것(小題大做)이 되고 말았다.)

〖 11 〗 공명은 이기고 영채로 돌아오자마자 정문鄭文을 참斬하라고 명하고는 다시 위수渭水 남쪽에 있는 영채를 칠 계책을 상의했다.

공명은 매일 군사들을 시켜서 싸움을 걸도록 했으나 위병들은 도무지 맞이하여 싸우러 나오지 않았다. 공명은 직접 작은 수레를 타고 기산祁山 앞과 위수渭水의 동서東西쪽으로 가서 지형을 답사해 보았다.

그때 문득 한 골짜기 어귀에 이르러 보니 그 골짜기의 형세가 마치 표주박(葫蘆)처럼 생겨서 그 안에는 1천여 명은 들어갈 수 있었고, 두 산이 또 합쳐지면서 한 골짜기를 이루는 곳에는 4,5백 명은 들어갈 수 있었으며, 그 뒤로는 두 산이 둘러싸고 있어서 한꺼번에 사람 하나 말 한필(一人一騎)만 겨우 지나갈 수 있었다. (*남만을 칠 때의 반사곡盤蛇谷과 흡사하다.)

공명은 그것을 보고 속으로 크게 기뻐하며 길을 안내하는 관원(嚮導官)에게 물었다: "이곳의 지명이 어떻게 되느냐?"

그가 대답했다: "이곳 이름은 상방곡(上方谷: 섬서성 기산岐山 오장원 고점진高店鎭)인데 또 호로곡葫蘆谷이라고도 합니다."

공명은 막사로 돌아오자마자 비장裨將 두예杜叡와 호충胡忠 두 사람을 불러서 귓속말로 비밀계책을 일러주고 공병(工匠) 1천여 명을 불러 모아 호로곡 안으로 들어가서 "목우木牛"와 "유마流馬"를 만들어 실제 운용하도록 했다. (*전에 남만을 칠 때 썼던 나무로 만든 맹수는 일찌감치 이때의 "목우"와 "유마"를 만들기 위한 하나의 도입부이다.) 또 마대로 하여금 군사 5백 명을 거느리고 가서 골짜기 입구를 지키도록 했다.

공명은 마대에게 당부했다: "공병들을 밖으로 내보내지 말고, 외부 사람을 안으로 들여보내지 말라. 내가 수시로 와서 직접 점검할 것이다. 사마의를 잡을 계책은 바로 이 일에 있다. 절대 이 소식이 누설되지 않도록 하라."

마대는 명령을 받고 떠나갔다. 두예 등 두 사람은 호로곡 안에서 공병들을 감독하여 설계도대로 만들었다. 공명은 매일 왔다 갔다 하면서 작업을 지시했다.

〔 12 〕어느 날 갑자기 장사長史 양의楊儀가 들어와서 아뢰었다: "지금 군량은 전부 검각劍閣에 쌓여 있는데 인부나 소나 말들로 운반하기가 불편합니다. 어떻게 해야 합니까?"

공명이 웃으며 말했다: "내 이미 운반 방법을 생각해 놓은 지 오래다. 전에 여기에다 쌓아두었던 목재와 또 서천에서 사들여온 큰 나무를 가지고 사람들을 시켜서 '목우木牛'와 '유마流馬'를 만들도록 하고 있으니, 그것으로 군량을 운반하면 매우 편리할 것이다. 그 소와 말은 먹지도 마시지도 않으므로 밤낮으로 계속해서 군량을 운반할 수 있을 것이다."(*지금도 편한 것만 찾는 사람이 있으면 속담을 인용하여 그를 나무라서 말하기를: "말이 마초를 먹지 않기 바라면서 또 말이 잘 달려주기를 바란다."고 한다. 공명의 목우와 유마 제조법이 전해오지 않는 것이 애석하다.)

다들 놀라면서 말했다: "예로부터 지금까지 '목우木牛'와 '유마流馬'에 대해서는 들어본 적이 없습니다. 승상께서는 어떤 묘한 방법이 있으시기에 그런 기이한 물건을 만들려고 하십니까?"

공명曰: "나는 이미 사람들을 시켜서 설계도대로 만들도록 하였는데, 아직 완성되지는 못했다. 내가 '목우'와 '유마' 만드는 법과 그 치수(尺寸)와 방원方圓, 장단長短, 넓고 좁음(闊狹)을 이해하기 쉽게 그려줄 테니 너희들은 한번 보도록 하라."

모두들 크게 기뻐했다.

공명은 즉시 손으로 종이 한 장에 그림을 그려서 여러 사람들에게 주어 보도록 했다. 여러 장수들은 빙 둘러서서 보았다. (*이하의 설명은 공명이 그려준 그림을 보고 설명을 듣는 기분으로 읽어야 한다. 그리고 원문 자체가 〈삼국지연의〉 판본에 따라 다양하므로 여기서는 그 원래의 출처인 〈삼국지·촉지蜀志·제갈량전〉 배송지(裴松之) 주注에 소개되고 있는 〈량집亮集〉의 원문에 따랐다. 그러나 아직 목우와 유마를 복원해낼 수 없는 것에서 알 수 있듯이, 이 설명은 완전하지 못하기에 이해하기 쉽지 않음을 염두에 두고 읽어야 한다.──역자)

"목우木牛" 제조법:

"(〈제갈량집諸葛亮集〉이란 책에 목우木牛와 유마流馬의 제작법이 실려 있는데, "목우"라는 것은,) 배는 네모나고 대가리는 굽어 있는데(方腹曲頭), 배에는 발이 네 개 붙어 있다(一脚四足). 대가리는 목 속으로 들어가 있고(頭入領中), 혀는 배에 붙어 있다(舌着於腹). 짐을 많이 싣지만 멀리 가지는 못한다. 그러므로 마땅히 짐이 많을 때 사용해야 하고 짐이 적을 때 사용해서는 안 된다. 혼자 갈 때는 수십 리를 가지만 무리지어 갈 때는 20리를 간다.

구부러진 것은 소의 대가리이고(曲者爲牛頭), 쌍雙을 이루고 있는 것은 소의 다리이며(雙者爲牛脚), 가로로 있는 것은 소의 목이고(橫者爲牛領), 구르도록 되어 있는 것은 소의 발이며(轉者爲牛足), 위에 덮여져 있는 것은 소의 등이고(覆者爲牛背), 네모난 것은 소의 배이며(方者爲牛腹), 아래로 드리워져 있는 것은 소의 혀이다(垂者爲牛舌). 구부렁한 것은 소의 옆구리이고(曲者爲牛肋), 파서 새겨 놓은 것은 이빨이며(刻者爲牛齒), 세워져 있는 것은 소뿔이다(立者爲牛角).

가느다란 것은 소의 가슴걸이 끈(鞅)이고, 길마를 등 위에 안전하게 고정시키는 것은 껑거리끈(鞦軸)이다. 소는 쌍으로 된 끌채에 의거하여 수레를 끈다. 사람이 한 걸음(1步: 6자) 거리를 갈 때 소는 네 걸음(4步) 거리를 간다. 소 한 마리가 열 사람의 한 달 치 양식을 싣고 하루에 20리를 가므로 사람은 크게 수고하지 않아도 된다. 소는 마시지도 먹지도 않는다."

〖 13 〗 **"유마流馬" 제조법:**
"유마의 옆구리(肋)는 길이가 3자 5치, 폭이 3치, 두께는 2치 5푼으로 좌우가 같다. 앞의 축 구멍(前軸孔)은 대가리로부터 4치 떨어져 있고 구멍의 직경은 2치이다. 앞다리의 구멍(前脚孔)은 2치로, 앞의 축 구멍(前軸孔)으로부터 4치 5푼 떨어져 있고 폭은 1치이다. 앞부분 막대기 구멍(前杠孔)은 앞다리의 구멍(前脚孔)으로부터 2치 7푼 떨어져 있으며, 그 구멍의 길이는 2치, 넓이는 1치이다.

뒤축의 구멍(後軸孔)은 앞부분 막대기(前杠)로부터 1자 5푼 떨어져 있는데 그 크기는 앞의 축 구멍(前軸孔)과 같다. 뒷다리의 구멍(後脚孔)은 뒤축의 구멍(後軸孔)으로부터 3치 5푼 떨어져 있으며, 그 크기는 앞다리의 구멍(前脚孔)과 같다.

뒷부분 막대기의 구멍(後杠孔)은 뒷다리의 구멍(後脚孔)으로부터 2치 7푼 떨어져 있으며, 뒷 짐받이(後載杴)는 뒷부분 막대기의 구멍(後杠孔)으로부터 4치 5푼 떨어져 있다.

앞부분 막대기(前杠)는 길이가 1자 8치, 폭이 2치, 두께가 1치 5푼이다. 뒷부분 막대기(後杠)와 같은 판자로 된 네모난 상자 2개는 두께가 8푼, 길이는 2자 7치, 높이는 1자 6치 5푼, 넓이는 1자 6치이다. 매 상자에는 양곡을 2곡斛 3두斗(*약 2섬 3말)을 담을 수 있다. 윗부분 막대기의 구멍(上杠孔)은 옆구리 아래로 7치 떨어져 있는데,

앞과 뒤가 같다.

윗부분 막대기의 구멍은 아랫부분 막대기의 구멍(下杠孔)으로부터 1자 3치 떨어져 있는데, 구멍의 길이는 1치 5푼, 폭은 7푼이고, 구멍 여덟 개가 다 똑같다. 앞뒤로 있는 다리 4개는 폭은 2치, 두께는 1치 5푼이다.

그 모양은 코끼리와 같으며, 가죽으로 된 전대(靬)는 길이가 4치, 직경은 4치 3푼이다. 구멍에 끼워 넣는 발이 세 개인 막대기는 길이가 2자 1치, 폭이 1치 5푼, 두께가 1치 4푼으로 막대기와 같다."(사실, 이 설명을 들어도 어떻게 생긴 것인지, 어떻게 만드는지 상상할 수 없기에 지금까지 이를 바탕으로 재현할 수 없었던 것이다.—역자)

많은 장수들은 한 차례 살펴보고 나서 모두 탄복하여 말했다: "승상께서는 참으로 신인神人이십니다."(*신인神人이 아니고서야 어떻게 초목草木을 몰고 갈 수 있겠는가?)

그로부터 수일이 지나 목우와 유마가 모두 완전히 만들어졌는데, 마치 살아 있는 소와 말 같았다. 산에 오르고 고개를 내려오는 데 편리하기가 그만이었다. (*수고를 줄여 줄 뿐만 아니라 장난감으로도 그만이다.) 모든 군사들은 그것을 보고 즐거워하지 않는 자가 없었다.

공명은 우장군右將軍 고상高翔에게 군사 1천 명을 이끌고 목우와 유마를 몰아 검각에서 곧장 기산의 큰 영채까지 왕래하면서 군량과 마초를 운반해서 촉병들에게 공급하도록 했다. 후세 사람이 이를 칭찬해서 지은 시가 있으니:

검각 관문 험준한데 유마 몰아 달리고　　　劍關險峻驅流馬
야곡 길 기구한데 목우 몰아 달려가네.　　　斜谷崎嶇駕木牛
후세에도 이 방법대로 할 수만 있다면　　　　後世若能行此法
운반하는 일로 장차 어찌 근심 하겠는가.　　　輸將安得使人愁

〖 14 〗한편 사마의가 싸움에 져서 고민하고 있을 때 갑자기 정탐꾼이 보고했다: "촉병들이 목우木牛와 유마流馬를 사용하여 군량과 마초를 운반하고 있는데, 사람은 크게 고생하지 않고 우마牛馬는 먹지도 않습니다."

사마의는 크게 놀라서 말했다: "내가 굳게 지키고 있으면서 싸우러 나가지 않았던 것은 저들이 군량과 마초를 이어대지 못해서 스스로 망하기를 기다리려는 것이었다. 그런데 지금 저들이 그런 방법을 쓰고 있다면, 이는 틀림없이 장기전을 할 계획으로 물러갈 생각을 하지 않고 있는 것이다. 이를 어찌해야 좋은가?"

그는 급히 장호張虎와 악침樂綝 두 사람을 불러서 분부했다: "너희 둘은 각기 군사 5백 명씩을 이끌고 야곡斜谷의 작은 길로 질러가서 촉병들이 목우와 유마를 몰고 지나가기를 기다리고 있다가 전부 지나가도록 한 다음 일제히 쳐나가거라. 많이 빼앗아 올 필요는 없고 다만 3~5필匹만 빼앗아 돌아오너라."

두 사람은 명을 받고 각기 군사 5백 명씩 이끌고 촉병으로 분장하여 밤중에 몰래 작은 길로 가서 골짜기 안에 매복해 있었다. 과연 고상高翔이 군사들을 이끌고 목우와 유마를 몰고 왔다. 그들이 다 지나가려고 할 때, 양편에서 일제히 북을 치고 고함을 지르며 쳐나갔다. 촉병들은 미처 손을 써보지도 못하고 그 자리에 목우와 유마 몇 필을 내버려둔 채 달아났다. 장호와 악침은 기뻐하면서 그것들을 몰고 본채로 돌아왔다.

사마의가 보니 과연 앞으로 나아가고 뒤로 물러나기를 마치 살아있는 소나 말처럼 했다. 그는 기뻐서 말했다: "공명 네가 이런 방법을 쓸 줄 아는데, 나라고 쓸 줄 모르겠느냐?"

그리고는 곧바로 솜씨 좋은 공병들 1백여 명을 뽑아 그들로 하여금 바로 눈앞에서 그것들을 해체하여 그 치수와 장단長短과 두께(厚薄)를 자로 재서 그것과 똑같은 방식으로 목우와 유마를 만들라고 분부했다.

(*사마의는 남의 문자를 잘 베꼈으나 견본을 보고 그대로 호로박(葫蘆)을 그려서는 결국 문자 속의 미묘한 부분까지 다 알 수는 없었다.)

반달도 못 되어 2천여 개를 만들어냈는데, 공명이 만든 것과 똑같은 방법으로 만들었으므로 그것들 역시 달려갈 수 있었다. 사마의는 진원 장군鎭遠將軍 잠위岑威로 하여금 군사 1천 명을 이끌고 목우와 유마를 몰아 농서隴西로 가서 계속 오가면서 군량과 마초를 운반해 오도록 했다. (*베끼는 것도 빠르고 사용하는 것도 빠르다. 오늘날 시사문時事文을 읽는 수재秀才들과 극히 흡사하다.) 위병 영채의 군사들과 장수들로 기뻐하지 않는 자가 없었다.

〖 15 〗 한편 고상高翔이 돌아가서 공명을 보고 위병이 목우와 유마를 대여섯 필이나 빼앗아갔다고 말했다.

공명은 웃으면서 말했다: "나는 바로 그들이 빼앗아가 주기를 바라고 있었다. 우리가 잃어버린 것은 겨우 목우와 유마 몇 필뿐이지만, 반대로 오래지 않아 군중에 수많은 물자들을 제공받게 될 것이다."
(*일부러 남이 자기 문자를 베끼도록 하는데 그것이 도리어 내 대신에 문자를 쓰도록 하는 것이 된다니, 이 얼마나 절묘한가.)

여러 장수들이 물었다: "승상께서는 그것을 어떻게 아십니까?"

공명曰: "사마의가 목우와 유마를 보게 되면 반드시 그것을 본떠서 똑같이 만들 것이다. 그때엔 내게 또 달리 계책이 있다."

수일 후 보고해 오기를, 위병들도 목우와 유마를 만들어 농서로 가서 군량과 마초를 운반해 오고 있다고 했다.

공명은 크게 기뻐하며 말했다: "내 예상대로군!"

그리고는 곧바로 왕평王平을 불러서 분부했다: "너는 군사 1천 명을 이끌고 가되 위병으로 꾸며서 오늘 밤 안으로 몰래 북원北原을 지나가도록 하라. 가다가 누가 물으면 군량 운반을 순찰 감시하는 순량군巡粮

軍이라고 말하고 적들의 군량 운반 군사들 틈에 섞여 들어가서, 군량 운송을 호위하는 자들을 모조리 죽여 버리도록 해라.

그리고는 목우와 유마를 몰아서 곧장 북원을 지나서 돌아오도록 하라. 북원에서는 반드시 추격해오는 위병들이 있을 것이다. 그때 너는 곧바로 목우와 유마의 입 안에 있는 혀를 돌려놓아라. 그러면 목우와 유마는 움직이지 못할 것이다. (*앞에서는 다만 제조 방법만 설명하고 사용법은 설명하지 않았으며, 앞에서는 다만 운행 방법만 설명하고 멈추는 법은 설명하지 않았는데, 여기에서 비로소 보충 설명하고 있다.)

너희들은 그것들을 내버려두고 달아나기만 해라. 등 뒤에서 위병들이 쫓아와서 그것들을 잡아당기더라도 꼼짝도 하지 않을 것이고, 그렇다고 저들이 그것을 떠메고 갈 수도 없을 것이다.

그때 우리 군사들이 당도하거든 너는 다시 돌아가서 목우와 유마의 혀를 다시 원래대로 돌려놓고 힘껏 몰아 빨리 오너라. 위병들은 틀림없이 너희들을 요괴인 줄로 의심할 것이다."

왕평은 계책을 받고 군사들을 이끌고 떠나갔다.

〖 16 〗 공명은 또 장억을 불러서 분부했다: "너는 군사 5백 명을 이끌고 전부 도술道術에 나오는 육정육갑六丁六甲의 신병神兵들처럼 꾸미되 머리는 귀신처럼, 몸은 짐승처럼 하고, 얼굴은 다섯 가지 색깔로 칠하여 각종 괴이한 모습을 하고서 한 손에는 수놓은 깃발(繡旗)을 잡고 또 한 손에는 보검을 들고, 허리에는 호로병을 차는데 그 속에는 연기와 불을 피울 물건을 넣어서 산 옆에 매복해 있으면서 목우와 유마가 이르기를 기다렸다가 연기와 불을 피우면서 일제히 몰려나가 목우와 유마를 몰고 오너라. (*전번에 밀을 벨 때보다 두 배나 대단한 위풍과 기세이다. 이와 같은 용병은 도리어 재미난 장난이라 할 것이다.) 위병들은 그 광경을 보고는 틀림없이 귀신인 줄 의심하여 감히 추격해오지 못할

것이다."

장억은 계책을 받고 군사들을 이끌고 떠나갔다.

공명은 또 위연과 강유를 불러서 분부했다: "너희 두 사람은 같이 군사 1만 명을 이끌고 북원의 영채 입구로 가서 목우와 유마를 몰고 오는 군사들을 지원하고 적을 막아 싸우도록 하라."

또 요화와 장익을 불러서 분부했다: "너희 두 사람은 군사 5천 명을 이끌고 가서 사마의가 오는 길을 끊어라."

또 마충과 마대를 불러서 분부했다: "너희 두 사람은 군사 2천 명을 이끌고 위수 남쪽으로 가서 싸움을 걸어라."

여섯 사람은 각각 명령을 받들고 떠나갔다.

〖 17 〗 한편 위魏의 장수 잠위岑威가 군사를 이끌고 목우와 유마를 몰아 군량을 싣고 한창 가고 있을 때 갑자기 보고해 오기를, 전면에 군량 운송 길을 순찰하는 군사들이 있다고 했다. 잠위가 사람을 시켜서 알아보도록 했더니 과연 위병魏兵들이어서 (*사람이 귀신으로도 꾸밀 수 있는데 촉병이 어찌 위병으로 꾸미지 못하겠는가?) 곧 안심하고 그대로 앞으로 나아갔다.

양쪽 군사들이 한 곳에서 만나자 갑자기 함성이 크게 울리면서 촉병들이 그 부대 안에서 들고 일어나며 큰 소리로 외쳤다: "촉의 대장 왕평이 여기 있다!"

위병들은 미처 손을 써보지도 못하고 촉병들의 손에 태반이나 죽임을 당했다. 잠위는 패병들을 이끌고 맞아 싸우다가 왕평이 휘두르는 칼에 목이 달아났다. 남은 자들은 모조리 뿔뿔이 흩어져 달아났다. 왕평은 군사들을 이끌고 목우와 유마를 전부 몰고 돌아갔다. (*사마의는 남의 문자를 쓰다가 도리어 남에게 이용만 당하고 말았다.)

패한 병사가 나는 듯이 달려가서 북원의 영채로 이 소식을 알렸다.

곽회는 군량을 겁탈당했다는 말을 듣자 황급히 군사를 이끌고 구원하러 갔다. 왕평은 군사들에게 목우와 유마의 혀를 돌려놓도록 한 다음 전부 길 위에 버려두고 잠깐 싸우다가는 달아나기를 되풀이했다. 곽회는 일단 적을 추격하지 말고 목우와 유마만 몰아서 돌아가라고 지시했다.

모든 군사들이 일제히 달려들어 목우와 유마를 몰고 가려고 했으나 목우와 유마는 전혀 움직이지 않았다. (*이때는 도리어 돌로 만든 사람(石人)이나 돌로 만든 말(石馬)을 훔치는 것과 같았다.) 곽회는 속으로 의혹을 품었으나 어떻게 할 도리가 없었다.

그때 갑자기 북소리와 나팔소리가 요란하게 나고 함성이 사방에서 일어나면서 양쪽 방면에서 군사들이 쳐들어왔는데 바로 위연과 강유였다. 왕평도 다시 군사들을 이끌고 돌아와서 싸웠다. 세 방면으로부터 협공을 받아서 곽회는 대패하여 달아났다. 왕평은 군사들에게 목우와 유마의 혀를 다시 바로 돌려놓도록 하여 몰고 갔다. (*사마의는 단지 글만 배울 줄 알았지 혀에 대해서는 배울 줄 몰랐다.)

곽회가 멀리서 이 광경을 바라보고는 막 군사를 되돌려 다시 추격하려고 하다가 문득 보니 산 뒤에서 연기가 갑자기 솟아오르면서 한 떼의 신병神兵들이 몰려나오는데, 그들은 모두 하나같이 손에 깃발과 검을 들고 괴이한 형상들을 하고 있었다. 그들은 목우와 유마를 에워싸고 바람처럼 몰려서 떠나갔다.

곽회는 크게 놀라서 말했다: "저들은 틀림없이 신령이 돕고 있는 것이다!"

모든 군사들도 이 광경을 보고 다들 놀라고 두려워서 감히 추격하지 못했다.

한편 사마의는 북원의 군사들이 패했다는 소식을 듣고 급히 직접 군사를 이끌고 구원하러 갔다. 막 반쯤 당도했을 때 갑자기 포 소리가 울리더니 양 방면에서 군사들이 험준한 산속으로부터 뛰쳐나오고 고함 소리가 천지를 진동시켰는데, 그들이 들고 있는 깃발 위에는 큰 글씨로 "漢將 張翼 廖化(한장 장익 요화)"라고 씌어 있었다. 사마의는 그 것을 보고 크게 놀랐다. 위병들은 당황해서 허둥지둥 각자 도망쳐 달아났다. 이야말로:

길에서 신장神將 만나 군량을 겁탈 당했는데　　　路逢神將糧遭劫

또 다시 기습병 만나서 목숨까지 위태롭네.　　　身遇奇兵命又危

사마의가 어떻게 적을 맞아 싸울지 모르겠거든 다음 회를 읽어보기 바란다.

제 102 회 모종강 서시평序始評

(1). 무후가 위교渭橋에서 패한 것을 보면 더욱 위연이 자오곡子午谷으로 해서 장안으로 쳐들어가자고 한 계책이 좋은 계책이 아니었음을 알 수 있게 된다. 무후도 위병魏兵들이 반드시 위교를 방어하지 않도록 할 수 없었는데, 위연이 어떻게 위병들이 반드시 자오곡을 방어하지 않도록 할 수 있겠는가?

그리고 위교를 불사를 수 없어서 한 번 패했더라도 그래도 오히려 다시 승리할 수 있지만, 만약 자오곡으로 나가려다가 실패하여 한 번 패한다면 치명적이 되어 다시는 승리할 수 없게 된다. 그래서 무후는 차라리 위교에서 한 번 실패하는 일이 있더라도 자오곡으로 나가서 요행히 한 번 성공하는 쪽을 택하지 않았던 것이다.

(2). 사마의가 정문鄭文을 시켜서 안에서 호응하도록 한 것은 맹획이 자기 동생 맹우孟優를 시켜서 안에서 호응하도록 한 것과 같다. 그러나 맹우는 일찍이 한 사람을 죽여서 공명의 신임을 얻으려고 한 적이 없으나, 정문은 위魏의 장수 하나를 죽여서 공명의 신임

을 얻으려고 하였는바, 이것이 사마의의 계책이 맹획보다 더욱 교묘한 점이다.

공명은 사마의를 속이려고 하면서 단지 진랑秦朗 하나만 속이는 데 그쳤는데, 이는 강유가 조진曹眞을 속이려고 하면서 비요費耀 하나를 죽이는 데 그친 것과 같다. 나아가 강유는 자신이 글월을 바쳐서 조진으로 하여금 자기의 계책에 걸려들도록 하였으나, 공명은 정문으로 하여금 글을 바치도록 하여 사마의가 스스로 자기 계책에 걸려들도록 하였는바, 이것이 공명의 계책이 강유보다 더욱 교묘한 점이다. 두 가지의 교묘함이 서로 대對를 이루고 있을 때에는 더욱 교묘한 쪽이 이긴다.

참으로 독자들로 하여금 마음은 놀라고 눈은 즐겁게 해주고 있다.

(3). 천하의 일에는, 내가 그것을 할 수 있으면 남들 역시 그것을 배울 수 있는 것이 있다(天下事有我能爲之, 人亦能學之者矣). 그러나 그것을 배우는 자는 결국 그것을 할 수 있는 자가 그것을 변화시킬 수 있는 것만 못하고, 배우는 자는 그것을 할 수 있는 자의 지혜에 미치지 못한다. 그리고 또 그것을 할 수 있는 자가 그것을 배우는 자로 하여금 자기를 위해 쓰이도록 할 수 있다면, 그것을 배우는 자는 반대로 스스로 그것을 할 수 있는 자로부터 우롱을 당하게 된다.

무후의 목우木牛와 유마流馬는 남이 나를 배우는 것을 금지하지 않을 뿐만 아니라, 바로 남으로 하여금 그것을 배우도록 하면서도 결국 남은 감히 배울 수 없기에 이르도록 한 것이니, 교묘하도다, 기술이란 것이 이런 지경에까지 이르다니!

제103회

사마의, 상방곡上方谷에서 죽을 뻔하고
제갈량, 오장원五丈原에서 별에 목숨을 빌다

〖 1 〗 한편 사마의는 장익張翼과 요화廖化와 한바탕 싸우다가 패하여 필마단창匹馬單槍으로 밀림密林 사이로 달아났다. 장익은 그 자리에 멈추어 후군을 수습하고, 요화는 앞장서서 사마의의 뒤를 추격했다.

그가 막 따라잡게 되었을 때, 사마의는 당황하여 나무를 끼고 돌았다. 요화가 칼로 그를 내리찍는다는 것이 그만 나무 위를 찍고 말았다. 요화가 나무에 박힌 칼을 뽑아냈을 때에는 사마의는 이미 숲 밖으로 빠져나가 버렸다. (*마초馬超가 조조를 추격할 때의 상황과 비슷하다.)

요화가 뒤따라 쫓아갔으나 어디로 갔는지 알 수 없었는데, 그때 문득 보니 숲 동편에 황금 투구 한 개가 떨어져 있었다. 요화는 그 투구를 집어서 말 위에다 묶고 곧장 동쪽을 향해 쫓아갔다.

이 어찌된 일인고 하니, 사마의가 투구를 숲 동쪽에다 던져버린 다음 반대로 서쪽으로 달아났던 것이다. (*이는 손견이 붉은 머리띠(赤幘)를 내버린 것과 비슷하다.)

요화는 그 뒤를 한참이나 쫓아갔으나 그 종적을 찾지 못하여 골짜기 어귀로 달려 나갔는데, 뜻하지 않게 강유를 만나서 같이 영채로 돌아가서 공명을 보았다. 이때 장억은 벌써 목우와 유마를 몰고 영채로 돌아와서 그것들을 교부交付한 뒤였는데, 노획한 군량이 1만여 석이나 되었다.

요화는 황금 투구를 바쳐서 최고 군공軍功을 이룬 것으로 기록되었다. 위연은 마음속으로 불쾌해 하면서 입으로 원망의 말을 내뱉었으나, 공명은 그냥 모른 체했다. (*후문에 대한 복필伏筆이다.)

한편 사마의는 도망쳐서 영채로 돌아간 후 마음이 몹시 우울했다. 그때 갑자기 천자의 사신이 칙서를 가지고 와서 말하기를, 동오에서 세 방면으로 쳐들어오고 있으므로 조정에서는 장수를 보내서 적을 막게 하려고 의논 중이니, 사마의 등은 굳게 지키고만 있고 싸우지는 말라고 했다. (*이는 위주魏主의 칙서 내용이지만 그러나 역시 전에 사마의가 가르쳐준 그대로이다.) 사마의는 칙명을 받고 나서 해자를 깊이 파고 성루를 높이 쌓아 굳게 지키고 있으면서 싸우러 나가지 않았다.

〖 2 〗 한편 조예는 손권이 군사들을 세 방면으로 나누어 쳐들어오고 있다는 소식을 듣고 역시 군사들을 일으켜 세 방면에서 적들을 맞이하기로 하고, 유소劉劭로 하여금 군사들을 이끌고 가서 강하江夏를 구하도록 하고, 전예田豫로 하여금 군사를 이끌고 가서 양양襄陽을 구하도록 하고, 조예 자신은 만총滿寵과 같이 대군을 이끌고 가서 합비를 구하기로 했다.

만총이 위주 조예와 같이 먼저 일군을 이끌고 소호구(巢湖口: 안휘성 소현巢縣)로 가서 바라보니, 동쪽 기슭에 전선들이 무수히 정박해 있는데 기치가 정연하고 엄숙했다.

만총은 군중으로 들어가서 천자에게 아뢰었다: "동오 군사들은 틀림없이 우리가 멀리서 오느라 지쳐 있을 것으로 얕보고 방비를 하지 않을 것입니다. 그러므로 오늘 밤 빈틈을 타서 저들의 수채水寨를 습격한다면 반드시 완승을 거둘 수 있을 것입니다."

위주가 말했다: "그대 말은 바로 짐의 생각과 같다."

조예는 즉시 효장驍將 장구張球로 하여금 군사 5천 명을 거느리고 각기 화공火攻 기구들을 가지고 호수 어귀(湖口)로 가서 공격하도록 했다. 그리고 만총에게는 군사 5천 명을 이끌고 동쪽 기슭으로 가서 공격하도록 했다.

이날 밤 이경二更 무렵, 장구와 만총은 각기 군사들을 이끌고 조용히 호수 어귀를 향해 출발하여 동오의 수채에 접근한 다음 일제히 고함을 지르며 쳐들어갔다. 오병吳兵들은 당황하여 싸우지도 않고 달아났다. 위군이 사방에 불을 질러 태워버린 전선과 군량, 마초와 군기 등은 셀 수도 없이 많았다. (*동오는 두 차례나 화공으로 위魏를 이겼는데, 이번에는 도리어 위의 화공으로 배들을 불태워버렸다. 어찌 그들이 지쳐 있단 말인가!) 제갈근은 패병들을 거느리고 면구(沔口: 호북성 무한 한구漢口)로 달아났다. 위병은 대승을 거둔 후 돌아갔다.

다음날 정탐꾼이 이 소식을 육손陸遜에게 알렸다. 육손은 여러 장수들을 모아놓고 의논했다: "나는 표문을 작성하여 주상께 아뢰어서 신성新城을 포위하고 있는 군사들을 철수하여 그들로써 위군의 돌아갈 길을 끊도록 청하고, 나는 군사들을 거느리고 가서 저들의 앞면을 공격하려고 한다. 그러면 저들은 앞뒤로 동시에 대적對敵할 수 없을 것이므로 단 한 차례 공격으로도 깨뜨릴 수 있을 것이다."

모두가 그 말에 동의했다. 육손은 즉시 표문을 작성하여 하급 장교한 사람에게 주어서 몰래 신성으로 가도록 했다. 그 하급 장교가 명을 받고 표문을 가지고 가다가 나루터에 이르렀을 때 뜻밖에도 매복해 있던 위병에게 붙잡혔다. 그는 군중으로 압송되어 가서 위주魏主 조예를 보았다.

조예는 그의 몸을 수색하라고 지시하여 육손이 올리는 표문을 찾아내서 보고 감탄하며 말했다: "동오 육손의 계책은 정말로 교묘하구나!"

그리고는 그를 가두어 두라고 지시하고, 유소劉邵로 하여금 손권의 후군을 신중히 방비하도록 했다. (*위나라 장수가 쓰려는 계책을 동오 사람들은 모르고 있지만, 동오 장수가 쓰려는 계책은 위나라 사람이 다 알고 있으니, 이 역시 하늘의 뜻이다.)

〖 3 〗 한편 제갈근은 한바탕 싸움에서 대패했는데, 게다가 또 마침 더운 날씨여서 많은 군사들이 병에 걸렸다. 그래서 글 한 통을 써서 사람을 시켜서 육손에게 전달하도록 하여 군사를 철수하여 귀국하는 문제를 상의하려고 했다.

육손은 글을 다 읽어보고 나서 찾아온 사람에게 말했다: "장군께는 이렇게 말을 전해라: 내게 달리 생각하는 바가 있다고 하더라고."

사자가 돌아가서 제갈근에게 보고했다.

제갈근이 물었다: "육 장군은 무엇을 하고 계시더냐?"

사자曰: "육 장군은 많은 군사들에게 영문 밖에 콩을 심도록 독촉하고, 자신은 여러 장수들과 원문轅門에서 활쏘기 시합을 하고 계셨습니다."

제갈근은 크게 놀라서 직접 육손의 영채로 가서 그를 만나보고 물었다: "지금 조예가 친정親征을 와서 그 군세軍勢가 매우 대단한데, 도독은 어떻게 저들을 막으려고 하시오?"

육손曰: "내가 전에 사람을 보내서 주상께 표문을 올리도록 했는데 뜻밖에도 그가 적들에게 붙들리고 말았소이다. 우리 기밀이 이미 누설되었으니 적들은 틀림없이 그에 대비하고 있을 것이므로 이제는 저들과 싸우더라도 이로울 게 없을 것이오. 차라리 일단 물러가는 것이 나을 것 같소. 그래서 이미 주상께 표문을 올려 서서히 군사를 물리겠다고 말씀을 드렸소."

제갈근曰: "도독께서 기왕에 그런 뜻을 갖고 계시다면 속히 퇴군하실 일이지 왜 또 시일을 끌고 계시오?"

육손曰: "우리 군사가 물러가려고 하더라도 천천히 움직여야만 합니다. 지금 만약 곧바로 물러간다면 위군은 반드시 승세를 타고 추격해 올 것이니, 이는 바로 패배하는 길이오. 귀하는 먼저 전선들을 감독해서 짐짓 적을 대적하려는 것처럼 해보이시오. 나는 군사들을 전부 이끌고 양양襄陽으로 나아감으로써 적들이 우리의 의도를 몰라서 의심하도록 할 것이오. 그런 후에 서서히 물러나서 강동으로 돌아간다면 위병들은 감히 가까이 오지 못할 것이오."(*무후가 영채 안에다 향을 피워놓고 거문고를 탔던 것과 같은 생각이다.)

제갈근은 그 계책에 따라서 육손과 하직인사를 하고 본영으로 돌아와서 전선들을 정돈하여 출발할 준비를 했다. 육손은 대오를 정연히 하여 허장성세를 하면서 양양을 향해 출발했다. (*나아가는 것을 물러가는 계책으로 삼으니, 이는 물러가는 좋은 방법이다.)

일찌감치 첩자가 이 일을 위주魏主에게 보고하면서, 동오의 군사들이 이미 움직이고 있으니 반드시 방비해야 한다고 말했다. 위의 장수들은 그 말을 듣고 모두들 싸우러 나가겠다고 했다.

그러나 위주는 평소 육손의 실력을 알고 있었으므로 장수들을 타일렀다: "육손은 지략이 많은데, 혹시 적을 유인하는 계책(誘敵之計)을 쓰고 있는 것이 아닐까? 경솔하게 나아가서는 안 된다."

여러 장수들은 그제야 멈추었다.

수일 후 정탐꾼이 와서 보고했다: "동오의 세 방면의 군사들은 전부 물러갔습니다."

　조예는 그 말을 믿지 않고 다시 사람을 시켜서 알아보도록 했다. 그들이 돌아와서 보고하기를, 과연 전부 물러갔다고 했다.

　조예가 말했다: "육손의 용병用兵이 손자孫子나 오자吳子보다 못하지 않구나. 동오는 평정하지 못하겠다!"(*진군을 잘하는 것도 유능함(能)이고, 퇴각을 잘하는 것도 유능함이다.)

　그리하여 여러 장수들로 하여금 각기 요충지를 지키고 있도록 하고, 자신은 대군을 이끌고 합비合淝에 주둔해 있으면서 상황에 변화가 생기기를 기다렸다.

〖 4 〗 한편 공명은 기산에 있으면서 장기간 주둔할 계획으로 촉의 군사들과 위魏의 백성들이 한곳에서 같이 어울려 농사를 짓도록 하되, 둔전의 3분의 1은 군사들이, 3분의 2는 백성들이 경작하도록 하고 결코 백성들의 것을 침범하지 않았다. 위魏의 백성들은 모두 안심하고 즐거이 농사를 지었다. (*목우와 유마로 군량을 운반하는 것이 편리하기는 해도 둔전을 경작하는 것만큼 편리하지는 못하다.)

　사마사司馬師가 들어가서 자기 부친에게 고했다: "촉병들은 우리에게서 많은 군량미를 빼앗아가 놓고, 지금은 또 촉병들과 우리 백성들이 같이 어울려 위수渭水 가에서 둔전屯田을 경작하도록 하면서 장기계획을 꾀하고 있는데, 이는 참으로 나라에 큰 우환거리가 될 것 같습니다. 부친께서는 어찌하여 공명과 날짜를 정하여 한바탕 크게 싸워 자웅雌雄을 가려 보지 않으십니까?"

　사마의曰: "나는 천자의 성지聖旨를 받들어 굳게 지키고 있는 것이다. 가벼이 움직일 수는 없다."(*늙은이가 입은 잘 놀리지만 실은 단지 겁을 먹고 있는 것이다.)

한창 의논하고 있을 때 갑자기 보고해 오기를, 위연魏延이 원수께서 전날에 잃어버리신 황금 투구를 가지고 와서 마구 욕을 퍼부으며 싸움을 걸고 있다고 했다. (*처음에는 잃어버렸던 황금 투구를 가지고 창피하게 만들고, 후에는 여자들이 쓰는 수건으로 모욕한다.)

여러 장수들은 잔뜩 화를 내면서 다들 싸우러 나가려고 했다.

사마의가 웃으면서 말했다: "성인(聖人: 孔子)께서는 말씀하시기를: '작은 일을 참아내지 못하면 큰 계책을 어그러지게 한다(小不忍則亂大謀)'고 하셨다. (〈논어·위영공편衛靈公篇〉) 다만 굳게 지키고 있는 것이 상책이다."(*오늘날 책 속의 말을 인용하여 자신의 단점을 감추는 자들은 대체로 이와 같은 부류의 사람들이다.)

여러 장수들은 명에 따라 싸우러 나가지 않았다. 위연은 한동안 마구 욕을 하고 꾸짖어 대다가 돌아갔다.

공명은 사마의가 싸우려 하지 않는 것을 보고는 은밀히 마대馬岱에게 목책木柵을 만들고, 영채 안에 참호를 깊게 파고, 마른나무와 인화 물들을 많이 쌓아놓고, 주위 산 위에 땔나무들을 많이 사용해서 가짜 초막들을 지어놓고 안팎으로는 다 지뢰地雷를 매설해 놓도록 했다.

모든 것들이 제대로 다 준비되자, 공명은 귓속말로 마대에게 분부했다: "호로곡葫蘆谷의 뒷길을 막아서 끊어 놓고 그 골짜기 안에다가 몰래 군사들을 매복시켜 놓아라. 만약 사마의가 쫓아오거든 그가 골짜기 안으로 들어오도록 내버려두고, 곧바로 지뢰와 마른 섶에다 일제히 불을 질러라."(*호로병 속에 넣어 파는 것은 술이 아니라 화약이다.)

또 군사들에게는 낮에는 골짜기 어귀에다 북두칠성을 그린 신호 깃발(七星號帶)을 위로 번쩍 드는 것으로, 밤에는 산 위에다 등잔불 7개를 켜놓는 것으로 암호暗號를 삼도록 했다.

마대는 계책을 받고 군사들을 이끌고 떠나갔다.

공명은 또 위연을 불러서 분부했다: "너는 군사 5백 명을 이끌고 위

魏의 영채로 가서 싸움을 걸되, 반드시 사마의를 싸움에 끌어들이도록 하라. 이기려고 해서는 안 되고 그저 패한 척만 해라. 그러면 사마의는 틀림없이 쫓아올 것이다. 그때 너는 칠성기七星旗가 있는 곳으로 들어가거라. 만약 밤이면 산 위에 등잔불 7개가 있는 곳으로 달아나거라. 사마의를 호로곡 안으로 끌어들일 수만 있으면, 내게 따로 그를 사로잡을 계책이 마련되어 있다."

위연은 계책을 받고 군사들을 이끌고 떠나갔다.

공명은 또 고상高翔을 불러서 분부했다: "너는 목우와 유마를 혹은 2~30필로, 혹은 4~50필로 한 무리를 지어서 각각 양곡을 싣고 산길에서 왔다 갔다 하거라. 만일 위병들이 달려들어 그것을 빼앗아간다면, 그것은 곧 네 공이 되느니라."

고상은 계책을 받고 목우와 유마를 몰고 떠나갔다.

공명이 기산에 있는 군사들을 하나하나 내보내면서도 단지 둔전을 경작하러 보내는 것이라고 핑계를 대면서 분부했다: "만약 다른 군사들이 싸우러 오거든 그저 패한 척하고 달아나도록 하라. 그러나 만약 사마의가 직접 오거든 그때에는 힘을 합쳐서 위수 남쪽만 공격하여 그가 돌아갈 길을 끊도록 하라."

공명은 군사들의 배치를 마치자 직접 일군을 거느리고 상방곡 가까이 가서 영채를 세웠다.

〚 5 〛 한편 하후혜夏侯惠와 하후화夏侯和 두 사람은 영채로 들어가서 사마의에게 아뢰었다: "지금 촉병들은 사방으로 흩어져서 영채를 세우고 각처에서 둔전屯田을 경작하면서 장기간 머물 계책을 삼고 있습니다. 만약 이때를 틈타 없애버리지 않고 안전하게 오래 있도록 내버려둔다면 그 뿌리가 깊어지고 근본이 단단해질 것이므로(深根固蔕) 그때 가서는 흔들기가 어려울 것입니다."

사마의曰: "이 또한 틀림없이 공명의 계책일 것이다."(*그러나 감히 나가서 싸울 마음은 먹지 못한다.)

두 사람이 말했다: "도독께서 만약 이처럼 의심만 하고 계시면 적들을 어느 때에나 없애버릴 수 있겠습니까? 저희 형제 두 사람이 온힘을 다해 죽기로 싸워서 나라의 은혜에 보답하도록 하겠습니다."

사마의曰: "기왕에 이렇게 되었으니, 너희 두 사람은 각각 나뉘어 나가서 싸우도록 해라."(*자기는 감히 싸우러 나가지 못하면서 남을 내보내서 시험해 보려는 것이다.)

그리고는 하후혜와 하후화에게 각각 군사 5천 명을 이끌고 나가도록 한 후, 사마의는 가만히 앉아서 소식을 기다렸다.

한편 하후혜와 하후화 두 사람이 두 방면으로 군사를 나누어 한창 가고 있을 때, 문득 보니 촉병들이 목우와 유마를 몰고 오고 있었다. 두 사람은 일제히 쳐들어갔다. 촉병들은 대패하여 달아났다. 그 바람에 목우와 유마들은 모조리 위병들에게 빼앗겨서 사마의의 군영 안으로 보내졌다. (*목우와 유마로 사마의를 유인하려는 것이니, 이는 소(木牛)로 말(司馬)을 유인하고, 말(流馬)로써 말(司馬)을 유인하려는 것이다.)

다음날 두 사람은 또 촉병 1백여 명을 사로잡아서 역시 사마의가 있는 영채로 보냈다. (*이미 유마(流馬)로 말(司馬)을 유인하고, 또 살아있는 말(軍馬)로써 말(司馬)을 유인하려는 것이다.)

사마의는 잡혀온 촉병들에게 촉군의 허실虛實을 꼬치꼬치 캐물었다. 촉병들이 아뢰었다: "공명은 도독께서 굳게 지키고만 있고 싸우러 나오시지 않을 것으로 여기고는 저희들에게 모두 사방으로 흩어져서 둔전을 경작하도록 하여 장기전에 대비할 계책으로 삼으려고 하셨습니다. 그런데 이처럼 사로잡히고 말 줄은 생각도 못했습니다."(*이는 분명히 공명이 시킨 것이다. 그런데 분명하게 말하지 않고 독자들로 하여금 스스로 알아내도록 한다.)

사마의는 즉시 촉병들을 전부 풀어주어 돌아가게 했다.

하후화曰: "왜 저들을 죽이지 않으십니까?"

사마의曰: "이까짓 졸병들을 죽여 봐도 아무 득 될 게 없다. 차라리 석방하여 돌려보내줌으로써 그들로 하여금 위나라 대장은 관후寬厚하고 인자하다는 말을 퍼뜨리도록 해서 저들의 전의戰意를 풀어 없애버리려는 것이다. 이는 바로 동오의 여몽呂蒙이 형주荊州를 취했던 계책이다." (*제75회 중의 일.)

그리고 나서 사마의는 명을 내렸다: "지금 이후부터 무릇 사로잡은 촉병들은 모두 그대로 돌려보내 주도록 하라. 공을 세운 장병들에게는 여전히 큰 상을 내릴 것이다."

장수들은 모두 명을 받고 떠나갔다.

〖 6 〗 한편 공명은 고상高翔에게 군량을 운반하는 체하고 목우와 유마를 몰고 상방곡上方谷 안에서 왔다 갔다 하도록 했다. 하후혜夏侯惠 등은 불시에 덮쳐서 반달 동안에 연달아 여러 판 싸움에서 이겼다.

사마의는 촉병이 누차 패하는 것을 보고 속으로 기뻐했다.

하루는 또 촉병 수십 명을 사로잡아 가지고 왔다. 사마의는 그들을 막사 안으로 불러들여 물었다: "공명은 지금 어디 있느냐?"

촉병들이 아뢰었다: "제갈 승상께서는 기산에 계시지 않고 상방곡에서 서쪽으로 10리 떨어진 곳에 영채를 세우고 그곳에 계십니다. 지금은 매일 군량을 상방곡으로 운반해서 쌓고 계십니다." (*이는 분명히 공명이 시킨 것이다. 그런데 지금도 분명하게 말하지 않고 독자들로 하여금 스스로 알아내도록 한다.)

사마의는 자세히 묻고 나서 즉시 촉병들을 놓아 보내고는 여러 장수들을 불러서 분부했다: "공명은 지금 기산에 있지 않고 상방곡에 영채를 세워놓고 그곳에 있다. 너희들은 내일 일제히 힘을 합쳐서 기산의 본채를 공격하여 취하도록 하라. 나도 직접 군사들을 이끌고 가서 지원하겠다." (*이번에는 뜻밖에도 속아서 머리를 내밀려고 한다.)

모든 장수들이 명을 받고 각각 싸우러 나갈 준비를 했다.

사마사가 말했다: "아버님께서는 무슨 이유로 상방곡은 치지 않고 도리어 그 배후를 치려고 하십니까?"

사마의日: "기산은 곧 촉병의 근본이다. 만약 우리 군사가 그곳을 치는 것을 본다면 각 군영에서는 틀림없이 모조리 구원하러 올 것이다. 그때 우리는 반대로 상방곡을 치고 그곳에 있는 군량과 마초를 불살라 버림으로써 저희들로 하여금 머리와 꼬리가 서로 연결되지 못하도록 한다면 적은 반드시 대패할 것이다." (*상방곡을 공격하려고 하면서 먼저 기산을 취하려고 한다. 스스로는 절묘한 계책이라고 생각하고 있지만, 다른 사람의 절묘한 계책에 바로 걸려드는 것인 줄 어찌 알겠는가?)

사마사는 그 말에 감복했다.

사마의는 즉시 군사들을 출발시키면서 장호와 악침으로 하여금 각기 군사 5천 명을 이끌고 뒤에서 후원하도록 했다.

한편 공명은 이때 산 위에서 멀리 위병들이 3~5천 명이 같이 가거나 혹은 1~2천 명이 같이 가는데 서로 앞뒤를 돌아보느라 대오가 형클어진 것을 보고는, 저들은 틀림없이 기산의 본채를 공격하러 가는 것이라고 예상하고 곧바로 여러 장수들에게 은밀히 명령을 내렸다: "만약 사마의가 직접 오거든 너희들은 곧바로 위병의 영채를 습격하러 가서 위수 남쪽 땅을 빼앗도록 하라." (*그를 속여서 대문 밖으로 나오게 하고는 곧바로 그의 집을 없애버린다.)

여러 장수들은 각각 그 명령을 들었다.

〖 7 〗 한편 위병들이 모두 기산의 영채로 달려가자 촉병들은 사방에서 함성을 지르며 달려가서 짐짓 기산을 구원하는 형세를 보였다. 사

마의는 촉병들이 모두 기산의 영채를 구원하러 가는 것을 보고는 곧바로 두 아들과 중군中軍을 호위하는 군사들을 이끌고 상방곡으로 쳐들어 갔다. (*이번에는 계략에 걸려들었다.)

이때 위연은 상방곡 어귀에서 사마의가 오기만을 기다리고 있었다. 그때 갑자기 한 갈래의 위병들이 쳐들어오므로, 위연이 앞으로 말을 달려 나가서 보니 바로 사마의였다. (*기다린 지 오래다.)

위연이 큰 소리로 외쳤다: "사마의는 달아나지 말라!"

그리고는 칼을 휘두르며 그를 맞이했다. 사마의는 창을 꼬나들고 그와 맞붙어 싸웠다. 미처 3합도 못 싸우고 위연은 말머리를 돌려서 곧바로 달아났고, 사마의는 그 뒤를 쫓아갔다. 위연은 그저 칠성기七星旗가 있는 곳만 바라보고 달아났다. 사마의는 위연 하나뿐이고 군사 수도 적은 것을 보고는 안심하고 쫓아갔다.

사마의는 사마사는 왼편에, 사마소는 오른편에 있도록 하고 자기는 한가운데 있으면서 일제히 쳐들어갔다. (*세 말(司馬)이 같은 구유(同槽)에 있는 것이 아니라 세 말(司馬)이 같이 함정에 빠졌다.) 위연은 군사 5백 명을 이끌고 다들 골짜기 안으로 들어가 버렸다. 사마의는 골짜기 어귀에 이르러 먼저 사람을 시켜서 골짜기 안으로 들어가서 정탐해 보도록 했다. (*역시 매우 세심하다.) 그가 돌아와서 보고하기를, 골짜기 안에는 복병이 하나도 없고 산 위에 있는 것들은 전부 초막이라고 했다.

사마의曰: "그것은 틀림없이 군량을 쌓아둔 곳일 것이다."

그리고는 군사들을 기세좋게 휘몰아 모두 골짜기 안으로 들어갔다. 사마의가 문득 보니 초막 위에는 모두 마른나무들만 쌓여 있고 앞에서 달려가던 위연도 어디로 갔는지 더 이상 보이지 않았다.

사마의는 의심이 들어 두 아들에게 말했다: "만약 촉병들이 골짜기 어귀를 끊어버리면 어떻게 하지?"(*이때 와서야 비로소 의심을 하는데, 이미 때가 늦었다.)

미처 말이 끝나기도 전에 갑자기 땅을 뒤흔드는 듯한 함성이 들리더니 산 위에서 일제히 횃불을 내던져 불을 질러서 골짜기 어귀를 차단해 버렸다. 위병들은 도망가려고 해도 도망갈 길이 없었다. 산 위에서 불이 붙은 화살, 즉 화전火箭들을 쏘아대자 지뢰가 일제히 터지면서 초막 안에 쌓아 놓은 마른나무들에 모조리 불이 붙어 화르르 탁탁! 소리를 내며 세차게 타올라 불길이 하늘 높이 치솟았다.

사마의는 너무나 놀라서 어쩔 줄 모르고 있다가 말에서 뛰어내려 두 아들을 부둥켜안고 대성통곡을 했다: "우리 부자 셋이 모두 여기서 죽는구나!"

한창 통곡을 하고 있을 때 갑자기 광풍이 크게 일고 검은 기운이 하늘을 가득 덮더니 벼락치는 소리가 크게 울리면서 소나기가 마치 대야의 물을 쏟듯이 퍼부었다. 그러자 골짜기 안에 가득하던 불길이 모조리 다 빗물에 꺼져버렸다: 지뢰도 더 이상 터지지 않았고, 화공 무기들도 소용이 없어졌다. (*지뢰地雷가 어찌 천뢰天雷에 미칠 것이며, 인간의 불(人火)이 어찌 벼락의 불(霹靂火)을 당하겠는가? 책을 읽다가 여기에 이르면 책을 덮어버리고 탄식을 하게 된다.)

사마의는 크게 기뻐하며 말했다: "이때 빠져나가지 않고 다시 어느 때를 기다리겠나!"

즉시 군사들을 이끌고 힘을 떨쳐 골짜기 밖으로 뛰쳐나갔다. 이때 장호와 악침 역시 각기 군사들을 이끌고 쳐들어와서 지원했다. 마대는 군사가 적어서 감히 그들을 추격하지 못했다.

사마의 부자는 장호, 악침과 더불어 군사들을 하나로 합쳐 가지고 함께 위수 남쪽의 영채로 돌아갔는데, 뜻밖에도 영채는 이미 촉병들이 빼앗아 차지하고 있었다. (*비록 말구유(槽)는 잃었으나 그 말(馬)은 잃어버리지 않았다.)

곽회와 손례는 한창 위수의 부교浮橋 위에서 촉병과 접전을 벌이고 있었는데, 사마의 등이 군사를 이끌고 들이닥치자 촉병들은 물러갔다. 사마의는 부교를 불살라 끊어버리고 북쪽 기슭에 군사를 주둔시켰다.

〖 8 〗 한편 위병들은 기산에서 촉의 영채를 공격하고 있다가 사마의가 대패하고 위수 남쪽의 영채가 촉병들의 손에 떨어졌다는 소식을 듣고는 마음이 당황스럽고 혼란스러워져서 급히 물러가려고 했는데, 바로 그때 사방에서 촉병들이 쳐들어오는 바람에 위병들은 대패하여 십중 팔구(十中八九)는 부상을 당하고 죽은 자도 무수히 많았다. 나머지 군사들은 달아나서 위수 북쪽 언덕으로 건너가서야 겨우 목숨을 살렸다.

공명은 산 위에서 위연이 사마의를 유인하여 상방곡 안으로 들어가자 삽시간에 불길이 크게 일어나는 것을 보고는 속으로 크게 기뻐하면서 사마의가 이번에는 틀림없이 죽었다고 생각했다. 그런데 뜻밖에도 하늘에서 큰비가 쏟아져서 불이 더 이상 붙지 못했다. 그리고 정탐꾼이 보고해 오기를, 사마의 부자 셋이 모두 도망쳐 달아났다고 하였다.

공명은 탄식하며 말했다: "'일을 도모하는 것은 인간이지만 그 일의 성사 여부는 하늘에 달렸다(謀事在人, 成事在天)'고 하더니, 억지로 할 수는 없는 일이구나!"(*안 되는 줄 알면서도 억지로 하는 것은(知其不可而强爲之) 역시 사람으로서 해야 할 일을 다 하려는 것이다(自盡其人事). 만약 끝내 하늘에 맡겨두고 그 일을 도모하지 않는다면 이 어찌 소열황제가 어린 황제를 보필해 달라고 부탁한 뜻이겠는가?)

후세 사람이 시를 지어 이를 탄식하였으니:
골짜기에 광풍 불어 세찬 불길 치솟을 때	谷口狂風烈焰飄
청천靑天에서 소낙비 쏟아질 줄 어찌 알았으랴.	何期驟雨降靑霄
무후의 묘한 계책 만약 성공했더라면	武侯妙計如能就

산하山河가 어찌 진晉의 것이 되었으랴.　　　　　安得山河屬晉朝

〖 9 〗한편 사마의는 위수 북쪽의 영채 안에서 명을 내렸다: "위수 남쪽의 영채는 이미 잃어버렸다. 여러 장수들 중에 만일 다시 나가서 싸우자고 말하는 자가 있으면 그 목을 벨 것이다!"

모든 장수들은 명을 듣고 굳게 지키면서 싸우러 나가지 않았다.

곽회가 들어와서 보고했다: "근래 공명은 군사를 이끌고 이리저리 돌아다니면서 살펴보고 있는데, 이는 틀림없이 땅을 골라서 영채를 세우고 주둔하려는 것입니다."

사마의曰: "공명이 만약 무공산武功山으로 나와서 산을 따라 동쪽으로 간다면 우리는 모두 위태로워질 것이다. 그러지 않고 만약 위수 남쪽으로 나가서 서쪽의 오장원五丈原으로 가 머문다면 그때는 우리는 무사할 것이다."(*이는 사람들을 속이는 말이다. 그는 분명히 공명이 오장원에 주둔할 것을 알고 있었기에 일부러 이런 거짓말을 하여 많은 사람들을 안심시킨 것이다.)

그리고는 사람을 시켜서 정탐해 보도록 했는데, 그들이 돌아와서 보고하기를, 공명은 과연 오장원에다 군사를 주둔시켜 놓았다고 했다.

사마의는 경하慶賀의 표시로 두 손을 들어 이마에 대고 말했다: "이는 대위大魏 황제의 홍복洪福이시다!"

그리고는 모든 장수들에게 명을 내렸다: "굳게 지키고 싸우러 나가지 말라. 오래 지나면 저들은 반드시 스스로 변고가 생길 것이다."

한편 공명은 직접 일군을 이끌고 가서 오장원에 주둔해 있으면서 여러 차례 사람을 시켜서 싸움을 걸어 보도록 했으나 위병들은 싸우러 나오지 않았다.

공명은 이에 부녀자들이 머리에 쓰는 두건과 부인들이 입는 흰옷을 큰 함 속에 넣고 편지 한 통을 써서 사람을 시켜 위병의 영채로 보냈다. (*기왕에 두건을 보내고 또 흰옷까지 보낸 것은 그가 부녀자일 뿐만 아니라 또한 과부寡婦라는 뜻이다.)

여러 장수들은 감히 그것을 숨기지 못하고 사자使者를 안내하여 사마의에게 데리고 들어갔다. 사마의가 여러 사람들이 보는 앞에서 그 함을 열어 보니, 그 안에는 부녀자들이 쓰는 두건과 부인의 옷과 편지 한 통이 들어 있었다. 사마의가 그것을 뜯어서 보니, 그 내용은 대강 이러했다:

"중달은 기왕에 대장이 되어 중원의 군사들을 거느리면서도 갑옷을 입고 무기를 들고 자웅雌雄을 겨뤄보려고 하지 않고 토굴 속을 지키고 있는 것을 달게 여기면서 칼과 화살을 조심조심 피하고 있으니, 부녀자와 또 무엇이 다른가?

이제 사람을 보내서 부녀자들이 쓰는 두건과 흰옷을 보내주노니, 만약 싸우러 나오지 않겠다면 두 번 절을 하고 받도록 하라. 만약 창피해 하는 마음이 완전히 없어지지 않고 아직 남자의 흉금이 남아 있다면, 빨리 네 생각을 글로 적어 보내고 날짜를 정하여 싸우러 나오도록 하라."

〖 10 〗 사마의는 글을 보고나서 속으로는 크게 화가 났으나 내색을 하지 않고 짐짓 웃으면서 말했다: "공명은 나를 부녀자로 보는가?"

그리고는 즉시 그것을 받고 찾아온 사자를 후히 대접해 주라고 지시했다.

사마의가 물었다: "공명은 침식은 어떻게 하고 있고, 하는 일은 많은가, 적은가?"

사자曰: "승상께서는 아침에는 일찍 일어나시고 밤에는 늦게 주무시며, 곤장 20대 이상에 해당하는 벌은 전부 직접 살피십니다. 잡수시는 음식은 하루에 불과 몇 되(升)밖에 안 됩니다."

(*국가 원수나 대장의 건강은 전세戰勢에 중대한 영향을 미치므로 1급 기밀에 속하는데, 이를 알아내기 위해 유도질문 하는 사마의의 교활함과 그것에 넘어가서 중대한 기밀사항을 대수롭지 않게 털어놓는 사자의 우둔함, 그리고 그것이 초래하는 결과를 다음에서 볼 수 있다.—역자)

사마의는 여러 장수들을 돌아보며 말했다: "공명이 식사는 적게 하고 하는 일은 많으니 어찌 오래 살 수 있겠는가?"(*달리 이길 아무런 계책이 없으니 그저 그가 죽으라고 저주하는 수밖에 없다.)

사자는 하직인사를 하고 오장원으로 돌아가서 공명을 보고 자세히 말했다: "사마의는 머리 두건과 여자 옷을 받았고, 서찰도 보았으나 전혀 화를 내지 않았습니다. 다만 승상의 침식寢食과 보시는 일들이 많은지 적은지만 물어보고 군사에 관한 일은 일체 꺼내지도 않았습니다. 그래서 제가 여차여차하게 대답했더니, 그가 말하기를: '식사는 적게 하고 하는 일은 많으니 어찌 오래 살 수 있겠는가?' 라고 했습니다."

공명은 탄식했다: "그가 나를 깊이 아는구나!"(*무후 역시 자신이 오래 살지 못할 것을 예상하고 있다.)

주부主簿 양옹楊顒이 말했다: "저도 승상께서 항상 모든 문서들을 직접 챙기시는 것을 보고 속으로 저렇게까지 하실 필요는 없다고 생각했습니다. 대저 다스림에는 일정한 체제(體)가 있는데 위와 아래가 서로 침범해서는 아니 되옵니다.

이를 가정을 다스리는 도리(治家之道)로 비유하자면, 밭을 가는 일은 반드시 남자 종에게 시켜야 하고, 밥을 짓는 일은 여자 종에게 시켜야만 집안일에 손을 놓고 노는 사람이 없으면서 필요한 것들은 다 충족되고 그 집 주인은 유유자적悠悠自適하고 베개를 높이 베고 편히 쉬면서 먹고 마시기만 해도 되는 것과 같습니다.

만약 모든 일들을 주인이 직접 다 하려고 한다면 몸도 마음도 다 지치고 피곤해져 마침내 어느 한 가지도 이룰 수 없게 되는데, 이것이 어찌 주인의 지혜가 노비(婢僕)들만 못하기 때문이겠습니까? 그것은 한 집안의 주인으로서 할 도리를 잃었기 때문입니다.

그러므로 옛사람들은 말하기를; '가만히 앉아서 천하 다스리는 도(道)를 이야기하는 사람을 삼공三公이라고 부르고, 몸을 움직여 일을 하는 사람을 사대부士大夫라고 부른다'고 했습니다.

옛날 서한西漢의 승상 병길丙吉은 소가 숨을 헐떡거리는 것을 보고는 근심을 하였으나, 길 위에 싸우다가 쓰러져 죽어 있는 사람을 보고는 아무것도 묻지 않고 그냥 지나갔다고 합니다. (*출처: 〈한서漢書 권74 병길전丙吉傳〉. 봄철에 소가 헐떡거리는 것은 이상기온 때문이고 그것은 나라의 가을철 수확에 영향을 미치기 때문에 걱정해야 하지만, 사람들끼리 싸우다가 죽는 일이야 나라 안에서는 항상 있는 일이기 때문에 신경 쓸 일이 아니라고 했다.──역자)

서한의 승상 진평陳平은 1년간 나라에서 거둬들이는 돈과 곡식(즉, 재정수입)이 얼마냐고 묻는 황제의 질문에 모른다고 하면서 말하기를: '그런 일은 따로 주관하는 자가 있습니다'라고 대답했습니다. (출처: 〈자치통감資治通鑑 문제文帝 원년〉.──역자) *진평과 병길의 시대는 나라가 태평무사한 때였는데 어찌 무후와 한 가지로 논할 수 있겠는가?)

지금 승상께서는 세세한 일들까지 친히 처리하시느라 하루 종일 땀을 흘리시니, 이 어찌 몸을 수고스럽게 하는 것이 아니겠습니까? 사마의의 말은 참으로 지당한 말이옵니다."

공명이 눈물을 흘리며 말했다: "나도 그것을 모르는 바 아니다. 다만 선제先帝로부터 어린 황제를 잘 보필하라는 막중한 임무를 부탁받았는데, 다른 사람들은 나처럼 몸과 마음을 다하지 않을까봐 두렵기 때문에 그러는 것이다."(*이것이 바로 국궁진췌(鞠躬盡瘁: 수고로움을 마다하지 않고 진심전력으로 일을 다 한다)의 뜻이다.)

그 말을 듣고 모든 사람들은 눈물을 흘렸다. 그때부터 공명도 스스로 정신이 맑지 못함을 느꼈으므로, 모든 장수들은 이 때문에 감히 군사를 이끌고 나아가지 못했다.

〖 11 〗 한편 위나라 장수들은 모두 공명이 두건과 여인의 옷으로 사마의를 모욕했으나 사마의는 그것을 받고서도 싸우려 하지 않는 것을 알았다.

여러 장수들은 전부 화가 나서 막사 안으로 들어가서 아뢰었다: "우리는 모두 대국의 이름난 장수들인데 어찌 차마 촉 사람들로부터 이런 모욕을 당하고서도 참을 수 있단 말입니까? 곧바로 나가서 싸워 자웅을 겨루도록 해주십시오."

사마의曰: "나도 감히 싸우러 나가지 못해 이런 모욕을 달게 받고 있는 것이 아니다. 천자께서 칙명을 내리시면서 굳게 지키고 움직이지 말라고 분명히 명하셨으니 어쩌겠느냐. 지금 만약 가벼이 나간다면 이는 군왕의 명(君命)을 어기는 것이 된다."(*늙은 것이 입만 번지르르 살아서…. 옛말에도 "장수가 밖에 나가 있을 때에는 임금의 명령이라도 듣지 않아도 될 경우가 있다(將在外, 君命有所不受)"(출처: 〈사기 · 손자오기열전孫子吳起列傳〉) 라고 하지 않았는가?)

모든 장수들은 다들 분하고 화가 나서 불평했다.

사마의曰: "너희들이 기왕에 싸우러 나가겠다고 하니, 내 천자께 주청을 드려서 윤허를 받은 다음 힘을 합쳐서 적을 치러 가도록 하는 것이 어떻겠느냐?"

모두들 다 좋다고 했다. 사마의는 이에 표문을 써서 사자를 보내면서 곧장 합비合淝에 있는 부대로 가서 위주魏主 조예에게 아뢰도록 했다. 조예가 표문을 펴서 보니, 그 내용은 대략 다음과 같았다:

"신臣은 능력도 없으면서 막중한 임무를 맡아, 신에게 굳게 지키고 싸우지 말며 촉병들이 스스로 망하기를 기다리라고 하신 폐하의 분명한 칙명을 받들고 있었나이다.

　그런데 지금 제갈량이 신에게 여인들이 쓰는 두건을 보내면서 신을 마치 부녀자처럼 대하고 있는바, 치욕이 너무나도 심하옵니다. 신은 삼가 이 말씀을 먼저 폐하께 아뢴 다음, 단시간 내에 죽기로써 한 번 싸워 조정의 은혜에 보답하고 전군의 수치를 씻으려고 하옵니다. 신은 치솟아 오르는 분노를 억누를 수가 없사옵니다."

(*순전히 거짓말이다.)

　조예는 표문을 다 읽고 나서 많은 관원들에게 말했다: "사마의가 굳게 지키고 싸우러 나가지 않겠다고 하더니 지금은 무슨 까닭으로 또 표문을 올려서 싸우겠다고 하는 것인가?"

　위위衛尉 신비辛毗가 말했다: "사마의는 본래 싸울 마음이 없었는데, 이는 틀림없이 제갈량에게 모욕을 당하자 여러 장수들이 화를 내고 있기 때문에 특별히 이 표문을 올려서 다시 한 번 싸우러 나가지 말라는 분명한 칙지勅旨를 받아서 그것으로써 여러 장수들의 마음을 억눌러 보려는 것이옵니다."(*신비는 중달의 거짓말을 간파했다.)

　조예는 그의 말을 옳게 여기고 즉시 신비로 하여금 부절符節을 가지고 위수 북쪽의 영채로 가서 싸우러 나가지 말라는 칙지를 전하도록 했다.

　사마의가 칙서를 맞이하여 막사 안으로 들어가자, 신비가 여러 장수들 앞에서 천자의 뜻을 전했다: "만약에 또다시 나가서 싸우자고 말하는 자가 있으면 천자의 지시(聖旨)를 어긴 죄로 다스릴 것이다."(*이때는 사마의만 부녀자일 뿐 아니라 조예 역시 부녀자였다.)

　모든 장수들은 칙명을 받들 수밖에 없었다.

　사마의가 은밀히 신비에게 말했다: "공은 참으로 내 마음을 알아주는구려!"

이에 군중에 말을 퍼뜨렸다: 위주魏主께서 신비로 하여금 부절을 가지고 가서 사마의에게 싸우러 나가지 말도록 하라고 명하셨다.

촉의 장수들이 이 소문을 듣고 공명에게 보고했다.

공명이 웃으면서 말했다: "이는 사마의가 모든 군사들의 마음을 진정시키기 위해서 꾸며낸 일이다."(*이 방법은 신비도 속여 넘기지 못했는데 어떻게 무후를 속여 넘길 수 있겠는가?)

강유曰: "승상께서는 그것을 어떻게 아십니까?"

공명曰: "그가 싸울 마음이 본래부터 없었으면서 표문을 올려 싸우도록 해달라고 청했던 것은 여러 장수들 앞에서 자신의 무위를 뽐내 보이려고 한 짓이다. 그가 어찌 '장수가 밖에 나가 있을 때에는 임금의 명령이라도 듣지 않아도 될 경우가 있다(將在外, 君命有所不受)'는 말도 들어보지 못했겠느냐? 천리 밖에 나가 있으면서 어떻게 싸우도록 허락해 달라고 청한단 말이냐? (*만약 반드시 칙명을 기다린 후에 싸운다면, 어찌하여 상방곡上方谷에서의 싸움은 칙명을 기다리지 않고 싸우러 나갔는가?) 이는 곧 장수와 군사들이 화를 내고 있기 때문에 사마의가 조예의 뜻을 빌려 많은 군사들을 억눌러 놓으려는 것이다. 지금 또 이 말을 전파하는 것은 우리 군사들의 마음을 해이하게 해보려는 것이다."(*만약 촉병들이 해이해진다면 사마의는 반드시 다시 싸우러 나갈 것이다.)

〖 12 〗 한창 의논하고 있을 때 갑자기 비의費禕가 당도했다고 보고해 왔다. 공명은 그를 들어오도록 청하여 물어보았다.

비의가 말했다: "위주 조예는 동오의 군사들이 세 방면으로 쳐들어 오고 있다는 말을 듣고 직접 대군을 이끌고 합비로 나가서 만총滿寵·전예田豫·유소劉劭로 하여금 군사들을 세 방면으로 나누어 적을 맞도록 하였습니다.

만총이 계책을 써서 동오의 군량과 마초와 병장기들을 모조리 불살라 버렸습니다. 동오의 군사들 가운데는 병자가 많이 생겼습니다.

육손은 오왕에게 표문을 올리고 위병들을 앞뒤로 협공하려고 했는데, 뜻밖에 표문을 가지고 가던 자가 중도에 위병에게 사로잡히는 바람에 그만 기밀이 누설되어 동오 군사들은 아무런 성과도 거두지 못하고 물러갔다고 합니다."

공명은 이 소식을 듣고 길게 탄식을 하더니 그만 정신을 잃고 땅에 쓰러졌다. (*"일을 도모하는 것은 인간이지만 일을 이루는 것은 하늘이다(謀事在人, 成事在天)"고 한 말을 여기에서 더욱 믿을 수 있다.) 여러 장수들이 급히 구해서 한참 후에야 비로소 깨어났다.

공명이 탄식하며 말했다: "내가 마음이 혼란하고 옛날 병이 다시 도지니, 아무래도 더 살 수 없을 것 같다."

이날 밤 공명은 병든 몸을 부축하고 막사 밖으로 나가서 천문을 우러러보다가 몹시 놀라고 당황하여 막사 안으로 들어가서 강유에게 말했다: "내 명命이 이제 얼마 남지 않았다!"

강유曰: "승상께서는 어찌 그런 말씀을 하십니까?"

공명曰: "내가 천문을 보니, 삼대성三臺星 가운데 객성客星이 배나 더 밝고 주성主星은 그윽하고 어두웠는데, 그것을 보좌하는 뭇 별들의 빛이 어둡더구나. 천상天象이 이러하므로 내 명을 알 수 있다!"(*전날 상방곡에서의 비만 보더라도 알 수 있고, 오늘의 별은 다시 볼 필요도 없다.)

강유曰: "천상은 비록 그렇다 하더라도 승상께서는 어찌하여 기양祈禳: 별에 빌어 액땜을 하는 방법)을 하시어 그것을 만회해 보려고 하지 않으십니까?"

공명曰: "나는 옛날부터 기양법祈禳法을 알고 있다. 그러나 하늘의 뜻이 어떠한지는 모르겠다. 너는 무장한 군사 49명을 데리고 와서 각기 손에 검은 깃발을 들게 하고 검은 옷을 입혀서 막사 밖에 빙 둘러 세우도록 해라. 나는 혼자 막사 안에서 북두칠성에 수명壽命을 늘려 달라고 빌어 보겠다(祈禳北斗).

만약 7일 안에 주등主燈이 꺼지지 않는다면 내 수명이 앞으로 12년
은 더 연장될 수 있겠지만, 만약 등불이 꺼진다면 나는 반드시 죽을
것이다. 잡인들은 일체 안으로 들여보내지 마라. 필요한 모든 물건들
은 동자 두 명을 시켜서 나르도록 해라."

강유는 명을 받고 직접 준비하러 갔다.

〖 13 〗 때는 8월 중추中秋였다. 이날 밤 은하수銀河水는 밝게 빛났고
맑은 이슬방울들이 똑똑 떨어지는 소리가 들렸고, 깃발들은 흔들리지
않았으며, 조두(刁斗: 옛날 야전용 취사솥. 낮에는 취사에 사용하고 야간에는 경
보나 시보時報에 사용했음) 두드리는 소리도 나지 않았다.

강유는 막사 밖에서 무장병사 49명을 이끌고 막사를 지켰다. 공명은
막사 안에서 친히 향기로운 꽃과 제물(香花祭物)들을 차려놓고, 땅 위에
는 큰 등잔 7개를 벌여놓고 그 바깥으로 작은 등잔 49개를 벌여 세우
고 그 한가운데에다 본명등本命燈 한 개를 안치해 놓았다. (*상방곡 어
귀에서도 이런 등잔이 사용되었는데, 이곳에서는 또 무수히 많은 작은 등을
더하고 있다. 등과 등이 전후로 상응한다.)

공명은 절을 하고 빌었다:

"이 량亮은 난세에 태어나서 기꺼이 산야山野에서 살다가 늙어 가
려고 하였나이다. 그러나 소열황제昭烈皇帝께서 세 번이나 찾아주
시는 은혜(三顧之恩)를 입고, 또 어리신 황제를 잘 보필하라는 막중
한 소임을 부탁받았으므로(托孤之重) 감히 견마지로犬馬之勞를 다하
지 않을 수 없어서 나라의 역적을 토벌하기로 맹세하였나이다. 그
런데 뜻밖에도 장성將星이 떨어져 제 수명(陽壽)이 다하려 하옵니
다. 이에 삼가 글월을 써서 위로 푸른 하늘(穹蒼)에 아뢰는 것이옵
니다.

엎드려 바라옵건대, 자애로우신 하느님께서는 굽어 살피시어 신臣의 수명을 잠시 늘려주심으로써 위로는 군주의 은혜에 보답할 수 있도록 해주시고, 아래로는 백성들의 목숨을 구하고, 대한大漢의 옛 문물과 제도를 회복하고, 한 황실의 제사를 길이 이어갈 수 있도록 해 주옵소서.

감히 망령되이 비는 것이 아니옵고 실로 간절한 마음으로 빌고 있나이다.”(*이는 자신을 위해 목숨을 비는 것이 아니라 한漢을 위해 목숨을 빈다는 말이다.)

공명은 절하고 빌기를 마치자 막사 안에서 그대로 엎드려 날이 밝기를 기다렸다.

다음날, 병든 몸을 무릅쓰고 공무公務를 처리했는데, 피를 쉴 새 없이 토했다. 낮에는 장수들과 군사전략을 의논하고, 밤에는 땅 위에서 북두칠성 위를 걷는 듯이 걷는 의식儀式인 보강답두(步罡踏斗)를 끊임없이 반복했다. (*더욱더 적게 먹고 일은 더욱더 많이 한다.)

〔14〕 한편 사마의는 영채 안에서 굳게 지키고 있었는데, 어느 날 밤 문득 천문을 우러러 살펴보고는 크게 기뻐하면서 하후패에게 말했다: “내가 천문을 보았더니 장성將星이 제자리에 없었다. 공명은 틀림없이 병이 들어 오래지 않아 곧 죽을 것이다. 너는 군사 1천 명을 이끌고 오장원五丈原으로 가서 정탐해 보거라. 만약 촉병들이 혼란에 빠져 있어 싸우러 나오지 않는다면, 그것은 틀림없이 공명이 병을 앓고 있기 때문일 것이다. 나는 이 기회를 이용해서 쳐들어갈 것이다.”(*이때는 왜 천자의 칙명부터 받으려고 하지 않는가?)

하후패는 군사들을 이끌고 떠나갔다.

공명이 막사 안에서 액땜 기도(祈禳) 드리기를 이미 여섯 째 밤이 되었는데, 주등主燈의 불빛이 밝게 빛나는 것을 보고 마음속으로 매우 기뻐했다. 강유가 막사 안으로 들어가 보니 마침 공명은 머리를 풀고 칼을 잡고 보강답두(步罡踏斗)를 하면서 장성將星을 발로 꼭꼭 밟아 누르고 있었다.

그때 갑자기 영채 밖에서 고함소리가 들려왔다. 강유가 막 사람을 내보내서 물어보도록 하려는데 위연이 나는 듯이 걸어 들어오며 아뢰었다: "위병들이 쳐들어왔습니다!"

위연의 발걸음이 매우 급해서 그만 주등의 불을 발로 차서 꺼트려버렸다. (*상방곡 안의 불은 큰 비가 꺼트리고, 막사 안의 불은 위연이 꺼트리니, 전후가 서로 대비되고 있다.)

공명은 손에 잡았던 칼을 내던지며 탄식했다: "죽고 삶(生死)에는 명命이 있으니, 액땜 기도를 드린다고 될 일이 아니다!"(*원래 별에 빌어서(祈禳) 될 일이 아니다. 어리석은 소견을 깨뜨릴 수 있었다.)

위연은 황공해서 땅에 엎드려 죄를 청했다. 강유는 화가 치밀어 올라 칼을 빼어들고 위연을 죽이려고 했다. 이야말로:

세상만사 사람의 뜻대로 되지 않는 법　　　　　萬事不由人做主
지성껏 빌어도 운명은 어쩔 수 없다.　　　　　一心難與命爭衡

위연의 목숨이 어찌될지 모르겠거든 다음 회를 읽어보기 바란다.

제 103 회 모종강 서시평序始評

(1). 무후武侯가 두 번째 기산祁山으로 나가기 전에 위魏가 동오에 쳐들어가고 동오가 위를 격파한 일이 있었다. 여섯 번째 기산으로 나갔을 때에는 또 동오가 위에 쳐들어가고 위가 동오를 격파한 일이 있었다. 이 동오의 경우, 위를 방어할 때에는 이겼지만 위를 공격할 때에는 이기지 못했는데, 그 이유는 무엇인가?

나는 말한다: 역적을 치려는 뜻(討賊之志)이 없었기 때문이다. 위가 동오에 쳐들어갈 때에는 사마의가 있었지만, 조휴曹休가 한 번 패하자 사마의는 군사들을 이끌고 돌아갔다. 그것은 무후가 위를 칠까봐 염려했기 때문이다.

동오가 위에 쳐들어갔을 때에는 육손陸遜이 있었지만, 제갈근이 한 번 패하자 육손 역시 군사들을 이끌고 돌아갔다. 이것 역시 어찌 무후가 동오를 칠까봐 염려해서이겠는가? 본래 염려할 것이 없는데도 한 번 패하자 문득 물러감으로써 무후武侯가 동오에 의뢰하려던 것이 결국 그림 속의 떡(畵餠)이 되어버리게 했으니, 슬픈 일이로다!

(2). 혹자가 말하기를: 무후武侯는 조조曹操가 죽지 않을 줄 알고는 일부러 관공關公으로 하여금 조조를 풀어주도록 했으며, 육손陸遜이 죽지 않을 줄 알고는 일부러 자기 장인인 황승언黃承彦으로 하여금 육손을 구해주도록 했다. 그런데 만약 유독 사마씨司馬氏 세 사람에 대해서만은 그들이 죽지 않을 줄 미리 알 수 없었다면, 이는 그가 지혜롭지 못한 것이며, 그들이 죽지 않을 줄 알고서도 반드시 그들을 죽이려고 했다면, 이는 하늘의 뜻을 거역한 것이다.

나는 말한다: 그렇지 않다. 화용도華容道에서의 싸움에 다른 장수를 보내지 않은 것을 가지고 혹자는 공명의 잘못이라고 생각한다. 어복포魚腹浦에서의 싸움에서 효정猇亭에서 패한 원수를 갚지 않은 것을 가지고 혹자는 또 공명의 잘못이라고 생각한다. 그들은, 사람이 놓아준 것은 하늘이 놓아준 것이 아니라고 생각하고, 오직 상방곡上方谷에서의 일에서만 심려心慮와 능력을 다하고 사람의 힘을 다했으므로 사람이 그를 놓아준 것이 아니라 하늘이 그를 놓아준 것이라고 생각하면서, 그런 후에야 천하후세 사람들이 일을 도모함

에 불충不忠하였다고 무후를 탓할 수 없게 되었고, 무후 역시 선제先帝에게 고함에 있어 유감이 없을 수 있게 되었다고 생각한다.

(3). 적敵의 양식에 의지하려는 계책은 훌륭하다. 그러나 적의 양식에 항상 의지할 수 없다면 적의 양식에 의지하려는 계책은 양식을 운반하는 계책보다 못하다. 목우木牛와 유마流馬로 양식을 운반하려는 계책은 훌륭하다. 그러나 우리의 양식 또한 항상 계속 공급할 수 없다면, 양식을 운반하려는 계책은 또 둔전屯田을 경작하여 현지에서 양식을 조달하려는 계책보다 못하다. 둔전을 경작하게 되면 양식을 운반하느라 고생하지 않아도 되므로 촉의 군사들도 편하지만 촉의 백성들 역시 편하다. 둔전을 세 등분하여 군사들이 그 1/3을 경작하고 백성들이 그 2/3를 경작하면서 군사들이 백성들을 침범하지 않는다면, 백성들도 군사들 때문에 고통을 당하지 않게 된다. 그리하여 촉의 백성들만 편한 게 아니라 위魏의 백성들 역시 편하게 된다.

후세에 원정遠征을 나갈 일이 있는 자들은 무후가 위수渭水 가에서 둔전을 경작했던 법을 어찌 배우지 않을 수 있는가?

(4). 〈시詩〉(소아小雅 · 기부지십祈父之什 · 절남산節南山)에서 사마司馬 윤씨尹氏를 꼬집는 자가 말하기를: "그 누가 나라의 권력을 잡고 있으면서 자신이 직접 정사를 돌보지 아니하는가(誰秉國鈞, 不自爲政)?"라고 하였는데, 대개 대신大臣이 천자를 오도誤導하고, 대신이 쓰는 자가 대신을 오도함을 말한 것이다. 무후가 직접 문서를 챙긴 것은 아마도 이 말을 거울로 삼았기 때문일 것이다.

마속馬謖에게 맡겼더니 마속이 실패하고, 구안苟安을 방면해 주었더니 구안이 배신하고, 이엄李嚴에게 맡겼더니 이엄이 배신했다. 그런데도 오히려 감히 몸소 친히 살피지 않아 허물을 뒤집어 쓸 수 있겠는가? 그러므로 진평陳平과 병길丙吉이 처해 있던 시대에는 무후처럼 하지 않아도 되었지만, 무후가 처해 있던 시기에는 다시 진평이나 병길과 같이 할 수가 없었다.

(5). 천하에 어찌 목숨(壽)을 빌리는 일이 있겠는가? 만약 목숨을 빌릴 수 있다면 죽음조차 막을 수 있을 것이다. 무후가 목숨을 빌었는데 중달은 왜 그것을 막을 필요가 없었던가? 무후가 스스로의 목숨을 빌면서 어찌하여 중달의 목숨을 취하여 자기 죽음을 막지 않았을까? 천하에 어찌 목숨을 구할 수 있는 별(星)이 있겠는가? 만약 별이 목숨을 구해줄 수 있다면 비(雨)도 죽음을 막을 수 있을 것이다. 바람이 목숨을 빌릴 수 있다면 어찌 비는 죽음을 막을 수 없겠는가? 진창陳倉의 비(雨)를 이미 알고 미리 대비할 수 있었는데, 상방곡上方谷의 비(雨)는 왜 그것을 미리 알고 불을 끄지 못하도록 하지 않았는가? 그러므로 무후가 목숨을 빌면서 별에게 액땜 기도(祈禳)를 한 것은 어리석은 일이 아니었을까?

나는 말한다: 무후는 자기 자신을 위해 목숨을 빌었던 게 아니라 한漢을 위해 목숨을 빌었던 것이다. 충신忠臣이 임금을 섬기는 것은 마치 효자孝子가 부모를 섬기는 것과 같다. 자기 부모가 장차 돌아가실 줄 알고 더 이상 부모를 위해 의사를 찾지 않고, 더 이상 부모를 위해 점을 쳐보지 않는다면, 그것은 틀림없이 인정人情이 아닐 것이다.

그러므로 무후가 머리를 풀어헤치고 보강답두步罡踏斗를 한 것은 주공周公이 형 무왕武王이 병이 나자 손에 옥으로 만든 홀(圭)을 잡고 제단 위에 옥기(璧)를 올려놓고(秉圭植璧) 기도한 것과 같다.

제104회

제갈공명, 큰 별 떨어져 하늘로 돌아가고
사마의, 나무인형 보고 간담이 떨어지다

〖 1 〗 한편 강유姜維는 위연이 등잔불을 발로 차서 꺼트려버린 것을 보고 화가 치밀어 올라 칼을 빼서 그를 죽이려고 했다.

공명이 그를 제지하며 말했다: "이는 내 명이 다했기 때문이지 문장 (文長: 위연)의 잘못이 아니다."

강유는 이에 칼을 거두었다.

공명은 피를 여러 입 토하고 침상 위에 쓰러져 누워서 위연에게 말했다: "이는 사마의가 내가 병을 앓고 있다고 생각하여 사람을 시켜서 그 허실虛實을 탐지하도록 한 것이다. 너는 급히 나가서 적을 맞이해 싸우도록 하라."(*병을 앓고 있으면서도 이렇게 하다니, 일을 헤아림이 역시 귀신같다.)

위연은 명을 받고 막사에서 나가 말에 올라 군사들을 이끌고 영채 밖으로 뛰쳐나갔다. 하후패는 위연을 보고 황망히 군사를 이끌고 달아났다. 위연은 그 뒤를 20여 리나 쫓아가다가 돌아왔다. 공명은 위연에게 영채로 돌아가서 굳게 지키라고 했다.

강유가 막사 안으로 들어가서 곧장 공명이 누워 있는 침상 앞으로 다가가서 안부를 물었다.

공명이 말했다: "나는 본래 충성을 다하고 힘을 다해서 중원을 회복하여 한漢 황실을 부흥시키려고 했었다. 그러나 하늘의 뜻이 이러하니 나는 곧 죽을 것이다.

내가 평생 동안 공부한 것을 이미 24편의 책으로 써놓았는데 모두 10만 4천 112자字로 되어 있다. 그 안에는 8가지 힘써 해야 할 것(八務), 7가지 경계해야 할 것(七戒), 6가지 두려워해야 할 것(六恐), 5가지 겁을 내야 할 것(五懼) 등의 병법이 들어 있다. (*힘써야 할 것은 그 중에 하나를 차지하고, 경계해야 할 것, 두려워해야 할 것, 무서워해야 할 것이 그 중에서 3개나 된다. 이로써 용병의 도道에서 귀한 것은 어디까지나 조심하는 것임을 알 수 있다.)

내가 여러 장수들을 두루 살펴보았으나 이를 전수해줄 만한 사람이 없고 오직 너만이 내 책을 전수해줄 만하더구나. 결코 가벼이 여기거나 소홀히 하지 말라!"

강유가 울면서 절을 하고 받았다.

공명이 또 말했다: "내게 연달아 쏘는 쇠뇌(連弩) 만드는 법이 있으나 아직까지 만들어 사용해 보지는 못했다. 그 방법은, 화살의 길이를 여덟 치로 하되, 쇠뇌 한 발에 화살 열 개를 쏘도록 되어 있다. 모두 그림으로 그려 놓았으니 네가 만드는 법에 따라 만들어 쓰도록 해라."

강유는 역시 절을 하고 받았다.

공명은 또 말했다: "촉 땅의 여러 길들은 모두 크게 염려할 필요 없

으나, 다만 음평(陰平: 감숙성 문현文縣 서쪽)의 땅만은 전부 다 조심해야한다. 그곳 땅은 비록 험준하기는 하나 오랜 후에는 반드시 잃어버릴것이다."(*뒤의 글에서 등애鄧艾가 이곳을 통해 서천으로 쳐들어오게 되는 복선이다.)

〖 2 〗공명은 또 마대馬岱를 막사 안으로 불러들여 귓속말로 비밀 계책을 일러주고는 당부했다: "내가 죽은 뒤에 너는 내가 가르쳐준 계책대로 하도록 하라."(*뒤에서 위연을 참하는 일의 복선이다.)
　마대가 비밀계책을 받고 나갔다.
　조금 후에 양의楊儀가 들어왔다. 공명은 그를 침상 앞으로 오라고 불러서 비단주머니(錦囊) 한 개를 주면서 은밀히 당부했다: "내가 죽으면위연은 반드시 반란을 일으킬 것이다. 그가 반란을 일으킬 때를 기다렸다가 너는 토벌전에 나가서 이 주머니를 열어보도록 하라. 그때 위연을 벨 사람이 따로 있을 것이다."(*뒤의 글에서 싸움터에서 마대馬岱를보게 되는 복선이다.)
　공명은 일일이 지시하고 나서 곧바로 정신을 잃고 쓰러졌다. 저녁이되어서야 겨우 깨어나서는 밤낮없이 달려가서 후주에게 소식을 아뢰도록 했다.
　후주는 아뢰는 말을 듣고 크게 놀라서 급히 상서尙書 이복李福에게밤낮없이 군중으로 달려가서 문병을 하고, 겸하여 뒷일을 물어보도록했다. 이복은 명을 받고 길을 재촉하여 오장원으로 달려가서 막사 안으로 들어가서 공명을 보고 후주의 명을 전했다.
　병문안이 끝나자 공명은 눈물을 흘리며 말했다: "나는 불행히도 중도에 죽게 되어 국가 대사를 포기하게 되었으니 천하에 죄를 얻게 되었소. 내가 죽은 뒤에도 공 등은 부디 충성을 다해 임금을 보좌해 드리도록 하시오.

나라의 현행 제도를 고치지 말고, 내가 등용한 사람들 역시 가벼이 내치지 말도록 하시오. 나의 병법은 다 강유에게 전수해 주었으니 그가 스스로 내 뜻을 이어서 나라를 위해 힘쓸 수 있을 것이오. (*후문에서 강유가 중원을 치러 아홉 번 나가게 되는(九伐中原) 복선이다.) 나의 명命은 이미 조석朝夕 간에 있으니 즉시 표문을 써서 천자께 상주해야겠소."

이복은 그의 말을 듣고 총총히 하직인사를 하고 돌아갔다.

〖 3 〗 공명이 억지로 병든 몸을 일으켜 좌우 사람들에게 부축하도록 하여 작은 수레에 올라 본채를 나가서 각 영채들을 두루 살펴보는데, 가을바람이 얼굴을 스치자 찬 기운이 뼛속까지 스며드는 것을 스스로 느끼고 길게 탄식하며 말했다: "내 다시는 싸움터에 나가서 역적을 칠 수 없게 되었구나! 유유한 창천蒼天이시여, 어찌하여 이렇게 끝나도록 하시나이까?"

한참동안 탄식하다가 막사 안으로 돌아왔다.

병이 더욱 위중해지자 양의를 불러서 분부했다: "마대·왕평·요화·장익·장억 등은 다 충의지사忠義之士들로서 오랜 전투 경험이 있는데 다 부지런하여 공도 많이 세웠으므로 일을 맡길 만한 사람들이다. (*앞서 이복李福을 대해서는 강유만 말했는데, 이때 양의를 대해서는 이들 여러 사람들에 대하여 말하고 있다.)

내가 죽은 뒤에도 모든 일들을 해오던 법대로 시행하도록 할 것이며, (*앞에서 이복에게 말한 것은 국법國法에 대한 것이고, 여기서 양의에게 말한 것은 군법軍法에 대한 것이다.) 천천히 군사들을 물리고 급히 달아나지 말라. 그대는 모략에 깊이 통하고 있으니 굳이 많은 부탁을 할 필요는 없을 것이다.

강유는 지모와 용맹을 충분히 갖추고 있으니 군사를 물리는 동안 그가 뒤에서 적의 공격을 막아낼 수 있을 것이다."

양의는 울면서 절을 하고 그의 명을 받았다. 공명은 지필묵紙筆墨을 가져오라고 하여 침상 위에서 손수 표문을 써서 후주에게 전하도록 했다. 그 표문의 내용은 대략 이러했다:

"제가 듣기로는, 삶과 죽음은 언제나 있는 일이고, 정해진 운수運數는 피하기 어렵다고 하였나이다. 이제 곧 죽음이 이를 것이기에 저의 충성을 다 바치려 하옵니다.

저는 하늘로부터 부여받은 본성本性이 어리석고 못났음에도 불구하고 어려운 때를 만나 폐하로부터 군사 지휘권을 위임받아 그것을 신중히 행사하고(分符擁節), 나라 정사(國政)를 주관하는 중책을 맡았나이다. 그리하여 군사를 일으켜 북쪽의 위魏를 치려고 하였으나 공을 채 이루지도 못했는데 뜻밖에 병이 고황膏肓에 들어 이제 명命이 조석 간에 있으니 끝까지 폐하를 섬기지 못하게 되는 것이 한스럽기 그지없사옵나이다.

간절히 바라오니, 폐하께서는 부디 마음을 맑게 하시고 욕심을 적게 하시고, 스스로를 단속하시며 백성을 사랑하시고, 선황先皇께 효도를 다하시며, 인자하신 은혜를 천하에 널리 펴시고, 숨어 있는 인재들을 발탁하시고, 현명하고 우수한 사람들을 등용해 쓰시며, 간사한 무리들을 물리치심으로써 풍속風俗을 도탑게 하옵소서. (*즉 어진 신하들을 가까이 하고 소인들을 멀리하라는 뜻이다.)

성도成都의 신의 집에는 뽕나무 8백 그루와 메마른 밭(薄田)이나마 15경(頃: 一頃은 약 2만여 평)이 있으므로 자식들의 의식衣食은 이것으로 넉넉히 해결되옵니다. 신으로 말씀드리자면, 밖에서 직임을 맡고 있는 동안에는 별도로 조달해서 써야 할 일이 없었으며, 이 몸에 소용되는 옷과 음식 등은 전부 관官에서 대어주었으므로 따로 가산家産을 조금이라도 늘릴 필요가 없었나이다. 신이 죽는 날 집 안에 남아있는 비단이 있거나 집 밖에 남아도는 재물이 있어서 폐하의 은혜를 저버리는 일은 없을 것이옵니다."

(마지막 문단은 모종강의 〈삼국연의〉와 진수의 정사正史 〈삼국지〉 사이에 약간의 차이가 있으므로 여기서는 정사 〈삼국지〉의 원문을 반영하여 번역했다. ── 역자.)

〖 4 〗 공명은 다 쓰고 나서 또 양의에게 당부했다: "내가 죽은 후 발상發喪을 하지 말라. 큰 감실龕室을 하나 만들어 내 시신을 그 안에 안치한 다음, 쌀알 일곱 개를 내 입 안에 넣고 발 앞에다가는 등잔 하나에 불을 밝혀 놓아라. 군중에서는 평상시와 같이 조용히 지내고 결코 곡소리를 내지 말라. 그리하면 하늘의 장수별(將星)이 떨어지지 않을 것이다. 그러면 나의 넋(陰魂)이 다시 스스로 일어나서 그것을 제자리에 눌러놓을 것이다.

사마의는 장수별이 떨어지지 않는 것을 보고는 틀림없이 놀라고 의아해할 것이다. 우리 군사들은 뒤쪽의 영채부터 먼저 떠나가고 그 후에 각 영채들이 하나씩 하나씩 천천히 물러가도록 해라.

만약 사마의가 추격해 오거든 너는 군사를 되돌려서 진세를 펼치고 그들이 오기를 기다리도록 해라. 그들이 오거든 내가 전에 새겨놓은 나무 조각상(木像)을 수레 위에 앉혀 놓고 군사들 앞으로 밀고 나가면서 대소 장사將士들로 하여금 좌우로 벌려 서서 호위하도록 해라. 사마의는 그것을 보고 틀림없이 놀라서 달아날 것이다."(*전에는 목우木牛와 목마木馬를 썼는데 지금은 또 나무로 만든 사람(木人)을 쓰려고 한다. 공명은 어찌 초목을 이렇게도 잘 쓰시는가?)

양의는 일일이 그리 하겠다고 대답했다.

이날 밤 공명은 사람들의 부축을 받아 나가서 하늘의 북두칠성을 우러러보면서 손으로 멀리 별 하나를 가리키며 말했다: "저것이 나의 장수별(將星)이니라."

여러 사람들이 보니 그 색이 어두침침했는데, 가물가물하는 게 금방이라도 떨어질 것만 같았다. 공명이 칼을 들어 그것을 가리키면서 입속으로 주문을 외웠다. 주문 외우기를 마치고 급히 막사 안으로 돌아왔을 때에는 이미 정신을 잃어서 사람도 알아보지 못했다.

모든 장수들이 당황해서 어쩔 줄 몰라 하고 있을 때 갑자기 상서 이복李福이 다시 와서 공명이 정신을 잃고 말을 하지 못하는 것을 보고는 큰 소리로 통곡을 하며 말했다: "내가 나라의 대사를 그르치고 말았구나!"

잠시 후 공명이 다시 깨어나더니 눈을 뜨고 둘러보다가 이복이 침상 앞에 서 있는 것을 보았다.

공명曰: "나는 이미 공이 다시 온 뜻을 알고 있소."

이복이 인사를 하고 말했다: "저는 천자의 명을 받들고 왔는데, 천자께서는 승상께서 돌아가신 후(百年後)에는 누가 나라의 대사를 맡을 만한지 승상께 물어보라고 하셨습니다. 앞서는 마침 너무 바빠 서두르느라 그만 여쭤보지 못했기에 다시 돌아온 것입니다."

공명曰: "내가 죽은 후에 국가 대사를 맡을 만한 사람으로는 장공염(蔣公琰: 장완蔣琬)이 적합하오."

이복曰: "공염의 다음으로는 누가 그를 이을 만합니까?"

공명曰: "비문위(費文偉: 비의)가 그를 이을 만하오."

이복이 또 물었다: "문위 다음으로는 누가 이어야 합니까?"

공명은 대답하지 않았다. (*비의 후로는 촉한의 운명 역시 끝나버린다. 공명은 그래서 대답하지 않은 것이다.)

여러 장수들이 앞으로 가까이 가서 보니, 이미 돌아가시었다. 때는 건흥 12년(서기 234년) 가을 8월 23일, 이때 그의 나이 54세였다.

〖 5 〗 후에 두보杜甫가 이를 탄식하는 시를 지었으니:

지난밤 영문 앞에 장성長星 떨어지더니　　　　　　長星昨夜墜前營
선생께서 이날 돌아가셨다는 부음 왔네.　　　　訃報先生此日傾
병영에선 더 이상 호령 소리 안 들리고　　　　虎帳不聞施號令
기린각엔 공신功臣의 이름만 높이 걸리었네.　麟台惟顯著勳名
선생이 가르친 수많은 장수들 갈 곳 없어지고　空餘門下三千客
가슴속에 품은 십만 병사들의 기대 저버리셨네.　辜負胸中十萬兵
즐겨 보시던 청명한 대낮의 녹음에서도　　　　好看綠陰淸晝裏
이제는 고아한 노래 소리 다시 들을 수 없네.　於今無復雅歌聲

백낙천(白樂天: 백거이白居易) 역시 시를 지었으니:
선생께서 은거하여 산림에 계실 때　　　　　先生晦跡臥山林
성주聖主께서는 세 번이나 찾아 오셨다네.　三顧那逢聖主尋
물고기가 남양 와서 비로소 물 얻으니　　　魚到南陽方得水
용이 하늘 높이 날아올라 비를 뿌리네.　　龍飛天漢便爲霖
어린 후사 부탁하신 말 간절하고 깍듯해서　托孤旣盡殷勤禮
나라에 보답하려 충의忠義를 다 바쳤네.　　報國還傾忠義心
출정하시며 남기신 전후前後 출사표는　　　前後出師遺表在
읽는 사람으로 하여금 눈물 흘리게 하네.　令人一覽淚沾襟

〖 6 〗 이에 앞서, 촉의 장수교위長水校尉 요립廖立은 스스로 자기 재능과 명성이 공명에 버금간다고 말하면서, 자기의 직위가 요직이 아니라고 불만을 품고 불평하며 원망하고 비방하기를 마지않았던 적이 있었다. 그래서 공명은 그를 폐하여 서인庶人으로 만들어 문산(汶山: 사천성 문산汶山 남쪽)으로 귀양 보냈다.

　　그런 그가 공명이 돌아가셨다는 소식을 듣고는 눈물을 흘리고 울면서 말했다: "나는 끝내 오랑캐로 살게 되었구나!"

이엄李嚴도 공명이 돌아갔다는 소식을 듣고는 역시 대성통곡을 하다가 병들어 죽고 말았다. 그가 죽은 이유는 아마도, 공명이 자기를 다시 거두어주어 자기가 전에 범한 잘못을 보상할 수 있기를 바라고 있었는데, 공명이 죽은 후에는 앞으로 자기를 써 줄 사람이 없을 것으로 생각했기 때문일 것이다. (*춘추시대 때 관중管仲은 백씨伯氏에게서 병읍騈邑의 땅 3백 무(畝)를 빼앗았으나 그는 죽을 때까지 원망하지 않았다. 원망하지 않기도 어려운데 지금은 폐하여 쫓겨났으면서도 그를 위해 울고 그를 위해 죽었는바, 공명이 이런 요립과 이엄 같은 두 사람을 얻은 일은 더욱 쉽지 않은 것이다.)

훗날 당唐의 시인 원미지元微之가 공명을 칭찬해서 지은 시가 있으니:

난리 다스리고 위험에 처한 임금 도왔고	撥亂扶危主
어린 임금 보필하라는 진심어린 부탁 받았지.	殷勤受託孤
그의 영재英才는 관중과 악의보다 뛰어났고	英才過管樂
그의 묘책은 손무와 오기보다 뛰어났지.	妙策勝孫吳
늠름하도다, 출사표出師表여!	凜凜出師表
당당하도다, 팔진도八陣圖여!	堂堂八陣圖
공처럼 큰 덕 온전히 지니신 분은	如公全盛德
예나 지금이나 다시없음을 한탄하네.	應嘆古今無

이날 밤은 천지가 참담하고 달도 빛을 잃었는데, 공명은 홀연히 하늘로 돌아갔다.

강유와 양의는 공명의 유명遺命을 따라 감히 곡을 하지 못하고 법도대로 염습해서 감실 안에 모신 다음 심복 장졸 3백 명으로 하여금 지키도록 했다. 그리고는 곧바로 은밀히 명을 내려 위연으로 하여금 뒤에서 적의 공격을 막도록 하고 각처에 있는 영채들을 하나하나 물러가도록 했다.

〖 7 〗 한편 사마의가 밤에 천문을 살펴보니 광채에 뿔이 돋은 (*별에 뿔이 돋다니, 매우 기이한 일이다.) 붉은 색의 큰 별 하나가 동북방으로부터 서남방으로 흘러 내려와 촉의 영채 안으로 떨어지다가 다시 세 차례 솟아오르곤 했는데,(*이는 공명의 신통력이다.) 은은하게 소리까지 냈다. (*별이 소리를 내다니, 매우 기이한 일이다.)

사마의는 놀라면서도 기뻐하며 말했다: "공명이 죽었구나!"

그는 즉시 대군을 일으켜 추격하라고 명했다. 막 영채 문을 나서려다가 문득 또 의심이 들어서 말했다: "공명은 육정육갑六丁六甲의 둔갑술을 잘 알고 있는데, 지금 내가 오랫동안 싸우러 나오지 않는 것을 보고는 이런 술법을 써서 거짓으로 죽은 체하고 나를 싸우러 나오도록 유인하려는 것인지도 모른다. 지금 만약 추격해 갔다가는 틀림없이 그의 계략에 걸려들고 말 것이다."(*이미 죽었다고 기뻐하고는 또 의심을 한다. 중달이 공명을 몹시 두려워하고 있음을 묘사하고 있다.)

마침내 다시 말을 멈추고 영채로 돌아가서 싸우러 나가지 않고 다만 하후패夏侯覇로 하여금 몰래 기병 수십 기를 이끌고 오장원의 산속으로 가서 소식을 정탐하도록 했다.

〖 8 〗 한편 위연은 본채 안에서 밤에 자다가 꿈을 꾸었는데, 꿈에 머리에 갑자기 뿔 두 개가 솟아나는 것을 보았다. (*무후는 죽은 후에 그 별의 광채에 뿔이 솟았지만, 위연은 죽기 전에 꿈속에서 그 머리에 뿔이 솟았는데, 비록 느슨하게나마 서로 대對가 되고 있다.) 그는 깨어나서도 몹시 괴이하게 여겼다.

다음날, 행군사마行軍司馬 조직趙直이 찾아왔으므로 위연은 그를 들어오라고 청하여 물어보았다: "오래 전부터 귀하가 주역周易의 이치에

밝다는 것을 알고 있소. 내가 지난밤 꿈에, 머리에 뿔이 두 개 돋아나는 꿈을 꾸었는데 그것이 길한 징조인지 흉한 징조인지 모르겠소. 번거롭지만 귀하는 나를 위해 해몽解夢을 해주시오."

조직은 한참동안 생각하다가 대답했다: "이는 크게 길한 징조입니다. 기린麒麟의 머리에도 뿔이 있고 창룡蒼龍의 머리에도 뿔이 있는데, 그것은 곧 변화하여 높이 날아오를 상象입니다." (*결국 반란을 일으키려고 하면 머리에 뿔이 생긴다는 것이다.)

위연은 크게 기뻐하며 말했다: "만약 공의 말처럼 된다면 내 마땅히 후히 사례를 하겠소!"

조직은 하직인사를 하고 떠나갔는데, 몇 마장 못 가서 마침 상서尙書 비의費褘를 만났다.

비의가 그에게 어디서 오느냐고 묻자, 조직이 대답했다: "방금 위문장(魏文長: 위연)의 영채에 갔었는데, 문장이 머리에 뿔이 돋아나는 꿈을 꿨다고 하면서 제게 길한 꿈인지 흉한 꿈인지 가르쳐 달라고 했습니다. 그 꿈은 본래 길조吉兆가 아닌데, 바른대로 말했다가는 이상하게 생각할 것 같아서, 기린과 창룡을 예로 들어 해몽해 주었습니다."

비의曰: "귀하는 그것이 길조가 아닌 줄 어떻게 아시오?"

조직曰: "'角(각: 뿔)'이란 글자의 모양은 바로 '刀(도: 칼)' 아래에 '用(용: 쓰다)'이 있는 모양입니다. 지금 머리 위에 칼이 있으니 몹시 흉한 꿈입니다." (*후문의 조짐이다.) ('角'의 갑골문 자형은 '소의 뿔' 모양의 상형자이지 '刀'와 '用'의 합체자合體字가 아니다.— 역자).

비의曰: "그대는 당분간 이 일을 누설하지 마시오."

조직은 그와 작별하고 떠나갔다.

〖 9 〗 비의는 위연의 영채 안에 이르자 좌우 사람들을 물리고 말했다: "지난밤 삼경(三更: 밤 11시~새벽 1시)에 승상께서는 이미 세상을 떠

나셨소. 승상께서 임종시에 재삼 당부하시기를, 장군으로 하여금 뒤를 끊어 사마의를 막도록 하고 서서히 물러가되 발상發喪을 하지 말라고 하셨소. 지금 병부兵符가 여기 있으니 곧바로 기병하도록 하시오."

위연曰: "승상의 대권을 누가 대리하고 있소?"(*이 말에는 곧 다른 사람의 아래에 들어가서 명령을 받지는 않겠다는 뜻이 있다.)

비의曰: "승상께서 일체의 국가대사를 전부 양의楊儀에게 위임하셨고, 용병에 관한 비법은 모두 강백약(姜伯約: 강유)에게 전수하셨소. 이 병부는 곧 양의의 명령이오."(*이 몇 마디 말을 듣고 그가 불복하는 것도 당연하다.)

위연曰: "승상께서는 비록 돌아가셨지만 그래도 지금은 내가 있지 않소. 양의는 일개 장사長史에 불과한데, 그가 어찌 이런 대임大任을 감당할 수 있겠소? 그에게는 다만 영구를 모시고 서천으로 들어가서 장사나 지내도록 하고, 나는 직접 대군을 거느리고 가서 사마의를 쳐서 기어이 공을 이루고야 말겠소. 어찌 승상 한 사람 때문에 국가대사를 폐할 수 있단 말이오?"

비의曰: "승상께서 유언으로 명하시기를 일단 잠시 퇴군하라고 하셨으니, 이를 어겨서는 안 되오."

위연이 화를 내며 말했다: "승상께서 그때 만약 내가 건의한 계책대로 하셨다면 벌써 오래 전에 장안을 취했을 것이오. (*이 말은 무후에게도 불복한다는 것이다. 처음 기산으로 나갈 때의 일에 대응한다.) 나는 지금 전장군前將軍·정서대장군征西大將軍·남정후南鄭侯의 지위에 있소. 어찌 일개 장사長史를 위해 뒤에서 적의 공격이나 막으란 말이오!"(*이 말은 양의에게 불복한다는 것이다.)

비의曰: "장군의 말이 비록 옳기는 하나 경솔하게 움직여서 적의 비웃음을 사서는 안 될 것이오. 내가 가서 양의를 보고 이해관계로 설득하여 그로 하여금 병권兵權을 장군에게 양보하도록 할 테니, 그때까지 기다려보시는 게 어떻겠소?"(*비의는 거짓말로 대답하고 있으나, 이 상황에서는 지극히 적절한 말이다.)

위연은 그 말에 따랐다.

〖 10 〗 비의는 위연과 하직하고 영채를 나오자 급히 대채로 가서 양의楊儀를 보고 위연이 한 말을 다 말해주었다.

양의曰: "승상께서는 임종시에 은밀히 나에게 당부하시기를: '위연은 반드시 딴 마음을 품고 있을 것이다' 고 하셨소. 이번에 내가 병부를 가지고 가도록 했던 것은 사실은 그 속마음을 알아보려는 것이었소. 이제 보니 과연 승상의 말씀 그대로요. 내가 직접 백약에게 뒤에서 적의 공격을 차단하도록 지시해야 되겠소."

이리하여 양의는 군사를 거느리고 영구를 모시고 먼저 출발하고, 강유로 하여금 뒤에서 적의 공격을 차단하도록 하여, 공명의 유명대로 서서히 물러갔다.

위연은 영채에서 비의가 회보回報해 오지 않는 것을 보고 속으로 의혹이 생겨서 곧 마대로 하여금 기병 10여 기를 이끌고 가서 소식을 알아보도록 했다.

그가 돌아와서 말했다: "후군은 강유가 총지휘하고 있고, 전군은 태반이 물러가 골짜기 속으로 들어갔습니다."

위연은 크게 화를 내며 말했다: "이 못난 유생儒生이 어찌 감히 나를 속인단 말이냐! 내 반드시 죽이고야 말겠다!"

그리고는 마대를 돌아보며 말했다: "공은 나를 도와주겠는가?"

마대曰: "나 역시 평소 양의에게 원한이 있었소. 이제 장군을 도와서 그를 치도록 하겠소."(*이 말은 공명이 가르쳐준 것인데, 분명히 말하지 않고 독자들로 하여금 스스로 알도록 하고 있다.)

위연은 크게 기뻐하며 즉시 영채를 거두어 휘하 군사들을 이끌고 남쪽으로 나아갔다.

〖 11 〗 한편 하후패夏侯覇가 군사들을 이끌고 오장원五丈原에 이르러 살펴보니 한 사람도 보이지 않아 급히 돌아가서 사마의에게 보고했다: "촉병들은 이미 전부 물러가버렸습니다."

사마의가 발로 땅을 차며 말했다: "공명이 정말로 죽었구나! 속히 추격해야겠다."

하후패曰: "도독께서는 가벼이 추격해서는 안 됩니다. 우선 편장偏將 하나를 시켜서 먼저 가보도록 해야 합니다."(*겁쟁이가 또 하나 있다.)

사마의曰: "이번에는 반드시 내가 직접 가야겠다."

그리고는 군사들을 이끌고 두 아들과 함께 일제히 오장원으로 달려갔다. 고함을 지르고 기를 흔들면서 촉의 영채로 쳐들어가 보니 과연 한 사람도 없었다.

사마의는 두 아들을 돌아보고 말했다: "너희는 급히 군사들을 재촉하여 뒤따라오너라. 내가 먼저 군사들을 이끌고 앞으로 나아가겠다."

이리하여 사마사司馬師와 사마소司馬昭는 뒤에서 군사들을 재촉하고, 사마의는 직접 군사들을 이끌고 앞장서서 추격해 가서 산기슭에 이르러 바라보니 촉병들이 멀리 가고 있지 않아서, 그는 더욱 힘을 내서 쫓아갔다.

그때 갑자기 산 뒤에서 포 소리가 한번 울리면서 함성이 크게 진동했는데, 문득 보니 촉병들은 모두 이쪽을 향해 깃발을 돌리고 북을 치면서 달려오고, 나무 그늘 속에서는 중군의 큰 깃발(中軍大旗)이 바람에 펄럭이며 나왔는데, 그 깃발 위에는 한 줄로 "漢丞相 武鄕侯 諸葛亮 (한승상 무향후 제갈량)"이라고 큰 글자로 쓰여 있었다. (*그것은 명정(銘 旌: 죽은 사람의 관직, 성씨 등을 기록하여 상여 앞에 들고 가는 기다란 기)이었다. 그것을 원수기元帥旗로 알았으니 가소로운 일이다.)

사마의는 대경실색했다. 시선을 집중해서 자세히 보니 중군中軍에서 수십 명의 상장上將들이 사륜거 한 대를 에워싸고 몰려나오는데, 수레 위에는 공명이 단정히 앉아 있었다. 그는 머리에는 윤건을 쓰고, 손에는 우선羽扇을 들고, 몸에는 학창鶴氅을 입고, 허리에는 검은 띠를 두르고 있었다. (*사마의는 먼저 깃발을 보고 그 다음에 목상木像을 보았기에 적잖이 놀랐다.)

사마의가 크게 놀라서 말했다: "공명이 아직 살아 있구나! 내가 경솔하게 적진 깊숙이 들어와서 그의 계략에 빠지고 말았구나!"

그리고는 급히 말을 돌려 곧바로 달아났다.

등 뒤에서 강유가 큰소리로 외쳤다: "역적의 장수놈은 달아나지 말라! 너는 우리 승상님의 계책에 걸려들었다!"

위병들은 혼비백산해서 갑옷과 투구를 벗어버리고 창(戈戟)도 내던지고 각자 도망가느라 서로 짓밟아서 죽은 자가 무수히 많았다. (*촉을 두려워하기를 마치 호랑이처럼 하였으므로, 죽은 호랑이를 보고도 산 호랑이로 여겼던 것이다. 참으로 가소롭다.)

사마의가 50여 리나 달아났을 때, 등 뒤에서 위장魏將 둘이 쫓아와서 말 재갈의 고리를 잡으며 큰 소리로 외쳤다: "도독께선 놀라지 마십시오."

사마의는 손으로 머리를 만지며 말했다: "내 머리가 남아 있느냐?" (*극도로 놀란 나머지 웃기는 소리가 나왔다. 만약 머리가 떨어져 없어도 여전히 달아날 수 있다면, 별이 떨어졌다고 어찌 곧바로 죽는단 말인가?)

두 장수가 말했다: "도독께서는 겁내지 마십시오. 촉병들은 멀리 가버렸습니다."

사마의는 한참 동안이나 숨을 헐떡거리고 나서야 안색이 겨우 돌아왔다. 그리고는 눈을 크게 뜨고 보니 그들은 바로 하후패와 하후혜夏侯惠였다. (*죽은 사람에게 놀라서 살아있는 사람조차 거의 못 알아봤다.)

그제야 그는 천천히 말고삐를 잡은 다음 두 장수들과 같이 작은 길을 찾아서 본채로 돌아와서는 여러 장수들로 하여금 군사들을 이끌고 사방으로 흩어져 가서 정탐해 보도록 했다.

〖 12 〗이틀이 지난 후 그 고장 백성이 달려와서 아뢰었다: "촉병들이 물러가서 산골짜기로 들어간 후 땅이 흔들릴 정도로 곡성이 났고, 군중에는 백기白旗가 높이 올라갔습니다. 공명은 정말로 죽었고, 강유만 남아서 군사 1천 명을 이끌고 뒤를 차단했습니다. 전날 수레 위에 있던 공명은 나무를 깎아서 만든 사람(木人)입니다."(*공명과 같은 사람은 비록 나무로 사람(木人)을 만들어도 살아있는 사람(活人)을 대적할 수 있다. 살아있는 사람(活人)도 나무로 만든 사람(木人)과 같은 지금의 사람들과는 같지 않다.)

사마의가 탄식하며 말했다: "나는 그가 살아 있다고 생각했지 그가 죽었다고는 생각지도 못했다."(*변명의 말이다. 그러나 얼굴에는 땀이 났다.)

이 일로 인해 촉蜀 땅 사람들 사이에는 이런 속담(諺)까지 생겼다: "죽은 제갈량이 산 사마중달을 도망치게 했다(死諸葛能走生仲達)."

후세 사람이 이를 탄식하여 시를 지었으니:

한밤중에 하늘에서 장성長星이 떨어지자	長星半夜落天樞
추격하면서도 공명이 안 죽었을까봐 의심했지.	奔走還疑亮未殂
옛 촉 땅 사람들은 지금도 사마의를 비웃어	關外至今人冷笑
내 머리 있나 없나 물어본다네.	頭顱猶問有和無

〖 13 〗사마의는 공명이 죽었다는 말이 확실한 줄 알고 다시 군사들을 이끌고 추격해 갔다. 적안파(赤岸坡: 섬서성 유패현 동북에 있는 포수안褒水岸)까지 가서 촉병들이 이미 멀리 가버린 것을 보고는 이에 군사들을

이끌고 돌아가려고 하면서 여러 장수들에게 말했다: "공명이 이미 죽었으니 우리 모두 아무 걱정 없이 편히 지내도 된다."

그리고는 군사를 되돌려 돌아갔다. 돌아오는 길에 공명이 영채를 세웠던 곳들을 살펴보았는데, 전후좌우가 정연하게 법도가 있었다.

사마의는 감탄하며 말했다: "이 사람은 천하의 기재奇才로다!"

이에 군사들을 이끌고 장안으로 돌아가서 여러 장수들을 나눠 보내서 각처의 요충지들을 지키도록 했다. 사마의 자신은 위주魏主를 뵈러 낙양으로 돌아갔다.

한편 양의와 강유는 전투대형을 유지한 채 천천히 물러나서 포곡(褒谷: 섬서성 한중 포성진褒城鎮 북쪽)의 잔도棧道 어귀로 들어간 다음에야 상복으로 갈아입고 발상을 하고, 조기弔旗를 세워놓고 곡을 했다. 촉병들은 전부 머리를 땅에 부딪거나 땅에 넘어져 통곡을 했는데, 심지어 통곡을 하다가 죽는 자들까지 나왔다.

촉병의 선두 부대가 마침 잔도 어귀로 다시 나왔을 때 갑자기 전면에 불빛이 하늘 높이 치솟고 함성이 땅을 흔들더니 한 떼의 군사들이 길을 막았다. 장수들은 크게 놀라서 급히 양의에게 보고했다. 이야말로:

위魏의 장수들 떠나가는 것 이미 보았는데　　已見魏營諸將去
촉에서 무슨 군사들이 오고 있는지 모르겠네.　　不知蜀地甚兵來

여기 와있는 자들은 어디 군사인지 모르겠거든 다음 회를 읽어보기 바란다.

제 104 회 모종강 서시평序始評

(1). 위魏의 승상丞相 조조曹操와 사마의司馬懿, 그리고 촉蜀의 승상 제갈량諸葛亮을 비교해 보면, 조정의 모든 일을 총괄했다는 점에

서는 비슷했고, 혼자서 병권을 장악하고 있었다는 점에서도 비슷했고, 그 신기묘산神機妙算이 많은 사람들의 감탄을 자아냈다는 점에서도 비슷했다.

그러나 앞의 둘은 천자의 자리를 찬탈篡奪했지만 하나는 충성忠誠을 다했는데, 그것은, 앞의 둘은 사심私心을 품고 있었으나 하나는 사심이 없었기(無私) 때문이고, 앞의 둘은 자기 자손을 위해서 계책을 세웠으나 하나는 자기 자손을 위한 계책을 세우지 않았기 때문이다. 조조는 임종 때 조비曹丕를 당부했고, 사마의는 임종 때 사마사司馬師를 당부했으나, 무후는 그렇게 하지 않았다.

무후는 임종 때 승상丞相의 업무를 장완蔣琬과 비의費禕에게 대행하도록 위임했고, 대장군大將軍의 업무도 강유에게 대행하도록 위임하면서 자기 아들인 제갈첨諸葛瞻과 제갈상諸葛尙은 전혀 관여시키지 않았다. 스스로 뽕나무 8백 그루와 메마른 밭 15경 이외에 가산家産을 늘리기 위해 한 가지 일도 한 적이 없었다.

그러므로 밖에 나가면 장수將帥, 조정에 들어오면 승상丞相이었던 공명(出將入相之孔明)이지만, 그는 여전히 거문고를 타고 무릎을 감싸고 앉던 공명이었던 것이다. 원래 그의 초심初心은 공을 이룬 후에는 물러나서 강호江湖를 주유한 범려范蠡처럼 되고 곡기穀氣를 끊고 신선이 되고자 한 장량張良처럼 되는 것이었지만, 뜻했던 일을 끝맺지 못하고 오장원五丈原의 전투에서 돌아가고 말았으니, 아, 슬프도다! 이러한 사람을 공명功名과 부귀富貴를 누린 사람들 가운데서 여전히 찾아볼 수 있겠는가?

(2). 오장원五丈原에서의 싸움은 "죽은 후에야 그만둔다(死而後已)"는 한 마디 말을 실천한 것이다. 그러나 죽은 후에도 그만두지 않은 것이 있었으니 다른 사람에게 부탁한 후사後事가 그것으로,

중원을 아홉 번 치는 일(九伐中原)은 이로부터 시작되었으며, 그리고 앞서부터 이어받은 일이 그것으로, 여섯 번 기산으로 나가는 일(六出祁山)은 여기서 멈추지 않았다. 그리고 죽었으나 죽지 않은 것이 있으니, 공명을 생각하는 촉 사람들은 모두들 죽지 않는 공명을 그들의 마음속에 간직하고 있었고, 공명을 두려워하는 위魏 사람들 역시 다들 죽지 않는 공명을 그들의 눈에 간직하고 있었다. 그러니 어찌 당일 수레 안에 앉혀 놓은 나무 조각상만 그러했겠는가?

후세에 그 의義로움을 사모하는 자들은 전후前後 출사표出師表를 읽고 한숨을 쉬며 강개(慷慨: 의분에 북받쳐 슬퍼하고 한탄하는 것)하고, 그의 사람됨을 보고 싶어 하지 않는 자가 없으니, 비록 무후가 지금까지 죽은 적이 없으며 지금까지 그만둔 적이 없다고 말하더라도 틀린 말은 아니다.

(3). 죽음에는 정해진 운수運數가 있다. 그런데도 무후가 죽지 않으려고 하는 마음을 가졌던 것은 무슨 까닭인가?

나는 말한다: 선주로부터 어린 후사後嗣를 부탁받은 무거운 책임을 생각하면 죽을 수 없었기 때문이고, 어린 천자의 열등한 재능을 생각하면 죽을 수 없었기 때문이고, 밖을 돌아보면 적들이 아직 멸망하지 않았는데 안을 돌아보면 여러 신하들 가운데 한 사람도 자기와 필적할 만한 자를 찾을 수 없었기 때문에 무후는 죽지 않으려고 했던 것이다.

비록 그렇기는 하나, 사람으로서 해야 할 일(人事)을 이미 다했으므로 역시 죽는 것에 유감遺憾은 없을 수 있었다. 죽는 것에 유감이 없으므로, 죽을 수 없다는 것은 그의 마음(心)이고, 죽어도 된다는 것은 그의 일(事)이다. 노천(老泉: 송대宋代 소순蘇洵의 호號.)은 죽을 수 없다는 말을 했다는 이유로 관중管仲을 책망했으나, 다만 그런 이유로 무후를 책망할 수는 없었는바, 무후의 죽음은 아마도 관중의 죽음보다 훨씬 훌륭했던 것이다.

(4). 관중管仲은 주周나라를 높이고 난亂을 평정한 기풍(風)이 있었고, 악의樂毅는 연燕나라를 존속시키고 멸망한 나라를 다시 일으켜 세운(繼絶) 힘(力)이 있었다. 무후는 자기 자신을 관중과 악의에 견주었는데, 그것은 특히 자신도 난을 평정하고 멸망한 나라를 다시 일으켜 세우려는 뜻을 품고 있다고 생각했기 때문이다.

그러나 무후의 재능과 품격은 관중과 악의도 미칠 수 없는 바가 있었다. 그의 용병술用兵術은 나이 어린 자아(子牙: 강태공)였고, 주인 보필輔弼은 성姓이 다른 주공周公 단旦이었다.

그리고 그의 출신과 이력(出處)의 대강大綱을 보면 은殷의 현신賢臣 이윤伊尹과 가장 비슷하다.

미리 천하삼분天下三分을 알고 있었으니 그는 선각자先覺者가 아닌가? 남양南陽에서 몸소 밭을 갈고 있었으니 그는 낙도(樂道)한 것이 아닌가? 세 번 찾아온(三顧) 후에 나갔으니 이는 세 번 초빙(三聘)을 받자 처음 생각을 완전히 바꾼 것이 아닌가? 그는 수고로움을 마다하지 않고 진심전력으로 일을 다 했으니(鞠躬盡瘁) 이는 천하의 중임重任을 자신의 책무로 여긴 것이 아닌가? 형제가 각기 다른 나라를 섬겼으나 천하 사람들은 그 때문에 그의 충성심을 의심하지 않았으니, 이는 다섯 번 은殷의 탕湯 임금에게 나아가고 다섯 번 하夏의 걸왕桀王에게 나아갔던 경력이 아닌가? 나라를 12년간이나 전적으로 맡아 다스렸으나 그 때문에 후주後主가 핍박을 느끼지 않았으니, 이는 이윤이 태갑太甲을 폐위시켜 동궁桐宮으로 쫓아냈으나 태갑이 그를 원망하지 않았던 것과 같지 않은가? 처음에는 천하 제후들 사이에 이름이 알려지기를 추구하지 않았고, 네 마리의 말이 끄는 수레 1천 대의 행렬을 거들떠보지도 않는 마음이었지만, 이어서 역적을 치겠다고 맹세하였으니, 이는 한 사람의 폭군(一夫) 주紂를 붙잡아 없애지 못하는 것을 수치로 여긴 것과 다르지 않다. 이와 같은 사람은 삼대(三代: 夏·殷·周) 이후 오직 한 사람뿐이로다!

(참고로, 이 부분의 문장을 더 잘 이해하기 위해서는 박기봉 역, 〈孟子·萬章上〉(9-7)의 선각자 이윤 및 〈梁惠王 下〉(2-8)의 독부(一夫) 주紂를 참조할 것.── 역자)

제 105 회

무후, 미리 금낭계를 남겨주고
위주, 동인銅人과 승로반을 떼어 옮기다

〖 1 〗 한편 양의楊儀는 앞길에 군사들이 길을 가로막고 있다는 말을 듣고 황급히 사람을 시켜서 정탐해 보도록 했다. 그들이 돌아와서 보고했다: "위연이 잔도棧道를 불태워 끊어버리고 군사들을 이끌고 길을 막고 있습니다."(*위연은 은연중에 적국이 되어 있다.)

양의는 크게 놀라서 말했다: "승상께서 살아계실 때 이 사람은 후에 반드시 반란을 일으킬 것이라고 하셨지만, 오늘 과연 이렇게 될 줄이야 누가 생각이나 했겠는가! 그가 지금 우리의 돌아갈 길을 끊어놓았으니, 이제 어찌해야 하나?"

비의曰: "이 사람은 틀림없이 먼저 천자께 거짓으로 상주하면서 우리가 모반을 했다고 무고하고는 잔도를 불태워 끊어서 우리의 돌아갈 길을 막으려는 것입니다. 우리 역시 천자께 표문을 올려 위연이 모반한 사실을 아뢴 후에 그를 치도록 해야 합니다."

강유曰: "이곳에 사산橬山이란 이름의 작은 길이 하나 있는데, 비록 길이 험하고 가파르기는 해도 잔도 뒤쪽으로 가로질러 갈 수 있습니다."(*비의는 표문 올릴 생각밖에 못 하는데, 강유는 곧바로 돌아갈 길을 생각해낸다.)

이리하여 한편으로는 천자에게 표문을 올리고, 한편으로는 군사들을 이끌고 사산橬山 소로를 향해 출발했다.

〖 2 〗 한편 후주後主는 성도成都에서 잠자리도 식사하는 것도 편안하지가 않았으며, 몸을 거동하는 것도 불편했다. 하루는 밤에 꿈을 꿨는데, 꿈에 성도의 금병산錦屛山이 무너지는 것을 보고, (*공명은 촉의 담장(屛障)이다. 선주는 공명을 얻고 나서 물고기가 물을 얻은 것(得水)과 같다고 했고, 후주는 공명에게 의지하기를 마치 산을 의지하는 것(倚山)처럼 하였다.) 깜짝 놀라서 깨어났다. 깨어난 후 앉아서 날이 밝기를 기다려서 문무백관들을 불러 모으고 조회朝會에 들어가서 꿈 얘기를 해주고 해몽解夢을 부탁했다.

태사 초주譙周가 말했다: "신이 간밤에 우러러 천문을 보았더니 광채에 뿔이 돋은 붉은 색 별 하나가 동북쪽으로부터 서남쪽으로 떨어졌습니다. 이는 승상께 크게 흉한 일이 생길 조짐이옵니다. 지금 폐하께서도 산이 무너지는 꿈을 꾸셨다고 하셨는데, 바로 이런 조짐에 해당하는 것이라 생각되옵니다."(*이것이 바로 〈예기禮記·단궁상檀弓上〉에서 "태산이 무너짐이여, 철인哲人이 병들어 죽으려는가(泰山其頹, 哲人其萎)"라고 말한 것이다.)

후주는 더욱 놀라고 겁이 났다. 그때 문득 이복李福이 돌아왔다고 보고해 왔다. 후주는 급히 그를 불러들여 물어보았다. 이복은 머리를 조아리고 울면서 승상께서 이미 세상을 떠나셨다고 아뢰었다. 그리고는 승상이 임종 때 한 말들을 두루 자세히 이야기했다.

후주는 그 말을 듣고 대성통곡을 하면서 말했다: "하늘이 나를 버리시는구나!"

곡을 하다가 그만 용상 위에 쓰러졌다. (*후주가 이렇게 되도록 할 수 있다는 것으로, 이는 후주後主를 묘사한 것이 아니라 무후武侯를 묘사하는 것이다.) 시신侍臣들이 그를 부축하여 후궁으로 들어갔다.

오태후吳太后도 그 소식을 듣고 역시 목 놓아 통곡하기를 마지않았다. 많은 관원들 역시 애통해 하지 않는 사람이 없었고, 백성들도 모두 흐느껴 울었다. 후주는 연일 슬픔에 젖어 조회도 열 수 없었다.

그때 갑자기 위연이 표문表文을 올려 양의楊儀가 반란을 일으켰다고 보고해 왔다. 모든 신하들은 크게 놀라서 궁중으로 들어가서 후주에게 아뢰었다. ─ 이때 오 태후 역시 궁중에 있었다.─ 후주는 신하들이 아뢰는 말을 듣고 크게 놀라면서 근신近臣에게 위연이 올린 표문을 읽도록 했다. 표문의 내용은 대략 이러했다:

"정서대장군征西大將軍·남정후南鄭侯 신臣 위연은 참으로 황공하여 머리를 조아리며 말씀 올리나이다.

양의는 스스로 병권을 잡고는 군사를 거느리고 반란을 일으켜 승상의 영구를 겁탈하고 적병을 지경 안으로 끌어들이려 하고 있사옵니다. 신은 먼저 잔도를 불태워 끊어놓고 군사들로써 이를 막고 있사옵니다. 삼가 이 사연을 아뢰나이다."

〖 3 〗표문을 읽고 나서 후주가 말했다: "위연은 용맹한 장수인지라 양의 등의 무리들을 충분히 막을 수 있을 텐데 무슨 까닭으로 잔도를 불태워 끊어놓았을까?"(*이런 질문을 하는 것을 보면 자못 총명한 것 같기도 하다.)

오 태후가 말했다: "선제(先帝: 유비)께서 하시는 말씀을 들은 적이

있는데, 공명은 위연의 뒤통수에 반골反骨이 있는 것을 알고 매번 그를 베어 죽이려고 하였으나, (*제53회 중의 말) 그의 용맹함이 아까워서 잠시 살려두어 쓰고 있는 것이라고 하였소. 지금 그가 양의楊儀 등이 반란을 일으켰다고 상주하였으나 가벼이 믿을 바가 못 되오. 양의는 문인文人으로, 승상께서 그에게 장사長史의 임무를 맡겼던 것은 틀림없이 그 사람이 쓸 수 있는 사람이었기 때문이오. 오늘 만약 한쪽 말만 듣고 일을 처리한다면 양의 등은 반드시 위魏로 투항해 갈 것이오. 이 일은 마땅히 깊이 생각하고 멀리 내다보고 상의해서 대처해야지 성급하게 처리해서는 안 되오."

여러 관원들이 한창 상의하고 있을 때, 갑자기 보고해 오기를, 장사 양의가 올려 보낸 긴급 표문이 당도했다고 했다. 근신이 표문을 펴서 읽었는데, 그 내용은 대략 이러했다:

"장사長史·수군장군綏軍將軍 신臣 양의는 참으로 황공하여 머리를 조아리며 삼가 표문을 올리나이다.

승상께서 임종하실 때 대사大事를 신에게 맡기시면서 이전의 제도에 따라 하고 감히 변경하지 말라고 하셨으며, 위연으로 하여금 뒤에서 적의 공격을 차단하도록 하고, 강유를 그 바로 앞에 세우라고 하였사옵니다.

그런데 지금 위연은 승상의 유언을 따르지 않고 스스로 휘하 군사들을 이끌고 먼저 한중漢中으로 들어가서는 잔도를 불태워 끊어버리고 승상의 영구를 실은 수레를 겁탈하여 반란을 일으키려 하고 있사옵니다. 사변事變이 너무나 급작스레 일어났기에 삼가 표문을 띄워 아뢰나이다."

〖 4 〗 오 태후는 다 듣고 나서 물었다: "경들의 소견은 어떠하오?"

장완蔣琬이 아뢰었다: "신의 보는 바로는, 양의는 사람됨이 비록 성

미가 지나치게 급해서 남을 포용하지 못하는 단점은 있으나 군량과 마초의 조달 계획을 세우고 군사전략을 수립하는 데 참여하여 승상과 오랫동안 같이 일을 해왔사옵니다. 승상께서 세상을 떠나실 때 그에게 대사를 맡겼는바, 그는 결코 배반할 사람이 아니옵니다.

위연은 평소 자기 공로를 믿고 우쭐거렸는데, 다른 사람들은 모두 그를 치켜 올려 주면서 양보했으나, 유독 양의만은 그의 우쭐거림을 용납해주지 않았으므로 위연은 속으로 그에 대해 원한을 품었습니다. 그러다가 지금 양의가 군사를 총독總督하는 것을 보고는 마음속으로 불복不服하고는 잔도를 불태우고 양의의 돌아오는 길을 끊어버리고, 또 그를 무고하여 해치려고 한 것입니다. 신은 신의 모든 가족들과 집안의 노비들 전체를 담보로 양의가 모반하지 않았음을 보증할 수 있으나, 실로 위연에 대해서는 감히 보증을 설 수가 없습니다."

동윤董允 역시 아뢰었다: "위연은 스스로 공로가 많음을 믿고 항상 불만을 품고 입으로 원망의 말을 많이 해왔습니다. 그러면서도 전에 즉시 모반을 하지 않았던 것은 승상을 두려워했기 때문이옵니다. 이제 승상께서 세상을 떠나시자마자 이 기회를 틈타 반란을 일으킨 것인데, 그렇게 될 수밖에 없는 형세였습니다. 그러나 양의로 말씀드리자면, 재능과 수완이 민첩하고 여러 가지 일에 통하여 승상께서 임용했던 자이므로 그는 결코 배반하지 않을 것이옵니다!"

후주曰: "만약 위연이 정말로 반란을 일으킨 것이라면 무슨 계책을 써서 막아야 하겠는가?"

장완曰: "승상께서는 평소 위연을 의심해 왔으므로 틀림없이 양의에게 무슨 계책을 남겨주었을 것입니다. 만약 양의가 믿는 구석이 없었다면 어찌 군사를 물리면서 골짜기 안으로 들어갈 수 있겠습니까? 위연은 틀림없이 계략에 걸려들고 만 것이오니, 폐하께서는 마음을 푹 놓으십시오."(*장완의 일 헤아림이 마치 눈으로 보는 듯하니, 무후가 그를 천거한 것이 틀리지 않았다. 장완을 묘사하면서 역시 무후를 묘사한 것이다.)

몇 시간 지나지 않아 위연이 올린 표문이 또 당도했는데, 양의가 반란을 일으켰다는 것이었다. 한창 표문을 읽고 있을 때, 이번에는 양의의 표문이 또 당도했는데, 위연이 배반했다는 것이었다.

두 사람이 연달아 표문을 올려서 각자 시비是非를 다투었다. 그때 갑자기 비의가 돌아왔다고 보고해 왔다. 후주가 불러들이자, 비의가 위연이 반란을 일으킨 사정을 자세히 아뢰었다.

후주曰: "만약 그렇다면 우선 동윤으로 하여금 부절符節을 가지고 가서 좋은 말로 위무해서 그의 마음을 느긋하게 만들어라."

동윤은 칙서를 받들고 떠나갔다.

〖 5 〗 한편 위연은 잔도를 불태워 끊고 군사들을 남곡(南谷: 섬서성 한중 포성진褒城鎭 북쪽)에 주둔시켜 놓고 요해처를 지키면서 스스로 좋은 계책이라고 생각하고 있었다. 그런데 뜻밖에 양의와 강유가 밤낮없이 군사들을 이끌고 남쪽 골짜기 뒤로 질러왔다. 양의는 한중을 잃을까봐 염려해서 선봉 하평何平으로 하여금 군사 3천 명을 이끌고 먼저 가도록 했다. 그리고 양의는 강유 등과 같이 군사들을 이끌고 영구를 모시고 한중을 향해 갔다. (*양의 역시 유능한 사람이라 할 수 있다.)

한편 하평은 군사들을 이끌고 곧장 남곡 뒤로 가서 북을 치고 고함을 질렀다.

초병哨兵이 위연에게 급보를 전하면서, 양의가 선봉 하평으로 하여금 군사들을 이끌고 사산槎山 작은 길로 질러가도록 해서 싸움을 걸어왔다고 했다.

위연은 크게 화가 나서 급히 갑옷을 입고 말에 올라 칼을 들고 군사들을 이끌고 맞이해 싸우러 갔다. 양군이 서로 마주보고 진을 치고 나서 하평이 말을 타고 나가 큰소리로 욕을 했다: "반적反賊 위연은 어디 있느냐?"

위연 역시 마주 욕을 했다: "네놈은 양의를 도와 모반을 했으면서 어찌 감히 나를 욕하느냐?"

하평이 꾸짖었다: "승상께서 갓 돌아가셔서 아직 뼈와 살이 식지도 않았는데 네가 어찌 감히 모반을 한단 말이냐!"

그리고는 채찍을 들어 촉병들을 가리키며 말했다: "너희 군사들은 모두 서천 사람으로, 서천에 대부분 부모처자와 형제와 친구들이 있다. 승상께서 살아계실 때 너희들을 박대하신 적이 없었으니 지금 반역한 역적을 도와서는 안 될 것이다. 마땅히 각자 고향으로 돌아가서 상급이 내리기를 기다리고 있거라!"

많은 군사들은 이 말을 듣고 크게 '와!' 하고 고함을 지르고는 거의 태반이나 흩어져 갔다. (*먼저 그 군사들을 흩어버렸는데, 이는 틀림없이 양의와 강유가 가르쳐주었을 것이다.) 위연은 크게 화가 나서 칼을 휘두르며 말을 달려 곧바로 하평에게 달려들었다. 하평은 창을 꼬나들고 맞이해 싸우러 갔다. 그러나 몇 합 싸우지도 않아 하평은 짐짓 패한 척하고 달아났다.

위연은 그 뒤를 바짝 쫓아갔다. 그때 많은 군사들이 활과 쇠뇌를 일제히 쏘아댔다. 위연은 말머리를 돌려 돌아가면서 보니 수하의 많은 장수들이 뿔뿔이 흩어져 달아나고 있었다. 위연은 그들에게 화가 나서 말에 박차를 가해 쫓아가서 몇 명 죽였으나 그래도 도망치는 것을 멈추게 할 수 없었다. 다만 마대가 거느린 3백 명의 군사들만은 달아나지 않았다.

위연은 마대에게 말했다: "공은 진심으로 나를 도와주고 있군! 일을 성공시킨 후 내 결코 공을 저버리지 않을 것이다."

그리고는 마대와 함께 하평의 뒤를 추격해 갔다. 하평은 군사들을 이끌고 나는 듯이 달아났다. 위연은 남은 군사들을 거두어 모은 다음

마대와 상의했다: "우리 위魏로 투항하는 게 어떻겠는가?"

마대曰: "장군의 말씀은 어리석기 짝이 없소이다. 대장부가 어찌 스스로 패업霸業을 도모하려 하지 않고 가볍게 남에게 무릎을 꿇는단 말씀이오? 내가 보기에 장군은 지모와 용맹을 충분히 갖추고 계시니, 촉의 장사들 중에 어느 누가 감히 장군을 대적할 수 있겠소? 내 맹세코 장군과 함께 먼저 한중을 취하고 그 후에 서천으로 쳐들어갈 것이오."

위연은 크게 기뻐하며 곧 마대와 같이 군사들을 이끌고 곧바로 남정南鄭을 치러 갔다.

〖 6 〗 강유가 남정 성 위에서 보니 위연과 마대가 무위를 뽐내며 바람같이 몰려왔다. 강유는 급히 조교弔橋를 들어 올리라고 했다. 위연과 마대가 큰 소리로 외쳤다: "빨리 항복하라!"

강유는 사람을 시켜서 양의를 청해 와서 상의했다: "위연만 해도 용맹한데 거기다가 마대까지 돕고 있으니, 비록 저들의 군사 수는 적다고 해도 무슨 수로 저들을 물리치지요?"

양의曰: "승상께서 임종 때 비단 주머니 하나를 내게 주시면서 당부하시기를: '만약에 위연이 모반을 하거든 성에서 적과 대치하고 있을 때 비로소 끌러 보거라. 그러면 위연을 벨 계책이 있느니라' 고 하셨소. 이제 꺼내 봐야겠소."

마침내 양의가 금낭을 꺼내서 열어보았더니 봉투 겉에 "위연과 대적할 때까지 기다렸다가 말 위에서 열어보도록 하라"고 씌어 있었다.

강유는 크게 기뻐하며 말했다: "기왕에 승상께서 이리 하라고 하셨으니, 장사(長史:양의)께서 거두어 잘 간수하고 계시오. 내가 먼저 군사를 이끌고 성 밖으로 나가서 전투대형을 펼쳐놓거든 공은 곧바로 오도록 하시오."

강유가 갑옷을 입고 투구를 쓰고 말에 올라 손에 창을 들고 군사 3천 명을 이끌고 성문을 열고 일제히 쳐나가서 북소리 크게 울리면서 전투대형을 펼쳤다. 강유는 창을 꼬나들고 문기門旗 아래에 말을 세운 다음 높은 소리로 크게 꾸짖었다: "반적反賊 위연아! 승상께선 너를 저버리신 적이 없는데 지금 어찌하여 배반하느냐?"

위연이 칼을 비껴들고 말을 멈추어 세우고 말했다: "백약(伯約: 강유)아, 너와는 상관없는 일이니 그저 양의더러 나오라고 해라!"(*위연은 다만 양의에 대해서만 원한이 있었다.)

양의가 문기 그늘에서 비단주머니를 열어 보니 여차여차하게 하라고 씌어 있었다. 양의는 크게 기뻐하며 갑옷도 입지 않고 나가서 진陣 앞에 말을 세우고 손으로 위연을 가리키며 웃으며 말했다: "승상께서 살아계실 때 네가 후일에 반드시 배반할 줄 아시고 나더러 방비하라고 하셨는데, 지금 과연 그 말씀대로구나. 네가 감히 말 위에서 연달아 세 번 큰소리로 '누가 감히 나를 죽인단 말이냐(誰敢殺我)!'라고 외친다면, 그대는 참으로 대장부이니 내가 곧바로 한중의 성들을 너에게 바치겠다."(*독자는 여기에 이르러서도 이게 무슨 계책인지 알지 못한다.)

위연이 크게 웃으며 말했다: "양의 이 못난 놈아 듣거라! 만약 공명이 살아 있다면 내가 그래도 조금은 겁내겠지만, 그가 이미 죽고 없는데 천하에 누가 감히 나를 대적한단 말이냐? 연달아 3번은 말할 것도 없고 연달아 3만 번을 외치라고 한들 어려울 게 뭐 있겠느냐!"

그리고는 한 손으로는 칼을 들고 또 한 손으로는 말고삐를 잡고 말 위에서 큰소리로 외쳤다: "누가 감히 나를 죽인단 말이냐?"

그 말이 미처 끝나기도 전에 그의 머리 뒤에서 한 사람이 언성을 높여 대답했다: "내가 감히 너를 죽이겠다!"

그리고는 손이 번쩍 들리더니 칼이 떨어지며 위연을 베어 말 아래로 떨어뜨렸다. 많은 사람들은 모두 놀랐다. 위연을 벤 자는 바로 마대였다. (*먼저 그 소리를 듣고, 다음으로 그 칼을 보고, 그런 다음에 그 사람을 알게 된다. 어쨌든 의외의 사건을 묘사한 것이다.)

원래 공명은 임종 때 마대에게 비밀계책을 주면서 위연이 소리쳐 외칠 때를 기다렸다가 불의의 순간에 그를 베어 죽이도록 했던 것이다. 이날 양의는 비단주머니 속에 든 계책을 읽어보고 나서 이미 저쪽에 마대가 숨겨져 있음을 알았기 때문에 그 계책대로 하여 과연 위연을 죽였던 것이다. (*이제 와서 비로소 분명히 설명하고 있다.) 후세 사람이 이에 대한 시를 지었으니:

공명은 위연의 운명을 사전에 알고 있었기에　　諸葛先機識魏延
이미 훗날 그가 서천을 배반할 줄 알았다.　　已知日後反西川
금낭 속의 비밀계책 남들은 예상하기 어려워　　錦囊遺計人難料
다만 말 앞에서 그가 죽는 것만 보았네.　　却見成功在馬前

〖 7 〗 한편 동윤董允이 미처 남정에 이르기 전에 마대는 이미 위연을 베어 죽이고 강유와 더불어 군사들을 하나로 합쳤다.

양의는 표문을 작성하여 사람을 시켜 밤낮없이 달려가서 후주에게 아뢰도록 했다.

후주는 칙지를 내리며 말했다: "이미 그의 죄의 실상은 밝혀졌고 처벌도 이루어졌다(名正其罪). 그렇기는 하나 이전의 공로를 생각하여 관곽棺槨을 내려주어 장사를 지내주도록 하라." (*이와 같이 대우해 주어야 관후함을 잃지 않는다.)

양의 등이 공명의 영구를 모시고 성도에 당도하자, 후주는 문무 관료들 전부에게 상복을 입도록 해서 성 밖 20리까지 나가서 영접했다. 후주는 방성통곡을 했다. 위로는 공경대부公卿大夫로부터 아래로는 산림 속에 은거하는 백성에 이르기까지, 남녀노소를 불문하고, 통곡하지 않는 자가 없어서 슬피 우는 소리가 천지를 흔들었다.

후주는 영구를 모시고 성으로 들어가서 승상부丞相府 안에 모셔놓도록 했다. 그 아들 제갈첨諸葛瞻이 상복을 입고 거상居喪을 했다.

후주가 조정으로 돌아가니 양의가 스스로 몸을 결박하고는 죄 주기를 청했다. 후주는 근신近臣으로 하여금 그 결박을 풀어주도록 하고 말했다: "만약 경이 승상의 유언대로 하지 못했다면 영구는 어느 날에나 돌아올 수 있었을 것이며, 위연은 어떻게 죽일 수 있었겠는가? 국가 대사가 보전된 것은 모두 경의 힘이다!"

그리고는 양의의 벼슬을 올려서 중군사中軍師로 삼았다. 마대는 역적을 친 공로가 있으므로 위연의 벼슬을 그에게 주었다. (*이 역시 합당한 조처였는데, 이는 틀림없이 장완蔣琬이 가르쳐 주었을 것이다.) 양의는 공명이 남긴 표문을 올렸다. 후주는 보고 나서 통곡하고 칙지를 내려 명당자리를 골라서 장사지내 주도록 했다.

비의가 아뢰었다: "승상께서는 임종하실 때 유언하시기를, 정군산(定軍山: 섬서성 면현勉縣 서남)에 묻되 담장을 치지 말고, 벽돌도 사용하지 말고, 또한 일체의 제물祭物도 사용하지 말라고 하셨나이다."(*앞회에서 언급되지 않은 것을 보충하고 있다.)

후주는 그 유언에 따라 그해 10월의 길일吉日을 택하여 후주가 친히 영구를 모시고 정군산으로 가서 안장했다. (*후문에서 종회鍾會가 감신感神을 하게 되는 복선이다.)

후주는 칙서를 내려 제사를 지내고, 시호諡號를 충무후忠武侯라 하고, 면양(沔陽: 섬서성을 흐르는 한수漢水 지류의 북쪽)에 사당을 세워 철마다 제사를 지내도록 했다.

훗날 두보(杜甫: 杜工部)가 이에 대해 시를 지었으니:

　(시의 번역은 조선조 성종 12년(서기 1481년) 춘추관 기사관記事官 승문원承文院 교검校檢 조위曹偉가 지은 〈두시언해杜詩諺解〉〈촉상蜀相〉(杜詩六. 三十三)의 언해문諺解文을 참고했다. ─역자)

승상의 사당을 어디 가서 찾으리오   丞相祠堂何處尋
금관성 밖 잣나무 울창한 데로다.   錦官城外栢森森
계단에 비치는 푸른 풀은 스스로 봄 빛깔 띠었고   映階碧草自春色
잎 사이로 보이는 꾀꼬리 공연히 좋은 소리로다.   隔葉黃鸝空好音

세 번이나 거듭 찾아가 천하 계책 물었으매   三顧頻煩天下計
두 임금에 걸쳐 공 세움이 노신老臣의 마음이로다.   兩朝開濟老臣心
출병하여 이기지 못하고 몸이 먼저 죽으니   出師未捷身先死
길이 영웅으로 하여금 옷깃에 눈물 가득케 하네.   長使英雄淚滿襟

(*모종강의 간주間注: 이 시의 전절(前解) 4구句는 사당祠堂에 대해 읊은
것이고, 후절(後解) 4구는 승상丞相에 대해 읊은 것이다.

　전절(前解): 성 밖에 가야만 승상의 사당이 있다. 그러나 성 밖에 가
서야 사당을 본다면 그것은 곧 사당을 보려는 마음이 없는 것이다. 먼
저 사당을 말하고 그 후에 성 밖으로 가는 것은 사당에 참배하려는 마
음이 있는 것이다. 가슴 속에 승상이 있고, 승상을 모신 사당이 있는
곳을 찾아가려 한다면, 금관성 밖 잣나무가 울창한 곳에 가서 찾을 수
있다.

　세 번째와 네 번째 두 구句에는 사당만 보이고 승상은 보이지 않는
다. 푸른 풀과 봄 빛깔(碧草春色), 꾀꼬리와 좋은 소리(黃鸝好音)에
"自(자)"자字와 "空(공)"자 하나가 그 안에 들어감으로써 곧 맑고 처량
함의 극치를 이루고 있다.

　후절(後解): 세 번째 구句와 네 번째 구句를 이은 것으로, 승상은 오늘
날에는 볼 수 없다. 그러나 당시에도 만약 삼고초려三顧草廬가 없었다
면 역시 승상을 볼 수 없었을 것이다. 천하묘계天下妙計는 천하를 통일
하려는 것이었지 한 지방에 치우쳐서 편히 지내려는 것이 아니었다.

　늙은 신하는 선제로부터 은혜를 입었고 아울러 후주에게 충성을 바

쳤다. 비록 천하를 통일하여 나라의 기틀을 닦고 나라를 세우는 공(開基濟業之功)을 이룩할 수는 없었지만, 늙은 신하의 계획과 늙은 신하의 마음은 그렇게 하려는 것이었다.

"죽은 후에야 그만둔다(死而後已)"는 것은 늙은 신하가 스스로에게 맹세한 말이다. "싸움에서 이긴 후에 죽겠다(捷而後死)"는 것은 늙은 신하가 하늘을 우러러 갈망했던 것이다. 하늘의 뜻은 인간이 "반드시" 그렇게 하도록 할 수 없지만(天不可必), 늙은 신하의 뜻은 "반드시" 그렇게 하려고(可必) 했었다.

여기서 "未"자字와 "先"자가 절묘하다. "未"자의 뜻은, 후에 가서는 회복될 테지만 늙은 신하가 살아생전에는 볼 수 없어서 그 마음으로 체득하여 하는 말과 똑같다. 당일에도 끝내지 못한 일이 있었고, 지금도 장기간 끝내지 못한 계획이, 끝내지 못한 마음이, 남아 있다는 것이다. 아, 후세의 영웅들도, 그 계획과 마음은 있었지만 그 일이 완성된 것을 보지 못한 것들을 어찌 말로 다할 수 있겠는가! 옛날의 영웅의 계획과 영웅의 마음이었던 것들이 지금에 와서는 모두 영웅의 눈물이 되었다.)

〖 8 〗 또 두보의 시가 있으니:
(*시의 번역문은 앞에서 소개한 〈두시언해杜詩諺解〉〈영회고적오수詠懷古跡五首〉(杜詩六. 三十二)의 언해문諺解文을 참고했다.──역자)

제갈량 큰 이름 우주에 드리웠고	諸葛大名垂宇宙
종신宗臣의 유상遺像은 엄하고 맑고 높구나.	宗臣遺像肅淸高
천하삼분天下三分 계책 처음부터 품었나니	三分割據紆籌策
만고에 없는 인물 하늘 높이 나는 봉황 같구나.	萬古雲霄一羽毛

| 그와 비견할 인물로는 이윤과 여망이 있을 뿐 | 伯仲之間見伊呂 |

삼군 지휘함에 소하와 조참은 그만 못했지.　　指揮若定失蕭曹
한漢의 천수 다해 끝내 회복하기 어려웠으나　　運移漢祚終難復
뜻 정하고 군사일 힘쓰다 지쳐 돌아가셨지.　　志決身殲軍務勞

　(*모종강의 간주間注:

　전절(前解): 〈사기史記〉의 저자 사마천司馬遷은 장자방(張子房: 장량)의 체구가 크고 훤칠하게 생겼을 것으로 상상하면서도 그 얼굴은 마치 부인이나 미녀와 같았다고 말했다. 이는 바로 이 시의 첫 두 구句의 말뜻과 서로 비슷하다. 전에 그 이름을 들었을 때에는 그 위대함에 몸이 떨렸으나 지금 사당 안의 유상(遺像: 죽은 사람의 초상)을 보고는 또 그 고아高雅함에 감탄한다. "맑고 높다(淸高)"란 두 마디 말은 유상遺像을 보고 묘사한 것이다.

　제갈량은 조정에 들어가 승상으로 있을 때에는 자주색 도포에 상아 간책簡策을 들고 있었지만, 싸우러 밖에 나가서 장수로 있을 때에는 황월黃鉞과 백모白旄를 들고 있었다. 그런데 지금 그 유상을 보면 머리에는 윤건綸巾을 쓰고 손에는 우선羽扇을 들고 있으니 그 얼마나 맑고 고상한가. 게다가 "肅(숙: 엄숙하다)"자字 하나를 보탬으로써 기색은 안정되고 정신은 여유롭고 말소리와 얼굴빛이 흔들리지 않는다는 뜻을 나타내고 있다.

　천하삼분天下三分의 계책을 가지고 영재(英才: 뛰어난 문관과 장수)들을 길러내고, 계책을 가지고 그들을 뒷받침하는 등, 그가 한 모든 일들이 이러했으므로 공명이란 사람은 만고에 오직 하나뿐인 사람인 것이다. 셋째 구句는 많은 사람들을 가리키지만 넷째 구는 제갈량만을 가리킨다. 그리고 "羽毛(우모:깃털)"는 그 맑은 기상을, "雲宵(운소: 구름과 하늘)"는 그 고상함을 나타낸 것이다.

　후절(後解): 제갈량에 필적할 사람은 만고에 걸쳐 드물다. 옛 사람 중에 그와 비슷한 사람으로는 아마 상商의 창업공신 이윤伊尹과 주周의 창업공신 여망(呂望: 강태공) 정도가 아닐까? 한漢의 창업공신 소하蕭何와 조참曹參은 그와 비교조차 되지 않는다. 그러나 신야莘野에서 밭을 갈다가 탕왕湯王에게 등용된 이윤과 위수渭水에서 낚시질 하다가 주 문왕文王에게 등용된 여망 강태공의 경우, 그 맑고 고아함(淸高)이 제갈량과 같다고 하더라도, 진秦나라를 뒤엎고 초楚를 멸망시킨 소하蕭何와 조참曹參에 비하면 그의 공로가 같다고 할 수 없지 않은가? 그런데도 소하와 조참이 제갈량보다 못하다고 하는 이유는 무엇인가?

나는 말한다: 그것은 촉(漢)의 천수天數가 이미 다했기 때문이지 그의 군사전략의 잘못 때문은 아니다. 촉의 천운은 이미 옮겨갔지만 그의 뜻만은 결연했으니 "身(신)"이란 소위 "鞠躬(국궁)"이란 뜻이고, "勞(로)"는 소위 "盡瘁(진췌)"란 말이며, "殲(섬: 죽다)"이란 소위 "死而後已(사이후이: 죽은 후에야 그만둔다)"란 것을 말한다. "終難復(종난복: 끝내 회복하기 어렵다)"이란 소위 "成敗利鈍, 非臣逆睹也(성패리둔, 비신역도야: 성공과 패배, 유리함과 불리함은 신이 미리 알 수 있는 바가 아니다)"란 말이다. 여기에는 전후前後 출사표出師表의 내용과 여섯 번 기산祁山으로 나갔을 때의 무수한 마음과 노력(心力)들이 포함되어 있다.

전절(前解)에서는 그 불후의 큰 이름을 사모하고 있고, 후절(後解)에서는 그가 뜻했던 큰 공을 이루지 못한 것을 애석해 하고 있다.)

〖 9 〗 한편 후주가 성도로 돌아오자 갑자기 근신이 아뢰었다: "변경에서 보고가 왔사온데, 동오에서 전종全琮으로 하여금 군사 수만 명을 이끌고 가서 파구(巴口: 호남성 악양岳陽 남쪽. 상수湘水 오른쪽 기슭 위) 지경 어귀에다 주둔해 있도록 했사온데, 무슨 뜻인지는 모르겠사옵니다."

후주가 놀라서 말했다: "승상이 세상을 떠나자마자 동오에서 동맹을 깨고 지경을 침범해 오니, 이를 어찌하면 좋은가?"

장완이 아뢰었다: "신이 감히 왕평王平과 장억張嶷을 천거하여 그들

로 하여금 군사 수만 명을 이끌고 가서 영안(永安: 사천성 봉절현奉節縣 동어복포魚腹浦)을 지키도록 함으로써 예상치 못한 사태에 대비하도록 하겠사옵니다. 폐하께서는 다시 사람 하나를 동오로 보내셔서 승상의 부고를 전하도록 하시면서 저들의 동정을 살펴보도록 하시옵소서."(*비록 전종의 일이 없다고 하더라도 마땅히 부고를 전해야 한다.)

후주曰: "말솜씨 좋은 사람을 찾아서 사자로 보내야 할 것이다."

말이 떨어지자마자 한 사람이 나서며 말했다: "미천한 신하가 가고자 하옵니다."

여러 사람들이 보니, 남양 안중安衆 사람으로 성은 종宗, 이름은 예預, 자를 덕염德艶이라고 하는 사람인데, 현재 벼슬은 참군參軍·우중랑장右中郎將이었다.

후주는 크게 기뻐하면서 즉시 종예宗預에게 동오로 가서 부고를 전하고 겸하여 내막을 탐지해 오도록 했다. (*중점은 부고를 전하는 데 있지 않고 내막을 탐지하는 데 있다.)

종예는 명을 받고 곧장 금릉(金陵: 동오의 도성 건업建業)으로 가서 오주 손권을 보았다. 인사를 마치고 나서 보니 손권의 좌우에 있는 사람들은 모두 상복(素衣)을 입고 있었다. (*상복(帛)을 보내줄 필요도 없이 먼저 스스로 상복을 입고 있다.)

손권은 얼굴에 노기를 띠고 말했다: "오와 촉은 이미 한 집안이 되었는데 경의 주인은 무슨 이유로 백제성의 수비 군사를 늘렸는가?"(*왕평과 장억으로 영안 수비를 강화한 것을 문책하고 있다.)

종예曰: "신은, 동東에서 파구巴丘를 수비하는 군사를 늘리면 서西에서 백제성白帝城을 수비하는 군사를 늘리는 것은 당연한 일로, 다 서로 물어볼 필요도 없는 일이라 생각되옵니다."(*종예의 말솜씨도 훌륭하다.)

손권은 웃으면서 말했다: "경은 등지鄧芝보다 못하지 않구나."(*등지의 일은 제86회에 나왔다.)

그리고는 종예에게 말했다: "짐은 제갈 승상이 세상을 떠났다는 소식을 듣고 매일 눈물을 뿌리고 관료들에게 전부 상복을 입도록 하였다. 짐은 위魏에서 이 틈을 타서 촉을 취하려 할까봐 염려하여 파구를 지킬 군사 1만 명을 증파하여 구원병으로 삼으려고 했던 것이지 그 밖의 다른 뜻은 없다."

종예가 머리를 조아리며 사례의 절을 했다.

손권曰: "짐은 이미 동맹 맺기를 허락했는데 어찌 의리를 저버릴 리가 있겠는가?"

종예曰: "천자께서는 승상이 최근 돌아가셨으므로 특별히 신에게 가서 상사喪事를 알리라고 하셨나이다."

손권은 황금 비전(鈚箭: 촉이 얇고 넓으며 대가 긴 화살) 한 개를 집어서 그것을 꺾으며 맹세했다: "짐이 만약 전에 한 맹세를 저버린다면 내 후손이 끊어지고 말 것이다."(*전에 맹세할 때는 칼로 책상을 내리찍었는데, 이번에는 화살을 꺾었다. 하나는 위魏를 치자는 것이었고, 하나는 촉과의 강화를 위한 것이다.)

그리고는 또 사신으로 갈 사람에게 향과 비단과 제단에 바칠 예물(奠物)을 가지고 촉으로 들어가서 제사를 지내도록 했다.

〖 10 〗 종예는 오주吳主에게 하직인사를 하고 동오의 사신과 함께 성도로 돌아와서 궁에 들어가 후주를 보고 아뢰었다: "오주께서는 승상이 돌아가셨다고 역시 친히 눈물을 흘리시고 신하들 모두에게도 상복을 입도록 하셨습니다. 동오에서 파구에다 군사를 증파한 것은 위魏에서 우리의 빈틈을 타서 쳐들어올까 염려해서이지 달리 다른 뜻은 없다고 하셨습니다. 이번에 화살을 꺾으면서 결코 동맹을 저버리지 않을 것이라고 맹세하였습니다."

후주는 크게 기뻐하며 종예에게 큰 상을 내리고 또 동오의 사신을 후하게 대접해서 돌려보냈다. 그리고는 공명의 유언에 따라 장완蔣琬의 벼슬을 높여서 승상·대장군·녹상서사錄尙書事로 삼고, 비의費禕의 벼슬을 높여서 상서령尙書令으로 삼아 승상의 직무를 같이 보도록 하고, 오의吳懿의 벼슬을 높여서 거기장군車騎將軍으로 삼고 절월節鉞을 내려 한중을 다스리도록 하고, 강유를 보한장군輔漢將軍·평양후平陽侯로 삼아 각처의 군사들을 총독하고 오의와 함께 한중으로 나가서 주둔해 있으면서 위병魏兵을 방어하도록 했다. 그 밖의 장교들은 각기 이전의 직위(舊職)에 그대로 두었다.

이때 양의는 자기가 장완보다 관직에 있은 햇수가 많은데도 그 지위가 장완보다 아래라고 생각하고, 또 스스로 세운 공로가 많음을 자부하고 있었는데 큰 상을 받지 못하자 원망의 말을 하면서 비의에게 말했다: "전에 승상께서 돌아가셨을 때 만약 내가 전군全軍을 데리고 위魏에 투항했더라면 어찌 이렇게까지 적막하겠는가!"(*양의의 사람됨 역시 위연과 흡사하다.)

비의는 곧바로 그의 이 말을 표문으로 작성하여 은밀히 후주에게 아뢰었다. 후주는 크게 노하여 양의를 하옥시키고 심문하도록 해서 그의 목을 베려고 했다.

장완이 아뢰었다: "양의에게 비록 죄는 있으나 다만 전에 승상을 따라다니면서 많은 공로를 세웠으니 죽이지는 마시고 관직을 박탈하여 서인庶人으로 삼으시는 것이 합당할 것이옵니다."

후주는 그 말을 좇아서 양의의 벼슬을 빼앗고 한가군(漢嘉郡: 사천성 명산현名山縣 북쪽)으로 보내서 평민으로 삼았다. 양의는 창피해서 스스로 목을 찔러 죽었다. (*양의의 결말은 팽양彭羕과 흡사하다.)

〖 11 〗 촉한의 건흥建興 13년(서기 235년)은 위주魏主 조예의 청룡靑龍 3년, 오주吳主 손권의 가화嘉禾 4년에 해당하는데, 이 해에는 삼국이 다

군사를 일으키지 않았다.

각설却說하고, 위주魏主는 사마의를 태위太尉로 봉하여 군사를 총독하고 변경 전체를 안전하게 지키도록 했다. 사마의는 작별인사를 하고 낙양으로 돌아갔다.

위주는 허창許昌에서 토목사업을 대대적으로 벌여 궁전을 짓고,(*전에 이미 동오를 이기고 돌아왔는데 이번에 무후까지 죽었다는 말을 듣고는 안심하고 마음껏 토목공사를 벌인다.) 또 낙양에다가 조양전朝陽殿·태극전太極殿을 짓고 총장관總章觀을 쌓았는데 모두 그 높이가 열 길(丈)이나 되었다.

또 숭화전崇華殿·청소각靑宵閣·봉황루鳳凰樓를 세우고 구룡지九龍池를 팠는데, 박사博士 마균馬鈞으로 하여금 공사를 감독하도록 해서 극도로 화려했다: 들보에는 조각을 하고, 기둥에는 그림을 그려 넣고(雕梁畵棟), 푸른 기와와 금빛 벽돌(碧瓦金磚)로 지붕을 덮으니 햇빛에 반사되어 휘황찬란했다. (*한 편의 〈아방궁부阿房宮賦〉에 해당한다.) 솜씨가 뛰어난 천하의 장인(巧匠) 3만여 명을 뽑아서 인부 30여만 명과 밤낮없이 일했는데, 그 때문에 백성들은 피곤해서 원성이 그치지 않았다.

조예는 또 칙지를 내려 방림원(芳林園: 하남성 낙양시 한위漢魏 고성古城의 동북 구석에 위치)에다 토목사업을 벌이도록 했는데 공경公卿들까지 모두 그곳에 가서 흙을 져서 나르고 나무를 심도록 했다. 이것을 보고 사도司徒 동심董尋이 표문을 올려 통절하게 간했는데, 그 내용은 이러했다:

"엎드려 아뢰옵나이다. 건안(建安: 196~220년) 이래로 백성들은 들판에서 싸우다가 죽어서 집안 전체가 다 없어지기도 하고, 비록 살아남은 자가 있다고 하더라도 고아와 노약자들뿐이옵니다. 설령 지금 궁실宮室이 협소하여 이를 확대하려고 하더라도 오히려 편리한 때를 가려서 하고 농사에 지장이 없도록 해야 할 것이옵니다. ── 하물며 무익한 것들을 짓는 데야 더 말할 나위가 있겠나이까?

폐하께서는 기왕에 여러 신하들을 높이기 위해 머리에는 관면冠冕을 쓰도록 하시고, 몸에는 아름답게 수놓은 옷(文繡)을 입도록 하시고, 출입할 때에는 화려한 가마(華輿)를 타도록 하셨사온데, 이는 신하들과 일반 백성들을 구별하기 위해서였습니다.

그런데 이제 그들로 하여금 또 나무를 등에 지고 흙을 메고 나르도록 하여 온몸이 땀으로 흠뻑 젖고 두 발은 진흙투성이가 되게 함으로써 무익한 것들을 늘리기 위해 나라의 체면(國之光)을 훼손시키고 계시는바, 이는 매우 부당한 처사이옵니다. (*백성들을 부리는 것이 이미 매정하고, 관리들을 부리는 것 또한 무례하다.)

공자께서는 말씀하시기를: "임금이 신하를 부림에 있어서는 예禮로써 해야 하고, 신하가 임금을 섬김에 있어서는 충忠으로써 해야 한다(君使臣以禮, 臣事君以忠)"(〈논어·팔일편八佾篇〉)고 하셨나이다. 충도 없고 예도 없다면 나라가 어떻게 유지될 수 있겠나이까?

신은 이 말씀을 드리면 반드시 죽게 될 줄 알고 있나이다. 그러나 제 자신이 소의 몸에 있는 털 하나에 견줘지고 있는바, 사는 것이 기왕에 무익한데 죽은들 역시 손해될 게 무엇 있겠나이까.

붓을 잡고 눈물을 흘리면서 마음으로 이 세상과 하직을 고하나이다. 신에게는 여덟 자식이 있사온데, 신이 죽은 후 폐하께 누累가 될까 두렵사옵니다. 벌벌 떨면서 하명下命을 기다리고 있나이다."

〖 12 〗 조예는 표문을 읽어보고 화를 내며 말했다: "동심董尋은 죽는 것을 겁내지 않는 모양이구나!"

좌우에 있던 자들이 그를 참하라고 주청했다.

조예가 말했다: "이 사람은 평소 충의의 마음이 있었던 자이니 지금은 일단 폐하여 서인庶人으로 만들고, (*서인이 되면 벽돌을 옮기고 기와를 이는 등 일꾼들의 일을 같이 해야 한다.) 또다시 멋대로 말하는 자가

있으면 그때는 반드시 참할 것이다."

이때 태자궁에 속해 있는 관리(太子舍人)로 장무張茂라는 자가 있었는데, 그는 자字를 언재彦材라고 하였다. 이 사람 역시 표문을 올려 간절하게 간하자 조예는 그를 참하라고 명했다.

그리고는 그날로 마균馬鈞을 불러서 말했다: "짐은 높은 대臺와 누각을 세워서 신선들과 왕래함으로써 장생불로長生不老할 방도를 찾고자 한다."(*무후가 천천히 죽기를 기원한 것은 충성심에서이고, 위주魏主가 장생을 구한 것은 어리석음에서이다.)

마균이 아뢰었다: "한 왕조의 스물네 분 황제들 가운데 유독 무제武帝만 황제의 자리에 가장 오래 계셨고 또한 가장 장수하셨는데, 그것은 아마 천상의 해와 달의 정기精氣를 마셨기 때문일 것이옵니다.

그는 일찍이 장안의 궁중에 백량대柏梁臺를 세우고, 대 위에다 손으로 쟁반 하나를 받쳐 들고 있는 구리 동상 하나를 세우도록 하였는데, 그것을 '승로반(承露盤: 이슬을 받는 쟁반)'이라 하였나이다. 그 쟁반으로 삼경(三更: 밤 11시~새벽 1시)에 북두北斗에서 내려 보내는 이슬, 즉 항해수沆瀣水를 받았는데, 그것을 '천장天漿' 또는 '감로甘露'라고 부르옵니다. 이 물을 받아서 거기다가 아름다운 옥가루를 타서 복용하시면 노인이 다시 어린아이로 돌아갈 수 있사옵니다."(*마균은 한 무제武帝에게 장생불로의 술법을 가르쳤던 방사方士 이소군李少君과 같은 부류의 인간이다.)

조예는 크게 기뻐하며 말했다: "너는 이제 일꾼들을 이끌고 밤낮없이 장안으로 가서 그 구리 동상(銅人)을 떼어 가지고 방림원으로 옮겨 놓도록 하라."

마균은 명을 받고 1만 명의 인부들을 이끌고 장안으로 가서 그 동상 주위에 비계(木架: 나무시렁)를 만들어 세우고 백량대 위로 올라가도록 했다.

한 시진(時辰: 한 시진은 약 2시간)도 안 되어 5천 명의 인부들은 밧줄을 연결하여 빙빙 돌아가면서 올라갔다. 그 백량대의 높이는 20길(丈)이고 구리 기둥(銅柱)의 둘레는 열 아름이나 되었다.

마균은 먼저 구리 동상부터 떼어내라고 지시했다. 많은 사람들이 힘을 합쳐 그 구리 동상을 아래로 떼어내는데, 그 구리 동상의 눈에서 눈물이 줄줄 흘러내렸다. (*흥하고 망함도 무상하고(興廢無常), 만들고 허묾도 순간적으로 바뀐다(成毀頓易). 쇠로 만들어진 사람(鐵漢) 역시 가슴이 쓰릴 텐데, 구리로 만든 사람(銅人)이 어찌 눈물을 흘리지 않을 수 있겠는가?) 모든 사람들은 다 크게 놀랐다.

그때 갑자기 백량대 옆에서 한바탕 광풍狂風이 일더니 모래가 날아가고 돌이 굴렀는데 갑작스럽기가 마치 소낙비가 퍼붓는 것 같았다. 그러더니 마치 하늘이 무너지고 땅이 찢어지는 듯한 소리가 나면서 백량대가 한편으로 기울어지며 구리 기둥이 쓰러져서 1천 명도 넘는 사람들이 압사壓死당하고 말았다. (*싸움터에서 죽지 않고 사역使役에서 죽었다. 임금은 불로장생을 구하는데 백성들은 잠시도 안심하고 살아갈 수가 없었다.)

〖 13 〗 마균은 구리 동상과 황금 쟁반(金盤)을 가지고 낙양으로 돌아가서 궁으로 들어가 위주魏主를 보고 구리 동상과 승로반承露盤을 바쳤다.

조예가 물었다: "구리 기둥은 어디 있느냐?"

마균이 아뢰었다: "기둥의 무게가 일백만 근이나 되어 운반해 올 수가 없었나이다."

조예는 구리 기둥을 깨뜨려서 낙양으로 옮겨온 후 녹여서 구리 동상 두 개를 만들도록 하고, 그것을 "옹중(翁仲: 키 큰 사람의 동상이나 석상)"이라 이름 짓고, 황궁의 바깥문인 사마문司馬門 밖에다 나란히 세워놓도록 했다. 그리고 또 녹인 구리로 구리 용龍과 구리 봉황(鳳)을 각각 한 개씩 주조鑄造하도록 했다. 구리 용은 높이가 4길(丈)이고 구리 봉황 은 3길(丈)이었는데 어전 앞에다 세워놓도록 했다. (*목우木牛와 유마流馬 는 오히려 쓸모가 있지만 구리 동상, 구리 용, 구리 봉황은 쓸모가 없다.)

또 조예는 상림원上林苑 안에 기이한 화초(奇花)와 이상한 나무(異木) 들을 심고 진기한 새(珍禽)들과 괴상한 짐승(怪獸)들을 기르도록 했다.

소부少傅 양부楊阜가 표문을 올려 간했다:

"신이 듣기로는: 요堯임금이 띠 풀로 지붕을 인 집(茅茨)에 사는 것을 좋아하자 모든 나라들이 편안히 지내게 되었고, 우禹임금이 궁실宮室을 중요시하지 않자 천하 사람들은 각기 자신의 일하기를 즐거워했다고 하옵니다.

은殷나라, 주周나라에 이르러서도 간혹 천자가 기거하고 정사를 보는 명당明堂의 높이를 3자로 하고 그 길이를 9연(筵: 1연은 9자)으 로 했을 뿐이라고 하옵니다.

옛날 성제聖帝와 명왕明王으로 궁실을 높고 화려하게 지음으로써 백성들의 재력財力을 고갈시킨 분은 없었나이다. 그러나 폭군인 하 夏 걸왕桀王은 옥으로 화려하게 장식한 궁실(璇室)과 상아로 장식한 회랑(象廊)을 지었고, 폭군인 은殷의 주왕紂王은 기울어질 듯 위태 하게 보일 정도로 높고 큰 궁궐(傾宮)과 재물을 쌓아놓기 위해 크고 높은 녹대鹿臺를 세웠으나 그 때문에 결국 종묘사직을 잃어버리기 에 이르렀으며, 초楚의 영왕靈王은 호화사치를 극한 장화대章華臺를 쌓았으나 그 몸은 그 때문에 화를 입었고, 진시황은 아방궁阿房宮을 지었으나 그 재앙이 그 자식에게 미쳐서 천하가 배반하자 2대 째 멸망하고 말았나이다.

대저 만백성의 힘을 헤아리지 않고 자기 눈과 귀의 욕망만을 추 구하다가 망하지 않은 자는 이제까지 없었나이다.

폐하께서는 마땅히 요堯·순舜·우禹·탕왕湯王·문왕·무왕과 같은 어지신 황제와 명철한 왕들을 본받아야 할 법칙으로 삼으시고 걸왕·주왕紂王·초왕·진시황과 같은 호화사치를 즐겼던 폭군들을 깊이 경계해야 할 반면거울로 삼으셔야 하옵니다.

그런데도 스스로 한가함과 안일함에 빠지셔서 오직 궁실과 높은 대臺만 꾸미시기에 열중하신다면 반드시 위망危亡의 화를 입을 것이옵니다.

임금은 머리가 되고 신하는 팔다리가 되어(君爲元首, 臣爲股肱) 사나 죽으나 한 몸이며 얻고 잃는 것을 함께 하옵니다(存亡一體, 得失同之). 신이 비록 노둔하고 겁이 많사오나 어찌 감히 목숨을 걸고 간해야 하는 쟁신諍臣의 도리를 잊을 수 있겠나이까?

말이 적절하지 못하여 폐하를 감동시켜 깨닫도록 하기에는 부족하옵니다. 이에 삼가 관棺을 준비해 놓고 목욕재계하고 처벌을 기다리나이다."

표문이 올라갔으나 조예는 반성하지 않고 마균을 독촉하여 높은 누대를 짓고 구리 동상과 승로반을 안치했다. 그리고 또 칙지를 내려서 널리 천하의 미녀들을 뽑아서 방림원 안에 두었다. (*진기한 화초와 기이한 나무들, 진기한 새들과 괴이한 짐승들도 오히려 이 미녀들의 아름다움만은 못하다. 이 구句는 바로 다음 글의 총비寵妃가 황후를 폐하는 일을 이끌어 오는데, 절묘한 과접법過接法이다.)

많은 신하들이 연달아 표문을 올리고 죽음을 각오하고 간했지만 조예는 전혀 듣지 않았다.

〖 14 〗한편 조예의 황후 모씨毛氏는 하내(河內: 하남성 무섭현武涉縣 서남) 사람으로, 앞서 조예가 평원왕平原王으로 있을 때 서로 지극히 사랑

했었다. 조예가 천자의 자리에 오르자 황후로 책립되었는데, 후에 조예가 곽 부인郭夫人을 총애하게 되자 모 황후(毛后)는 그만 총애를 잃고 말았다. (*조예는 본래 견후甄后의 아들이면서 어찌 자기 모친 견후가 총애를 잃었던 비극적인 일을 기억하지 못하는가?)

곽 부인은 대단한 미인인데다 또 영리했으므로 조예는 그녀를 몹시 사랑하여 매일 함께 즐기면서 한 달이 넘도록 후궁 문밖을 나오지 않았다.

때는 봄 3월, 방림원 안에는 온갖 꽃들이 서로 다투듯이 피었다. 조예는 곽 부인과 같이 동산 안으로 들어가서 꽃구경을 하며 술을 마셨다.

곽 부인이 말했다: "어찌하여 황후도 오라고 청해서 함께 즐기지 않으십니까?"

조예曰: "그 여자가 곁에 있으면 짐은 술을 한 방울도 목구멍으로 넘길 수가 없어."

그리고는 궁녀들에게 모 황후가 이 사실을 알도록 해서는 안 된다고 주의를 주었다.

이때 모 황후는 천자가 한 달이 넘도록 황후가 거처하는 정궁正宮으로 들지 않는 것을 보고 이날 바람을 쐬려고 궁녀 10여 명을 이끌고 취화루翠花樓 위로 나갔다. 그때 어디선가 맑고 고운 노래 소리가 들려와서 물었다: "이 노래 소리는 어디에서 연주하는 것이냐?"

한 내시가 아뢰었다: "성상聖上께서 곽 부인과 함께 어화원御花園에서 꽃구경을 하시면서 술을 드시고 계십니다."

모 황후는 그 말을 듣자 속이 안 좋아서 궁으로 돌아가서 쉬었다.

다음날, 모 황후가 작은 수레를 타고 궁을 나가서 이리저리 노닐다가 마침 굽이진 회랑 사이에서 천자와 마주쳤다.

황후가 웃으면서 말했다: "폐하께서 어제 북쪽 화원에서 노시던데,

적잖이 즐거우신 것 같았습니다."

조예는 그 말을 듣고 크게 화를 내며 즉시 어제 시중들었던 자들을 붙잡아 오라고 해서 꾸짖었다: "어제 북쪽 화원에서 놀았던 일을 짐이 좌우 모두에게 모후毛后가 알게 해서는 안 된다고 단단히 금했거늘 어찌하여 또 말이 새나갔단 말이냐?"

그리고는 궁중 관리에게 호령해서 시중들었던 자들을 모조리 참하도록 했다. 모 황후는 크게 놀라서 곧바로 수레를 돌려 궁으로 돌아갔다.

조예는 즉시 칙명을 내려 모후毛后에게 죽음을 내리고 곽 부인을 황후로 세우도록 했다. (*가죽(皮: 피)에서 털(毛:모)을 제거한 것을 날가죽(鞹: 곽)이라고 한다. 지금 모후(毛后)를 폐하고 곽후(郭后)를 세웠으니 다만 날가죽(皮)만 남았구나. 가소로운 일이다.) 조정의 신하들 중에 감히 간하는 자가 하나도 없었다.

어느 날 갑자기, 유주자사 관구검毌丘儉이 표문을 올려 보고하기를, 요동태수 공손연公孫淵이 모반하여 스스로 연왕燕王이라 칭하고, 연호를 소한(紹漢: '한을 잇다' 란 뜻이다) 원년元年으로 바꾸고, 궁전을 세우고, 관직을 설치하고, 군사들을 일으켜 쳐들어와서 북방을 온통 뒤흔들고 있다고 했다.

조예는 크게 놀라서 즉시 문무 관료들을 모아놓고 군사를 일으켜 공손연을 물리칠 계책을 상의했다. 이야말로:

토목공사로 나라 안 백성들 못 살게 하더니　　纔將土木勞中國
이제 또 변방에서 난리까지 나는구나.　　　　又見干戈起外方

그를 어떻게 막아낼지 모르겠거든, 다음 회를 읽어보기 바란다.

(1). 이번 회回의 이야기는 무후가 죽은 후의 일을 기록한 것이다. 전회에서 장성將星이 영채에 떨어지자마자 위연이 곧바로 반란군을 일으켰는데, 이래서 무후는 죽을 수 없다고 한 것이다. 무후가 유언으로 비단주머니 속에 든 계책(錦囊之計)을 남겨 놓았는데, 위연은 끝내 머리에 뿔이 돋는 꿈대로 하는바, 그러므로 무후는 사실 일찍이 죽지 않았다고 하는 것이다. 무후는 위연이 반드시 반란을 일으킬 줄 미리 알고서도 그가 반란을 일으키기 전에 제거하지 않았는데, 여기에서 무후의 어진 마음(仁)을 보게 되고, 그가 반란을 일으킬 때까지 기다리지 않고 그가 반란을 일으키기 전에 미리 그것을 방어할 계책을 마련해 두었는데, 여기에서 무후의 지혜(智)를 보게 되는 것이다.

(2). 위연이 기왕에 반란을 일으키고 나서는 사마의 혼자만 큰 적敵이 아니라 위연 역시 큰 적이 되었다. 그가 잔도棧道를 불태우고 남정南鄭을 공격하고 있을 때, 만약 위인魏人들이 그 사실을 알고 군사를 되돌려 와서 싸웠더라면, 촉이 망하는 것은 발뒤꿈치를 들고 기다릴 정도로 금방이었을 것이다. 그리고 양의楊儀와 위연이 서로 상대방을 비방하는 표문을 올렸을 때, 안에서는 후주가 의심을 하고 밖에서는 여러 장수들이 서로를 막고, 태후는 근심걱정으로 불안해하고 조정의 신하들은 모여서 의논만 하고 결정을 못 내리고 있을 때, 그것을 단시간 안에 안정시키고 위기를 해소시킬 수 있었던 것은 바로 무후武侯의 사후死後의 공로이다. 그는 참으로 위대하지 않은가!

(3). 무후가 죽자 동오의 군신君臣들이 두려워했을 것임은 알만한 일이다. 그들은 "이제부터는 우리를 구원해 줄 사람이 아무도 없구나!" 라고 말했을 것이다.

무후가 죽자 위魏의 군신들이 기뻐했을 것임은 알만한 일이다. 그들은 "이제부터는 우리를 해칠 사람이 아무도 없다!" 라고 말했을 것이다.

동오 사람들이 두려워했기 때문에 이에 변경의 수비군을 증가시켰던 것이고, 위魏 사람들이 기뻐했기 때문에 이에 토목사업을 일으켰던 것이다. 그러므로 무후를 생각한 사람들은 촉 사람들만이 아니었다. 변경 수비에 고생하는 동오 군사들도 무후를 생각하지 않을 수 없었고, 사역使役에 동원되어 고생하는 위魏 사람들 역시 무후를 생각하지 않을 수 없었다.

(4). 무릇 나중 사람들의 과오(失)는 이전 사람들의 과오(失)를 그대로 따라 하는 것에서 연유하지 않는 것이 없다(凡後人之失, 未有不由於前人之失以爲之倡也).

이전에 조조는 동작대와 옥룡대玉龍臺, 금봉대金鳳臺를 지었는데, 후에 조예는 총장관總章觀과 청소각靑宵閣, 봉황루鳳凰樓를 짓는 공사를 일으킨다. 이전에 조비는 견후甄后를 죽였는데, 후에 조예는 그것을 본받아 모후毛后를 죽인다.

그러나 조조는 단지 대臺를 쌓았을 뿐이지만 조예는 대를 허물기 위해 자기 백성들을 더욱 고생시킨다. 조조는 단지 백성들만 사역에 충당하였으나 조예는 관원들까지 사역에 충당시키려고 한다.

모씨毛氏는 견씨甄氏에 비해 황후가 된 과정이 정당하지만 그 쫓겨나는 모습은 견씨와 같다. 조예는 일찍이 사슴을 쏘는 일로써 자기 아비를 풍자諷刺했으나 그가 모씨를 죽인 것은 자기 아비와 똑같은 행동이다. 비난하면서도 본받게 되면, 원래보다 더욱 심하게 한다(尤而效之, 更有甚焉). 조상(祖宗)들의 행동은 자손들이 보고 따라 배우는 법法이 되는 것이니(祖宗之爲法於子孫者), 이 어찌 두렵지 아니한가?